诺言

郑远奉 著

成都时代出版社
CHENGDU TIMES PRESS

图书在版编目（CIP）数据

诺言 / 郑远奉著. -- 成都：成都时代出版社，2023.1

ISBN 978-7-5464-3024-9

Ⅰ．①诺… Ⅱ．①郑… Ⅲ．①长篇小说－中国－当代
Ⅳ．① I247.5

中国版本图书馆 CIP 数据核字（2022）第 013999 号

诺 言
NUOYAN

郑远奉 / 著

出 品 人　达　海
责任编辑　兰晓銮銮
责任校对　宁　浩
责任印制　车　夫
封面设计　悟阅文化

出版发行　成都时代出版社
电　　话　（028）86742352（编辑部）
　　　　　（028）86763285（市场营销部）
印　　刷　成都市兴雅致印务有限责任公司
规　　格　710mm×1000mm　1/16
印　　张　18.5
字　　数　360千
版　　次　2023年1月第1版
印　　次　2023年1月第1次印刷
书　　号　ISBN 978-7-5464-3024-9
定　　价　68.00元

全面建成小康社会，一个也不能少；共同富裕路上，一个也不能掉队！

——习近平

**本作品为湖南省作家协会
2020年度定点深入生活项目**

目 录 CONTENTS

情特别舒畅。但在一个贫困户家里吃饭时，却吃出了问题。

必须照章行事。

这两天村部开始沸腾起来了，村民们纷纷来反映情况，李修桥则为我们提供了重要的情报，他把村里哪些人应该评为贫困户，哪些人一定要清理出贫困户的建议和盘托出，给我们的工作带来了极大的便利。我看到村民来了不少，便因因势利导地对他们进行了政策宣传。

因王顺中讲错了一句话，村里的曾二娘到村部向我反映情况说，要我给她一个说法，我耐心地给她做思想工作，使她接受了我的意见。接着，李修仁来村部反映村里的自来水水管经常被人割断，致使全村三天两头没有水喝，村民们怨声载道。我与肖十美、王顺中三人蹲点守候半个多月，终于抓住了破坏水管的人，圆满地解决了问题。

村民李大雄和李小雄两兄弟他们听到广播后，为保留贫困户的名额，兄弟反目。最后，在我们的劝导下，两兄弟化干戈为玉帛，和好如初。

在清理"四类人员"时，李世豪自知我不会让步，他为了报复我，唆使另一个贫困户龙军砸我的车，结果他砸坏的车不是我的，而是我们扶贫工作队员王顺中的车。

那天晚上，王国之突然生病，叫我用车送他去县级医院看病，结果发现车被砸了，但我没有深究。接着我在村部召开了第一次村民会议，在会议上，我说了哪种人应该退出贫困户，哪种人应该纳入贫困户，有人持不同的态度，但经我解释之后，他们消除了异议。第二天张榜公布退出贫困户的名单时，有人欢喜有人愁。

肖十美书记的内弟王占鳌被清理出贫困户，他一气之下把自己的亲娘送到了姐夫肖十美家，要肖十美赡养。妻子王玲玲也跟肖十美反目成仇，闹得要离婚。我知道此事后，主动上门劝解，还动员村妇女主任去劝说。最后，王玲玲、王占鳌两人想通了，王占鳌体体面面地把母亲又接了回去。

承诺，我带病履行了自己的诺言。一个月后，县扶贫办来村里进行脱贫验收时，又碰上我旧病复发，但我一直坚持到验收工作组完成任务之后，再去县医院治疗。

的变化，我欣喜若狂，当晚写出了一首《精准扶贫之歌》，从而要求自己一定要履行自己的诺言。

一　政策感动我的心

阳春三月的一天早晨，东边的云彩刚刚染上一层薄薄的银灰色，天色还在慢慢地发亮，在我窗台外的树枝上，却已经有一群早起的小鸟儿在那里发出了清脆的啼叫声。那爽心悦耳的声音把我从梦幻中拉了出来，但过了一会儿，我又进入了甜蜜的梦乡。

在那不曾有过的梦乡里，我依稀听到了一个男高音在大声歌唱《精准扶贫之歌》，那嘹亮的歌声，动人心魄，震撼人心！可惜的是，当我醒来的时候，只记得那支歌曲的意境特别催人奋进，但忘却了那铿锵有力的歌词。

然而，习近平总书记那精准扶贫的伟大号召，自此之后时时撞击着我的心灵，并且在我的心灵深处碰撞出了一朵朵耀眼的火花。

是啊，翻开我们中华民族那部卷帙浩繁的史册，从来没有发现哪一个朝代明确提出过要让全国人民都能共同富裕起来的号召。到了近代，腐败无能的清王朝，不但没有把我们中华儿女带入富裕的天堂，反而把中华民族推进了不堪回首的痛苦深渊。直到新中国建立之后，我们中华儿女的腰杆才算真正挺起来了，伟大的中国共产党是真正一心一意为人民谋福祉。

现在，我们再翻开中华人民共和国的光辉史册，人们无不感慨，中国共产党领导我们中国人民，通过自力更生、艰苦奋斗，在短短的几十年里，经历了三个不平凡的、伟大的飞跃：一是使我们中国人民站起来了，二是使我们中国人民富起来了，三是使我们中国人民强起来了！

这三个不平凡的阶段，我相信所有的中华儿女是永远难以忘怀的，特别是走进新时代之后，我们更是心潮澎湃，热血沸腾；全国人民更加自觉地认识到增强"四个意识"、坚定"四个自信"、做到"两个维护"的重要性；我们中华儿女更是看到了中华民族伟大复兴的希望和中国人民的伟大前景！

在我们中国人民强起来了的时候，习近平总书记适时地提出了精准扶贫的伟大号召，"不忘初心，牢记使命"的主题教育，使人们犹如在茫茫的大海中找到了前行的航标，它引领着全国人民前进的方向，深入人心，令人高歌猛进！

至此，我深深地体会到：心中有信仰，脚下有力量。

我是一名光荣的中国共产党党员，也是一名经常关心时事政治的国家干部，在教育系统的第一线从事教育工作三十多年，正因为我"心中有信仰，脚下有力量"，所以，我不管在哪里，也不管党安排我做什么工作，我都能在思想上、政治上与党中央无条件地保持一致。在从事教育工作期间，我除了干好自己的本职工作之外，还爱好读书、文学创作和政治学习。于是，在2013年度的省、市委宣传部组织的"五创四评"活动中，我荣幸地被评为了2013年度全省、全市党员学习明星。

从上中学开始，我就喜欢阅读书报，关心国家大事，数十年如一日，我这个良好的学习习惯一直没有改变。近十几年来，在人们热追电视剧、综艺节目的时候，我看的都是中央电视台的《新闻联播》。

最令我难以忘怀的就是"精准扶贫"战略思想的提出，如一石激起千层浪，牵动了全国亿万人的心，给农村里的贫困户脱贫致富吃了一颗定心丸。

当年，老一辈无产阶级革命家为了打倒压迫剥削阶级，解放被压迫、被剥削的劳苦大众，领导我们"打土豪，分田地"，推翻了帝国主义、封建主义和官僚资本主义三座大山，建立起了新中国，使多灾多难的中华民族从此站起来了；改革开放几十年来，不屈不挠的中华儿女，凭着自己的智慧、勇敢和勤劳，使我们伟大的祖国富起来了；习近平总书记率领我们中华儿女为实现中华民族伟大复兴的百年梦想，进入了新时代，使我们中华民族强起来了！

但在客观的现实社会里，在我们的现实生活中，在我们辽阔的国度里，由于城乡之间的差别、东西部之间的差别，开阔的平原地区和闭塞的丘陵山区之间的差异，使人民的生产生活水平存在着很大的差距。在我们祖国的大地上，穿金戴银、一日三餐都是山珍海味的亿万富翁有之；同时，衣不遮体、一日三餐愁煞人的贫苦百姓亦有之。在这一类贫困人口当中，除了少数人是自身条件和先天不足造成的贫困之外，其余的要么是因为自然灾害所致，要么是因病所致，要么是因学所致，要么是因为缺乏劳动力所致。这些人要想走上致富之路，一需要他们自己的辛勤劳动，二需要有识之士的帮助，三需要党的阳光普照。也就是说，这批人要想致富，需要党的富民政策的扶植。

现在，习近平总书记体察民情之后，发现了问题的症结。为了提高整个中华民族的文化素质和全体人民的生活水平；为了使中国人民不再在贫困的泥潭里打滚；为了让他们快速赶上经济腾飞的快车道，让他们弯路超车，享受到改革开放的成果，共同发家致富，国家做出了前无古人的伟大创举——

精准扶贫！

精准扶贫工程，不但是一项真抓实干的、实实在在的、落地有声的、牵涉千家万户的惠民工程，更是一项实事求是的、复杂艰巨的系统工程。

我仔细地查看了一些精准扶贫的资料，发现那扶贫攻坚的"六个精准"（扶贫对象精准、项目安排精准、资金使用精准、措施到户精准、因村派人精准、脱贫成效精准）、扶贫的"五个一批"（发展生产脱贫一批、易地搬迁脱贫一批、生态补偿脱贫一批、发展教育脱贫一批、社会保障兜底一批）、扶贫的"五个坚持"（坚持扶贫攻坚与全局工作相结合，走统筹扶贫的路子；坚持连片开发与分类扶持相结合，走精确扶贫的路子；坚持行政推动与市场驱动相结合，走开发扶贫的路子；坚持"三位一体"与自力更生相结合，走"造血"扶贫的路子；坚持资源开发与生态保护相结合，走生态扶贫的路子），无不扎扎实实，切实可行。那些措施全面周到，针对性强，很有操作性，无不体现出了以习近平同志为核心的党中央想人民所想、做为人民所做的决心，无不掷地有声，振聋发聩，动人心魄。

习近平总书记说："全面建成小康社会，一个也不能少；共同富裕路上，一个也不能掉队！""我坚信，中国人民的生活一定会一年更比一年好。"

总书记的话说到了我们 56 个民族人民的心坎上，就像寒冬腊月里的一股强劲有力的暖流，温暖了我们整个中华民族，温暖了所有人的心窝。

一天晚上，我再次仔细地研究了扶贫的六个精准，一经揣摩，我才感到那扶贫攻坚的"六个精准"概括得太好了，太重要了。如果没有"六个精准"，那"五个一批""五个坚持"就无从谈起。而在扶贫攻坚的"六个精准"中，"因村派人精准"又是极为重要的，只有"因村派人精准"了，才能实现"扶贫对象精准、项目安排精准、资金使用精准、措施到户精准、脱贫成效精准"，也才能实现扶贫的"五个一批"，达到扶贫的"五个坚持"。可以说"因村派人精准"一条深深地触动了我的心。

以前，我只是一个精准扶贫工作队的责任人，虽然到村里走家串户了解了一些贫困户的情况，但没有深入实质性的工作。有感于习近平总书记和党的精准扶贫政策及党中央精准扶贫的决心，我想，作为一名共产党员，一名省、市党员学习明星，在举国上下进行精准扶贫活动的过程中，我应该责无旁贷地立即积极投身到精准扶贫的洪流中去，再也不能继续当"旁观者"了！

二　主动请缨去当第一书记

我们知道精准扶贫工作是一项持久而艰巨的工作，我也懂得如果一旦深入实际工作，也许就会感到眼高手低。因为到了扶贫的第一线开展扶贫工作，它不像我们解答数学题那样有现成的公式可套，有现成的理论可遵循，而面对的是形形色色的人和事，遇到的都是一些变化无常的不确定的变数，都需要我们随机应变。为了达到自己的目的，有时真的可能要见人说人话，见鬼说鬼话，如果一味地对所有的人都掏出心窝子，那就有可能一事无成。

我虽然没有任何在农村工作的经验，但为了贯彻落实"精准扶贫"的政策，带领贫困户共同致富，为了履行一个共产党员的职责，我有了去贫困村当第一书记的梦想。但我又担心家人不理解我去当第一书记的心情和愿望，从而不支持我去贫困村当第一书记。所以，在付诸行动之前，我事先没有在家人面前流露出半点蛛丝马迹，也没有跟爱人邓丽佳透露我要去当第一书记的任何信息。

为了听取他人的意见，我怀揣着到贫困村去当第一书记的梦想，趁爱人去学校上班的机会，我邀请了李平、蒋正两个同事到我家里来交流了一会儿思想。

在同事面前，我开诚布公地说："我打算到贫困村去当第一书记，现在，我想听听你们俩的意见和见解。"

同事李平听我说要去当第一书记，不解地问我："你们教育局帮扶的村不是有一个第一书记了吗？"

我告诉他说："那个第一书记家里有事，他不能去了。"

这时，李平以诧异的眼光看着我说："伟夫，你今天怎么突发这样的奇想呢？你是作家，你不是在构思文学作品吧，你不是在跟我们开玩笑吧。临近退休的老同志，都想在单位上轻闲地休息休息，你却异想天开，要去勇挑重担，主动要求去贫困村当第一书记，这也许在全国是第一例吧。不过，我得提醒你，当第一书记可不是好玩的呢，驻村扶贫的第一书记也不是一个闲职，责任重大啊，肩负着贫困村、贫困户要按时按量脱贫致富的重任啊。"

同事李平的善意提醒，不是空穴来风，也不是多此一举。人们常说，精准扶贫既是一项浩大的惠民工程，又是一项艰巨而繁重的政治任务，干得好不好显示出一个人的工作能力和工作水平。所以，一般的人都想避重就轻，都不愿意去当第一书记。

面对李平的顾虑，我坦诚相待地对他说："我不是开玩笑，我是真心实意的，去当第一书记的事，我考虑了好几个晚上，我觉得去当第一书记，响应习近平总书记的号召，去执行精准扶贫的惠民政策，很有意义，很有价值！我虽然临近退休了，但我愿意在退休之前，到农村去，到贫困地区去发挥我的光和热。"

另一个同事蒋正也担心地说："伟夫老兄啊，你有这样的梦想和志向是好的，能积极响应习近平总书记的伟大号召，我们很敬佩你，但你想过没有，文质彬彬的你到农村去，与文化水平低，甚至大字不识的村民打交道，你能行吗？"

我底气十足地说："有理不在声高。我到农村去做精准扶贫工作，引导他们发家致富，又不是去吵架。不会的东西慢慢地学嘛。精准扶贫工作是新时代出现的新事物，所有的扶贫干部都没有干过扶贫工作，都要从头学起，我相信他人能干的事，我宁某人也能干，别人一次能干好的事，我就多花一些时间去学。古人说得好：'人一能之，我十能之。'只要有干一番事业的干劲，什么再深奥的东西都能学会！我相信没有爬不过的高山，也没有蹚不过的大河！毛泽东同志也说过，世界上怕就怕'认真'二字，共产党就最讲认真。他老人家还说，世上无难事，只要肯登攀。民间俗语也说过，只要功夫深，铁杵磨成针。我相信我一定会成功的。"

这时，李平又说："伟夫，在别人看来，你这么大年龄去当第一书记，是想过官瘾，照现在人的说法，你是脑子里进了水。不过，话又说回来，你是老骥伏枥，志在千里。你既然下了决心，那我们就祝贺你，当好第一书记。毛泽东主席曾经也说：'农村是一个广阔的天地，在那里是可以大有作为的！'我就祝愿你，在精准扶贫的路上，发挥好你的聪明才智，不遗余力地施展出你的全部才华，在精准扶贫的伟大工程中，干出一番事业来！"

李平说出了人们的心里话，但我不完全那么想，我推心置腹地告诉李平和蒋正他们俩说："为了见证和证实精准扶贫工作的现实意义和历史意义，我想进入精准扶贫的队伍中去，参加一次实实在在的精准扶贫工作。要知道梨子甜不甜，就必须亲口尝一尝。再者，我认真地学习了精准扶贫的有关文件精神，仔细地阅读了关于精准扶贫的方针政策和措施，我想只要把那些措施一一落实到位了，特困户、贫困户、五保户等就一定能够按照党中央为贫困户设计的脱贫线路，走捷径脱贫致富和安度晚年。精准扶贫工作开展了几年，现在已经进入攻坚克难的关键时刻，党中央发现了一些问题，看到了一些地方在扶贫的'精准'二字上出现了一些偏差，所以及时地提出了扶贫的'六个精准'，不能再鱼目混珠了，要求各个地区对照扶贫标准，查漏补缺。我想先去完成这项艰巨而光荣的任务之后，再带领贫困户心往一处想，劲往一处使，努力完成脱贫致富的任务。"

我这么一说，蒋正再也坐不住了，他打断我的话说："对贫困户的精准识别是一件得罪人的事，看起来容易，操作起来其实是一件好难做的事啊，这牵涉一个人的方方面面，还要照顾到他们的上下级关系，一步不慎，就会骂声不断，犹如风箱里的老鼠两头受气，下面受老百姓的怨气，上面还要受领导的批评，甚至吃不了还要兜着走。"

对于这一点，其实我也早就知道了，我有一定的思想准备。现在要为民做好事也有一定的难度，说不定还会弄巧成拙，甚至还会好心变成恶意。

改革开放之后，人们的思想发生了很大的变化，有些人的思想观念遭到了扭曲，正如社会上流传着的、心存忧虑的话说的那样：钱多了，人们的思想道德缺乏了，人与人之间的亲情也少了；房子高了，人们的思想觉悟却低了。所以，我认为，要抓住精准扶贫的契机，在实现精准扶贫的同时，既要从发展产业方面入手，提高人们的物质生活水平，又要从提高贫困地区、贫困户的思想觉悟开刀，从精神上扶贫，提高人们的精神生活，把我们中华民族五千年的传统美德灌输给他们，让他们从心理上懂得和辨别出什么是真善美，什么是假恶丑，从而全面提高我们整个中华民族的身体素质和文化素质，使他们在物质生活方面脱贫的情况下，精神生活方面也同时脱贫。

针对同事提的意见和建议，我跟他们解释说："我已经风闻，一些地区在识别贫困户的时候，把握的尺度不准，致使鱼目混珠。我认真地分析了一下，出现这种现象的根本原因有两点：一是一些人的素质低下，把国家的扶贫政策当成一个大蛋糕，人人都可以吃，人人都可以占份，从而千方百计挤进贫困户的行列。二是一些人想占政府的便宜而想方设法使自己成为贫困户。在发达的国家，人们以贫穷落后为耻，而在我们国内，有一些人看到政府对贫困户有补贴，他们就以成为贫困户为荣。比较富裕的家庭还要跟真正的贫困户争贫困指标。还有一些人把评上贫困户看成是人际关系强的标志，于是，他们则托亲戚，找关系，千方百计争取贫困户的名额。党中央发现了这个问题，及时提出了对贫困户要进行'精准'识别，要把不符合贫困户条件的假贫困户清理出去。"

"那你这次去当第一书记正好赶在'清理贫困户'的节骨眼上。"李平直言不讳地说，"伟夫，那你到村里去得有个充分的思想准备哦，工作做好了，是你的职责，工作做砸了，那是你自作自受，其后果可想而知。"

我点点头说："我曾多次跟其他人说过，我们都出生于农村，我很理解农民。农村有些人家里没有生活来源，生活实在可怜，对于这类人，不要因为他老实巴交、没有什么话讲就把他们遗忘了，而应该把他们评为贫困户，只有这样做了，我们的良心才能得到安稳，否则，就会受到良心的谴责。对别人我能这样要求，对自己我肯定要求得更加严格！我绝对不会对别人马列主义，对自己自由主义。"

有了充足的思想准备之后，第二天上班的时候，我迈着轻快的步伐，提前来到我的工作单位——县教育局，然后径直走到陈局长办公室，找到了年轻有为的陈局长，开门见山地问局长说："局长，钟先喜同志没有时间去履行第一书记的职责，现在，第一书记的人选确定了吗？"

我话语一出，陈局长似乎读懂了我的来意，但他还是认真地仔细地打量了我好一会儿。

为了选准、选好过得硬、有责任心的第一书记，陈局长和分管精准扶贫工作的张君副局长，都曾经动员过两三个年轻的干部同志去县教育局帮扶责任村当第一书记，但都因各种实际情况推辞了，有两个年轻人想去当第一书记却不是党员，是党员的又抽不出身来。

今天，我主动去找陈局长询问单位准备派遣谁去驻村帮扶队任第一书记，陈局长在心里猜测着：由于我平常无事不登三宝殿，而现在我主动去询问这事，肯定有什么意图。陈局长心里有数了，真是踏破铁鞋无觅处，得来全不费工夫。如今我愿意去当第一书记，那就为局长分了忧，解了难。但陈局长还是明知故问地对我说："伟夫同志，你突然问这事干吗？难道你能给我推举一个人去当第一书记？"

我直截了当地说："局长，我不能给你推举别人去当第一书记，如果你还没有确定人选的话，我愿意去当扶贫工作队的第一书记。"

"啊？！"陈局长惊奇地看着我，说，"你愿意去当第一书记？"

我斩钉截铁地说："我愿意！"

陈局长还是不相信地问我："你不是心血来潮吧？"

"真的，我愿意去当第一书记。"我两眼看着陈局长，认真地对他说，"局长，我主动请缨，你还不相信吗？"

陈局长微笑着看着我，然后说："不是不相信你，我是想，你是老同志了，我不想加重你的工作任务和思想负担，所以一直没有跟你说这事。"

这时，我放连珠炮似的告诉他说："我是 2013 年度的省、市党员学习明星。就在那一年，习近平总书记正好提出了精准扶贫，我感到很高兴，前两年我没有能够全身心地投入精准扶贫工作中去，在精准扶贫工作进入攻坚克难的关键时刻，作为一名省、市党员学习明星，我不想再当旁观者，我愿意挺身而出，并且不辱使命。"

陈局长是一个四十开外的年轻人，既有工作热情，又有工作魄力，还很体贴干部职工。

他又沉思了好一会儿，才对我说："伟夫同志，我佩服你有冲天的干劲和无与伦比的工作热情，我也佩服你和蔼可亲的为人。当初，我跟张副局长想请你去当第一书记，但后来我又考虑到你是我们单位的老同志，干两三年就要退休了，所以就没有跟你说起这事。现在，你主动请缨，我不是不同意你去当第一书记，而是担心你去贫困村当第一书记后，不仅责任重大，而且一个月要在村里居住 20 天，以上暂且不说，我们单位负责的这个扶贫村，地处深山，是一个海拔多在 800 米以上的村，那里湿度大，你的身体能不能吃得消？"

听到陈局长那样说，我当着他的面，拍着胸脯自信地说："请局长放心，你看，我的身体还算硬朗，我相信我能战胜自然困难，能胜任第一书记。"

陈局长看到我当第一书记的决心那么大，干劲又铆得那么足，则没有多说了。

于是，我激动地说："局长，你同意我去当第一书记了？"

过了好一会儿，陈局长郑重其事地对我说："宁老啊，精准扶贫，是一项千百年来的伟大工程，惠及全国百姓，功在当代，利在千秋。伟夫同志，你既然毛遂自荐，自告奋勇去当第一书记，那就好好干吧！在这里我还想另外交代你一个任务。"

看到局长同意了我的请求，我马上问道："陈局，你要交代我一个什么任务？"

陈局长说："你作为一名省作家协会会员，具有较强的语言表达能力，我想你干脆来一个一不做，二不休，在扎实完成精准扶贫任务的同时，利用精准扶贫工作的空闲时间，把这一亘古未有、前无古人、彪炳千古的伟大历史创举记录下来，使它传承下去，启迪后人。"

"好啊，局长还是局长，想得长远，考虑问题周到。"我激动地说，"陈局长，你提醒得太好了，完全说到我的心坎上了，你的话对我很有启迪，使我的思想豁然开朗。我将在扶贫的过程中，收集一切可以收集的资料，利用一切可以利用的空闲时间，一定创作一部精准扶贫的作品出来，向全局干部职工汇报，向全县人民汇报，向全国人民汇报！"

陈局长说得对，我是一位业余作者，省作协会员。当年为推介世界自然遗产地崀山，我曾经出版过一部《崀山传说》；为让世人认识和了解晚清时期的湘军鼻祖江忠源，我创作了自己的第一部长篇历史小说《湖南枭雄江忠源》；为弘扬红军的革命精神和延安精神，我又创作了一部反映红八军参谋长宛旦平的纪实文学《红军将领宛旦平》。在晚清时期，新宁人刘坤一出任两江总督时，敢于直言，张之洞、李鸿章不敢跟慈禧说的话，他敢说，他们两人不敢做的事，他敢做。他还是晚清时期第一个提出用赔日本的钱，跟日本打持久战的人。为了再现刘坤一的形象，我又创作了一部长篇历史小说《敢于对抗慈禧的刘坤一》。之后，我还在省、市、县电视台专题介绍过那些人物，为社会传递了不少的正能量，受到社会各界观众的好评。

现在，陈局长的那一席话使我茅塞顿开。

是啊，我能参与这么宏伟的惠及全国各族人民利益的精准扶贫工程，一个具有悠久的历史意义和深远的现实意义的温饱工程，更应该发挥自己的特长，用我手中之笔，实事求是地书写好这段精准扶贫的生动故事。

三 不望你做官，只盼你为民做好事

从局长办公室里出来后，我大有人逢喜事精神爽的感觉，脚下生风似的回到自己的办公室，开始清理我的办公用品，一心准备到扶贫村去任第一书记。

下午下班回到家里，一进门，妻子邓丽佳见我乐不可支的样子，急忙问我道："老宁，看你今天这样高兴，笑容可掬，春风得意的样子，是不是又受到哪一级领导的抬爱了？"

我兴奋地说："丽佳，我没有受到哪一级的领导抬爱，但我今天做了一件非常非常有意义的事，你猜是一件什么事？"

妻子邓丽佳问道："是不是又有哪个单位请你去讲我们县里的历史人物了？"

"不是。"我应得干脆利落。

邓丽佳思虑了一会儿，说："是不是哪家出版社准备给你出版那本新书了？"

我还是说："也不是。"

邓丽佳猜不出是什么事，则着急地问："那是什么事，我猜不出，你就告诉我吧，别吊胃口了。"

"今天我做的这件事，也许完全出乎你的意料。"妻子越想知道是一件什么事，我越故意慢条斯理地说，"今天上午，我跟局长提出了一个要求，要求……"

"你跟局长提什么要求了？"我话还没有说完，妻子邓丽佳就迫不及待地打断我的话说，"是不是要求局长把你安排到哪个轻松的部门工作啊？"

"不是的。"我说，"那件事已经成为过去式，一去不复返了。我是要求局长同意我到教育局驻村帮扶队去当第一书记！"

妻子听我那么一说，她惊奇地"啊？！"了一声。

我那句话好像是晴天霹雳，把妻子邓丽佳震得六神无主。

邓丽佳两眼圆睁地看着我，脸色突然由晴转阴，半晌也说不出话来。过了很久她才哭着脸对我说："老宁，你真的糊涂啊，你怎么跟局长提出一个这样的要求呢？你要跟局长提这样的要求，在我面前，你事先怎么不露一点声色呢？怎么不跟我商量一下呢？"

"丽佳，请你不要生我的气。这件事，我考虑了好长一段时间，我觉得我作为一名作家，应该到农村去锻炼锻炼，去体验一下在农村工作的乐趣。"我微笑着，乐观地说，"由于我担心你不同意我去，所以，我一直没有跟你商量，也不敢跟你露出什么蛛丝马迹，才使出先斩后奏的下策。现在告诉你也不会迟吧。"

邓丽佳哭着鼻子说："当驻村第一书记责任重大啊！我听说有些人担心单位领导找他谈话，叫他去当第一书记，去扶贫，他们对领导都避而不见。你却自告奋勇，毛遂自荐，还说什么到那里去锻炼锻炼，去体验生活，我担心你领到那个差事，到时候不好收场。"

面对激动的妻子，我也有点激动，但我还是心平气和地对她说："丽佳，我不是常说：人各有志嘛。别人不愿意去做的事，并不代表我也不愿意去做。精准扶贫工程是当前'三大战役'之一，也是一项重要的政治任务，我作为2013年度的省、市党员学习明星，我有责任也有义务为党贡献自己的力量，自觉地为人民群众做出自己的表率，为老百姓做一些有意义的实事。几年来，我一直非常希望参加精准扶贫工作，以前只是因为自己负责的工作太多、太忙，抽不出身，不然第一年我就想去当第一书记了。现在，离退休只有几年了，再不去，以后就没有机会了，如今有机会到农村去工作，这是一件天大的好事，它上能接天缘，下能接地气，如果还不抓住这个千载难逢的机会，那将成为我终生的最大遗憾。所以，丽佳啊，我相信你能理解我的心情，能理解我的想法，配合我去当好第一书记。"

在我的一番劝说下，脸上挂着泪花的妻子邓丽佳突然破涕为笑地问我道："那你每个月要到村里去几天啊？"

我直言相告说："按规定，第一书记和驻村帮扶工作队队员每个月要在村里至少住20天。"

听我那么一说，我妻子掐指一算，大吃一惊地说："要在村里住20天？那不等于工作时间都要在村里了？你不在家里，90岁的老娘由谁去照顾呢？"

我耐心地跟妻子解释说："扶贫工作事情繁多，既要了解民情，又要做资料，还要向老百姓宣传党的扶贫政策，不经常住在那里，老百姓来询问情况时怎么找得到人呢？不过，我到村里去之后，麻烦你在家里就多辛苦一点，

听到我要去扶贫，母亲似乎知道扶贫这么一回事，则感兴趣地说："前两年我就听隔壁的李股长说了扶贫的事，他说这是想让农村里的困难户，有饭吃、有衣穿、有房住，还要保障他们看得起病，让他们的子女上得起学，让所有的贫困户都过上好日子。"

在我老家的隔壁，住着一位退休了的老干部，叫李杰。他曾经是政府部门的干部，退休后住回老家，他经常与左邻右舍的人在我家门前聊天，间或谈论一些党中央关于农村工作的事，我母亲有时坐在一边听着。也许是言者无心，而我母亲却是属于听者有意的人，她把精准扶贫之事记在了心上。

接着，老母亲认真地对我说："伟夫啊，你既然响应号召，要去参加精准扶贫工作，在这里，老娘得告诫你几句话。"

"好，妈，您说吧，儿子一定会洗耳恭听。"

"你出生在农村，现在大家的生活水平有所提高，但农村里还有一部分人生活在贫困线以下，那些人值得政府去关怀。"

"妈，国家也看到了那群弱势群体的处境，不希望那群人再贫困下去，所以才提出了在全国范围之内进行精准扶贫。"

我母亲激动地说："真好啊！"

我接着说："扶贫政策，不只是要让少数人富起来，而是要让全国人民一个也不少地全部富裕起来。"

听到我那么一说，老母亲笑逐颜开，激动地说："当年，你外婆是全国劳动模范。儿子，你也要像你外婆一样，一定要听党的话，干出一番事业来。"

由于母亲年老体弱，说话的时间长了需要喘一口气，然后再说。老母亲说的话很有道理，于是，我一心一意地聆听着老母亲的教诲。

接着，老母亲又说："我不希望你在外面做多大的官，只盼望你能扎扎实实地为老百姓做点实事，多做好事。对于政府拨给村里的建设款，政府拨给老百姓的扶贫资金和救命钱，你千万不要有非分之想，不要贪污分文啊，不然就会玷污我们宁家的家风。"

听了老母亲的一番教育，我郑重其事地说："这一点请母亲放心。"

母亲接着又说："我听人说，在清代有一个大官曾经对他人说过一句这样的话：子孙如果像他父亲那样有出息，父亲给他们留下钱有什么用，钱多了不但无益，反而会折损他们的意志；如果子孙不如父亲，给他们留下很多的钱也没有什么用，子孙不争气，钱多了会使他在社会上造孽。"

我记得，这句话母亲曾经在我参加工作时说过一次，数十年之后的今天，母亲还记得这句话，只是谁讲的，她记不清楚了。在我去参加精准扶贫工作之时，母亲再对我说起这句话，说明年岁已高的老母亲对自己子女要求之严格！我为我有这样一位慈祥的老母亲而骄傲，也为我有这样一位严格要求自己儿子的老母亲而自豪！

其实我母亲说的那句话是清代禁烟运动的领袖人物林则徐告诫世人说的话："子孙若如我，留钱做什么，贤而多财，则损其志；子孙不如我，留钱做什么，愚而多财，益增其过。"

这时，我对母亲说："妈，您说的话，我将铭记在心上，我绝对不会占老百姓的便宜，也绝对不会去贪污政府的一分钱，这一点请您老人家放心！至于我到村里去扶贫了，没有多少时间回来陪您，看望您，就请您自己多多保重身体。做不了的事，叫弟弟伟俊去做，有什么事叫伟俊打电话给我。"

老母亲此时显得心情特别舒畅，她自信地对我说："你放心去吧，干好你自己的工作，不要让人在背后说三道四，就是对我最大的安慰。你如果工作没有做好，受到老百姓的指责，就等于掏了我的心肝，使我痛苦不尽。现在，我的身体还硬朗，我也不想死，我要看到精准扶贫工程实现之后再说。"

从老母亲那里回到城里，什么都没有记在心上，只有老母亲的那两句话，不断地在我的脑海里萦绕。作为一个国家干部，一个人民公仆，只有老老实实地为人，一心一意地去除私心杂念，才能扎扎实实地做到为人民服务。

改革开放几十年来，那些贪污犯之所以一个个落得遗臭万年的下场，就是因为他们在思想上、政治上放松了警惕，忘却了党的宗旨，忘却了党的初心，忘却了党的使命，为所欲为所致。他们那血淋淋的教训，无不警醒世人：手莫伸，伸手必被捉！

我的老母亲在我去当第一书记时，一而再再而三地谆谆告诫我："不希望你做多大的官，只希望你在乡下多为人民做好事。"

四　上任前的一个小插曲

我要求到大山村担任第一书记的消息不胫而走，很快就在我们单位负责驻村帮扶的大山村传开了，而对我本人有多高，年龄有多大，为人处世怎么样等等都一无所知的大山村的村民却表现出了难以置信的反应。

有两三个人把我的到来视为如临大敌，纷纷急着向其他人打听和了解我的个性和我的为人，特别是村里的"小霸王"李世豪，一听说原来的第一书记钟先喜不再任职时，他好像失了魂似的，像热锅里的蚂蚁一样急得团团转。他马上打电话给钟先喜同志了解我的情况。

李世豪问钟先喜："代替你的那个宁伟夫有多大年纪了？"

钟先喜直接告诉李世豪说："他今年 57 岁，将近退休了。"

李世豪不耐烦地嚷叫着说："那个老不死的，这个年龄了还到村里来当第一书记，他难道还有什么企图吗？"

钟先喜说："他没有什么所求，但他是一名老共产党员，就是有一股干事业的热情，来你们村担任第一书记，是他有感于国家的精准扶贫政策。"

"他是这样来的啊，照这样说，他是一个刚直不阿的共产党员了。"李世豪听钟先喜那么一说，他凉了一截，过了好一会儿，他又问道，"宁伟夫这个人如何，好说话吗？"

钟先喜毫不掩饰地说："宁伟夫可以说是一个非常正直的共产党人，听他的名字你就知道了，他要做不偏不倚的人间伟丈夫，他不管你是贫穷还是富贵，都能做到铁面无私，一视同仁，没有任何私心可言，办事能秉公正直。不过他为人也很谦和，等他来了，你就知道了。他高大帅气，看似文质彬彬，但为人做事却雷厉风行，没有拖泥带水的习性，说到做到，一点也不含糊。"

这时，李世豪得知我的性格之后担心地问道："钟书记，不瞒你说，我担心的是，现在正遇上要清理'四类人员'，在这节骨眼上，新来的宁伟夫会不会把我清理出贫困户呢？"

"这个就难说了。"钟先喜说，"现在形势和以前不同了，现在要把权力关进制度的笼子里。你看整个社会风气大有好转，什么事都在规范化，你也没有必要再强求了，再者，退一步海阔天空。"

李世豪听了钟先喜的话，就像霜打的茄子，神情低落，随后他一脸的不高兴，抱有极强的抵抗情绪。

村里的支部书记肖十美跟钟先喜书记共事一年之后，工作配合默契，合作也很愉快，并产生了很深的工作感情，他不希望钟先喜离职，他也很想建议县教育局的陈局长能动员钟先喜同志继续去当他们村的第一书记。于是，他以我年纪大为由，为人处世没有年轻人灵活，担心我在村里把扶贫工作搞砸了等等理由，打电话给陈局长说："如果钟先喜书记愿意再干，就请钟先喜书记继续来我们村当第一书记；如果他不愿意干，我们村的群众反映说，不需要宁伟夫那样的老同志，都强烈要求换人，希望贵局慎重考虑，另外选派一名年轻的干部来当第一书记。"

陈局长在电话里回复肖十美书记说："你没有跟宁书记谋过面，对他也不了解，怎么就捕风捉影，听信道听途说的话，对宁伟夫书记做出这样不公平、不公正的判断呢？其实他不是你们想象中的那样可怕，也不是你们想象中的那样无能，那样死板，他不但精神饱满，工作热情高，而且做事也很干练。"

听到陈局长对我的评价，此时的肖十美无话可说。

只有李世豪，大有老子天下第一的样子，摆出一副不达到目的决不罢休的架势。

第二天，他纠集了几个村民，直接跑到县教育局找到陈局长，兴师问罪般地对陈局长说："陈局长，我是大山村的李世豪，昨天晚上跟你通了电话，今天我又跑到你办公室来了，就是想问你一件事：你们一个这么大的教育局，干部这么多，难道就连一个驻村帮扶队的第一书记也挑选不出来，偏偏要派一个将近 60 岁的宁伟夫去当第一书记吗？"

陈局长说："宁伟夫同志虽然年纪大了一点，但他的工作热情很高，精神也饱满。"

李世豪摆出一副认真的态势说："陈局长，精准扶贫是当前农村工作压倒一切的首要任务，请你不要把精准扶贫视为儿戏，在这脱贫攻坚的关键时刻，宁伟夫在我们村里一旦把工作搞砸了，你当局长的也不好交差，逃脱不了干系不说，前一年钟先喜书记辛辛苦苦取得的功劳也将前功尽弃，到那时，谁来承担责任呢？即使你能承担责任，也是悔之晚矣。"

陈局长专心地听李世豪说了之后，似乎感到李世豪说的话分析起来好像也不无道理，但陈局长还是耐心地跟李世豪几个人解释说："世豪，请你们不要有什么顾虑，也不要有什么担心，宁伟夫同志是一个有能力、也有魄力的人，你们不知道，宁伟夫同志是我们省的党员学习明星，全省十三个党员学习明星，他是其中之一。他不但是我们县里赫赫有名的作家，还是我们省作家协会的会员呢，他还写过不少的新闻报道。他到你们村来当第一书记，不但可以把扶贫工作做好，而且还可以把你们村在扶贫工作中涌现出来的好人好事报道出来咧。"

李世豪听陈局长这么一说，更是胆战心惊，他怕的就是有人来揭他的老底，于是，李世豪在心里不断地盘算着："陈局长不说不知道，说出来吓了我一跳。以前，很多的大人物不就是倒在了文人的笔杆子下面吗？笔杆子有时胜过枪杆子。这样看来，宁伟夫能说会写，不是一个一般的人，也不是一个好惹的人。我的事要是一旦被他揭开，一见报，或者被上级政府知道，那我就要吃不了兜着走。对于这样的人，必须拒之于门外，我必须坚决阻止他到我们村里去当第一书记。"

于是，心有余悸的李世豪心一横，杀气腾腾地威胁陈局长说："陈局长，这种人更加不能到我们村里去当第一书记，他一身书生气，只会纸上谈兵，夸夸其谈，只怕他成事不足，败事有余。我想，他争着去当第一书记，绝对不怀好意，绝对办不好精准扶贫这样的大事。如果你一定要派宁伟夫去我们村当第一书记，我们把话讲在前面，我们是不会支持他的工作的。"

陈局长一脸严肃地问李世豪："你不认识宁伟夫，怎么谈起他到你们村里去当第一书记，你就谈虎色变似的，畏惧几分。心中无冷病，胆大吃西瓜，世豪，你是不是有什么难言之隐？"

李世豪强词夺理地说："局长，你不要误会，我哪有什么难言之隐和见不得人的事，也不是我怕他什么，我是为你们教育局着想，为我们村的贫困户着想，要以大局为重。我希望你能顺乎民心，合乎民意，慎重地考虑我们的意见，不然的话，到了山穷水尽的时候，谁都不好说话。"

陈局长不了解李世豪的为人，他只认为李世豪是一个普普通通的村民。陈局长见李世豪态度那么坚决，再加上他们村的支部书记也有类似的建议，则语气缓和地对李世豪他们说："你们既然这样不欢迎宁伟夫去当第一书记，那等我考虑考虑再说吧。"

李世豪见陈局长说的话有了松动，同时也给了他一个台阶，于是，李世豪趾高气扬地走出了局长办公室。

送走李世豪等人，陈局长对安排我到村里去当第一书记这件事似乎感到有点棘手，他在心里揣摩着：李世豪是村里的什么人？说话怎么口气那么大啊？怎么宁伟夫还没有到他们村里去，他们就对宁伟夫那么反感，真的叫我百思不得其解啊。

为了弄清楚李世豪的为人，陈局长马上拨通了钟先喜的电话，叫钟先喜到他办公室来。

钟先喜接到电话后，马上来到陈局长办公室。

陈局长直言不讳地问钟先喜："你在村里当了一年的第一书记，你知道李世豪是一个什么样的人吗？"

钟先喜直言相告说："他在村里，人们称他为'小霸王'。"

"原来是一个这样的人哦。"陈局长说，"难怪他在我这里说话口气那么大，有恃无恐。我问你，他在村里有为害村民的事吗？"

钟先喜说："为害村民的事倒是没有，就是人们常说的那种，大错误不犯，小错误不断的人。"

陈局长了解到李世豪的为人之后，他心里又想：宁伟夫年龄虽然大了一点，但他的工作热情很高，大有老骥伏枥，志在千里之志。为了响应精准扶贫的伟大号召，他主动请缨，不愧为一名合格的共产党员、省党员学习明星。现在，村支部书记对他去当第一书记不太认同，更有村民不欢迎他。如果我硬是不考虑实际情况，一意孤行地安排他去担任驻村扶贫工作队的第一书记，要是真的如他们所讲的那样，对宁伟夫的工作不支持、不配合，那宁伟夫在村里的扶贫工作就会举步维艰、寸步难行，所有的工作就难以开展，真的要前功尽弃了。

陈局长想到这里，为慎重起见，他拿出手机拨通了我的电话，要求我马上到他办公室去，要跟我谈一谈去担任第一书记的事。

我接到陈局长的电话，二话没说就兴冲冲地直奔局长办公室。

陈局长见我来了，客气地请我坐，还亲自为我沏茶。

我激动地对陈局长说："局长，您太客气了。"

这时，陈局长以关心我的口气说："尊老是我们中华民族的传统美德嘛。"

我接过陈局长的茶，坐在局长办公桌的对面。

陈局长语重心长地对我说："宁老，你主动要求到村里去当第一书记，我很敬佩你。明天，你就要走马上任了，但有两件事我还是为你担心：一是大山村地处高山峻岭，天气变化无常，湿度也很大，你的身体能不能适应？二是驻村扶贫的第一书记责任大，任务重，工作强度也大，还要经常深入群众开展走访，你吃得消吗？你的体力承受得了吗？"

对于陈局长突如其来的话，我一时丈二和尚摸不着头脑，则一厢情愿地说："请局长放心，我出生于农村，以前在农村里磨炼过，什么苦我也吃过，现在，我感到只要是自己喜欢和愿意做的事，爱好做的事，做起来就有干劲，在我看来没有吃不消的事，也没有吃不了的苦。"

陈局长那样细心地开导着我，但我没有顺着他的意思松口，还是执意要去大山村担任第一书记。

陈局长则开门见山地说："宁老，据说那村里个别的老百姓比较刁蛮，野性十足，工作不好开展，这个问题你考虑过吗？万一有什么困难，你不要碍于情面，可以跟我说，我另外再选派一个人去当第一书记也无妨。"

这时，我也意识到了陈局长的话中有什么奥妙，只是陈局长还没有直接说出来而已。

对于陈局长的好言相劝，我故作不知，继续坚持着自己的观点，但是为了不使气氛紧张，我还是感激地说："非常感谢局长的关心。由于老百姓受教育的程度不同，个人的文化素质参差不齐，对事物的认识水平也不一样，他们在未接受你的思想之前，肯定是要讲蛮话，做蛮事，说蛮理，这是情有可原。对于这种事，我早就有了思想准备，请局长不必要为我担心。"

陈局长见我决心那么大，他则微笑着点了点头。

这时，我坚定地说："局长，请你放心，我会处理好各个方面的关系，一定会保质保量地完成精准扶贫的任务。"

陈局长看到我态度坚决，但他还是说："宁老，去担任第一书记，一去就是一年，如果你觉得时间长了的话，还可以再考虑考虑。"

这时，我严肃地说："我已经考虑再三了，我也希望局长不要朝令夕改。"

我把话说到这一地步，陈局长也意识到没有必要再多此一举。

回到家里，我把局长跟我谈的话告诉了我的爱人邓丽佳。

我爱人正想留我在家里，不要去村里当第一书记，她则劝我说："老宁啊，你的局长对你这样关心，他跟你谈话的意思就是希望你不要逞能，不要去村里当第一书记。局长语重心长的话，你应该听懂了吧。"

我说："我听懂了局长的话，但我不想虚度两三年时光而退休，再加上俗话也说得好：一言既出，驷马难追。思来想去，我不想打退堂鼓，还是愿意去当第一书记。他说有些村民性格剽悍，我就想去感受感受他们剽悍的性格究竟如何，不入虎穴，焉得虎子？"

妻子说："你是明知山有虎，偏向虎山行啊。"

我莞尔一笑，说："就算是如此吧。"

接着，心情激动的我马上打电话告诉陈局长说："局长，我决心已定，明天一早，我就准备到村里报到去。"

陈局长则在电话里说："宁老，你既然做出了最后选择，那我在这里提醒你一点：村里对你出任第一书记存在着不同的声音，不过，我相信他们都是从各自的利益出发的。但是，你要知道，精准扶贫工作既是一项惠民工程，又是一项重要的政治任务，你到了那里，要处处树立起我们共产党员的光辉形象，你一定要身体力行，以身作则，更要接地气，多与老百姓联系。做农村工作只有坚持'没有调查就没有发言权'的原则，坚持大公无私的工作作风和工作态度，才能出色地完成精准扶贫的脱贫攻坚任务。"

我在电话里爽快地回答说："保证完成任务！"

这时，陈局长又高兴地说："宁老，那我在电话里，一祝你身体健康，二祝你工作愉快，三祝你圆满完成任务，四祝你顺利凯旋！"

我激动地说："感谢局长的关心，谢谢局长的祝贺！"

这时，还没有下班的陈局长马上把张君副局长叫到办公室。

陈局长郑重其事地对张君说："宁老这个人啊是一头老黄牛，我听说，他是我们市唯一的一个省党员学习明星，他荣获这样高的荣誉，他不说，我一直不知道。宁伟夫同志为人很低调啊。"

张君说："局长，你不说，我也不知道宁伟夫同志获得过那么高的荣誉，他是我们教育系统的骄傲啊。"

陈局长突然激动地说："张副局长，宁伟夫同志是值得我们尊敬的老同志，也是我们学习的榜样。他明天就要到村里去担任第一书记了，他是老同志，自己又没有车，你去安排一下，破例派一台车，送他到村里上任。"

张君爽快地说："好，我马上去安排。"

张君副局长刚走，大山村的村支部书记肖十美打电话来了，他问陈局长说："陈局长，你们更换了第一书记吗？"

陈局长实话相告说："宁老有那样的愿望，我们也做了决定，不宜更换，但我告诉你，宁伟夫同志虽然年纪大了一点，但他为人谦和、平易近人，他还是我们省、市2013年度的党员学习明星呢，只要你跟他相处一段时间，你就会感受到他的好。我希望你们在扶贫工作方面，精诚团结，合作愉快，工作顺利。"

肖十美在电话里说："好的。"

没过多久，李世豪也打来了电话，问陈局长："局长，关于第一书记的事，你们商量得怎么样了？"

陈局长直截了当地告诉李世豪说："按照工作原则，不是特殊情况，不能更换第一书记。"

李世豪看到陈局长没有按照他的意思办事，没有满足他的意图，则再次威胁陈局长说："陈局长，你不听取群众的意见，一意孤行，那到时候就有好戏看了。"

李世豪说完话就挂了电话。

陈局长一脸严肃……

五　一入大山感慨万千

在我正式出任县教育局驻村扶贫工作队第一书记之前，虽然出现了那么一个个不和谐的声音，出现了意想不到的小插曲，但我并没有把这件不愉快的事放在心上，也没有计较其得失，对于那些说三道四的人，我也没有什么介意，我总认为言者无罪，闻者足戒，有则改之，无则加勉。因此，它并没有影响我的情绪，第二天，我心情十分舒畅地坦然前往扶贫村报到。

阳春三月，春光明媚，阳光灿烂，粉红的桃花开得格外动人心魄，洁白的李花更是耀眼夺目，茵茵绿草探出了小小的尖尖角，把整个大地装扮得生机盎然，处处显得万紫千红，争奇斗艳。

也许是人逢喜事精神爽的缘故，一起床做起事来心里就特别舒畅。

一大早，妻子就帮我清理行李，还特意叮嘱我千万别忘记拿药，同时还嘱咐我说："你这种高血压、高血脂的人，不能断药，一旦忘记拿药，到了大山里就没有药可买，那将严重影响身体。"

接着，妻子和我提着行李到街道边等车，过了一会儿，驻村帮扶队的搭档王顺中开车过来了。

妻子忙手忙脚地把我的行李装上车，待我上车后，妻子邓丽佳还在我耳边反复地叮嘱我说："工作再忙，也一定要按时吃药啊。"

就那样，在这生气勃勃的季节里，在这惹人怜爱的日子里，我带着简便的行李，坐上了年轻的扶贫队员王顺中的车，带着欢快的心情正式踏上了县教育局驻村扶贫工作的路。

我们县教育局精准帮扶驻村队的驻村点是白驹镇的大山村。

大山村顾名思义就是在大山深处，它距离县城约35千米，在县城东边的最高山上，全村大多地方的海拔在800米以上。在峡谷深处，小溪之旁，有一条蜿蜒的村道一头连接县城，一头连接大山村。村内的大山重峦叠嶂，天气变化无常，往往平地阴雨连绵时，大山村却晴空万里；当大山村云雾缭绕时，平地却是明朗如镜。由于大山村山高路险，一到大雪封山，车辆就无法出入。由于经济落后，致使部分村民的生活还处于贫困线以下。

我以前从来没有去过大山村，一听说大山村地处大山深处，我马上就对大山村产生了浓厚的兴趣。

小车驶出喧闹的县城，行驶了一段县道，马上就进入了盘山村道。车在弯弯曲曲的村道上蹒跚地向上行驶，就像蜗牛在慢慢地爬行。村道就像一条褪了颜色的飘带，挂在群山的山腰，车在山间若隐若现。越爬越高时，我往车窗外瞧了瞧，村道好像就贴在悬崖峭壁之上，司机开车只要一不留神，车就会驶出村道，坠下山去，后果不堪设想。不少的城里人乘车从这里经过，向下俯视时总是感到头昏目眩，心惊胆战。

我是第一次经过这样的盘山村道，我在心里不断安慰自己：即使险象环生，也都会有惊无险的。于是，我不但不觉得危险，反而感到很刺激。

小车一入山口，就感到两山排闼送青来。车在山间行驶了半个多小时，没有见着人烟，与我相伴的只是两边相对而出的高山。随着海拔的不断提升，山上的凉风一吹，我渐渐地感到身上有些寒意。山上的树枝也没有平地那么绿了，只有那满山的苍苍翠竹，一齐很有礼貌地弯着腰，低着头，在向我们深深地鞠躬行礼。桃树、李树只有零星的几朵花瓣调皮地露出了笑脸。这时，我陡然想起以前读过的诗句："人间四月芳菲尽，山寺桃花始盛开。"那时只知道这句诗写得好，但不知道其真谛，今天看到那如画如诗的景象，我才真正领略到这句诗的意境。

车再转过几道弯，大有晋代陶渊明笔下的晋人寻找到桃花源一般，我的视线豁然开朗，山腰上隐隐约约地现出了三五座古朴的房屋。再过了一会儿，看到了袅袅升起的炊烟。快到山顶时，才看到一座座房子点缀在大山村的山坡上。坐在车里的我几乎有点按捺不住了。我不断地探出头，观赏着车外的美景，不由自主地喊出了唐代诗人李白在登太华山时的诗句："厄磴层层上太华，白云生处有人家。"

到了村部，下了车，村支部书记肖十美带着村妇女主任、村扶贫主任等人迎了上来，他们客气地跟我一一握手问好。

肖书记虽然之前对我也颇有微词，但见到我之后，他没有表现出什么异样，反而一见如故。

相互寒暄之后，我再次游目四周，看到山顶上流动的云彩，和云彩上面的蓝天，我陡然感到：只有这里的云彩才是没有受到任何污染的真正的云彩，这里的蓝天才是大自然留给人们不可多得的景观！田间潺潺的流水，仿佛把我带进了孩提时的记忆，清凉的微风似乎给我送来了泥土的芳香。

　　我站在村部前，尽情地呼吸着沁人心脾的新鲜空气，似乎进入了天然的氧吧，心如毛羽的撩拨，身软如泥，心情舒畅无比。我站那这里，犹如隔天只有三尺三了，一伸手就可以摘取天上的云朵和天穹的星星和月亮，一跺脚就有可能惊动天上的玉皇大帝。

　　一饱眼福之后，在大山村支部书记的引导下，我背着行李，提着锑桶等日常生活用品走向大山村的村部大门。

　　大山村的村部是前一年刚修建的新村部，两层楼房，一面鲜红的国旗迎风飘扬。

　　当我一脚踏进村部的大门时，我突然想起当年的知识青年上山下乡的情景，今天的我似乎体会到了当年上山下乡知识青年们那种欢快而又凄凉的感受，耳边似乎回荡起毛泽东主席当年说出的那句名言："农村是一个广阔的天地，在那里是可以大有作为的。"

　　但是，没过多久，我陡然有些黯然神伤：当年上山下乡的都是少男少女的知识青年，是早晨八九点的太阳，而今天的我，已经是接近黄昏的夕阳。于是，一股酸甜苦辣涩五味俱全的伤感之情油然而生，我心里开始有点懊悔，不应该那样冲动、那样执着地来当第一书记。但是，说出去的话，如泼出去的水，君子一言，驷马难追。既然不忘初心地向着自己既定的方向迈出了第一步，就不能半途而废，要牢记使命、硬着头皮，勇敢地、义无反顾地、大踏步地奔向美好的未来。

　　于是，我在心里暗下决心："一定要信守自己的诺言，一定要不忘初心，牢记使命，严肃认真地努力践行自己的诺言！"

　　想到这，我背着行李，大步流星地跨进了村部的大门，准备接受习近平总书记亲自规划的精准扶贫工作蓝图的洗礼。

　　肖十美对于我的到来没有另眼相看，而是很重视，他把村里的村支两委、党员和村里的各组组长都请到了村部会议室与我见面。

　　在欢迎大会上，肖书记向村支两委和村干部们介绍我说："各位党员干部，去年在我们村任第一书记的钟先喜同志因为家里有事，不能继续担任我们村的第一书记，而接替钟先喜书记的就是我身边的这位，他就是我们村新来的精准扶贫工作队的第一书记，他叫宁伟夫，宁书记。"

　　肖书记向大家介绍完之后，大家一齐响起了掌声，我则小心谨慎地站起身，向大家毕恭毕敬地鞠了一躬，然后说："感谢大家的欢迎！"

　　接着肖书记又说："王顺中是扶贫工作队老队员，我们相互之间都熟悉，不需要再介绍了。"

　　之后，肖十美向我介绍说："我是村支部书记、村委会主任一肩挑，这位女同志是我们村的妇女主任，她叫宋丽琼；坐在窗口边的那位瘦小个儿是村扶贫主任，叫季永高，其他在座的就是我们村的党员和组长。"

在这次欢迎会上，肖书记简明扼要地给我介绍了村里的基本情况，还向我简单地介绍了大山村的贫困户的数量和贫困人口等等情况。

接着，我也做了简短的发言，说："今天，我到你们村来当第一书记，是我有感于精准扶贫政策，毛遂自荐来的，所以，在工作中，只能成功，绝对不能有什么差错，由此，我感到我肩膀上的责任重大啊！现在，既然来了，能跟大家一起工作，既是我们的缘分，又是我们责任的共同担当。从今天开始，我就是大山村的一分子，跟大家就是同一战壕里的战友了，我愿意跟大家一起，风雨同舟，同甘共苦，出色地完成精准扶贫的伟大任务。于是，我想在出任第一书记期间，重点做好三件事：一是建立一个强有力的党支部，充分发挥党支部的战斗堡垒作用，为精准扶贫服务；二是带领贫困户和非贫困户努力发展产业，为贫困户脱贫制造新的血液，从根本上解决贫困户脱贫致富存在的问题；三是传播我们中华民族五千年来优秀的传统文化，从思想上、政治上帮助贫困户实现精神脱贫！这是我在跟各位党员、村干部第一次见面的承诺。作为一名共产党员，我将认真地履行我的诺言，也愿意接受全体党员、村干部的监督。"

我这一番热情洋溢的发言和表态，赢得了与会人员的热烈掌声。

会议之后，我把我的房间整理了一番，再把床铺铺好，休息了一会儿。

肖十美书记回到家里，躺在床上在思考着对我的印象，他觉得我并不是他想象中和传说中的那样，自命清高、目中无人、高高在上，而是和蔼可亲、平易近人；他相信我是一个清明正直、光明磊落的人，是一个可以依靠和信赖的人。由此，肖十美对我的看法彻底改观了。

下午，我把王顺中叫到办公室，向他详细地了解贫困户的情况，包括各个户主的性格特征。

在办公室里，王顺中一本正经地坐在那里，认真地跟我说："贫困户中，百分之九十九的人是通情达理的，只有一两个刺儿头，专门跟村支两委和我们驻村帮扶队作对。"

我怀疑地问王顺中说："世界上没有无缘无故的爱，也没有无缘无故的恨。在大山村哪有这样的事呢？不可能吧。"

王顺中理直气壮地说："你不相信，过一段时间你就能感受得到的。"

"那两个人是谁呢？"我问王顺中，"你告诉我，他是谁负责的贫困户？"

王顺中说："有一个是我负责的贫困户，叫王国之。为了做好他的思想工作，我一边串门，一边跟他攀家门，但是效果还是不理想。"

我接着问王顺中："他是你的帮扶对象？"

王顺中心里有气地说："就是我的扶贫对象，我对他了解，一年来，我伤透了脑筋。我经常去他家里走访，把所有的扶贫资料都给了他，但是上面来调查时，他不知道把资料丢到哪里去了，找不到了，他就推卸责任说我没有给他，他就是一个这样的人，总是睁眼说瞎话。"

我说："既然这样，你就换出来，由我去当他的帮扶责任人。"

王顺中求之不得地说："我只要把王国之这一家帮扶对象调换出去，我愿意另外负责三户帮扶对象。"

我玩笑地对他说："小王，王国之的思想工作就这样难做吗？你把他退出来，你不要反悔哟。"

王顺中说："哪有什么反悔，我求之不得呢。宁书记，你见他之后，你就知道了。"

我再问王顺中："王国之家离村部有多远？"

王顺中说："不远，就在村部对面。"

为了证实王国之的为人，我说："这么近啊，好，你马上陪我到他家里去走访一次。"

王顺中对我的提议有点意外："宁书记，你今天刚来，辛苦了，明天我再陪你去走访，好吗？"

我说："不要紧，今日之事莫推明日，要趁热打铁。我现在去走访，比明天去走访效果要好得多。"

在我的要求之下，王顺中陪同我来到了王国之家里走访。

我与王顺中一踏进王国之的家门，王国之正好将饭菜摆上桌子。王国之看到我们两个不速之客，他有点措手不及的样子，不知道说什么好。

王顺中向王国之介绍说："老王，这是我们村新上任的第一书记，一到村里，他就来看望你。他叫宁伟夫，以后你就叫他宁书记吧。"

王国之受宠若惊地马上叫道："宁书记，你好，贵人踏进我这贱地，使我茅舍生辉啊。"

我说："老王啊，别客气了，我看我们年纪相当吧，以后你就叫我老宁吧，没必要叫什么宁书记。"

王国之笑着说："宁书记，我还没有见过像你这样没有一点架子的领导。"

一经对话，王国之显得没有刚才那样局促不安了，他马上转换话题说："宁书记，俗话说：来得早不如来得巧。你来得太巧了，我看你们当干部的都是贵人，有口福。我好久没有吃鸡肉了，今天宰了一只鸡，还温好了一壶自家酿的米酒，你就不请自来了。"

我说："老王，你这是吃什么饭啊？是中饭，还是……"

王国之兴奋地说："上午我在田里做事，中午回来做饭。不管时间早晚，中饭、晚饭一起吃。"

我说："你是一个典型的老式农民，早、中、晚三餐不分，我们才吃了中饭没有多久。"

王国之见我对农村里的事比较了解，则高兴地说："来者是客，我们一起喝一杯。"

我推辞说："我们刚吃了饭，饭还喉咙里没有下肚子呢。"

王国之热情地说："我不要你吃饭，来喝杯酒。"

我还是推辞说："我不会喝酒，沾酒就醉，并且现在党内还明确规定，工作时间不允许喝酒。"

王国之说："我们这里天高皇帝远，没人管得了。"

我说："工作纪律是靠自觉，不是靠管理。"

王国之强硬地说："你有工作规矩，我不勉强，但我们的前人说过，将在外军令有所不受。现在你到了农村，应该也知道随乡就俗吧。"

我玩笑地说："老王啊，我看你肚子里蛮有货啊。不过，老王啊，有一句话我要跟你说，我现在是你们村的第一书记，从今天开始，你还是我的帮扶对象唰。"

王国之更是高兴地说："是吗？要是这样，你就更应该要陪我喝杯酒，以加深感情。"

我坚持说："老王，我们有规定，不准在贫困户家里吃饭、喝酒。"

王国之更加热情地说："我说了，将在外军令有所不受。"

我说："我真的不能喝酒。"

说着，我与王顺中要走，王国之则生气地说："宁书记，我虽然是一个老实巴交的农民，但我知道，以前请人吃饭是看得起对方，现在你能到我家里来吃饭是看得起我。今天，你要是不在我家里吃饭，不陪我喝上一杯酒，你就是看不起我这个贫困户，以后你就不要到我家里来，我也不会支持你的工作。"

在这种骑虎难下的情况下，我犹豫了好一会儿才说："老王，你这样好客，这样盛情，那我们就恭敬不如从命了，但是，我真的不会喝酒。"

王国之马上改口说："那就这样，我家里有甜酒，给你煮碗甜酒水总行了吧。"

我难为情地说："好吧。"

接着，我给他生起一炉火，王国之在灶上架起一只锅，倒上一勺清水，等水开了之后，再倒进一碗甜酒糟。

王国之家里没有白糖，我立即叫王顺中到代销店去买了一包白糖回来……

不一会儿，甜酒水煮好了，然后就开始就餐。

没有想到的是，这一餐饭却吃出了一个大问题。

六 一杯"酒"被李世豪逮个正着

由于王国之的盛情难却，我与王顺中坐在了餐桌前。

这时，我问王国之："老王，你老婆呢？她怎么不来吃饭呢？"

王国之犹豫了一会儿说："她这两天身体不舒服，在床上躺着。"

我打趣地说："难怪你又当爹来又当妈哦。"

王国之说："没办法，我是一个八字命苦的人哦。"

接着我又问："老王，你爱人能起来吃饭吗？"

王国之此时显得霸气十足地说："宁书记，别问了，我们喝酒。"

其实王国之妻子李平平不是病了，而是一个残疾人，她也很好客，家里来了客人，她高兴，还嚷着要上桌子吃饭，但是，她因为身体的原因，吃饭的时候爱流口水。

王国之为了让我们能在他家里喝得高兴，吃得开心，他就让妻子一个人坐在房间里吃饭。李平平由于没有能够出来跟我们一起吃饭，她心里老不高兴，端着碗，看着碗里的鸡腿一会儿笑，一会儿哭，口里还说着他人听不懂的骂人的话。

说着，王国之举起酒杯对我和王顺中说："宁书记，你看得起我，一到村里就来看望我，使我感到太荣幸了，但是，我是山里人，不晓得讲客套话，就只知道喝酒，来，看得起我，就干了这一杯。"

那一杯米酒足有三两多，王国之脖子一仰，"咕噜咕噜"两声，酒就下了肚子。

由于我与王顺中喝的是甜酒水，所以我求情地说："老王，我们喝的是甜酒水，虽然不醉人，但这么一大碗，我们就不干了，少喝一点行吗？"

王国之说："你们城里人说得好：感情深，一口吞；感情浅，舔一舔。宁书记，这就看你的了。"

我说："老王，其实我也是乡里人，我出生在农村，成长在农村，与你有什么两样呢？不过，老王你既然将军了，我也无话可说。"

于是，我端起那碗甜酒水，慢慢地把那碗烫手的甜酒水喝了。之后，王国之又为我们盛了一碗甜酒水。

这时，王国之说："宁书记，我是一根肠子通屁股，没有弯弯，有什么就说什么。"

我说："你跟我一样，是一个心直口快的人。"

王国之说："宁书记，今天你来，能在我家里吃饭、喝酒，就是看得起我，我心里特别高兴。来，别的不说了，我们再喝一杯。"

我看着那碗甜酒水，皱了皱眉头说："又要干啊，老王，我喝甜酒水不要紧，但是不能再一碗干了，你酒量大，你就多喝一些，我慢慢喝陪你，但有一个前提，千万不能醉。"

王国之举起酒杯说："喝，今天我高兴。"

我反问他说："难道你平常就没有这样高兴地喝过？"

王国之说："平常累了，我就一个人喝一点酒，有时心里不愉快就一个人喝闷酒，都是一个人喝。"

我说："适量地喝一点酒有益于身体健康，但是，喝多了会伤害身体。"

王国之喝得尽兴的时候，把他家庭的情况向我和盘托出。

王国之两眼惺忪地说："宁书记，现在我告诉你，我老婆并没有生病。"

"是吗？"我责备他说，"那你为什么要骗我说你老婆生病了呢？"

王国之说："我不想让我老婆出来一起吃饭的原因……算了，说出来怕你们倒胃口。"

我两眼圆睁着，静静地看着他。

王国之这才说："我老婆是一个残疾人，脑子不好，说话不清，吃饭时还流着口水，为了不影响你们的食欲，我叫她在房子里吃饭。"

我听他说出这话的时候，两眼充满了辛酸的泪花："老王，我知道你的良苦用心，我也知道你们山里人就是这样纯朴，这样好客，可是，今天，你为了我们却错待了你的结发妻子啊，我即使吃得再好，喝得再开心，但对于我来说还是于心不忍啊。"

王国之痛苦地说："宁书记，我老婆生活不能自理已经15年了，我天天服侍她，心里不高兴的时候，我就一个人喝闷酒，以解脱心里的痛苦。"

听王国之那么一说，我心里实在不安，但我还是安慰王国之说："老王，你了不起，我知道你心里的苦楚，想借酒来麻痹自己，但是有句话说得好：借酒消愁愁更愁。并且，喝酒过量还会严重影响健康。"

王国之说："在这15年里，我一个男人还要做一个女人做的事，我任劳任怨，一日三餐我将饭菜端到她手里，有时还要哄着她吃饭。想想风风雨雨一路走来，我心里真的有些迷茫，不知道何时才是个尽头啊。"

此时，我心里只是感到一阵阵的酸痛，眼角挂上了泪花，激动地对王国之说："老王啊，你是一个模范丈夫，但是，今天你为了我们，让妻子在房间里吃饭，我们吃得高兴，你妻子却吃得心酸啊。"

接着，王国之握着我的手说："不要紧，等会儿我再去安慰她就是。"

我说："老王，你有这样的困难，只要我能做得到的，在不违背原则的情况下，在政策允许的情况下，我一定帮你解决问题。"

这时，王国之完全把我当成他的知心朋友，在我面前，他无话不说了："我曾经当过兵，在部队里受过伤，属于六级残疾，回来务农后，受到一些人的歧视，使我应该得到的待遇得不到，为了维护自己的尊严，我跟几个人吵了架，后来，我老婆生病成了残疾人。在我一而再、再而三地要求下，我老婆才办到了残疾证。在当年纳入贫困户时，我据理力争才如愿以偿：吃到了低保，还享受了残疾人补助。所以，有人称我是蛮不讲理的'土匪'。"

"原来如此，问题解决了就行了。"于是，我再问王国之，"你小孩的情况还好吧？"

王国之痛苦不堪地说："我有两个儿子，小的成家了，大的三十七八岁了，不知是家庭缘故还是什么原因，到现在还光棍一条，没有娶妻。"

我安慰他说："这个你不用着急，他也许还没有找到合适的女朋友。不过，这样吧，我把你这件事记在心上，要是有合适的，我也帮助他物色对象。"

王国之抱拳说："那太感谢宁书记了。"

我说："老王，你又叫错了，称我老宁就行了。"

说着，王国之的话匣子打开了，他告诉我说："为了送小儿读书，我曾经干过赶马的活。你不知道，赶马很辛苦，早出晚归。当初几年赶马尽管很辛苦，但心里有个盼头，为了送儿子读书，再苦再累心里也乐呵呵的。后来妻子病了，我出去赶马前还要为她煮好饭，回来后又要自己煮饭才能有吃，所以，同样是赶马，心理压力很大，常常闷闷不乐。有一次我骑着马进山里去驮木材，马一失蹄，连人带马滚下山坡，要是没有一棵柴蔸挡着，要是没有肖书记的相救，我和马早就一命呜呼了。"

王国之说着，两眼充满了泪花。

我则劝他道："来，老王，那种不愉快的事就让它过去吧，喝酒。"

王国之端起酒杯又一饮而尽，然后他再为自己斟满了一杯酒，激动地对我说："妻子每年要去医院住几次院，好在现在国家政策好，我们贫困户住院报销比例大，自己几乎没花多少钱。要不然，我家的生活就会雪上加霜。"

这顿酒王国之喝得非常开心。

就在我们说话的时候，我从衣袋里掏出了 200 块钱，压在了我的酒碗下面，一来作为我跟王国之的见面礼，二来作为我与王顺中在王国之家里吃饭的餐费。

正当我们准备起身回村部时，突然闯进了一个人。

王国之一眼看到他，马上叫道："'小霸王'，你怎么来了？既然要来为什么不早一点来呢？"

我看了看李世豪，问道："你就是'小霸王'李世豪？"

李世豪得意地说："对，我就是李世豪。"

李世豪看似有备而来，他来不是为了吃饭，而是另有所谋。他的出现好似一个不和谐的因素，打破了我们平静祥和的气氛。

原来我在王国之家里吃饭的事被李世豪的妻子姜美丽看到了。

姜美丽回去之后马上跟李世豪说："世豪，你不是说，宁伟夫曾经有言在先，说到村里来不会到贫困户家里去吃饭吗？"

李世豪说："是啊，宁伟夫上午在村部的大会上说过啊。"

姜美丽说："哼，那宁伟夫啊，今天到我们村的第一天，不但在贫困户家里吃饭，而且在一个有残疾人的贫困户家里吃饭。好一个口是心非的宁伟夫，连有残疾人的贫困户也不放过！他会是一个好干部、好书记吗？"

李世豪听到这话，从沙发上一跃而起，叫道："有这回事吗？"

姜美丽说："要不是亲眼所见，我也不相信呢，他跟王顺中现在还在王国之家里喝酒呢。"

李世豪号叫着："好一个口是心非的宁伟夫，我要叫你吃不了兜着走。"

于是，李世豪手里捏着手机，杀气腾腾地直奔王国之家而来。

李世豪见到我，阴阳怪气地说："来得早不如来得巧。宁书记，没想到今天我们在这里见面了。"接着，李世豪用手机对着餐桌拍照、摄像。

王国之气愤地说："李世豪，你想干什么？"

"我没想干什么，宁书记初来乍到，在你家里吃饭、喝酒，我想给他留个纪念罢了。"

王国之恼怒地说："李世豪，这是在我家里，请你不要胡来。"

面对这种局面，我和王顺中木然地站在那里，不知说什么好。

李世豪气势汹汹地说："宁书记，我看你是语言的巨人、行动的矮子。上午在村部的欢迎大会上，你红口白牙说不会到贫困户家里去吃喝，没想到，你说的话还在自己的耳朵边回响，你就管不住自己的嘴巴，下午就跑到贫困户家里吃喝了，况且那户家里还有个残疾人，你还有良心吗？"

我若无其事地说："我是在贫困户家里喝酒，这一点我不跟你争辩，时间长了，我相信事实会大白于天下。"

李世豪尖刻地说："你这样的共产党干部，今天撞在我手里，算你倒霉了。"

王国之不平地说："李世豪，我请宁书记在我家里吃饭，你管得着吗？你要是在我家里耍流氓，我跟你没完。"

我检讨似的说："对不起，今天，我应我的帮扶对象老王的盛情邀请，才跟他喝了两碗甜酒水，我违规了，愿意接受你的批评教育。"

李世豪还是不顾我的感受，冷嘲热讽地对我说："宁书记，你是海量啊，我没有说不准你喝酒吧。"

我说："不过，李世豪，我告诉你，我在我帮扶的贫困户王国之家里喝酒，我没有白喝他的酒。在喝酒的过程中，我了解了他家的处境，同时我还喝出了一脸的辛酸泪。"

李世豪严肃地说："宁书记，你是党员，党的'八项规定'是怎样讲的，你知道吗？"

我无言以对。

这时，王顺中的手机铃响了，他一看到是肖书记的电话，就好像看到了救星，他马上走到一边去回电话说："肖书记，我们在王国之家里，你在哪里？"

肖十美说："我在村部办公室。"

王顺中着急地说："那你赶快到王国之家里来，我跟宁书记走访，遇到王国之正准备吃饭，在王国之的盛情之下，我们一起跟老王喝了两碗甜酒水，被李世豪逮个正着，他用手机摄了像，现在，他还一直在这里纠缠不休。"

肖十美说："我马上过来。"

不到一刻钟工夫，肖十美书记来了，李世豪看到肖书记，他的气焰一下就消了不少。

肖十美明知故问地问李世豪："'小霸王'，你怎么也在这里呢？"

李世豪说："我也是遇上的。"

肖十美警告他说："你是不是在这里耍了小聪明？"

王国之说："李世豪，你要是抓宁书记辫子的话，你抓错了。按照党的'八项规定'，宁书记没有违犯规定。他到我家里来吃饭，也不是我特意请他来吃的，是遇上的，也是在我的强烈要求之下他才喝了两碗甜酒水，并不是米酒，更不是白酒。"

李世豪若无其事地说："我没有要抓他的辫子啊。"

王国之说："我看到你用手机摄了像，拍了照。"

肖十美说："世豪，你是当老板的人，怎么做起下三流的小人来了呢？"

李世豪这才支支吾吾地说："我，我，我……"

这时，肖书记走到餐桌前，只看到一个酒杯，则问道："老王，你们是用碗喝酒啊？"

王国之说："就我一个人喝了几杯米酒，宁书记他们喝的是甜酒水。"

肖十美再看了看桌子上的菜，突然发现桌子上的一只碗下面压着200块钱。

肖书记则问王国之："老王，你怎么把钱放在桌子上呢？"

王国之说："没有啊。"

肖十美奇怪地说："那这些钱是谁的呢？"

王国之跑过去一看，然后惊奇地看着我，过了半晌才说："宁书记，你……"

我说："老王啊，你是一个男子汉，干活之外还要侍候妻子，不容易。今天，你请我吃饭、喝酒，我总不能白吃白喝了吧，这点钱是我的一点心意，你就收下吧。"

我说完，与王顺中走了。

之后，肖书记对李世豪说："世豪，其实宁书记是一个大好人，我听说他酒量很大，但他为了遵守党的纪律，严格履行党的'八项规定'，他没有喝酒，只是喝了一碗甜酒水。在我们这里，甜酒水男女老少都能喝，它不能算酒，是饮料，我希望你不要小题大做，以免坏了人家的名声，坏了我们大山村淳朴的民风。"

李世豪愣了一会儿，仍然强词夺理地说："他如果跟我作对，就不是好人。"

李世豪回到家里，一进门，姜美丽就问："世豪，今天你把宁伟夫吃喝的事捕个正着了吧。"

李世豪哭丧着脸说："美丽，你不要小看了那个宁伟夫，他比狡猾的狐狸还狡猾。"

姜美丽惊奇地问道："他有那么厉害啊，那你到王国之家里一无所获了？"

李世豪几乎沮丧着脸说："我一进王国之的家门，就把他们喝酒的现场摄了像，没想到，宁伟夫没有喝酒，他只喝了一两碗甜酒水。"

姜美丽火上浇油地说："甜酒水里面不是也有一个'酒'字吗？它也应

该算酒啊……没有抓到他喝白酒和米酒的这个把柄，你就不想上告他了？"

李世豪说："美丽，你是辫子长，见识短，那个家家户户、男女老少都能喝的甜酒水，属于饮料，能提得上桌面吗？如果以此为把柄状告宁伟夫，不但告不倒他，反而还会抬举了他，这种得不偿失的事，不能干。"

我与王顺中慢慢地走回村部，我在想：大山村真的庙小妖风大啊。

王顺中说："宁书记，李世豪就是一个这样的人，现在你算领教了吧。"

我说："看来李世豪就是想阻止我来当第一书记的人。李世豪是一个居心叵测的人，以后我得处处提防着他。"

王顺中说："宁书记，你这句话对李世豪的为人概括得准确，他就是一个居心叵测的人。"

我再说："顺中，你看到了嘛，王国之心里非常压抑，可以说，他有苦难言啊，今天遇到我们，他把心里的苦水全部倒出来了，他宁愿不断地破费，经常请我们吃饭，以解除他心里的压抑。王国之那种好客的热情，深深地触动了我的灵魂，他使我看到了大山村人们的淳朴。"

这时，王顺中兴奋地说："所有的驻村干部和镇政府包片领导，都认为王国之是一个不可救药的人，你今天一出面，王国之就被你征服得服服帖帖，这也许就是一碗甜酒水，拉近了相互之间的距离。"

我劝导王顺中说："对一个人的评价，要一分为二，要看到他的缺点，同时更要看到他的长处，不能只片面地看到他的缺点，而忘记了人家的优点和长处。如果你带着敌意去观察一个人，他肯定是一个坏人，如果你带着正面的观点去观察一个人，他肯定就是一个好人，你们以前一定是相互之间缺乏沟通。"

王顺中醒悟般地说："或许也是如此吧。"

我想了想再跟王顺中说："如果有可能的话，我们再到他家里去吃一次饭。"

王顺中担心地说："宁书记，那怎么行呢？今天就是一个惨痛的教训。"

我说："这个你不用为我担心，我去他家里吃饭肯定会给钱的，不能让他吃亏，这样，一来相当于开展消费扶贫，解决他家的经济问题；二来可以加深我们之间的感情；三来还能解除王国之的痛苦。只要我们行得正，站得稳，不怕他人怎么说。"

王顺中说："这样还差不多。"

我接着又说："小王，今天我们在王国之家里吃饭，李世豪的突然出现，的的确确给我们的工作作风和生活作风敲响了警钟。"

王顺中说："不过，宁书记，我认为我们今天之所为有失也有得，我发现我们陪王国之喝酒，他好高兴啊。"

我说："我以前听人说过，在农村工作，有时跟村民们磨破了嘴皮，还当不得和他们一起吃一餐饭。吃了饭，再难的事马上迎刃而解。"

王顺中说："这是做群众工作的艺术和策略。只有顺其自然，迎合人心了，问题就容易解决了。"

我说："现在，我考虑最多的是，我来当第一书记，我将如何做，才能改变他们的命运。"

回到房间，一阵思索之后，刚到大山村的我，对大山村又有了一种新鲜感，总想走出去这里瞧瞧，那里看看。白天的景色我已经一饱眼福了，但大山村的夜色我还没有领略过。

于是，这天晚上，我独自一个人走出村部，悠闲自在地来到村道上散步。天空没有星星，而山坡上村民们家里的电灯好似给天空弥补了没有星星的缺陷，到处闪烁的灯光好像星辰，多么耀眼，多么令人神往啊！

到了夜深人静的时候，我一个人站在村部的走廊上，不断地眺望着茫茫的夜空，不觉思想又杂乱如麻，刚刚离开喧闹的城市，来到静悄悄的大山里，感到有点不适应。在这黑灯瞎火的大山里，我一时又产生了一种不可名状的失落感，心里感到极度的孤独、寂寞，就像一个人走进了一个被世人冷落了的世界，到处是静悄悄的、阴森森的。我想，要是长期这样孤零零地待着，我又将如何度过那艰难而又漫长的黑夜呢？

想到这，我心里突然亮起了一盏明灯——我将利用这些漫长而又寂寞的夜晚，把在扶贫工作中涌现出来的精彩故事书写出来，并告之世人。

夜不能寐的我又想起了王国之说的那句"我有一肚子的苦水无处倒啊"，于是，我决定第二天再去走访一次王国之。

七　但愿合作成功

第二天一大早我就来到了王国之家里，跟他促膝谈心之后，王国之把妻子生病的经过，自己带病怎样照顾妻子的痛苦经历一五一十地说了出来。

为此动容的我告诉王国之说："老王，你完全继承了我们中华民族的传统美德，你是好样的，我将把你的事迹报道出去，让世人向你学习。"

过了两天，我就为王国之写出了一篇3000多字的报道——《自己有病却任劳任怨地照顾残疾妻子十五年》。

这篇报道在网络上一发出，没出两个小时，点击量就达到了一万二千多。有人赞扬王国之是一个对残疾妻子忠贞不贰的人，是一个不怕苦、不怕脏，任劳任怨为妻子料理生活的好男人！

自此之后，这篇报道进一步拉近了我与王国之的距离。

那天晚上，我躺在床上辗转反侧，我反复在想：精准扶贫是新时代的新生事物，同时，也是一项关系到国计民生、严肃的政治任务，没有亲身经历过的人，没有感受过精准扶贫的人都以为不过尔尔。其实不然，在扶贫的过程中，要一件事一件事地落实到位时，才知道农村工作的复杂性；才知道做农村工作并不是那么简单，那么容易；才知道老百姓的思想状态并不都是你想象中的那么单纯，都有他们自己的"小九九"。在没有与他们沟通之前，他们都只想着自己的切身利益，还有一些村民甚至于蛮横无理，所以，刚接触精准扶贫工作的我常常不知所措。一想起精准扶贫的工作，我几乎彻夜难眠。

为了把握好精准扶贫的尺度和精准扶贫的要求，多少个晚上，我从床上爬起来，披上衣服，又拿出扶贫资料仔细地研读。为了攻克精准扶贫的难关，党中央提出的要求非常明确，特别强调"精准"二字。也就是说，扶贫的对象要精准，必须是真正的贫困户；项目安排要精准，要因地制宜，不能盲目安排，敷衍了事；资金使用要精准，对贫困户的扶植是雪中送炭，不是锦上添花，所以，资金要用到刀刃上；措施到户要精准，要因人而异，不能搞一刀切；为了达到"精准"的目的，派出的第一书记必须精准，必须是工作扎实、认真负责的人；最后是脱贫成效也要精准，绝对不能马虎了事。

在认真阅读相关的扶贫资料之后，我还发现，为了攻坚，党中央的扶贫政策采取了步步为营、各个击破的战略战术，对症下药，有的放矢。因生产方面致贫的，就帮助其发展生产脱贫一批；没有安身之地，又没有建房能力的，就由政府出资为其修建房屋，首先让他有一个居住的地方，因地质灾害不能在原地建房屋的，就采取易地搬迁的方式安置一批，安居了才能乐业；需要退耕还林的，就采取生态补偿的方式脱贫一批；因为教育致贫的就帮助发展教育脱贫一批；对于没有劳动力的、老弱病残、鳏寡孤独的人则由政府统一兜底一批。

在认真研读了那些脱贫方案之后，我在想，要使全国的贫困户一个也不少地脱贫，一个也不掉队地走上致富之路，国家投入的资金，不知需要多少个几千几万个亿啊！从这个数据可以看出，我国综合国力的强大，国民经济的财力、实力的雄厚！国家每年把那么多的资金投入到老百姓中间去，设立惠民工程，扶助贫困户脱贫致富，这样的事只有我们社会主义的中国才能做到。

对识别贫困户精准还是不精准，也有一个标准，那就是"四看"：一看房；二看粮；三看劳动力强不强；四看有没有读书郎。

要想做好精准扶贫工作，必须首先把握好政策，如果没有把握好政策，老百姓提出什么问题，你要么一问三不知，要么答非所问，要么误传政策。

我掌握了那些政策之后，觉得心里有了底气，说话才有的放矢，做事才有条不紊，在群众中展开调查、调研，老百姓才对你信服，在谈吐中，你才能掌握到村里的真实情况。我还意识到，要想在老百姓中树立起威信，要想把精准扶贫工作做好做实做到位，使老百姓相互之间不产生矛盾，或者少产生矛盾，使老百姓满意，就必须全面掌握各个村民的家庭情况和村里的基本情况。只有如此，老百姓提出了问题，你才能对答如流。

没有调查就没有发言权。为了牢记我来当第一书记的使命，为了实现我带领贫困户脱贫致富的初衷，我当即就敲开了队员王顺中的房门。

我问王顺中："小王，你在大山村工作一年多了，对大山村有什么感受吗？"

王顺中思考了一会儿说："我跟钟书记在这里工作，我认为绝大多数的村民对我们还好，只有个别的人才难过我们。"

我紧追不舍地问："昨天我急于到王国之家去了解情况，没有问及其他的人，现在，你说有刁难过你们的人，他是谁？"

"就是村里的那个外号叫'小霸王'的李世豪。有时他给钟书记出难题，穿小鞋，把钟书记搞得骑虎难下。"

我默默地点点头，然后问道："他比王国之还刁蛮？"

王顺中不假思索地说："他，还刁蛮十倍。"

我说："也许是你们还没有跟他深入沟通呢，或者是太迁就他了。"

王顺中又说："宁书记，昨天在王国之家里你不是见识他了吗？你来当第一书记，他说不定还会与你作对呢。"

听王顺中这么一说，我觉得李世豪的确不是一盏省油的灯，于是，我点了点头，把王顺中介绍的情况一一记在心上。

之后，我再直接跑到村支部书记肖十美家里，向他请教，向他了解村里的村情民意。

肖十美身材高大，面容英俊帅气，五官端正，性格耿直，衣着朴素，整天就是穿着一件粗布衣衫，没有一点村支书的架势和气派，可他为人做事光明磊落，和蔼可亲，平易近人。他在处理村里的事务时，都能一视同仁，没有厚此薄彼的心态，也没有嫌贫爱富、爱屋及乌的心理。所以，尽管他上任村支部书记的时间不长，只有一年多的时间，但在群众中，他有一定的威信和较好的口碑。

他家距离村部不远，一袋烟的工夫就到了。

见到肖十美，我玩笑地跟他说："肖书记，你的名字和我的名字一样，取得好，有含义。"

肖十美问道："宁书记，你是文化人，你说你我的名字具有什么含义？"

我大言不惭地说："我父亲给我取这个名字，就是希望我走上社会之后，要大公无私，不要有私心，要做一个一心为民、秉公正直、堂堂正正的伟丈夫。当年你父母亲在你出生之后，可能看到你伶俐可爱，则希望你成人之后，在为人、做事方面都要达到十全十美。"

肖十美听到我这样诠释他名字的含义时，他开怀地大笑起来。

接着，我问肖十美："肖书记，你在家里发展什么产业了吗？"

肖十美说："我以前一直在广东家私厂务工，后来，在家里栽种了十几亩药材，由我父亲管理。去年，群众全票选举我为村支部书记，当上村支部书记之后，我放弃了在广东务工的机会和当老板的梦想。现在除了当好村支部书记之外，我再一心经营那十几亩药材，算是带头发家致富吧。"

我赞扬肖十美说："肖书记，你是一名真正的共产党员，为了党的事业，为了全村人民的利益，你的这些行动是为大家舍小家的模范。"

在我与肖十美相互寒暄几句之后，我再开门见山地说："肖书记，我这次来你们村当第一书记，是属于半路出家的人，去年刚刚实行派驻第一书记时，我没有来，这次，我是有感于精准扶贫的惠民政策，毛遂自荐来的，我希望能与你携手合作，出色地完成精准扶贫的任务。"

肖书记见我工作热情很高，工作态度又端正，则语重心长地对我说："我们这个村啊，地理位置比较特殊，东西长有五六公里，南北宽也有三四公里，是一个名副其实的大山村。"

说到这里，肖书记的话匣子打开了，他叫我跟他走出他家，在去村部的路上再说。

在路上，肖书记用手指着村部周围的房子，自豪地说："你看，我们村虽然地处深山怀抱，但勤劳的大山村人，去外面打工的不少，在外面办企业、办工厂当老板的也不少。你看那一幢幢的房子，就是他们在外面挣到钱之后回家乡修建的。那些房子，是他们身份的象征，是勤劳致富的见证。"

肖书记不讲，我还没有完全意识到大山村的景象。是啊，在这个穷乡僻壤的大山村，立着好些两三层高的楼房和别墅，无不使人感到大山村是一个藏龙卧虎之地！但是，在那些楼房旁边，也有一些矮小的旧房子，那些旧房子好像没有脸见人似的，蹲在那里，自惭形秽。

接着，肖书记摇摇头又说："在我们村里，由于各方面的原因，贫富差距较为悬殊，你看对面的那座房子，他的主人是个大富翁，资产上亿。另外，几百万资产的老板比比皆是，但是，贫困的人就太贫困了，几年前，看不起病、上不起学、吃不上饭的大有人在。最为可惜的是，我们村里有一个叫陈自立的人，他以前是百万富翁，后来由于经营不善而破产了。"

听着肖书记的介绍，我郑重地点了点头。

接着，肖书记继续介绍说："在我们村里，由于自然条件差，老一辈人没有讨老婆，到现在还一直过着单身生活的人有十多个，他们年老体弱，生活十分窘迫，一生病就打电话给我，我再和其他的村干部送他们去医院。去年，我与钟先喜书记就多次深夜送一个五保户到县人民医院去住院。还有个别的贫困户，到现在还没有进过县城，他们的确过的不是生活，而是一种无可奈何的生存。"

经肖书记那么一介绍，我虽然还没有看到那些贫困户的贫困程度，但我心里对他们已经产生出了几分怜悯之心。

于是，我对肖书记说："人非草木，孰能无情！既然贫困的家庭如此贫困，你我都是党员，都是书记，我们有责任、有义务带领他们走出困境，共同走上富裕之路。"

肖书记听到我有那样的雄心壮志，他也发自内心地跟我说："是啊，我去年刚担任村支部书记时，看到那些可怜巴巴的老人，我心里只是感到一阵阵酸痛，但对于他们的处境，对于那么多的贫困户和五保户，我心有余而力不足，爱莫能助，只能依靠党的政策，依靠政府的支持。在精准扶贫方面，对于那些贫困户的核定，我看出了一些端倪，但是，我不能自作主张，在这次清理'四类人员'时，我作为一名共产党员、村里的支部书记，我将在甄别贫困户方面，与你一道，不偏不倚，不袒护任何人，大公无私，秉公办事。"

肖书记的表态使我激动起来了，我拍着他的肩膀说："肖书记，你是好样的，在当前情况下，你一是放弃了准备在外开工厂当老板的机会，回家乡担任村支部书记，这就是一种舍己为公、高风亮节的表率；二是你作为一名村支部书记，不怕困难，大公无私，秉公办事，能够做到这一点就不错了，精神可嘉，难能可贵啊！"

肖十美激动地说："说实在的，父老乡亲那样信任我，我就不忍心辜负了他们对我的厚爱与希望。如果我不回来担任村支部书记，我就对不起全村人民，我就会问心有愧。"

我赞扬肖书记说："作为一名真正的共产党员就应该有所担当，一心向钱看的人不是一个好人，而是一个'孔方兄'的奴才。"

肖十美看到我们俩人说话如此投机，不觉有点相见恨晚的感觉。

过后，他又不无惭愧地说："当初，你还没有到我们村里来当第一书记的时候，我只留恋着第一书记钟先喜同志的工作热情，我一时糊涂还建议你们的陈局长调换一个人来当第一书记，好在陈局长没有听取我的一派胡言……"

我激动地对他说："这就是一种缘分。"

但肖十美内心还在愧疚。

于是，我继续对他说："现在看来我们俩人的观点是一致的。我曾经对他人说过：我不管你是什么人，也不管你官有多大，地位有多高，你说得对，我就规规矩矩地照办；你若是说得不对，做得不对，甚至还要干涉我的'内政'，我是敢于直言的，我也是不信邪的。我有一个观点，就是强者不怕，弱者不欺。那些看见大菩萨拜一拜，看见小菩萨踢一脚的人，我是看不上眼的。我认为：一个人，平心而论，不管他为人做事如何，只要能做到上对得起天，下对得起地，中间对得起老百姓就行了。一句话，也就是说：问心无愧就好了。"

肖书记见我也是一个顾大局、识大体的爽快人，是一个心直口快的人，他则兴奋地说："宁书记，现在，我们是同一条船上的人，也是同一条战壕里的战友，在精准扶贫的道路上，我们就不要分什么彼此了，也不要分什么你我了，我们要齐心协力，心往一处想，劲往一处使，不折不扣地完成精准扶贫任务，努力带领广大的贫困户早日脱贫致富，早日走上共同富裕的康庄大道。"

这时，我紧紧地握着肖书记的手，说："但愿我们齐心协力，努力完成党和国家交给我们的精准扶贫的任务，也但愿我们初次合作能够成功！"

肖书记也铿锵有力地说："但愿我们合作成功！"

说完，我们俩人都会心地笑了。

八　两人争做清洁工

第二天下午，王国之跑到村部办公室来了，一见面他就惭愧地跟我解释说："宁书记，昨天在我家里发生的那种不愉快的事，使我心里很不好受。"

看到王国之那心情不安的神色和真诚的态度，我无所谓地告诉他说："不要紧，那也是一次教训。"

接着，王国之又说："你走后，我老婆听说是我们村新来的第一书记在家里吃饭，她非常气愤地对我说，她以为我请哪里的领导吃饭，让她待在房间里别出来。我要是告诉她是你在我家里吃饭，她一定要出来一起吃，她说她很想见见你这位新来的第一书记。"

我说："是嘛，是你做得不对。不过，事情已经过去了，无法挽回，好在你是我负责帮扶的贫困户，以后我们见面的机会和在你家里吃饭的机会多的是。"

正当我跟王国之说话间，肖十美来了。

他看到王国之在办公室，则问王国之说："你在这里干什么？"

王国之说："没事，我来看看宁书记。你们有事，我马上就走。"

王国之走后，肖书记跟我和王顺中说："宁书记，你刚来，我有一件事想跟你和顺中商量。"

我问肖十美："什么事，你说吧。"

肖十美说："就是我们村的卫生清洁问题。上一届村支部书记以照顾性的形式安排了贫困户夏东平负责全村的卫生清洁工作，而另一个贫困户赵四宝也想干这份工作，因为没有给他，赵四宝则经常与夏东平为难。"

我"哦"了一声说："有这回事啊。今天上午，你我在院落里检查卫生时，我发现夏东平干得不错嘛。"

肖十美说："是啊，但因为与赵四宝的问题，夏东平打电话跟我说，明天他要来村部找你和我谈一谈这件事。"

现在，不管是城市还是农村，最讨厌的是白色垃圾和各种各样的废弃塑料袋。由于一些人的素质低下，使用了的塑料袋和使用了的一次性饭盒等等，随时随地胡乱地丢弃，致使街头巷尾、大街小巷、村里村外到处都是垃圾，一旦下起大雨，无论是大河上下，还是溪流小圳的水面浮满了各色各样的废弃物。到了高温天气，经太阳一曝晒，苍蝇满地，臭气熏天。那些垃圾成了疾病的传染源，给人们的生活环境和卫生健康带来极大的危害性。

好在党和人民政府不但对城市居民的生活环境卫生和人们的身体健康都高度重视，而且对农村里的人们生活环境和卫生及人们的身体健康也高度重视，以前只在城市里有卫生保洁员，如今连农村也由政府花钱开工资，由村里请卫生保洁员，负责清扫各个院落的垃圾，以净化环境，消除病菌的传播。

在我任第一书记的大山村，虽然村民散布在 20 多平方千米的村落里，面积广，村民散居的地方宽，但是只安排了一个清洁工。在经济落后的大山村，清洁工的职位工作虽然是一种脏活、累活，但它却成了老实巴交的贫困户赚钱的唯一途径，从而导致夏东平、赵四宝两个贫困户为了争夺这个清洁工的职位出言不逊、反目成仇。

我到大山村的第三天一大早，清洁工夏东平扛着一把铲子来到村部门外，一边用手狠狠地敲打着村部的大门，一边大声地喊道："宁书记，我是村里的清洁工夏东平，我要向你反映情况。"

听到有人在下面喊，我就快速地起床穿衣，而心情急躁的清洁工夏东平还在不断地敲门，不断地叫喊，我一边走一边说："来了，来了，我来了。"

我下到一楼把门打开，夏东平一眼看到我就说："宁书记，我叫夏东平，是村里的清洁工。你要给我做主啊，不然的话，我饿死也不干这又苦又累又脏的清洁工了。"

我再仔细地看了看夏东平，他身材瘦小，衣着褴褛，一看就知道是一个老实巴交的人。

我对夏东平说："夏东平，我们昨天上午不是见过面了吗？你工作辛苦，今天怎么一早就来村部告状了呢？"

昨天上午，我跟肖十美、王顺中一起到院落里走了一趟，看到夏东平在任劳任怨地打扫卫生。

我走到他身边问："老人家，你当卫生保洁员辛苦吗？"

夏东平耳朵有点背，没有听到我在说什么，他则问道："你说什么？"

见他听不见，我就大声地对他说："老人家，打扫卫生辛苦吗？"

夏东平说："辛苦，还不算很辛苦。不过，我最讨厌的是各种各样的白色垃圾。人们喜欢乱扔垃圾，致使村里村外到处不卫生，特别是有些垃圾一经曝晒，臭不可闻。"

我夸奖他说："老人家，你是好样的，牺牲自己，为全村的清洁工作做出贡献。"

夏东平听我那么夸奖他，则呵呵地笑着说："领导说得好，牺牲自己，为全村的清洁工作做出了贡献。县里的领导还是县里的领导，说话有水平，我活了几十年，还是第一次受到领导的表扬。"

这时，我问夏东平："你家住哪里啊？"

夏东平回答说："我住在一组，到这里来有七八里路。"

我说："每天要走这么远的路还不辛苦啊？！"

说着，我四处走了走，看了看。

这时，夏东平问肖十美："肖书记，他是县里检查卫生的领导吗？"

肖十美告诉他说："不是，他是我们村新来的第一书记，姓宁，宁书记。"

夏东平高兴地说："哎呀，宁书记好谦和啊，我这个乡巴佬第一回见到这样的好书记。"

夏东平打扫完全村的卫生后回到家里，乐不可支地对妻子易小平说："老婆啊，我今天遇到了一个大贵人。"

易小平问他："你天天在村里打扫卫生，能遇见什么贵人呢？真是想偏了你的头。"

夏东平不服气地说："真的，你还不相信。"

易小平问他："你遇到了谁，说来听听。"

夏东平手舞足蹈地说："我遇到了我们村里新来的第一书记。"

易小平不屑一顾地说："唉呀，遇到第一书记，就是大贵人了，真的是小巫见大巫了。"

心里不平的夏东平则慢慢地跟妻子解释说："你就不知道了。第一书记是为我们主持正义的村干部，当时，肖书记陪他到我身边时，我以为是县里的领导来检查卫生，吓得我直冒冷汗，后来，肖书记告诉我，他是我们村的第一书记，宁书记。他好亲近的，说话谦和。他还赞扬我为全村的清洁工作做出贡献。"

易小平惊讶地说："真的啊？宁书记真的是这样说啊？"

夏东平自信地说："真的。他说我牺牲自己，为全村的清洁工作做出了贡献。"

易小平这才醒悟般对夏东平说："宁书记既然这样好，你何不去把赵四宝经常为难你的事跟宁书记诉说一番。"

夏东平摸了摸脑袋说："对啊，为了村里的卫生，我应该抓住这个机会向宁书记反映情况。"

在妻子易小平的提醒之下才有了前文夏东平来村部找我的一幕。

我问夏东平："有什么大不了的事，到村部办公室去慢慢说吧。"

到了办公室，夏东平还没有等我坐下，他就放起冲天炮来："我是贫困户，特别困难的贫困户，我当了村里的清洁工，另一个贫困户赵四宝不甘心，他千方百计与我为难，还要在别人面前说三道四，经常说我的坏话，说什么我做清洁工偷懒啊，不到他家里去收垃圾啊等等。我受不了他的气。所以，宁书记，你要为我做主啊。"

在农村里，各家各户的矛盾很多，无论大大小小的矛盾，也许都要村支部书记和第一书记出面为他们做主。

我走马上任的第三天就遇到了夏东平要我为他做主的事，我不知从何着手。夏东平说他是贫困户中的贫困户，但我不知道他究竟有多贫。

兼听则明，偏信则暗。于是，我问夏东平："你说你是贫困户中的贫困户，那我问你，你家究竟贫困到什么地步呢？你说来我听听。"

"我有多贫困，我说出来你一定不会相信。"夏东平说。

原来夏东平是一个名副其实的贫困户。在实行精准扶贫之前，其父母双双患上了癌症，没有几年就花光了家里所有的钱财，结果父母的病没有治愈都先后去世了，给他们留下了十七八万元的债务。现在，他一家4口，两个孩子，一个叫夏峰峰的儿子在上中学，一个叫夏晓晓的女儿在上小学。现在4口人还睡在一张床上。夏东平相貌平平，因出了一次车祸，脑袋受了伤，而变成了一个弱智者，在别人的眼里，是一个十足的"傻人"，每年还要花费几千块钱的医药费。前几年，他每天就只知道放牛，不会做任何家务事。他的妻子叫易小平，却是一个十分能吃苦耐劳的女人。村里人说易小平当年嫁给夏东平，完全是鲜花插在牛粪上。但是，婚后的易小平并没有嫌弃夏东平，而是任劳任怨地跟着夏东平过日子，没过几年就为夏东平生下了一儿一女两个孩子。为了还清那沉重的债款，为了改变贫穷落后的家庭环境，为了一家人能过上正常人的生活，易小平真的像老黄牛一样没日没夜地干活。她每年一个人要种十余亩中稻，四五亩玉米，还要喂养几十只鸡、鸭，喂养1头猪和1头牛。所有的家务，所有的农活，里里外外，她都是一把手。村民们看到她那样辛苦，到了农忙季节，都三五成群地去帮助她收割中稻。尽管易小平这样劳作，一年到头来还只能解决温饱问题。村里有了清洁工的名额后，原任村支部书记看到夏东平一家的生活条件太差了，则向村支两委建议，让夏东平去干清洁工，以减轻他家庭的经济负担。肖十美当书记后，继续延续了上一届村委会的决定，让夏东平仍然做全村的清洁工，夏东平则一边放牛，一边做清洁工，为全村人打扫卫生。

但是，另一个单身的贫困户赵四宝，家里的生活条件比夏东平好，他却认为清洁工轻松，于是，他也想争做村里的清洁工。由于只有一个名额，村支两委没有答应他的要求，赵四宝则把怨气发在夏东平身上，处处与夏东平为难。

了解到夏东平一家的情况之后，对夏东平一家的处境，我也万分同情，万分怜悯。我好像看到了一个本本分分的男子，天天穿着一身褴褛的衣服，拖着一辆破旧的垃圾车在村头村尾用铁夹捡拾垃圾，用竹扫帚在村里、道路两边扫着满地脏兮兮的臭不可闻的垃圾。

于是，我再问夏东平："你说赵四宝经常与你为难，他是怎样为难你的呢？"

夏东平头头是道地说："我在扫垃圾的时候，叫赵四宝把垃圾倒出来，他就是不倒，有时还欺骗我说，家里没有垃圾，但等我把垃圾车拖走之后，他又故意将家里的垃圾倒得路上满地都是。他这样做，已经不是一两次，而是经常这样，屡教不改。赵四宝还经常做着那种缺德的事，垃圾车停在他家门口，他不把垃圾扔到车里去，硬要把垃圾扔到路上。我跟他大骂了好几回，但他没有任何收敛，我把这事告诉了肖书记，肖书记教育了他好几次，他却说不是他倒的。但也有打抱不平的人告诉我说，破坏村里卫生的人就是赵四宝。"

正在说话间，肖书记来了，我把这事跟肖十美说了，肖十美也气愤地说："赵四宝是一个素质特别差的人，成事不足，败事有余。我有几次陪夏东平去拖垃圾，我看到赵四宝家门口摆着好几袋垃圾，叫他把垃圾扔到垃圾车上来，他硬是说没有垃圾，当我们把垃圾车拖走之后，再转来经过他的家门时，赵四宝把垃圾全部扔到了门前的村道上。当时，我狠狠地教训了他一次，他还矢口否认，我问他，你刚才门口的那几袋垃圾哪里去了呢？当我抓住他的狐狸尾巴时，赵四宝才理屈词穷地走了。我警告他说，以后还要不守规矩，不遵守村规民约，乱扔垃圾，破坏卫生，我叫你自己去捡了。打那之后，赵四宝才有所收敛。"

肖书记说到这里，夏东平马上补充说："现在他又旧病复发，不守规矩了，他还要那样做，我不干了。"

肖书记安慰夏东平说："东平，你不能这样做，你要是这样做，就正中赵四宝的下怀。清洁工是一项辛苦的脏活、累活，每年的工资虽然只有五六千块钱，但没有多也有少，至少能解决你家的一些困难。前任村支两委考虑到你家里有困难，才让你做清洁工，你就要把它做好。你做好了，大家的眼睛是雪亮的，不会怪罪于你，赵四宝的行为会遭到全村人的谴责。"

接着，我对夏东平说："你是全村的清洁工，你辛苦了，你脏了自己，却幸福了全村人。老夏啊，村里的卫生就全靠你了，你要安心做好保洁员的工作，有什么事，我们会给你撑腰的。赵四宝破坏卫生的事，我与肖书记将再登赵四宝的门，去教育教育他。"

这时，夏东平千恩万谢地说："感谢宁书记对我的关心，你这样夸奖我，我就是再苦再累再脏的活，也愿意去干，并且把它干好。"

在夏东平准备离开村部时，我问他："你家的条件那样困难，你怎么生活呢？"

夏东平低头不语，心里却十分痛苦地站在我的面前。

是啊，十七八万的债款，对于没有任何经济来源的贫困户来说，那简直就是一个天文数字，它像一块巨大的石块，把夏东平、易小平压得喘不过气来。夏东平、易小平那沉重的经济压力和精神压力，使我也为他们感到不安，于是，我从衣袋里掏出 400 块钱，递给夏东平，叫他回去给两个孩子买些什么吃的、穿的。

夏东平不好意思接收我的钱，我则眼角充泪动情地说："你拿着吧，不要局促了，这是我的一点心意。"

夏东平这才接受了我的捐赠。

夏东平走了，他的话语却深深地铭记在了我的心里；他蹒跚的脚步，我看在眼里，痛在心里，只觉得心里酸溜溜的，不由自主地两眼充满了泪花。

送走夏东平，我与肖十美、王顺中马上来到赵四宝的家里，做赵四宝的思想工作。

赵四宝远远看到我们一行三人往他家里走去，他可能猜测到我们到他家去的目的，则走进了屋子里。

我们到了他家门口，估计他也听到了我们的说话声，但他就是不出来。

肖十美则径直走进赵四宝的房子寻找赵四宝。

这时，我看了看赵四宝那简陋的房屋，看到那样的房子，我心里的怒气不由得就打消了一大半。

过了一会儿，赵四宝出来了，我走到赵四宝面前，跟他轻言细语地说："老赵，你的家境也不太好啊。"

赵四宝说："宁书记，我找不到合适的工作。去年想叫肖书记安排我做村里的保洁员，他也不安排我，我真的无可奈何。"

看到可怜的赵四宝，我则同情地劝他说："嗯，你提得没有错。"

赵四宝说："没有错，那为什么肖书记不安排我当保洁员呢？"

我跟他解释说："老赵，不是肖书记不安排你做，而是村里只有一个名额，肖书记有他的难处。"

赵四宝无知地说："你们加一个名额就是了。"

我看着他莞尔一笑，然后再向他解释说："没有这么容易的事，政府规定每个村只有一个名额，我们村加一个名额，谁负责工资呢？"

这时的赵四宝无话可说。于是，我再耐心地跟他说："老赵，你是一个明白人，什么大道理也无需我们多说。现在，夏东平在做保洁员工作，他和你一样是贫困户，他家的处境比你还困难，所以，在这件事上需要你谅解，也希望你能够支持夏东平的工作，不要再搞窝里斗。以后村里要是有什么事做，我们会首先想办法考虑你，这一点请你放心。"

赵四宝听我那么一说，好像吃了一颗定心丸，说："只要领导为我着想，我也就放心了。"

离开赵四宝的家，我心里一直在想：村里一个这样的脏活，也有两个人争着做，甚至于为了一个职位，不惜情面，争得面红耳赤，不可开交，还使出了极其无赖的举动。这是我们中国落后乡村的一个悲天悯人的真实写照啊！如果没有精准扶贫的大政方针，那些人有可能就会永远地被社会给遗忘了，迟早会被社会所淘汰。

从这个事例中，细心的人们都可以看出两个问题：一是在偏僻的山村里，不少的人只能干一些不需要动脑筋，只需要用力气的粗活、脏活；二是在偏僻山村里的老百姓，由于自然条件的制约，要想依靠自己的双手在家乡发家致富，真的没有什么好门路。

于是，我心里暗下决心，为了让大山村的贫困户冲出贫困的阴霾，为了让他们尽快看到美好的未来和美好的希望，我要利用我在大山村任第一书记的机会，借党的精准扶贫的强劲东风，想方设法为老实巴交的大山村村民发展产业，为盼望早日脱贫致富的大山村的群众引进一两个或者更多的致富项目。

九　希望我是包青天

旭日东升，艳阳高照。

大山村的空气比县城里的空气要爽，要沁人心脾。

在村部办公室里，我与扶贫队员王顺中又在向肖十美书记了解全村贫困户的情况。

肖书记半开玩笑半认真地对我说："我们村里的民情比较复杂，昨天出现的两个贫困户争夺清洁工的事也许只是棘手之事的开始。宁书记，俗话说：来得早还不如来得巧。你今年就来得太巧了，一到村里正好碰上了今年全面清理贫困户的大难题。"

我莫名其妙地看着肖十美书记，过了半晌我才说："请肖书记放心，我来之前就已经有了充分的思想准备。不过，我不理解的是，人们为什么喜欢当贫困户？已经是贫困户了怎么还要重新清理一次呢？"

"原来是这样的，"肖书记开门见山地说，"在第一次确定贫困户的时候，由于没有把握好政策的尺度，让一些不是贫困户的人钻了空子，而个别应该属于贫困户的人，却阴差阳错地没有被评为贫困户，使贫困户的群体里出现了一些水分和不公平。现在，中央扶贫办，省、市、县扶贫办的指示精神和有关文件明确要求，要按照'四有标准'，把那些不符合贫困户条件的非贫困户清理出去。"

"只要有标准，有规定就好办事了。"我轻松地说，"这是一项照葫芦挖瓢的工作，有什么难度呢？"

肖书记却为难地说："宁书记，你不是不知道，这些人以前被纳入贫困户，现在我们却要唱黑脸，做'恶事'，把他们清理出贫困户，这样一来势必就要得罪人。这项工作看起来简单容易，做起来却非常棘手。原来已经确定为贫困户的，要把他清理出去，使他的经济利益受到损害，要是遇到蛮不讲理的人，他非得跟你过不去，甚至于非得跟你对着干不可。"

肖书记这么一说，我心里也着实感到茫茫然，一时不知所措。我再沉思了好一会儿，心里想："这确实是一把双刃剑！清理贫困户的工作也许真的是遇到了大难题。"

过了一会儿我问肖十美："我们村里有多少人口？有多少贫困户，多少人？"

肖十美如数家珍地说："我们村人口不多，只有 434 户，1542 人，贫困户 97 户，贫困人口 304 人。"

肖十美一报出那组数据，我诧异地说："全村有这么多的贫困人口啊。"

肖十美说："那不是吗？不过，宁书记，我要告诉你，在那些贫困户当中，有一部分人已经脱贫了，只是还享受扶贫政策罢了，有一部分人需要我们根据政策规定清理出贫困户。"

我接着追问道："这次要清理出多少人？"

肖十美说："这个没有确定的人数，只要是不符合贫困户条件的都要清理出去。"

"哦，那这样吧，"我还是若无其事地说，"就按照上级规定的标准，我们走村串户进行一一核实，秉公正直地先将符合'有轿车的、有商品房的、家庭有公职人员的、有工商登记的'条件的'四类人员'全部清理出来，然后再公示，接受全体村民的监督。与其得罪大多数人，还不如只得罪一两个人。只要我们工作做到位，大公无私，不营私舞弊，公正客观地对待每一个人，我相信大家还是懂道理的，即使一时产生了误会，时间长了，他们是会理解我们的。"

因为此事而一直愁眉苦脸的肖十美更加为难地说："在处理这件事上，堪称狗咬刺猬——无从着手。因为人人是面，面面是人，人们抬头不见低头见。如果不采取一点策略，不跟他们沟通思想，一旦你把他清理出去，他很可能会恨你一辈子。不过，宁书记你放心，尽管如此，这项工作再难，我也愿意跟你一道，宁肯背着骂名，也要把它做下去，并且要尽最大的努力做好。为了顺利地完成这项清除'四类人员'的任务，我们需要一起再来讨论研究一下，拿出一个切实可行的方案，确定一个既能按照上级指示清理出'四类人员'，又要达到大家心平气和，息事宁人，两全齐美的新招来。"

"是啊，这项工作做起来虽然棘手，还会导致一些人对我们的工作产生不满，但是，这项工作又不能再拖下去，悬而不决了。"我接着说，"还应该要尽快地把'四类人员'清理出去，让人们对我们的工作少一些猜疑。要想在解决这个问题的过程中不激化矛盾，这就需要大家献计献策和发挥各自的智慧了。"

　　说着，我好像一下子就进入了第一书记的角色，于是，我继续几乎重复着说："这就需要我们在座的各位齐心协力，出谋划策了。"

　　"肖书记，肖书记！"

　　正当我们在一起讨论清理"四类人员"的办法时，在村部一楼突然传来了一个老汉的声音。接着，他边嚷边走，上了村部的二楼，进入办公室。

　　看到肖书记坐在那里，那老汉直言不讳地说："肖书记，我昨天才听说来了一位新的第一书记，有这回事吗？"

　　肖十美指着我，客气地对他说："李三爷，这位就是我们村新来的第一书记，他叫宁伟夫，宁书记。"

　　李三爷来了，我起身跟他握了握手，说："李三爷，我初来乍到，什么都不懂，我正在向肖书记请教，你这边坐吧。"

　　肖十美给我介绍说："他叫李修桥，在家里排行第三，我们都叫他李三爷。李三爷是我们村里出了名的大好人，路见不平的事，他不怕得罪人，敢于直言，因此，人们对他都很尊敬，有什么话都跟他说，有什么问题都向他反映。"

　　"是吗？"我说，"三爷，这样看来，你是村里德高望重的人了。"

　　李三爷谦虚地说："不敢当，不敢当。"

　　之后，我仔细地打量了一下李三爷——李三爷身材不高，但年岁不小，至少在 60 岁以上，他衣着陈旧，却较为整洁，脸上的皱纹刀刻一般，很深很显眼。那些皱纹或许是李三爷饱经沧桑的真实写照。他住在离村部七八里路远的院落里，要是没有紧要的事，他也很少到村部来找肖书记。

　　这时，肖书记问李修桥："三爷，你今天到村部来有什么事吗？"

　　李修桥快言快语地说："我喜欢管闲事，有些事晓得了，不说出来，我心里总是感到憋屈，感到压抑，感到不舒服。今天我来，想跟你和新来的第一书记反映一件事。在说出那件事之前，我要申明一点，我并不是嫉妒那些已经是贫困户的人，我也不稀罕得到政府多少好处，但是，我希望你们握着尚方宝剑，依据党中央关于精准识别贫困户的标准，做一个当代的包青天，把我们大山村里的那些不是贫困户的人统统地清理出去，以服民心，然后再把还没有纳入贫困户的真正的困难户拉进来，让他们也早日过上好日子。"

　　李三爷开诚布公的一席话，使我频频地点头，说："三爷，你真的是一个路见不平，拔剑而起的人啊！你说得对，现在，党的政策好了，习近平总书记希望全国各族人民都能共同富裕起来，所以，他号召全党全国各族人民要扎扎实实地开展好精准扶贫工作，让全体中华儿女共享改革开放带来的好处。"

"政策实在是好啊！"李三爷津津乐道地说，"没有精准扶贫，我们村里的那些贫困户哪里修得起房子，哪里能够住得起新房子！但是，极少数人思想觉悟太低了，不是贫困户却去占用了贫困户的指标，揩政府的油，真没意思。在我眼里，那些人是十足的小人，我一点也看不惯，所以，我希望你们成为当代的包青天，把他们全部清理出去，以节省国家的财政开支。"

李三爷言之有理的话，使我对他刮目相看，他虽然不修边幅，但说起话来较有水平，还是有板有眼的。

于是，我郑重其事地告诉李修桥说："三爷，请你放心，在清理贫困户中的那些非贫困户方面，我绝对不会含糊其词，我将不负你们所望，当一回包青天！现在，我们正在讨论清理'四类人员'的方案，准备把非贫困户全部、干净、彻底地清理出贫困户。"

李修桥看到我们正在准备着手清理"四类人员"，好像在为他出了一口怨气，他心里特别高兴，从而爽朗地说："是啊，党和政府早就应该把那些社会主义的蛀虫清理出来了。"

至此，我突然感兴趣地问李修桥道："三爷，你是贫困户吗？"

李三爷心直口快地说："说实在的，我家庭的生活条件和经济条件也并不宽裕，但我自认为比上不足，比下有余。我没有纳入贫困户！我想我能自力更生，艰苦奋斗，自食其力。我也不想纳入贫困户，不想揩国家和政府的油，我要是像某些人那样，我早就成为贫困户了。"

是啊，李三爷李修桥一家5口人，儿子和儿媳带着一个孙子在外面打工，他与老伴在家里务农，从早到晚，从春到冬，两位老人没有停歇过。除了耕田种地外，他还种植了几十亩的用材林和竹林，春天就给竹林搞抚育，冬天就钻进竹林挖冬笋，向竹林要财富。他不想投机钻营，跟别人攀比什么从政府那里赚取了多少钱，他只求自己劳动收获了多少，所以，李修桥心底无私天地宽，整天乐事无忧，一家生活得也有滋有味。

这时，我深受感动地说："三爷，我佩服你，你是好样的，人穷志不穷，有志气，也有骨气。要是人人都像你这样，在党的富民政策的引导下，靠着自己勤劳的双手来致富，我们的农村早就有希望了。"

俗话说，人逢知己千杯少，话不投机半句多。现在，一经接触，我觉得与李修桥说话很投机，于是，我移座至他的对面，跟他推心置腹地促膝而谈。

最后，我保证似的对李修桥说："三爷，我也出生于农村，我知道农村里的疾苦，我也很体贴同情贫困人家。每每看到那些贫穷的人，我总是毫不吝啬，慷慨解囊。同时，我也是一个疾恶如仇的人，对于不平的事情，我深恶痛绝。对于那些不求上进，甘愿沉沦的人，我又哀其不幸，怒其不争。"

我说到这里，李三爷发出了共鸣的声音说："我与你一样的心理，一样的想法，我也非常关心精准扶贫政策，关心大家的致富情况，但愿我们经常心心相印。"

"请三爷放心，我宁伟夫一定会说到做到的。"我动情地说，"到你们村里来当第一书记，我是自觉自愿来的，我在其位，就要谋其政。为此，我将坚持两条：一是在工作方面，秉公办事，不偏不倚，绝对不会袒护任何一个人，争做一个当代的包公；二是在生活方面，我也绝对不会麻烦你们任何一个家庭和任何一个村干部。我将尽自己最大的能力，尽自己最大的努力，为大山村的人民造福，向大山村的全体人民交一份满意的答卷。"

这时，李修桥站起身来，紧紧地握着我的手，激动地说："宁书记，你才是好样的，不愧为共产党的好干部。"

十 一石激起小波澜

这几天，我们天天上午在村部办公室听取肖书记不厌其烦、有条不紊地给我们详细地介绍每个贫困户的基本情况，然后拿出他们的档案，再进行一一核实。为了进一步摸清每一家贫困户的实际情况，我们驻村帮扶队员与村支两委人员进行了分组，一组由肖十美书记和我组成，另一组则由王顺中、宋丽琼、季永高组成，直接深入贫困户家里，对各家各户逐一进行核查。

那天下午，我和肖十美开始到各家各户去走访。

在路上，肖书记向我介绍说："我们大山村距离县城比较远，大山锁春秋，使我们的大山村大有'春风不度玉门关'的味道，先进的思想和我们中华民族五千年辉煌灿烂的文化难以吹进我们大山村，致使我们大山村的村民思想觉悟参差不齐，有一部分人老实本分，有个别人没有见过任何世面，思想守旧。有一个村民叫李大爷，家穷得徒有四壁，我们村支两委和原来的第一书记到他家里动员他纳入贫困户，享受国家扶贫政策致富，他却淡然地说：'我不想加入你们的组织，我过惯了清贫的生活，得过且过就行了，我也不想什么荣华富贵。'那个贫困户可以说是一个典型的山里人。"

我也不知道那个贫困户是如何想的，他不懂精准扶贫政策，反而把村支两委叫他申请加入贫困户说成是什么"组织"，实在是太令人不可思议，他的思想不知道固执到何等地步啊。

肖书记那么一说，我惊讶道："大山村现在真的还有这样的人啊？肖书记，你不是在给我编故事吧？"

肖书记笑着说："宁书记，你要是不相信，我可以马上陪你去他家里搞一次调研。"

我满口答应说："好，马上就去，我要随你到他家里去见一见那个生活在'世外桃源'的人，看看他究竟是怎么生活的。"

肖十美这时却犹豫了一下说："现在去的话，路程较远，走路去一个来回至少要两三个小时，宁书记，是不是请王顺中开车去？"

我说："行，叫王顺中开车去，我马上打电话给他。"

过了一会儿，王顺中开车来了，我们上了车，由王顺中驾驶私家车慢慢地向那李大爷的家开去。

在路途中，肖十美指挥车一弯一拐地向山上爬，半个钟头快过去了，我的头也转晕了，终于肖书记说："快到了。"

再走了一段路程，肖十美说："王顺中，道路左边的那座木房子就是。"

到了那里，我下了车，发现已经快到山顶了。

说着，我们一起走进那座小木屋。

肖书记见到木屋的主人，就向我介绍说："李大爷，这是县教育局的领导，是我们大山村的第一书记，宁伟夫书记，他来看望你了。"

李大爷瘦高个儿，一副老实巴交的神态。他听说县里的领导来了，好像是一个好大的官员来到了他的茅舍，使他脸上有光，茅屋生辉。他想马上去张罗一下，拿一些好吃的山货出来招待客人，可是，李大爷在屋子里转了半天，也没有拿出什么来。

趁李大爷在家里寻找东西的时候，我在他家里走了一圈，发现小木屋的后面是一座陡峭的高山，要是下起大雨来，很有滑坡的危险。然后我再到他家里看了看，只见屋内光线暗淡，屋顶上到处透光，地面潮湿。我心里想："这哪里是人居住的地方呢？"

过了一会儿，李大爷出来了，我便对李大爷说："李大爷，你不要客气，我与肖书记来，不是想到你家里来吃点什么，而是想来了解一下你家庭的情况。"

李大爷高兴地说："你是县里的领导，你能到我家里来，我就满足了。"

接着，我直言不讳地对李大爷说："李大爷，你家里有几口人？"

李大爷说："我家有4口人，两个儿子加我老婆。"

我再问他："李大爷，国家非常关心你们这些贫困人家，上级领导明确提出'危房不住人，人不住危房'。我看你的家境并不好，你现在居住的房子就属于危房，是不允许居住的。"

李大爷强词夺理地说："这有什么关系，这房子我住了几十年了，只是有点漏雨，可一直没有倒。"

我说："房子倒塌是一瞬间的事，真的要是倒了，那就麻烦大了。"

我这么一说，李大爷坐在那里默不作声。

这时，我再跟他说："我想把你纳入贫困户，让你沾点政府的光，借政府的好政策把你这座茅屋修建一下，你愿意吗？"

李大爷出生在大山里，也成长在大山里，几十年来没有进过几次城，天天在山里钻来钻去，对外界的新生事物几乎一无所知。而他很爱面子，本来就很贫穷，但他不承认，他还是对我们说："你们是贵人，贵人踏进我的贱地，使我大开眼界。两年前的村支部书记到过我家，叫我纳入贫困户，我没有答应。去年，肖书记当选为村支部书记后，又亲自登门征求我的意见，我还是没有答应。我想，几年过去了，我没有参加什么扶贫，也没有得到过政府的扶持，我照样活得好好的。几千年来，我们的老祖先没有政府来扶贫，他们照样一代一代地生活了下来。所以，我不想掺和你们的事。"

我说："老大爷，现在国家富强了，只要你愿意修建房子，政府还补贴你一部分钱。"

李大爷不假思索地说："我不想贪图政府的那点补助，现在，我住在这里安逸得很。"

看到李大爷那固执的样子，我还是勉强地劝他说："老大爷，你已经年近古稀，可你要为你的儿孙们着想，大家都富裕了，住的是高楼大厦，你却还在这样漏雨的矮屋子里过日子，你不觉得太窝囊了吗？"

见李大爷思想那样固执，我有意把话说得尖刻些，想刺激他一下，但他却淡淡地说："我现在只有两个儿子，他们连媳妇都没有讨，哪里谈得上什么孙子呢？"

这时，我顺水推舟地劝他说："大爷，既然这样，那你就更要为你的两个儿子着想啊，尽早申请纳入贫困户，享受党的政策，早日把房子修好，才能等媳妇进屋。"

李大爷还是冷淡地说："儿孙自有儿孙福，勿为儿孙当马骑。"

李大爷的话使我目瞪口呆，李大爷的思想太固执，也太消极了。从他的语气中能感觉出，李大爷心里在为儿子没有找到媳妇，没有成家立业而着急，可他还是固执己见。这是什么原因呢？我真的百思不得其解，只是怒其不争，哀其不幸。

由此，我觉得扶贫不但要扶其脱贫致富，还要扶其志气。一个人如果没有志向就等于一个人没有了灵魂，他就会整天浑身没有了力气，只有浑浑噩噩地过日子。

李大爷不知道两个儿子没有能够娶妻成家的根本原因，是家庭条件太差，家里太贫穷，他只责怪两个儿子无能。思来想去，我为李大爷这样的人感到悲哀，又为他这样的处境而忧虑。

临走的时候，我看到他家实在是太贫穷了，则再次对他说："李大爷，你一定要为儿子着想，你应该早日纳入贫困户，早日享受党的雨露政策，早日脱贫致富，只有脱贫致富了，家庭条件改善了，别人家的姑娘才能看得上你家的儿子，各种条件具备了，你儿子才能有机会结婚，才能有机会成家立业。"

但李大爷还是说："感谢县里的领导关心，我过惯了独来独往的清静日子，这种无忧无虑的清静日子好。"

从李大爷家里出来，我一直陷入于一种茫茫然的思索之中，大山里的人除了思想淳朴外，还有一种不可思议的愚钝，他需要我们使用强劲的东风去开化，使用新的思维去灌输，使用新时代的思想去熏陶。我相信，脱贫致富政策，绝对不只是产业脱贫，它一定包含着精神脱贫。所以我敢于这样说，脱贫攻坚战不是纯粹的经济脱贫，更重要的是精神脱贫。贫困户如果精神上有包袱，思想不解放，那他就永远脱不了贫；只有思想解放了，感到有奔头了，他才能自觉自愿地从孤独的生存环境中解脱出来，融入社会主义的大家庭里来，只有这样，整个社会脱贫致富才有希望，脱贫致富才能指日可待。

在回村部的路上，我与肖十美书记认真地商讨起这个关于精神脱贫的问题来了。

国无精神不强，人无精神不立。

习近平总书记说得好："一个国家、一个民族不能没有灵魂。"

专家学者们也说："精神贫困是源于内心的'软贫困'，而软贫困是真正的'硬骨头'。"

于是，我跟肖书记商量说："现在，有了村村响，以后我们结合村里的实际情况，自己写一些广播稿，发挥村村响的作用，利用早、中、晚的时间向村民们宣传党的富民政策，宣传党中央的精准扶贫政策，让党的精准扶贫政策的东风吹到每一个角落，家喻户晓，人人皆知；让党的富民政策温暖每一个老百姓的心灵；让全体老百姓都能享受党的雨露阳光，共同走上致富之路。"

肖十美听我那么一说，他的思想也豁然开朗了，兴奋地说："宁书记，你这个点子好，以前我只知道利用村村响传达上级的声音，每天只知道播放上面的新闻，没想到可以自己编写广播稿，广播一些实用的东西。"

"这也许是标新立异了吧。"我爽朗地说，"为了宣传党的政策，这也是一种好办法。"

到了村部，我马上着手起草宣传精准扶贫工程的广播稿。一个小时之后，稿件写出来了。

晚上，村村响开播的时间一到，我就开始广播："大山村的各位父老乡亲，我是新来的第一书记，我叫宁伟夫。由于对你们村里的村情民意我还知之不多，为最大限度地做好清理'四类人员'的工作，确保真正的贫困户享受到国家精准扶贫的政策，我建议广大的父老乡亲到村部来各抒己见，畅所欲言，为共建美好的大山村献计献策。"

"党中央的扶贫政策想为你们所想，做为你们所做。扶贫的'六个精准'扎扎实实，'五个一批'实实在在，'五个坚持'切实可行。这些政策性的东西，村部公示栏里都张贴出来了，你们可以抽时间去看看。可以说，它说到了你们的心坎上。现在为实现精准扶贫，对于有小车、有商品房、有公职人员、有工商登记的'四类人员'都要清理出贫困户的范围，对于不自觉执行党的政策的非贫困户，请大家进行监督。"

接着，我又播报了表扬夏东平打扫全村卫生的广播稿："……夏东平天天为大家打扫卫生，他牺牲自己，却使大家有了一个干净卫生的环境，我希望大家配合他的工作，为了大家有一个良好的生活环境，请自觉保持卫生。"

我的广播稿，篇幅虽然不长，但一日三次滚动播出之后，效果非同一般，它犹如向静水无澜的湖面投了一块小小的石子，使死水一般的湖面一下荡起了一波又一波的涟漪。

李世豪的妻子姜美丽听到广播后，吓得心里"怦怦"直跳，六神无主。她马上告诉李世豪说："世豪，新来的宁伟夫在清理'四类人员'方面蠢蠢欲动了，他居然还在村村响里打广告似的宣传清理'四类人员'的政策。"

李世豪若无其事地说："美丽，你慌里慌张干什么？这有什么大惊小怪的。昨天下午我已经看到季永高和宋丽琼他们在走访，之后，我又了解到宁伟夫跟肖十美、王顺中到李大爷家里走访。他们这样做，是想收买人心。换一种说法讲，他也许是在先造造声势，走走过场，掩人耳目，为自己以后的工作收场做做准备而已，到时候他好顺势收场罢了。"

姜美丽着急地问道："世豪，他们行动了，你打算怎么办？"

李世豪好像把握十足地说："这个嘛，不要紧，我要静观其变。"

这一次广播对姜美丽起到了较大的震慑作用。

而李修桥等一些正直的村民听到我的广播后，欢欣鼓舞，无不叫绝。

当时，李修桥正在家里喝酒，当突然听到我在广播里广播的是大山村的事，他特别兴奋，大声地喊道："孩儿她娘，再给我倒一杯酒来。"

他妻子走了出来说："修桥，你每餐只喝一杯酒的，今天晚上怎么要喝两杯酒了呢？"

李修桥说："今天高兴，所以还想喝上一杯。"

他妻子问道："什么事让你高兴啊？"

李修桥说："刚才我在村村响里听到我们的第一书记宁书记在广播里讲

我们村的事了。"

他妻子问："讲什么事啊？"

李修桥眉飞色舞地说："他在广播里讲了要把'四类人员'清理出贫困户的事。宁书记亲自在广播里说了这事，看谁还敢在这件事上弄虚作假！"

他妻子不屑一顾地说："这件事与我们无关，你却把它当成天大的事，把你乐成这个样子。"

李修桥听妻子说出与己无关的话，愤愤不平地说："你就不懂得什么叫大事。清理'四类人员'这件事，就是关系到我们村全体村民的大事啊，我相信有人因为这事吃不了饭，睡不好觉，而只有我才能乐得多喝了一杯酒。"

李修桥说着，端起酒杯，脖子一仰，一杯满满的米酒"咕噜咕噜"两声就下了喉，然后眯着眼睛兴奋地说："好酒，有味，真有味。"

接着，李修桥叫道："孩子他娘，你快过来，我告诉你一件与我们有关的事。"

他妻子走了过来，问他道："你今天喝多了，哪里有这么多的名堂。"

李修桥一本正经地说："刚才，宁书记在广播里表扬了夏东平，卫生搞得好，以后，你在打扫卫生时，要把垃圾分一下类，便于他处理，另外平时也要讲究卫生，注意卫生，以珍惜夏东平的劳动成果。"

再说肖十美书记在家里听到广播之后，喜不自禁，他特意跑到村部来告诉我说："广播效果显著，不少的村民专心致志地听了广播之后，还特意打电话向我询问情况。"

我也高兴地说："这是一件大好事，天大的好事，这说明人民群众已经动员起来了。"

村民们听到广播之后，开始由疑虑到彷徨，再由彷徨到行动，慢慢地全村的村民开始有所行动，他们开始试探性地涌向村部，准备向我和肖书记反映情况了。

十一 "小霸王"村部发飙

我的广播稿播出后的一两天，村部门口还是冷冷清清，几乎是门可罗雀，没有一个人到村部来反映情况。难道是老百姓把村部看作是旧社会的衙门了，才不敢贸然进来说事？再过了一天，我发现有几个村民到了村部外却不敢进村部的门，只是坐在村部一旁的一个老百姓的家门口看热闹。原来是他们怕事而坐在那里观望，看谁是第一个敢于吃螃蟹的人，看谁是第一个敢于到村部去说事的人。

这时，一个叫冯君的中年妇女走到那群人的面前问道："你们怎么啦，刚才还是牛气冲天的，怎么到了这里一下就好像变成消了气的皮球，不动了呢？"

冯君 40 岁开外，是从县城郊区嫁到大山村来的，她丈夫是个家私厂老板，她也有一些见识，性格开朗，说话利落，有一定的组织能力，在妇女当中有一定的威信。

一个妇女说："冯姐，我们都没有见识，也没有胆量，只是一时冲动，上不得正桥，所以，到了这里大家都不敢进村部了。"

于是，他们坐在村部附近的那个村民家里，谈天说地，消磨时间。

说来说去，在大山村里，还是那个人称"小霸王"的李世豪有能耐。

李世豪最开始是组织村民到我单位游说局长阻止我来担任第一书记，局长没有依从他，而满足了我的要求，他则耿耿于怀。现在，我来当第一书记了，他就把我当成了死对头。但是，通过在王国之家里的较量，李世豪没有占到便宜，自那之后，工于心计的李世豪不敢明目张胆地跟我斗，而是一直在暗地里跟我较劲。昨天晚上，他妻子把听到广播的事告诉他之后，色厉内荏的李世豪虽然忐忑不安，立坐不宁，但他还是故作镇静的样子，在心里不断地盘算着如何巧妙地对付我。

正在这时，李世豪的妻子姜美丽坐在家门口看到村民们直往村部拥去，她担心李世豪不去，或者去晚了会吃亏。

于是，姜美丽急忙跑进客厅，把这事告诉李世豪说："世豪，你看看，村里的人都拥向村部去说事了，你怎么就这样沉得住气，无动于衷呢？"

李世豪抑制住内心的不安，反而自信地说："这个，你不用着急嘛。"

姜美丽耐不住性子地说："世豪，皇上不急太监急。你要知道什么事都讲究先下手为强啊。"

李世豪轻蔑地说："他们是一群乌合之众，你急什么呀。"

姜美丽说："能不急嘛，他们或许都是冲着我们家去的。他们即使不能对我们家构成威胁，但他们要是在宁伟夫那里进我们的谗言，以后你难以跟宁伟夫他们解释。世豪，即使没事，我看，你也不至于坐在家里闲着呀。"

在其妻子的催促下，"小霸王"才趾高气扬地、大摇大摆地走向村部。

那群村民看到李世豪来了，则纷纷向他投去了羡慕的眼光，羡慕"小霸王"李世豪有胆量，村部也敢去，并且到村部去就像进自己的家门一样，毫无局促。

村民们也知道"小霸王"是第一个反对我到他们村里来当第一书记的人，现在他又主动到村部来跟我说事，由此，村民们对他刮目相看。有人说李世豪这个人八面玲珑，能够见人说人话，见鬼说鬼话；也有人说李世豪为了自己的利益，能屈能伸；还有人认为李世豪为了达到自己的目的不择手段。所以，今天他成了第一个走进村部说事的人。

李世豪到了村部办公室，阴阳怪气地对我说："宁书记，我们又见面了。"

这个傲气十足的李世豪，是三五十里内有名的土木工程的小包工头，李世豪相貌并不出众，脸上还长有一些横肉。最显眼的是，二十几年前他在社会上打群架时，在脸上留下的一个红伤疤。李世豪要是跟别人发生争执或者争吵时，那个红伤疤显得更加绯红。他凭着手里有几个钱，在村里有理不让人，无理争三分，霸气十足，所以，大山村的人们不敢惹他，见他都要让他三分，敬而远之。

面对李世豪的造访，我并没有计较他的前嫌，而是客气问他道："李世豪，今天到村部来有何贵干啊？"

李世豪油腔滑调地说："宁书记，看你的外表是一个挺正派的人。"

我说："我宁伟夫是一个表里如一的人！你可是远近闻名的大包工头，村民们对你都敬而远之啊。"

李世豪没有听懂我那"敬而远之"的意思，他还是得意地说："哪里哪里，只是在社会上混口饭吃而已。"

我说:"你就太谦虚了。"

李世豪又阴阳怪气地说:"宁书记,听说你是一个大作家啊。"

我不屑一顾地说:"徒有虚名罢了。"

李世豪又说:"那天在王国之家里匆匆一见,来不及问候,你来到我们村当第一书记,不是大材小用了吗?委屈你了。"

李世豪摇头摆尾的,口里嚼着槟榔。

我说:"我只是一根不显眼的毛柴而已,说不上什么大材小材的。哎,我们都在忙,你来找我有什么事吗?"

"宁书记,我是无事不登三宝殿。"李世豪自信地说,"我李世豪,人称我是村里的'小霸王',其实我也不是什么霸王不霸王的,只是……"

"我早就知道你就是'小霸王'了。"接着,我直言不讳地对他说,"我来村里的第一天就跟你见面了。你的名声真不小啊。你是不是在村里为所欲为啊?是不是经常欺负左邻右舍啊?我可要告诉你,多行不义,必自毙。我希望你能为村里、为全体村民多做一些好事,以便在村民中留下美好的名声和口碑。"

听了我的话,他怀疑我了解了他的底细,掌握了他的一些不良习性,他似乎听懂了我的意思,先是有意讽刺他,震慑他,再对他提出了希望和要求。这时,李世豪仿佛有什么顾虑,没再吱声。

过了一会儿,他又无所顾忌地跟我说:"宁书记,听说你这次要把'四类人员'全部清理出贫困户,有这回事吗?"

我毫不隐瞒地告诉他说:"是啊,这是一件顺乎民心的事。前两天我已经把相关政策在村村响里广播了。党的扶贫政策是扶贫,不是扶富,它已经明确规定,对于不符合贫困户条件的,有车、有房、有公职人员、有工商登记的'四类人员'必须清理出贫困户!我是你们村的第一书记,我有责任也有义务这样做,更要义不容辞地把'四类人员'清理出贫困户群体,以便给全村人民一个满意的交代。你是一个有头有脸的人,怎么也关心起这件事来了呢?是不是要给谁求情啊?"

他轻声地说:"泥菩萨过河,自身难保。宁书记,我不是来给他人求情,我是来给我自己求情哦。"

我故意惊愕地问他说:"世豪,你是老板,你要求什么情?"

说着,李世豪神秘兮兮地对我说:"宁书记,告诉你,我也是贫困户。"

我两眼直瞪着他,说:"啊?!你怎么是贫困户呢?"

李世豪理直气壮地说:"是的,我是贫困户。"

我摇了摇头,感到有点不可思议地说:"你若是贫困户的话,那我们在座的这些人都是深度贫困户了。我明确地告诉你，按照现在的政策规定，你就是被清理的对象之一。"

他见我说话斩钉截铁，没有什么商量的余地，便不顾及自己的面子，图穷匕见似的，威胁我说："宁伟夫书记，你应该听说过，古代的官员到一个地方去做官，总要了解了解地方的一些情况，弄清楚哪些人动得，哪些人动不得的。强龙不压地头蛇的道理，你也应该知道吧。"

我心里想：猪嘴里吐不出象牙，现在李世豪露出原形了。

我知道李世豪说这话的用意，是威胁我不要在太岁头上动土，但我不是一个胆小怕事的人，则有意说："我不是来做官的，我也不知道寻找什么护身符。这个大山村太小，也养不出什么大蛇。李老板，还有什么话，你就直说吧。"

李世豪得意忘形地说："我就知道宁书记爽快，是我的好兄弟。宁书记，我告诉你，我这个贫困户来之不易啊。这次在清理'四类人员'的过程中，我要是被清理出去，那我将在大山村的村民面前失了面子，无脸见人。所以，宁书记，我要请你在这次清理'四类人员'时，网开一面，手下留情，到时，我会重谢你。"

我严肃地正告李世豪说："李老板，原则问题不能乱来，违反原则的事，我是不会做的，底线是不能触及的。"

李世豪没等我把话说完就抢着说："宁书记，你既然这样没有一点商量的余地，那我就打开窗子说亮话，不管你怎么清理'四类人员'，一句话，我希望你不要把我清理出去，否则，别怪我翻脸不认人。"

面对李世豪的威胁，我并不在乎，但我还是极力地劝他说："世豪，你是一个场面上的人，我想你应该适可而止，现在清理'四类人员'，是大势所趋，你就不要霸蛮了。我们给你一个台阶……"

没等我把话说完，李世豪抢着问："什么台阶？"

我说："在这种情况下，与其被动地被清理出贫困户，还不如你自己主动提出退出贫困户，你在群众面前体体面面，皆大欢喜，这样不是很好吗？"

李世豪不假思索地一口回绝说："那不行，宁书记，你清理其他人可以，但不能动我的贫困户资格，不然的话，我跟你没完。"

李世豪说完，口里飞出一句"拜拜"，就趾高气扬地扬长而去了。

李世豪在我面前没有讨到一句好话，他虽然说出那么一句狠话，但他还是感到心虚，回到家里只是猛抽烟。

姜美丽走到他身边问道："世豪，那群人到村部了吗？"

李世豪说："他们有什么胆量进村部，全部在村部外闲聊。"

姜美丽又问:"世豪,那个宁伟夫对你怎么样?"

李世豪有气无力地说:"宁伟夫这个人啊,难说,也许是一个外强中干的人。"

姜美丽追问他说:"如何见得?"

李世豪吸了一口烟说:"他现在嘴巴很硬,对于我的事,好像没有任何商量的余地,到时候只怕是鱼死网破,两败俱伤。"

姜美丽说:"是吗?我听说他是一个非常正直的人,对于歪风邪气的事,他一概不买账。"

李世豪说:"他除非是一个不食人间烟火的人。"

姜美丽说:"宁伟夫对你这样无情,也许是李修桥他们在宁伟夫面前进了你的谗言。"

李世豪恍然大悟,咬牙切齿地说:"良言一句三冬暖,谗言一句六月寒啊。李修桥,你等着瞧。"

其实李世豪在地方算得上是上等生活水平的人家,在第一次评议贫困户的时候,榜上没有他的名字。

"贫困"二字的本意是家庭生活条件差,生活困难,衣食没有着落,生活水平在当地人们的平均生活水平线之下。对于一般的人来说,谁愿意是真正的贫困户呢?一些有志气的人,即使自己是被政府救济的贫困户,他们却以贫穷为耻,不愿意领取政府的救济粮,或者救济款。但也有一些人,在政府花费巨额资金扶贫帮困时,见利忘义了,千方百计去跟真正的贫困户抢"蛋糕",想方设法去瓜分国家的利益。

李世豪虽然不完全是这类人,但他为了炫耀自己有本事,便故意抢占贫困户的指标,并且不惜一切代价。

李世豪成了贫困户之后,在村民们的面前,他更是大言不惭地说:"你们看看我有没有本事,我的本事可以通天。"村里的老百姓只能怒目而视,不敢有什么言语。

李世豪走不正之道的歪风邪气,在社会上造成了恶劣的影响。现在,如果不杀一杀李世豪的那股歪风邪气,清理"四类人员"的工作就无法开展下去。

于是,在李世豪走了之后,我问肖十美书记:"李世豪的家境究竟如何呢?"

肖书记直言不讳地说:"他家有一座两层半的楼房,他在外面承包工地,每年至少有 10 余万元的收入。他不但不是贫困户,而且是一个富裕户。按情理,按政策,按核定贫困户的标准来说,李世豪都不符合要求。在这次清理

'四类人员'当中，李世豪首当其冲是毋庸置疑的，把他清理出贫困户是理所当然的。"

李世豪当年进入贫困户的这件事，给我们敲响了警钟。为了维护人民的利益，面对邪恶势力，我们不能心慈手软，对待一切不正之风，我们都不能姑息养奸，否则，就会养痈遗患，祸害天下。

俗话说得好："吃人家的嘴短，拿人家的手短。"因此，我要求驻村队员、村支两委人员要洁身自好，严于律己，千万不能接受他人的请吃，不要收受他人的礼品，否则，责任自负。

在这个大是大非面前，我毫不含糊、毫不留情、严肃认真地跟肖书记说："我仔细地研读过对贫困户的补偿扶助政策，发现没有种田的，就不能够享受到政府的任何补助。像李世豪这样的人，家庭条件、生活条件都好，他没有在家里种田，家里又没有读书的，也没有在外务工的，他和他妻子又身强体壮，由此看来，李世豪一家几年来，几乎没有享受到政府的任何好处。但是，在清理'四类人员'时，他又属于'四类人员'。"

肖十美听我这么一说，则说："宁书记，既然李世豪在贫困户的行列里什么好处也没有得到，只是徒有一个贫困户的虚名，我们是不是就把他留在贫困户里算了？"

对于此事，我没有多想地回答肖十美说："这个不行。尽管他是贫困户时，没有享受到政府的什么待遇，但为了树立起正气，以理服人，李世豪不能再当作贫困户对待，一定要清理出去，以服人心。"

肖十美见我态度坚决，还是赞成了我的意见。

因此，我又说："如果有返贫的，或者因工作失误，漏掉的贫困户还没有补上来的，要是名额有限，就把李世豪的名额转让给他人。肖书记，你是本村人，有些话你要是不方便说，就由我出面，一担我挑，一头我扛。在不正之风面前，我们坚决不能低头，坚决不能退缩。"

肖书记说："宁书记，你为了工作，考虑得很周到，我们就按照你的意思去做，一定还正直于百姓。"

这时，肖十美感觉到我的那番言语，并不是豪言壮语，也不是在夸夸其谈，而是在发泄心里的不平，他也知道我不是一个和稀泥的人，而是一个正直的、讲原则的人。

于是，肖书记又笑容可掬地对我说："宁书记，其实我俩的观点是英雄所见略同哦，在处理'四类人员'方面，真的是不谋而合啊。"

听到他这句话，我激动地说："这样就好，一切从你我做起，身正不怕影子斜，只要我们把工作做好了，做实了，就是鬼见了我们也要畏惧我们三分。"

肖书记接着又说:"我被选为村支部书记之后,为了发挥党员模范带头作用,我主动退出了贫困户,连即将到手的15万元易地搬迁费我都没有要,放弃了。"

当时,肖十美在外打工,家里有一座20世纪70年代修建的土木结构的老房子,已经成为危房,并且在交通不便的山旮旯里。当时,村支两委把他家定为易地搬迁户。按照规定,肖十美可以享受15万元的易地搬迁补助。没有想到的是,新修建的房子还没有竣工,他就当选为村支部书记了,为了在村里起个模范带头作用,肖十美主动地退出了贫困户,从而即将到手的15万元易地搬迁费,他也无怨无悔地放弃了。

我敬佩肖十美说:"肖书记,你大公无私,你是好样的,我为你点赞。以后,只要你我精诚合作,我相信在扶贫路上不管遇到什么困难,都将迎刃而解。"

十二　村部一片沸腾

在我义正词严地与李世豪辩驳时，我那一脸严肃的神态，被村里的一个叫李修仁的中年男子看到了，我那不容置喙的言语，也被他听到了。

李修仁年近 40 岁，是村里的好事者，他喜欢传播村里的奇闻趣事。

这回他却为我做了一件大好事，帮了我大忙。他把我见恶不怕，见善不欺的事在村民中广为传颂，把我说成是不畏强权，敢于碰硬的好书记！他还把我对李世豪那样不可一世的人也没有放在眼里，敢于在太岁头上动土的事，当天下午就在村民中、在院落里抖了出来。

冯君问他说："你所说的是真的吗？"

李修仁拍着胸膛说："耳听为虚，眼见为实，这是千真万确的事。"

另一个妇女还是不相信地说："你的嘴还能说出正经事来吗？"

冯君为他辩护说："他从村部出来一定知道不少的事，特别是这段时间，那最敏感的事，他一定知道不少。"

李修仁听到冯君夸奖他，心里很高兴："还是冯嫂子了解我。"

这时，冯君认真地说："修仁，快把你在村部看到的、听到的事再一五一十地告诉大伙儿吧，让大伙儿也高兴高兴。"

李修仁故意慢条斯理地说："我们村来了宁书记之后，我相信大家都要扬眉吐气了。"

冯君问："是吗？"

李修仁说："宁书记是个见恶不怕，见善不欺的人，他又是一个不畏强权，爱憎分明的人，是一个敢于碰硬的第一书记！"

这时，有人回应李修仁说："那是宁伟夫新官上任三把火，不足为奇。"

李修仁却有板有眼地坚持说："骑驴看唱本——走着瞧。这个宁书记不一般，在清理'四类人员'的问题上，从他说话的态度和神色可以看出他要严肃认真地清理'四类人员'的决心。"

一个中年的男子说："宁书记正直不正直，敢不敢为我们老百姓说话，不能只看他话说得漂亮不漂亮。他是知识分子，即使他捂着嘴，我们也说不过他，更重要的是看他的实际行动，这次他能把李世豪清理出'四类人员'，那就说明他是动真格的了。"

因为村民们都奈何不了李世豪，他们都希望我能整治整治李世豪，杀一杀他的威风，灭一灭他的嚣张气焰。所以，人们看到我在清理"四类人员"时要从李世豪开刀，他们既高兴又心存疑虑。

这时，李修仁自信地说："宁书记敢不敢动李世豪，你们就等着瞧吧。"

李修仁在村民中那么一说，胜过我在群众中做十天八天的思想工作。在他的鼓动下，村民们认为我与他们惹不起的李世豪那一类人，不是一丘之貉，还说我没有趋炎附势，也没有嫌贫爱富，更认为我能为大山村老百姓撑腰，为他们谋幸福、谋发展。于是，村民们的思想开始转变起来了，对我的为人似乎有所了解，也有所敬佩，对我的工作态度也有了深刻的认识。

第二天，村里的正直人李修桥等几个村民来到村部之后，一大批包括贫困户和非贫困户的村民，都陆陆续续地跑到村部来找我和肖书记反映情况，交流思想。

一时，村民们把村部会议室挤得水泄不通。

村部热闹非凡的那一幕又被姜美丽看得一清二楚。

姜美丽马上跑回去，把看到的一切告诉李世豪说："世豪，今天我亲眼看到不少的村民进了村部，李修桥等几个所谓的有名望的人也去了，他们到村部去一定是不怀好意，一定又要向宁伟夫进谗言，说我们的坏话。世豪，你不妨也去走一圈，看看那些人到底能掀起多大的波浪。"

李世豪听到妻子的这番话，触电似的从沙发上跳了起来，说："是真的吗？那些不死心的人究竟想搞什么名堂？"

姜美丽着急地说："当然是真的。世豪，你要拿个主意，我们不能让他们给算计了。"

李世豪在客厅里直抽着烟，一言不发。

过了很久，李世豪把烟蒂扔掉，说："去村部，我马上到村部去。"

在村部，李修桥见大家七嘴八舌地说个不停，不便于跟我详细反映村情民意，他则走到我的身边，俯身贴着我的耳朵轻声地说："宁书记，这里人多，不方便说话，我们几个人想到你那房间里去，单独跟你反映一些村里的情况。"

李修桥的到来，特别强调要到我房间里去单独跟我反映情况，我心中有数了，我可以从他那里得到一些有价值的、意想不到的"情报"。

于是，我爽快地答应了他的请求，依从了李修桥。

我跟其他村民招呼了一声之后，就与他们一起来到了我的房间里。

李修桥带着四五个人进了我的房间，他们一进门就把门关上了。

坐定之后，李修桥告诉我说："在座的这几个人都是村里的正直人，都是喜欢打抱不平的人，现在，我们几个人商量说，将在你面前把我们所见所闻的村里的事全部讲出来，请你秉公而断。"

我观察到李修桥他们对我寄托了莫大的希望，为不辜负他们的一片好意，在李修桥反映情况时，我郑重地点点头。

接着，李修桥一一介绍说："先说李世豪吧。他是我们村里最好强的人，虽然富裕，但没有慈善之心，前几年在评议贫困户时，我们村里只分到90多个指标，他硬是要纳入贫困户，硬是要占用贫困户的名额。从这一点来看，他是一个为富不仁的人，我们希望你宁书记，成为我们村当代的包青天，秉公办事，把李世豪清理出贫困户的队伍，以平民愤。"

"看来李世豪在村里虽然富裕，为了私利，又不得人心。"我说，"这个，我已经记住了。"

于是，我顺便问李修桥说："李世豪在村里霸道，他有没有做过危害人们的生命安全的事？有没有拉帮结派，结党营私，横行乡里？若是有危害人们生命财产和横行霸道的事，那就是属于黑恶势力。如果是黑恶势力，就要遭到严厉的打击。"

对于李世豪的行为，李修桥实话实说："李世豪是一个虚荣心很强的人，又是一个爱小利的人，因为他读书少，有时遇事蛮不讲理，为了一些蝇头小利，他就摆出一副盛气凌人的架势。所以，村民们叫他为'小霸王'，一直让着他，但他的行为还构不成黑恶势力。"

我说："李世豪构不上黑恶势力就好，使我们村少了一个打击的对象。"

接着，李修桥思路清晰，有条有理地说："下面我想向书记提几点建议。"

我说："修桥，你说吧。"

李修桥说："上次你们走访过的李大爷，他是一个老实巴交的老农民，天天在山里转，现在还过着原始人的生活，在我的记忆中，他从来没有进过城。这样的人贫困到了极点，我们应该向他伸出援助之手，让党的雨露阳光洒到他的家庭，照亮他的心灵，将他增补为贫困户，我们的良心也安稳一些。第二个人是王老汉，他也是一个真正的贫困户，王老汉有志气但没有经营的环境和能力，多年来与两个儿子艰难地度日。这次，我们也希望宁书记救人一命胜造七级浮屠，将他增补为贫困户。这两个人的家庭，你们可以去实地

考察的。"

李修桥在说话间，同来的几个同伴都点头称是，我也把他们所反映的情况一一记录在册。

过了一会儿，李修桥再说："在我们村里，有一个叫陈志宏的年轻人，他整天游手好闲，经常打牌赌博，输得精光。他听说这次清理'四类人员'的同时可以新增贫困户，于是，他也想回来争要贫困户的指标。我们建议对于这种不务正业的人，游手好闲的人，即使饿死也活该，你们千万不能接纳他为贫困户，不然的话就会严重挫伤人民群众勤劳致富的积极性。"

说到这里，李修桥的一个同伴插话说："现在，上头经常说要勤劳致富，我们不希望把陈志宏这样的人纳入贫困户，就是要以儆效尤。"

从李修桥和那个村民的话看来，人民群众的眼睛是雪亮的，爱憎是分明的，群众的心是正直无邪的。他们反映出了农村里面的真实情况，如果我不是他们信得过的人，就很难听到这样的真话。

最后，李修桥又说："在我们村里还有一个非常特殊的人，我希望宁书记也考虑一下，把他也纳入贫困户，给他以惠民的扶贫政策支持一下。"

"他是谁呢？"我听李修桥说是一个特殊的人，则感兴趣地问道，"你把那人的情况说出来看看。"

李修桥说："这个人原来是一个百万富翁，他在广东东莞开了一家很大的家私厂，发了财，但他没有忘记家乡的父老乡亲、兄弟姐妹。他的企业在社会上站稳脚跟之后，他把我们大山村外出打工的人全部招到他的工厂里，并且工资待遇都从优，工资比外地的打工者高出5%，逢年过节还发放一些福利。村里年轻的打工仔，对他感恩戴德。可是，好景不长，前几年由于市场销路不景气，他的家私厂关门倒闭，负债累累。尽管他落到这种地步，但他没有欠农民工一分钱的工资。在没有办法的情况下，他叫打工的人们另找出路。他虽然以前辉煌过一时，但后来一无所有了，像他这种人应不应该纳入贫困户？"

"他叫什么名字，现在在哪里？"

李修桥说："他叫陈自立，50多岁，长期在家，由于破了产，他好像无颜见江东父老一般，天天在家里闭门思过。他曾经有恩于我们大山村的人，对于这样的人，你们应该考虑一下。"

"好！"我果断地答复他们说，"对于有恩于社会的人，你们放心，我们会认真地考虑的。"

之后，我再与李修桥他们回到会议室。

我一到会议室，村民们情绪激昂，有人担心地对我说："宁书记，你去看看我家的情况，我会不会被清退出贫困户？"也有人说某某某条件好，他应该退出贫困户；还有人说，某某与某某相比，某某应该留在贫困户的群体里，享受精准扶贫的政策。

一时人声鼎沸，热闹非凡。

我见有几十个村民在村部，于是，我对他们适时地因势利导地进行了一番政策宣传。

我苦口婆心地跟他们说："各位父老乡亲，党的扶贫政策很透明，目的也很明确，特别强调'精准'二字。谁应该保留在贫困户的群体里，谁应该被清理出贫困户，是有政策规定的，不是你我随便说了算。大家还可以对照标准，自己去对号入座。像有车、有房、有公职人员、有工商登记的人家是属于'四类人员'，这些人家里什么都有了，算得上是小康之家，不再是贫困户，所以，像这类人，理所当然是清理的对象。"

我说到这里，人群中传来了声音："这次宁书记动真格了，看来李世豪的贫困户也保不住了。"

有人马上说："他本来就不是贫困户，把他清理出贫困户是理所当然的。"

从群众反映的情况来看，李世豪已成众矢之的。

接着我又说："不过话又说回来，是贫困户的，也不是就进了保险箱，也不是就能不劳而获，还是需要通过自己勤劳的双手发家致富。党的精准扶贫政策只能把你引上致富之路，把你扶上致富之路之后再送你一阵子，绝对不是一劳永逸的，最终是希望你们自己能借用这个手段，走上致富之路，这才是目的。如果你不劳动，你即使是贫困户也享受不了政府的优惠政策。比如说，种田可以享受政府200块钱一亩的补贴，但是，如果你不种就不能享受补贴。养鸡、养鸭、养猪等等都有补助，你养了才能得到补助，你不干，就没有一分钱的补助。对于这一点，大家应该明白我的意思了吧？"

村民们异口同声地说："明白了。"

经过我的宣传解释，村民们反响热烈，心里的疑虑很快就冰释了。

之后，大家慢慢地离开村部，各自回家。

李修桥他们刚刚离开村部，李世豪红着双眼，杀气腾腾地走了进来，大有兴师问罪的气势。

李世豪走进办公室，不请自坐，还铁青着脸看着我们。

我看着李世豪也没有说话。

李世豪却反客为主，生气地说："宁书记，肖书记，我来了，你们怎么就不说话了呢？"

我说："世豪，我看你一脸怒气冲冲的样子，我们能跟你说什么呢？如果我们说得不好，还会给你火上浇油。"

李世豪怒吼道："刚才我听人说，一定要把我清理出贫困户，究竟是怎么一回事？"

我理直气壮地告诉李世豪说："世豪，请你冷静一点，不要冲动。现在还只是宣传政策阶段，还没有到清理阶段，究竟你会不会被清理出去，我也不能随便表态，要让事实说话。"

李世豪站了起来，吼道："我就是事实。"

还在村部外的那群村民担心李世豪在村部耍赖，冯君则叫李修桥回村部来看个究竟。

李修桥说："我明人不做暗事，该说的话，我一定要说，该打抱不平的，我一定要打，绝对不能让那些行为不轨的人为所欲为。"

冯君担心地说："我们还是一起再回村部去看看。"

李修桥说："好，我们一起回村部去看看。一人做事一人当，我不会让宁书记背黑锅。"

在办公室里，我耐心地跟李世豪说："世豪，呷饭呷米，讲话讲理。我现在是国家干部，但我也出生于农村，农村里的事我见过不少，但是，我活了几十年，还没有见过像你这样横蛮无理的男人。"

肖十美也劝他说："世豪，宁书记的话应该对你有所震动，如果人人都像你这样，那我们大山村的工作将怎么开展呢？"

我又说："强者不能多占，弱者不能全无。我到你们村来当第一书记还没有几天，但我看到那苦不堪言的贫困户，我心里感到心酸啊，即便铁石心肠的人也掉泪了。"

这时，李修桥他们冲了进来。

李世豪看到他们惊愕不已。

李修桥看到李世豪板着面孔坐在那里，则走到李世豪身边，严肃认真地对李世豪说："世豪，我是男子汉大丈夫，一人做事一人当，请你不要怪罪宁书记。今天是我在这里代表村民向宁书记提了个建议，要求把你清理出贫困户。原因很简单，就是你比任何一个贫困户都要富裕。"

李世豪听到李修桥的话，好像吃了一个李子，噎在了喉咙，有话说不出。奈何不了李修桥的他只是给李修桥一个白眼。

这时，我又跟李世豪解释说："世豪，我相信你能理解李修桥他们的建议，我还请你相信，我们在清理'四类人员'时，一定会坚持原则，绝对不会敷衍塞责，走形式，走过场。"

　　李世豪在村部自讨没趣之后，灰溜溜地回家去了。

　　李世豪到了家里，坐在沙发上是猛烈地一根又一根地抽烟。

　　姜美丽问他："世豪，今天在村部又吃了闭门羹？"

　　李世豪有气无力地说："美丽，还是你说得对，是那个李修桥在宁伟夫面前进了我的谗言，从中离间了我和宁伟夫的关系。"

　　姜美丽说："那个李修桥真不是个好东西。"

　　李世豪气愤地说："与我作对的，都不是东西。"

十三　不要得理不让人

这天，我们一班人马手忙脚乱地在村部办公室里清查贫困户的资料。

村妇女主任宋丽琼特意把李世豪的档案递给我，然后说："宁书记，你查一查李世豪这户贫困户的档案，看他是怎样脱离实际填写的。"

我接过李世豪的档案，打开之后，把里面的资料抽了出来，准备一行一行地核实。但是，当我看到第一页的"房屋建筑面积"那一栏时，我就发现了问题，并且是严重脱离实际的问题。

我问他们说："李世豪分明是建有一座两层半的别墅式楼房，在这里怎么只填写着百来平方米的建筑面积？从这一点来看，李世豪就是在弄虚作假了。"

季永高说："当年他不弄虚作假就不能评为贫困户嘛。"

宋丽琼接着说："宁书记，我们如果把他清理出贫困户，到时候他一定会拿他的档案来说事的。"

我坦诚地说："这个你们不要担心，事实胜于雄辩。他要是霸蛮，我比他还要霸蛮一点，叫他在群众面前下不了台。对待恶人就要有对待恶人的办法，俗话说打蛇要打七寸，只有掐住了他的死穴才能把他制服。"

王顺中再补充说："这是整治李世豪的一个好办法。"

大家听我与王顺中这么一说，都爽朗地笑了起来。

接着，我问宋丽琼："他家里有几口人？"

宋丽琼说："他家有三口人。他儿子在省城的一所医科大学读书。"

我说："他的小儿不错，还是有出息的啊。"

宋丽琼说："是不错，但他为我们以后处理村卫生室的事可能埋下了祸根。"

我惊讶地问道："怎么这么说呢？"

宋丽琼没有直接回答我，而是很不情愿地说："到时候你就知道了。"

正在这时，村里有一位叫曾二娘的老妇人愤愤不平地跑到我们的办公室门口。

她看到我一脸严肃地在跟宋丽琼说话，则不解地问道："宁书记今天怎么这么不高兴呢？"

肖十美一眼看到曾二娘来了，他马上意识到曾二娘是要来找岔子的，则主动问她说："二娘，到村部来有什么事吗？"

"我是来找宁书记的。"曾二娘径直走到我身边说，"宁书记，你是刚来的第一书记，我要问你一件事。"

见曾二娘上气不接下气，气喘吁吁的样子，我以为她受到了很大的委屈，担心她一时性急而发生意外，则安慰她说："老人家，你有什么事慢慢地说，千万不要着急啊，只要是村里的事，我管得着的事，我一定帮你解决。"

曾二娘还是不顾王顺中在场的情面，激动地说："去年，王书记说贫困户、五保户都享受国家的政策，还说我就是不能享受补贴。我心里不服气，国家的钱，他们用得，我为什么就用不得，我需要你给我一个说法。"

其实王顺中并不是村里的第一书记，他只是队员，而在村里，村民们一般把驻村帮扶队员都称为书记。

曾二娘是一个不平凡的老妇人，为人泼辣、爱小利。她家里条件好，有一个在外地办工厂的儿子，年收入将近百万，她却眼馋评上贫困户和吃五保的人的那点政府补贴，想占便宜。她只看到别人领到一点生活费，却不想想人家的处境如何。

王顺中一句那样的话，却被曾二娘当作把柄，抓在手里不放。

于是，我问曾二娘："老人家，你跟他们的情况相同吗？"

曾二娘还是固执己见地说："同样是老人，为什么他们能享受国家的待遇，而我不能？我也要求吃低保。"

当时，王顺中看到她经常来村部跟肖书记纠缠不休，跟她解释政策，她也不听，一味地我行我素、断章取义地向肖十美、钟先喜书记和王顺中提一些无理要求。王顺中则说出了那句话。

他说话的意思是：曾二娘你住的是宽敞的楼房，又子孙满堂，生活条件也好，希望曾二娘不要总是跟贫困户和五保户攀比，要知足常乐。如果你跟他们一样的条件，他们评上五保户，或者吃上低保，而你没有评上，那你来反映情况，不断地向书记发难，说他厚此薄彼，做事不公道，那他们则会愧领愧受。

现在，曾二娘认为五保户是老人，她也是老人，所以，她要像五保户那样吃低保或五保，她没有想想自己儿孙满堂了，还有一个开办工厂的儿子。

肖书记没有满足她的愿望，她就认为王顺中是国家干部，说出来的话都具有代表性，没想到王顺中的那句话严重挫伤了她的自尊心，使她无地自容。于是，她抓住王顺中的"辫子"，在村里到处鼓噪，企图贬低我们驻村扶贫工作队的形象。

今天，曾二娘又跑到村部来，理直气壮地要我给她一个说法，于是我故意问她说："二娘，你家庭的经济情况如何？你儿子在哪里？在做什么？"

我这么一问，曾二娘却又自豪地说："我就一个儿子，他在广东办了一个工厂，三个女儿也跟着女婿在广东办企业。"

我随即夸奖她说："你儿子和女儿都不错啊，你还要吃什么低保或者五保呢？吃五保的是一些什么人，你应该看得到的嘛。"

曾二娘却说："谁叫他们没有子女啊！"

曾二娘的话使我气不打一处来，我严厉地跟她说："二娘，你说这样的话就不应该了。没有子女是人生中最痛苦的事，谁愿意呢！谁愿意吃低保或者五保呢！"

在我的教训下，曾二娘感到无地自容，面红耳赤。过后，我还是静下心来，慢慢地跟她交流思想："二娘，能够在广东办企业的能有几人？你儿子在广东开办工厂，应该是你的荣耀啊！我再问你，你儿子一年的收入有多少呢？"

曾二娘说："那有几十万哦。"

我惊讶地说："你儿子每年的收入不少啊，是一个可观的数目啊。贫困户的脱贫标准一年的人均收入只有几千块钱，你家的条件还争什么贫困户呢，还说什么吃低保呢！你们村里之前唯一吃上低保的就是那个有精神病的人，后来根据具体情况，才把几个生活几乎不能自理的残疾人纳入了低保户。二娘，对于把那些人纳入低保户，你还有什么想法吗？"

我那么一解释，曾二娘心里似乎很不自在，好像有失了她的体面。

我不厌其烦地跟她解释说："老人家，你不知道，富裕才是光荣。现在一些人以评上贫困户为荣，认为能够享受国家的扶贫政策，能'不劳而获'地得到一笔意外之财，这种心态是不对的。你家庭条件好，就要宽宏大度，不要只计较个人的得失，不要跟别人计较政府补贴的利益。你算得上是一个德高望重的老人了，你应该鼓励大家勤劳致富。当时，王书记跟你讲的话没有错，他的意思就是想让你摆正自己的心态，不要见别人得到了一点好处就心理不平衡。他告诉你：知足者常乐。像你这样的家庭，更应该做乐善好施的好人好事呢！"

经过我的一番入情入理的解释，曾二娘对党的精准扶贫政策有所了解，对自己的不当之处有所醒悟，她心里那种严重的攀比心态渐渐地消失了。

曾二娘走后，我跟王顺中说："以后在村民面前说话要注意场合，要注意影响，还要注意分寸，要让人家能够接受得了，以免弄得满城风雨。特别是带有政策性的话不能乱说，没有根据的话也不能乱讲，因为你是代表政府来扶贫的，你说的每一句话都有一定的分量，村民们认为你说的话都是正确的。"

王顺中谦虚地接受了我的批评教育，说："当时我是一时冲动，这事是由于我没有农村工作经历和经验而酿成的一个恶果，这是我的一个教训。"

我说："这件事我们总算把它处理好了，我们继续工作。"

我接着再仔细地查看了李世豪的其他资料，把存在的问题都记在了我的笔记本上。

之后，我们正准备讨论如何开展清理"四类人员"的工作，如何跟老百姓交谈时，李修仁跑到了村部办公室。

他一本正经地跟我说："宁书记，我向你反映一件事，这件事是我们村里的老百姓最关心的事，也是一件难以解决的棘手的事。"

我问："是一件什么事啊，这么神秘兮兮的？"

他直言不讳地跟我说："去年，国家拨专款50万元，为我们大山村从山上的岩洞里接上了山泉水，使村民享受到了喝'自来水'的好处，但是，山泉水没有喝上几天，就经常发现水管被人为地堵塞，致使村民三天两头没有水喝，也没有水用，人们对这件事怨声载道。"

"竟有这种事？"我有些吃惊。

李修仁有根有据地说："我绝对不会冤枉一个好人，缺德的人做缺德的事，我们村里的人都希望你新来上任的第一书记管一管这件事，解除全村人民用水的后顾之忧。"

饮水问题是扶贫工作中的一项重要内容，如果村里的村民没有水喝，我们天天在这里扶贫，又不能帮助他们解决饮水问题，那我们的工作就没有做到位。

对于坏人坏事深恶痛绝，疾恶如仇的我，态度严肃地跟李修仁说："人为地破坏水管，制造水荒，就是破坏我们的扶贫工作，是在有意离间我们与村民的关系。只要有这种现象，有损害群众利益的事，他就是害群之马，我必须要管，并且要管到底。"

但我又担心李修仁说的话不真实，我就问肖书记："村里的山泉水水管经常被人为堵塞，是怎么一回事，你知道吗？"

肖十美埋怨地说："我知道这一回事，我还多次亲自到现场察看过，那完全是人为的。他把水管割断，把竹尖打入水管里，堵塞水管，使村民们没有水用。干这种事的人一定是别有用心的，他想挑起村民跟我们村支两委的矛盾。"

"干这种坏事的人，做这种天怒人怨的事的人，一定不可饶恕。山泉水的使用，关系到全村人民群众的切身利益，我作为第一书记，不能不管这件事，更不能让为非作歹的人再损害人民群众的根本利益。"

出于对作恶多端之人的愤怒，我建议肖书记说："堵塞水管的人一定是晚上出去干那伤天害理的罪恶勾当。为了抓住作恶多端、多行不义的害群之马，我建议我们三个人轮流去蹲点守候，一旦抓住堵塞水管的人，我将对其严惩不贷。"

我的建议与肖十美一拍即合。

接山泉水的水管在我们村部的对面山上，抓坏人心切的我，当天晚上十点多就开始实行蹲点。一直蹲了四五个晚上，可是没有发现任何动静。我心里想：抓坏人是维护群众利益的一种手段，不是目的，能让群众顺顺当当喝上山泉水才是我们的唯一目的，只要接山泉水的水管不再遭到破坏，作恶之人改邪归正了也就行了，没必要挖洞寻蛇打，无事找事。但我还是不放心，于是，我又连续蹲了三四个晚上，终于发现了动静。

那天晚上将近十一点的时候，我突然看到对面山上有一个萤火虫大小的光在若隐若现地闪动，我判断一定是坏人出洞了。

于是，我马上叫来了肖书记，再叫王顺中开车过去。到了山脚，我与肖书记直奔山上而去。

当我们走到半山腰时，一个人匆匆忙忙地走了下来。

肖十美大吼一声："孙青学，你半夜三更了还到山上来干什么？"

50多岁的孙青学支支吾吾地说："我……我没有干什么。"

肖十美怒吼道："孙青学，你是不是在堵塞山泉水的水管？"

做贼心虚的孙青学结结巴巴地说："我……我……我没有。"

我也气愤起来了，厉声地说："孙青学，你还狡辩什么，你不是来做坏事，深更半夜跑到山上来干什么呢？走，我们一起到山上去看个究竟再说。"

在我和肖十美的呵斥下，孙青学乖乖地跟着我们上山去。

到了水池边一看，山泉水管已经被割断，水全部向外流，水管里被堵塞着竹尖和杂物。

于是，我问孙青学："这就是你干的好事吗？不但破坏了我们的扶贫工作，更严重地影响了全村人的生活。你做出这样的蠢事，是会遭到全体村民唾骂的啊。"

孙青学哑口无言，过了半晌才说："宁书记、肖书记，我对不起你们，我错了。"

我问孙青学："你为什么要做这种伤天害理的事呢？"

孙学青的心理防线被我突破之后，心直口快的他像竹筒倒豆子一般地对我们说出了他破坏水管的原因："我之所以要报复村民，是因为我对村支两委有意见。1989 年之前，村支部把我的组长职务给撤销了，我割断水管，堵塞水管，就是想发泄心里的怨气。"

孙青学的话引起了我的深思，村支部撤了他一个组长，他就那样怀恨在心，报复全体村民，真的是不可理喻啊！

于是，我对孙青学说："你这样做，害人亦害己，是得不偿失的愚蠢之举，你得罪的不是某一个人，而是全体村民啊，你失去的是村民的人心啊。"

孙青学赶紧认错，说："宁书记，肖书记，听你们一点破，我认识到了我的错误。我做错了，我该死，我以后再也不干这种伤天害理的事了。"

我仍然严肃认真地批评他说："孙青学，你现在知道错了已经晚了，你已经酿成了严重的后果，你对不起全村的父老乡亲。不过，你有悔改之心还好，能知错就改，算是还有点良心。现在，我责令你明天一早老老实实把水管接好，保证全村人早上能有水喝，有水用，不然的话，我将把你的丑恶行径在村村响里公之于众，叫你在大山村永远也抬不起头，在大山村永远无地自容。"

孙青学连连说："好，好，好。今天晚上就是不睡，我也一定把水管接好，保证全村人明天早晨用上水。"

回到村部，我还怒不可遏，肖书记也愤愤不平。

这时，肖书记问我如何处理孙青学。

我想了想，说："对于孙青学，我恨不得把他的丑陋行径在村村响里向全村人民广播，让全村人民晓得孙青学是一个什么样的人，让他在村民面前永远也抬不起头。但回想起来，孙青学之所为也事出有因，不过，他那是一种愚蠢之举，实在可恶，但是，当我们抓住他的时候，孙青学那可怜兮兮的样子又让我产生了同情之心。"

我动容地说着，肖十美也静静地听着，过了一会儿，他突然问我说："宁书记，你不是说要对作恶多端的人进行严惩吗？"

我再静静地思考了一下，说："孙青学的所为说起来是理不可恕，但把他干出那事的前因后果分析一下的话，我觉得又情有可原。我看，我们还是给他一个教训算了，得饶人处且饶人，不要有理不让人。孙青学自己也认识到了自己的错误，我们给他一个警告，希望他能够再自我反省，以此为戒，永远改变他害人害己的恶习，挽救一个人才是我们的最终目的。不过，肖书记啊，桥是桥，路是路。我看孙青学还有一定的上进心，他要是有什么冤枉和委屈，我们应该为他做主，为他澄清事实，还他一个清白，不能太委屈他了。与其树敌过众，不如化敌为友，还能便于以后的工作。"

我的这一想法得到了肖书记的认同，同时，我也得到肖书记的夸奖："宁书记还是宁书记，学者型的书记就是与众不同，处事宽宏大度，想得周到，达到了与人为善、和睦相处、两全齐美的目的。我虽然与你相处的时间不长，但从你的身上，我也长了不少的见识。"

我说："不可能吧。"

肖十美则一本正经地说："与你相处，胜读十年书啊。"

我接着说："社会是一所没有围墙的大学校，也是一个大课堂，在这里，我们都会教学相长啊！"

说完，我们都会心地开怀大笑起来。

十四　兄弟为争贫困户反目

几天来，我发现了一个新问题，在如何看待贫困户这个问题上，有人淡然，有人迫切，也有人能坦然面对。

出于这个原因，我跟肖书记说："从那天村民们反映的情况来看，村民对国家的精准扶贫政策有了不同程度的理解。我想，不管怎么样，强者不能多占，弱者不能全无。清理'四类人员'进入关键时刻，我想利用村村响，再向村民进行广泛的宣传，让清理'四类人员'的政策家喻户晓，人人皆知，以便在清理'四类人员'的最后阶段让他们自己对号入座，这样可以减少很多不必要的麻烦。"

肖十美褒奖我说："你是才子，撰写稿子你是能手。广播稿写好了，今天晚上就可以在村村响里播放。"

为了尽快向广大村民宣传党中央关于精准扶贫和清理"四类人员"的政策并尽快播出广播稿，这天上午，在没有他人来打扰的情况下，我马上着手撰写广播稿。一个半小时之后，广播稿写出来了，没有等到第二天播出，也没有等到当天晚上播出，而是在中午就播出了，由我用地方方言向广大村民广播。

广播稿的主要内容是："广大的父老乡亲，我是大山村的第一书记，现在由我对大家广播：2013年习近平总书记在湖南省湘西十八洞村考察时，发现了农村里还存在着大批的贫困户。为了让贫困户赶上时代的快车，共同享受改革开放的伟大成果，习近平总书记慎重地提出了要在全国范围内进行精准扶贫。在全面实施精准扶贫政策的过程中，党中央明确提出了核定贫困户的标准是：一看房，二看粮，三看有没有读书郎，四看劳动力强不强。在第一次确定贫困户时，由于种种原因，出现了鱼龙混杂的现象，在核准贫困户的过程中出现了一些偏差，各个地方反响强烈，党中央也看到了这个问题。现在，党中央强调指出，扶贫对象一定要精准！为了顺乎民心，合乎民意，顺利地完成清理'有车、有房、有公职人员、有工商登记'的'四类人员'，希望各位村民自觉地提高思想觉悟，配合我们开展精准扶贫工作。"

为了使精准扶贫政策深入人心，为了使广大的人民群众积极配合我们的精准扶贫工作，之后，我的这个广播稿滚动地播放了两三天。

村民们对其他的广播很少听，而对于我这个关系到他们切身利益的广播却听得认真、仔细，有的人听了一次又一次，一次没有听清楚再听第二次，对政策还不了解的，不怕劳累的村民再步行四五公里到村部来找我和肖书记及队员王顺中询问。

我的那篇广播稿一下就牵动了全村村民的心，他们最关心的就是清理"四类人员"。绝大多数的村民希望我们在清理"四类人员"的过程中，不走过场，不做掩人耳目的事，在对待"四类人员"方面，秉公正直，把那些非贫困的人全部清理出贫困户。

清理"四类人员"的工作触及了所有贫困人员的神经，为了留在贫困户的群体中，大山村一组有两个兄弟几乎反目成仇，大打出手。

这两兄弟年长的叫李大雄，弟弟叫李小雄。在第一次核定贫困户时，他们被评定为贫困户。之后，李大雄在破旧而低矮的家里开了一个小卖部，每天可能有十多二十元的毛收入，但他一家四口人的生活全部仰仗着那小卖部。

几天来，李大雄一次又一次认认真真地听广播，他认为自己开小卖部属于做生意，虽然是小本生意，但他非常担心自己会被清理出贫困户。由于李大雄没有到工商管理部门登记，他还担心自己的"黑店"小卖部一旦东窗事发，会受到行政处理和经济处罚。李大雄不是行政干部，也不是村里的干部，所以，对行政处罚他不怕，怕的就是经济处罚。一阵冥思苦想之后，李大雄越想越害怕，越想心里越惴惴不安。

那天晚上，李大雄跟妻子伍小芬商量说："老婆，我有两件事一直压在心里，特别难受。"

伍小芬问他是两件什么事。

李大雄有气无力地说："老婆，这几天你听到广播里播了什么吗？"

伍小芬天真地说："我没在意。"

李大雄一脸难色地说："这几天，宁书记天天在广播。"

伍小芬说："村里的广播播了几年了，你没有在意，这几天的广播你怎么就听得这么上心呢？"

李大雄说："这几天的广播牵涉我们家的利益，对我们家很不利啊。"

伍小芬惊奇地问："啊，它播了什么对我们家不利？要不你去把那广播给拆了吧。"

李大雄说："哎呀，你个妇人家，怎么这般见识，你拆了广播有什么用呢？"

伍小芬说："怎么没有用，拆了它，它就不广播了嘛。"

李大雄摇摇头说："即使拆了也没有什么用。"

伍小芬问："那你说怎么办呢？广播里到底播什么了？"

李大雄说："广播里说要清理'四类人员'。"

伍小芬无所谓地说："这有什么大惊小怪的，什么'四类人员'，我们又不是地、富、反、坏分子，你怕什么。"

李大雄着急地说："哎呀，这不是以前的四类分子，是指混入贫困户的'四类人员'指有车、有房、有公职人员和有工商登记的四种人。"

伍小芬还是无所谓地说："这四种人跟我们有什么关系呢？你着什么急啊！"

李大雄说："怎么没有关系呢？没有关系我能这么着急吗！"

伍小芬说："那你说，跟我们有什么关系？"

李大雄："那四有中，我们占了一种。"

伍小芬问："哪一种？"

李大雄说："利用小卖部做生意又没有去进行工商登记。"

伍小芬几乎跳了起来："我们在家里开了一个这么小的小卖部，每天只有十多二十元的毛收入，怎么算得上要工商登记的商店呢？更何况你还没有去登记呢，我不怕。"

李大雄无可奈何地说："老婆啊，我担心的就是这个店。它再小也由工商管理局管理，而我们这个店开了几年了，一直没有到工商管理局去登记，属于黑店，一旦查出来就更麻烦了。"

伍小芬不耐烦地说："有什么麻烦？"

李大雄说："可能会受到行政处理和经济处罚。行政处罚我倒不怕，我不是村里的干部，我怕的就是经济处罚，要罚款的。"

伍小芬听李大雄那么一说，大吃一惊："有这么严重啊！我们一家四口人的生活都仰仗着这个小卖部，如果小卖部没了，我们一家人怎么生活呢？"

李大雄说："我也天天想着这件事，不晓得属不属于'四类人员'，要是属于'四类人员'，这次就要取消我们家贫困户的资格，一旦取消我们家贫困户的资格，满妹子和二伢子上学就没有了补贴和任何经济来源，到时我们的生活就难了。"

伍小芬百思不得其解地问："那怎么得了？"

李大雄只是摇头。

伍小芬想了半天，想出了一个馊主意，说："大雄啊，在走投无路的情况下，你只能去跟你弟弟李小雄商量商量，他只有一个崽在上学，人口比我们少，条件也比我们家好，你们又是亲兄弟，要是我们两家留下一家的话，你去跟他说说，叫他退出贫困户，留住我们，怎么样？"

妻子的一句话，使李大雄好像得到了一个锦囊妙计，他想只要能够保住贫困户资格，经销店也就平安无事了。想到这，李大雄马上跑到李小雄的家里，跟李小雄协商起退、留贫困户的事情来。

李大雄没有多少文化，说起话来毫不隐讳，直来直往，也很不中听。

他对李小雄说："当年父母在世时，他们对你关照得比我好，有什么好吃的总是顾着你，后来，你又比我多读了几年书，花费比我多，现在，你修了房子，而我没有能力修房子，我人口多还住在那老屋里。今天晚上我来想跟你商量一件事。"

李小雄一听李大雄说他多享受了父母的好处，心里就不平，但他还是心平气和地问李大雄说："哥，是什么事？你说吧。"

李大雄沉思了一会儿说："就是现在上面要清理'四类人员'，以前我们都是贫困户，你好我也好，现在不行了，我听说几兄弟是贫困户的只能保留一个。我想，你是不是退出贫困户，让我保留下来。"

李小雄听到李大雄说出这样的话来，认为哥哥得寸进尺，于是，他大声地嚷道："我没有沾到父母的光，只有你才沾到他们的光，父母在世时帮你带大了两个小孩，要说退出贫困户的应该是你，而不是我。"

李小雄那么一说，李大雄按捺不住了，赌气说："你要是这样讲的话，我们两兄弟只能拼个你死我活、鱼死网破了，到时候只怕是你也没有，我也没有。"

李小雄也有理不让人地说："你开了一个小卖部，还要享受贫困户的补贴，明明是'四类人员'，是属于应该清理出贫困户的对象，还想赖着不走。在这次清理'四类人员'中，你要是没有被清理出去，还属于贫困户的话，我告也要把你的贫困户告脱。"

李大雄看到弟弟一意孤行，一点也不肯让步，还说要告他的状，顿时恼羞成怒，一把抓住李小雄的衣襟，将他打倒在地。

这一幕正好被路过的李修仁看到了，他三步并作两步跑上前去劝架。但李大雄不肯撒手，边打边说："我就是要打这个没有兄弟之情的家伙。"

李小雄上气不接下气地说："你才是一个没有兄弟之情的家伙，连亲兄弟也动手打。"

李修仁见劝架不力，则马上打电话告诉我说："宁书记，一组的李大雄、李小雄两兄弟打起来了。"

我问李修仁："他们因为什么打起来的？"

李修仁着急地说："就是为了争贫困户的事。"

"因为贫困户的事两兄弟打起来了，这事不能等闲视之，必须立即去处理好。"想到这里，我在电话里说："我马上就来。"

于是，由王顺中开车，我与肖书记立即直奔一组李小雄家。

接着，李修仁大声地对李大雄两兄弟喊道："李大雄，你们还打架，宁书记来了。"

李大雄听到李修仁的喊声，则从李小雄身上爬了起来。两人阴沉着脸站在那里。

我一到那里，跟李大雄、李小雄说了几句话，然后分别去他们俩的家里看了看。李小雄的家是平房，前一年由政府投资进行了危房改造，面积不大。李大雄的家没有修建，是一座砖木结构的老房子，比较低矮。我还发现他们的生活水平都较低，应该都属于贫困户。过后，我找到这两兄弟，跟他们解释说："你们两兄弟的条件都不好，大雄啊，你是兄长，有什么问题可以到村部来找我们帮忙解决啊，怎么和亲弟兄因为一句话就打起来了呢？这是你做兄长的不对。"

李小雄见我在批评李大雄，则怒气冲冲、火上浇油地说："宁书记，他有一个小卖部，属于'四类人员'。"

我问李小雄："他有一个规模多大的小卖部？"

李大雄抢着说："就在我家里，你去看看。"

说着，我来到李大雄的小卖部看了看，确实是一个不起眼的小卖部。

这时，李大雄说："我这个小卖部，多的每天可以有几十块钱的营业额，少的只有几块钱，有时还没有。"

李小雄说："宁书记，不管他小卖部的大小，他都属于'四类人员'，应该把他清理出贫困户。"

对于李小雄的揭发，我淡然一笑，说："小雄，你揭发你兄长的事实，我赞同你，但他开的是一个微不足道的小卖部，没有多少收入，不在工商登记的范围，这一点要请你理解。根据你们两个家庭的实际情况来看，都符合贫困户的条件，都不会被清退出贫困户。现在，你们心中的纠结也应该解开了吧，你们兄弟俩应该化干戈为玉帛了吧。古人说得好，兄弟一条心，黄土变成金。我但愿你们两个家庭都能够通过自己的双手，一起勤劳致富。"

之后，肖书记也推心置腹地跟他们俩讲了不少道理，最终使他们两兄弟认识到了各自的不足。

　　心直口快的李大雄当即向弟弟李小雄表示了歉意，李小雄也说出了自己的心里话，希望两兄弟继续像父母在世时那样互相关心、互相照顾。

　　这样，李大雄两兄弟又和好如初。

十五　村民砸了驻村队员的车

　　这天上午，我与肖十美、王顺中三人来到村部后，我思虑着：现在，村民感受到了党的温暖，都想近水楼台先得月，已经划为贫困户的都不想退出去，该怎么处理呢？我跟肖十美、王顺中商量说："在清理'四类人员'的过程中，我们绝对不能姑息和迁就任何一个人，即使他们当中有思想不通的，过后我们再登门走访，逐一去做思想工作。只要我们一视同仁地对待他们，我相信他们最后会理解我们的。"

　　这时，肖十美说："昨天晚上，因为这件事，李世豪提着两瓶酒和一条烟，在我家里纠缠了很久。我跟他讲道理，摆事实，他就是软硬不吃，最后不欢而散，在我的强硬态度下，他才提着礼物没趣地走了。"

　　我说："那也许是李世豪的惯用伎俩，他是在投石问路，看你的态度如何。他总认为用一瓶酒、一条烟就能解决问题，就能达到目的。而那些礼物其实是裹着糖衣的炮弹，一旦把你击中，它比钢铁炮弹还厉害，打的是内伤。李世豪在你那里碰壁，我想他是不会死心的，根据他的为人和性格，他一定还有更狠的招。"

　　正在这时，肖书记的手机铃响了起来，他随手拿起手机一看，是他爱人王玲玲打来了电话。

　　肖十美问王玲玲："你有什么事吗？"

　　话筒里传出王玲玲的声音："你在村部还有事吗？王占鳌来了，他在家里等你有点事。"

　　王占鳌是肖十美的内弟，与肖书记同一个村，住在村里的二组。王占鳌一家4口人，他经常在外面跑运输，每年收入不薄。几年前，他也被划为了贫困户。

　　肖十美接到妻子的电话后，他猜到了王占鳌到他家的意图。他想王占鳌既然来了，他就不能回避，而应该要积极面对。

　　肖十美回到家里，果然不出所料。王占鳌跟肖十美打了招呼之后，就直截了当地问肖十美："姐夫，听说新来的第一书记在清理'四类人员'中，态度非常坚决，措施非常果断，你看我会不会被清理出贫困户？"

　　"占鳌啊，实话告诉你，因为我是村里的支部书记，在清理'四类人员'的过程中，村里很多人都在盯着你。我作为一村的支部书记、村委会主任，我如果一味地袒护着你，不带头执行政策，不以身作则的话，那我就无法开展工作。"

　　王占鳌听肖十美那么一说，心里不平了，他责备肖十美说："姐夫，你不要打官腔了，菩萨都是人雕的，在这个问题上，不少的人说，只要你一句话，问题不就解决了吗！"

　　肖十美有点不耐烦地说："占鳌啊，现在不比以前了，现在办事都规范化，政策都有明确规定。在这种高压态势之下，我如果还自不量力做两面人，口是心非，一旦碰及红线，那就是自作自受。如果我今天把其他的人清理出去，而把你保留在贫困户当中，那明天他们就会把我告到镇政府，甚至县政府，那我可就是犯错误了。"

　　肖十美说到这里，王占鳌没有说话，只是无声地听。

　　肖书记继续跟王占鳌解释说："我相信你也不愿意看到这样的结局。在新的形势下，你的思想觉悟也要与时俱进了。习近平总书记一再强调说，要把权力关进制度的笼子，不允许任何人滥用职权。我如果为你营私舞弊，那我就是以身试法，到时候我将吃不了兜着走。"

　　"那就没有一点商量余地了？"王占鳌说。

　　肖十美说："可以这么说。"

　　王占鳌在肖书记面前没有得到一句称心的话，他心里十分地懊恼，也十分不满。

　　在走投无路的绝境之下，王占鳌说出了自己的苦楚：他来肖十美家之前，同组的一个邻居与他家的条件差不多，想通过王占鳌的关系，希望王占鳌在肖书记面前美言几句，保留住贫困户，并且还给王占鳌买了一条香烟作为报酬。

　　肖十美听他那么一说，严肃地批评王占鳌说："吃人家的嘴短，拿人家的手短。你要做光明正大的好人，不要做别人看不起的小人。你回去之后，把烟退给人家。"

　　王占鳌在肖十美面前吃了闭门羹，碰了一鼻子的灰，好像瘪了气的皮球，一脸的难色。

　　王占鳌没有得到肖书记的满意答复，怏怏不快地走出姐夫肖十美的家门口，头也不回地走了。

王占鳌走了之后，王玲玲责怪肖十美说："你就那样看不起我娘家的人。人家当书记，家人、亲戚、朋友都照顾得好好的，你当了书记就不同，我弟弟找上门来，叫你给我弟弟帮一个这样的小忙，你也推三阻四不帮忙，你太没有人情味了，你这是六亲不认啊，肖十美！"

正直的肖十美见妻子出言不逊，他接受不了，则跟王玲玲理论起来："你应该是一个明白人，我这个书记是全村人民选出来的，又不是我们家里的书记，我要对全村人民负责，我要为全村人民做事。为对得起投票选举我当书记的全村人民，我做事必须大公无私，问心无愧。玲玲，你要知道，帮忙要看时机，还要有个度，不能没有原则性，如果没有原则性地帮忙，那就是在帮倒忙，就是违纪违法。王占鳌的事，我一旦袒护他，那我就会成为全村人民的罪人。"

没过多久，肖十美在对待王占鳌的问题上铁面无私的举动，当面拒绝内弟王占鳌想保留贫困户的消息，就被李修仁给传开了，那些欲走歪门邪道的人，现在再也不敢轻举妄动了，对肖十美的一身正气，他们望而生畏。

李修仁逢人就说："王占鳌为了保住贫困户资格，到他姐夫肖十美书记那里去求情，结果在肖书记那里受尽了气，饭也不吃就回去了。"

冯君问他："是真的吗？要是这样，他们俩的关系会闹僵的。"

李修仁神气十足地说："什么事都躲不过我的眼睛，我看到王占鳌从肖书记家里走出来的。"

冯君再问李修仁："你晓得他不吃饭还有其他的原因吗？"

李修仁把握十足地说："还不是为了保住贫困户的事，肖书记没有答应他。"

冯君自信地说："要是这样，去年我们投票选举肖十美当书记选对了。"

一个男人说："我们大山村就是需要他这种铁面无私的村书记！"

再说李世豪听说肖十美对内弟也那样无情，那样铁面无私之后，他认为自己要想保留贫困户资格没有任何希望了。于是，他心生一个邪念，要报复肖十美和我，特别是我。

那天下午，天降大雨。

李世豪心事重重地躲在家里踱着步，胡思乱想了好一会儿，他再跟妻子姜美丽说："肖十美受了宁伟夫的影响，果然不识抬举，软硬不吃。那天晚上，肖十美不但不给我面子，叫我一无所获，还使我从他家里灰溜溜地回来。当初要是宁伟夫不来当第一书记，肖十美也许不会充当那样的黑脸包公，在清理'四类人员'这个问题上，或许还有商量的余地。现在，宁伟夫来当第一书记，村里出现了不少的变数，令人无法琢磨。所有的一切不如愿，应该全部归咎于宁伟夫那个老东西。"

姜美丽火上浇油地说："就是那个宁伟夫坏了我们的好事。"

李世豪牙关一咬说："宁伟夫，你就等着瞧吧。"

接着，李世豪跟妻子姜美丽说："美丽，我想请贫困户龙军到家里来吃晚饭，你去准备一下。"

姜美丽惊奇地问："世豪，你怎么突发奇想要请龙军来吃饭呢？"

李世豪得意忘形地说："我早就想请他了，只是没有跟你讲，到时候你就知道了。"

接着，李世豪拿起手机拨通了贫困户户主龙军的电话，客气地邀请龙军到他家里去吃晚饭。

龙军五十开外，是一个老实巴交的农民，一直过着清贫的日子。今天李世豪要请他去吃饭，他一是感到脸上有光，在"小霸王"的心目中还有一席之地，关键的时候还要巴结他；二是可以乘机去一饱口福。于是，龙军满口答应了李世豪的邀请，并且愿意欣然前往。

傍晚，龙军举着一把雨伞，冒着雨直向李世豪家走去，不料在路途中遇见了李修仁。

李修仁问龙军："军哥，冒这么大的雨到哪里去呀？"

龙军扬扬得意地说："一个朋友请客。"

李修仁说："难怪干劲冲天，风雨无阻哦。军哥，你太有口福了，能不能带我一起去啊？"

龙军推辞他说："对不起，不是我请客，我不能带你去。"龙军说完就急匆匆地向前走。

李修仁好奇地看着龙军走到李世豪的家门前才离去。接着，李修仁径直向村部办公室跑去。他到了村部，在办公室外面就大喊大叫："宁书记，宁书记。"

肖十美听到喊声，问道："李修仁，你有什么事？"

李修仁急匆匆地说："肖书记，宁书记在吗？"

肖十美说："宁书记哪天离开过我们村啊！"

李修仁走到我面前说："宁书记，我告诉你一个好消息。"

我问他："什么好消息啊，把你急成这样？"

李修仁轻声地说："今天晚上李世豪请龙军吃饭。"

我说："请人吃饭，人之常情，这有什么大惊小怪的呀？"

王顺中说："龙军是一个贫困户。"

李修仁为难地说："这个我就不知道了，我在路上遇见了他，还跟他打了一声招呼，之后，我看到他一直走到李世豪的家门前。"

难道李世豪是在拉拢龙军，一起对抗我们清理"四类人员"的工作，我猜想着。

龙军一进门就受到李世豪夫妇的热情接待。

李世豪给他递上高档次的香烟，姜美丽既给他让座，又给他沏茶。

龙军从来没有享受过那样的待遇，他受宠若惊。

吃饭的时候，李世豪和妻子姜美丽把好吃的菜不断地往龙军碗里送，龙军吃得嘴角流油，酒喝了一杯又一杯。

这时，李世豪说："在村里，那些伢子、妹子都叫你'军哥'，而我偏偏叫你'龙哥'，你知道其中的奥妙吗？"

龙军摇摇头，说："李老板见识广，我龙军一个草包，哪里知道那高深的奥妙呢。"

李世豪则有板有眼地跟龙军解释说："我认为叫你'龙哥'比叫你'军哥'好。龙哥，你的姓氏好，龙是吉祥之物，能腾云驾雾。叫'龙哥'有气势，有龙盘虎踞的意味，你看是不是这样？"

龙军听李世豪那么一夸奖，他高兴得如坠五里云雾，忘乎了一切，喝了一口酒，说："李老板过奖了，还是你有出息，在地方有头有面，受人尊敬。"

姜美丽在一旁劝道："世豪，你们不要只顾讲，要喝酒吃菜。"

李世豪马上举起酒杯说："对对对，喝酒喝酒。"

当酒过三巡、菜过五味的时候，李世豪发话了："龙哥，这些酒喝得高兴吧，这些菜吃得满意吧。"

龙军连连说："满意满意，我有生以来第一次吃到这样好的菜，喝到这样好的高档酒。"

李世豪接着拿起那瓶酒，在龙军面前炫耀着说："你看这是一瓶价格不菲的正宗茅台酒呢，要不是你来了，我还真舍不得拿出来喝咧。"

姜美丽也帮着李世豪说："这瓶酒啊，世豪留了好几年了都舍不得喝，还是你龙哥有面子。"

龙军得意地说："感谢世豪弟兄看得起我龙军。"

李世豪接着说："酒逢知己千杯少啊。龙哥，什么样的人才能喝什么样的酒。这瓶酒我真的储藏了好几年，一直舍不得拿出来喝。今天，我把龙哥当成了我的亲兄弟才拿出来的。"龙军吃上香的，喝上辣的，还喝着香气四溢的茅台酒，心里感到非常惬意。

这时，李世豪神秘兮兮地跟龙军说："这个新来的第一书记宁伟夫啊，据说是一个非常恼火的人，做起事来，铁面无情。当初，我到他们单位，想逼着他们的局长换一个第一书记，可是，宁伟夫凭着三寸不烂之舌说服了他们的局长，硬是来到我们村当第一书记。我想他是来者不善，善者不来。他来了对你我非常不利。你知道吗，龙哥，我们都是贫困户，不过，我的条件比你的要好，但我们都是一根藤上的蚂蚱。现在，新上任的第一书记宁伟夫，想标新立异，出风头，不给我面子，想把你我一起清理出贫困户。因此，我想跟你商量一件事，把那不知天高地厚的宁伟夫狠狠地教训一次。"

"世豪，你年轻，前程无量，我家一无所有，只有安分守己地过日子。"龙军说，"不过，你如果有什么委屈，需要我为你抱不平的，你就尽管直说吧，没有必要转弯抹角的，你需要我做什么，我只要有一口气，我一定去做，并且还会给你做好，保证做得天衣无缝。"

李世豪见龙军慢慢地朝着他设计的圈套走，向着他编织的笼子里钻，则高兴地说："宁伟夫想把你我从贫困户中清理出去，我认为这是对你我，特别是对你极大的不公平。"

龙军听他那么一说，丈二和尚摸不着头脑地问道："我听说宁伟夫要清理'四类人员'，我对照上面的政策规定和要求，认真地思考了一会儿，我觉得我没有在那'四类人员'之内。"

"龙哥，这你就不知道了。"姜美丽抢着说，"你小儿龙虎去年不是买了一台收割机嘛，那台收割机就属于'车'类。"

龙军一本正经地说："我家买收割机只有三五万块钱，而那些钱都是我借来的，还按政府规定的政策补偿资金的。"

"正因为如此，你就将要和我一样，作为'四类人员'被清理出贫困户。"

李世豪一脸严肃地说，头脑简单的龙军信以为真，病急乱求医一般急忙向李世豪讨教。

姜美丽一唱一和地吹捧着李世豪说："世豪是一个见过世面的人，什么事该做，什么事不该做，他心里有数。你跟他干放心就是，即使出了什么事，只要他一出面，什么事都能摆得平的。"

龙军已经喝得醉眼惺忪，只有听话的份了。

这时，李世豪不紧不慢地夸奖龙军说："龙哥，你过的桥比我走过的路长，你吃的盐比我吃的饭多。你应该听说过，做几件恶事才能让人家知道你不是好惹的。"

龙军点头说："这句话我听过。"

李世豪诡秘地说："你我应该合起伙来先给那新来的宁伟夫一点颜色看看，给他一个下马威，以后你说话他就会百依百顺，言听计从。"

龙军只是喝酒、吃菜，没有说什么。

李世豪还在用老眼光看新事物，他还以为现在跟以前一样，没有几个人敢于出来主持正义，也没有什么人敢于说真话。于是，他振振有词地跟龙军说："在这样一个大千世界里，在各种暗流涌动的社会里，宁伟夫那样的一个人能算得了什么？一个虱子能撑起一床被吗？我看宁伟夫在我们村里也横行不了几时的，我要让他在阴沟里翻船，灰溜溜地滚出我们大山村。"

李世豪说了那么多，龙军也不知所云似的，则改口问李世豪道："李老板，今天晚上你请我吃饭，我不会白白地吃了你的饭，你想叫我做什么呢？痛快一点说出来。"

"你看那驻村扶贫的队员中，第一书记宁伟夫不是开来了一辆崭新的轿车嘛，你就乘今天月黑风高的晚上，在回家路过村部的时候，把他的车子砸了吧。让他领略一下我们大山村人的厉害，看他还想不想来我们大山村当第一书记。"

龙军见李世豪叫他去砸车，心里矛盾起来了，他担心一旦东窗事发，那将要赔偿巨大的损失，他能赔偿得起吗？想到这里，龙军不想干砸车的事，则直接回答李世豪说："李老板，其他的事可以做，这个砸车的事使不得，我砸了他的车，要是露出了马脚，我将倾家荡产，这个我不干。"

"哎呀，龙哥，我不是叫你去把他的车打得稀巴烂，只是叫你去把他的车打烂几个部位就行啦，比如砸烂车灯、扎穿轮胎等等，起个敲山震虎的作用，懂了吗？"

"哦，这样还行。"龙军点点头。

龙军答应李世豪的要求后，李世豪又乘兴叫姜美丽拿出一瓶茅台酒，对龙军说："龙哥，你知道吗，茅台酒是我们中国的国酒，人们以能够喝到茅台酒为荣。我这还有一瓶就送给你，你拿回去慢慢品尝吧。"

龙军千恩万谢地说："世豪弟兄，你太给我面子了，在你家里喝了酒，还要带一瓶走，你太看得起我了。"

龙军在李世豪家里喝了一顿酒，好像李世豪给了他一个天大的面子，他也忘乎所以，妄自尊大了，似乎一夜之间在村民面前就高人一等了。

龙军酒醉饭饱之后，提着那瓶茅台酒，与李世豪拥抱着，痛哭流涕地说："感谢兄弟的热情款待，我龙军不会自食其言的。"

然后龙军得意忘形地走出了李世豪的家门。

龙军撑着雨伞，走进雨夜。

走了一段路，龙军又停住了脚步，四处张望了一下，心里矛盾起来了，自言自语道："拿人家的手短，吃人家的嘴短。现在，我既吃了人家的，又拿了人家的，我已经被他牢牢地套住了，走投无路了。现在就要去砸与我无仇无冤的人的车，要是出了问题，我将如何是好呢？"

龙军边走边看了看手里的茅台酒，犹豫不决地说："去砸了，对不起扶贫干部，不去砸，又对不起李世豪和他的美酒。"

在酒精这个恶魔的驱使之下，龙军完全失去了理智，但他心里明白："都是这屙痢鬼酒惹的祸。"

在利益的驱动下，龙军借着雨夜，在回家路过村部时，先把王顺中的车胎放了气，再把车前的大灯砸碎了。

龙军在砸车时，口里还违心地恶狠狠地骂道："宁伟夫，宁书记，别怪我无情，只怪你有眼无珠，得罪了'小霸王'。"

龙军砸车后，带着复杂的心理扬长而去，消失在茫茫的夜色之中。

之后，龙军得意忘形地提着那瓶茅台酒，哼着小调一摇一晃地回到家里。

他的妻子何立英看到他那醉意和他手里的酒，不禁问道："你个酒鬼，又在哪里喝得酩酊大醉啊？"

龙军得意扬扬地说："今天是李世豪请我喝酒，好酒，高档酒。你看我喝了他的酒，他还给我拿了一瓶回来，李世豪对我多厚道啊。"

何立英说："他请你喝酒，一定不会白白地请你喝酒的，他肯定叫你为他做什么事了？"

龙军说："有什么事可做呢？"

何立英："他不可能无缘无故招待你。"

龙军这才醉眼惺忪地说，"他只是叫我跟他一起，做一件我与他荣辱与共的事情。"

何立英追问道："做一件什么事？"

"他叫我去砸……"龙军说到这里，感到自己一失态就控制不住自己，他马上陡然地把话咽进了肚子里。

何立英追问道："龙军，你给我说，李世豪叫你砸什么呢？"

在何立英的追问下，龙军才说出了事情的真相："李世豪叫我去砸了扶贫工作队第一书记的车子。"

何立英吃惊地说："你个猪脑子！他怎么叫你去做那种缺德的事呢？"

龙军强词夺理地说："那是为了我和李世豪的共同利益，你晓得什么！"

何立英急忙问道："你砸车了吗？"

龙军仿佛是一个得胜回朝的骑士，他勇气十足地承认说："砸了，我在回家的路上，顺便就去砸了他的车，还把车胎的气也放了。"

何立英恼怒地说："你真是个蠢猪，怪不得别人叫你'马大哈'，一点也没有叫错。李世豪叫你干啥你就去干啥，你真是猪脑子！"

龙军带着酒意说："这事只有你知，我知，李世豪两口子知，不会有什么事的。"

何立英一时也不知所措。

这时，龙军突然感到自己说漏了嘴，马上交代何立英说："立英，我告诉你，你是我妻子，我刚才把砸车的事跟你说了，但你千万不能跟别人说啊，不然的话，后果不敢想象。"

何立英站在那里，一时茫茫然。

十六　我不会改变我的诺言

这天晚上的午夜时分，我正坐在电脑边聚精会神地梳理着各家各户的档案资料，不料我的手机铃突然响了起来，我原来以为是妻子邓丽佳打来的电话，慢慢地拿起手机一看，屏幕上显示的姓名竟然是"王国之"，他这个时候打电话来一定是有什么为难的急事。

我马上接通了电话，问道："老王，半夜三更了怎么还没有睡觉啊，打电话有什么事吗？"

王国之有气无力地说："宁书记，今天晚上不知道什么原因，我咳嗽咳得厉害，心里也气喘吁吁的。我想明天早上请你开车送我到县城医院去看看。"

听到王国之生病的消息，我心里很是着急，爽快地答应他说："好吧，明天一早我就来接你。"我思考了一下，又问他说："老王，你觉得病情严重吗？要不然现在就送你去医院？"

王国之边咳嗽边说："现在太晚了，不麻烦你了，还是明天早上去吧。"

我再问他说："老王，你家里有白糖吗？要是有白糖，我听说用开水冲白糖喝，能止咳。"

王国之说："喝了，就是不见效。"

第二天一大早，我就跑到王国之家里，跟他嘘寒问暖了几句，然后我再告诉他说："现在党和人民政府对贫困户特别关心，对于像你这样生病的人，拿着《扶贫手册》去就可以住院。"

王国之感激地说："党和政府的这个政策好，解决了我住院看病的后顾之忧，如果没有这样好的优惠政策，我早就当'黄土县长'去了。"

接着，我又问王国之："你这种有慢性病的人，家里应该要备一些药，以便应急，不然病情一旦发作，就会束手无策，措手不及。"

王国之说："家里有一些药，吃了就是不见效，必须去医院打点滴消炎。"

"哦，"我说，"这样吧，我马上叫王顺中开车过来，你就在家门口等车吧。"

接着，我再打电话把王国之生病要到县医院治疗的消息告诉了肖十美书记。

肖书记听到王国之生病的事也很着急，一来他们俩以前就关系不错，二来想通过这件事来缓解缓解王国之和村支两委的关系。

于是，肖书记马上打电话给王国之说："你怎么啦？"

王国之气喘吁吁地说："莫讲了，昨天晚上咳了一个晚上，现在胸部痛得难受。"

肖书记说："宁书记已经答应用车把你送到县医院去，你就准备一下吧。"

王国之说："宁书记对我很关心，他刚从我这里回村部去了。"

肖书记说："那你就在家门口等车吧，我也马上到村部去。"

当肖十美书记来到村部的时候，无意中发现王顺中的车轮胎没有气，再一看，发现车前的大灯也被砸烂了，车门也被刮坏了。

肖书记马上把我和王顺中叫去，一经查看，那些痕迹完全是人为所致，并且不是小孩，是大人故意所为。初步估计损失应该在两千元以上。

这事估计是个别不想退出贫困户的人干的勾当，或许是他们对我们的做法一时产生误会之后的一种过激行为，是想给我们来一个下马威。但是，现在没有任何证据，我们也不能贸然下结论。现在要紧的事是想方设法送王国之去县城医院看病！在这为难之际，只有一个办法，我叫朋友蒋正开车来接王国之。

在等车的时候，我把王顺中的车轮胎被人放了气、大灯被砸坏的事告诉了王国之，但我诚恳地对王国之说，送他进城看病的事不会作罢，只是多等一会儿罢了。

王国之听到在村里发生这样的事也感到非常气愤，但又无可奈何。

将近一小时之后，车来了，我招呼着王国之上了车。

然后我再安慰王国之说："老王，你就安心去看病吧，你爱人就由我来照顾，一日三餐没有问题的。"

送走王国之之后，我突然想起了昨天下午李修仁跟我说的，李世豪请龙军吃饭的事。李世豪一请人吃饭，王顺中的车就出了问题，这虽然没有必然的联系，但实在令人猜疑。不过，我有充足的理由相信，我们的行动是会得到时间的检验的，他们的误会是能化解的。

王顺中看到自己心爱的车被人为弄坏，他心里十分气愤。

我能够理解他的心情，安慰他说："小王，砸你车的人必定是一个鸡肠鼠肚之人，他不能代表大山村里所有的村民。小王啊，大山村的村民绝大多数是善良的，他们在大山里含辛茹苦，祖祖辈辈在这里与命运抗争，我佩服他们的毅力，也佩服他们有着顽强的生命力。有人砸坏你的车，就当他在耍小孩脾气，退一步海阔天空。走，我们还是到村部去谈正事吧。"

肖书记也劝王顺中说："放心，我们一定会查出是谁干的，要他照价赔偿。"

到了村部办公室，我就急着与肖书记商量说："通过几天的走访，通过全面了解和全面摸底，哪些人该留在贫困户，哪些人该清理出贫困户，我们基本上心里有数了。我估计，在清理出贫困户的人员中，李世豪可能反应最大，你内弟王占鳌不会大吵大闹，他只会在心里埋怨你。"

肖书记说："王占鳌的事不要紧，他若想还不通，我再去做他的思想工作，关键是李世豪。我担心的是，如果他的思想问题没有解决，就怕他在村民中兴风作浪，制造事端。"

我说："这个人，他自认为了不得，我看他是一块牛筋木，你跟小王先去做一做他的思想工作，万一不行，我再出马。"

肖十美沉思了一会儿说："好，就这样定了。"

这时，我又说："不过，兼听则明，偏信则暗。我想明天召开一个群众大会，包括非贫困户的都可以来参加会议，在会议上再听取群众的意见，集思广益。"

肖十美担心开群众大会人多话杂，七嘴八舌，难以控制局面。

我说："不要紧，让群众有一个发言的机会，有怨气的出怨气，有意见的提意见，他们把积压在心里的话讲出来之后，我们才好对症下药。"

肖书记觉得我讲得有道理，于是同意了我的建议。之后，由肖书记通知村支两委、各组组长，再由组长通知群众，我则在村村响发广播通知。

把工作布置完之后，我就去煮午饭，还特意为王国之的妻子李平平煮了几个荷包蛋。在我们吃饭之前，我先去给王国之的妻子送饭。

当我把饭菜端到李平平的面前时，她不敢动手吃，只是紧紧地盯着我看。过了好一会儿，她把双手握拳于胸前，不断地打躬作揖，表示感谢和敬意。在我一再劝说之下，她才动手开始吃饭。这时，我发现她那用筷子的手一直抖个不停，吃饭也很费劲。

她吃完饭，我给她收起碗筷准备走的时候，只听见她说了一句我难以听懂的话，大概是感谢我的话吧。

我走出她的家门，心里想："这样的人实在是太可怜了。"

到了村部，吃了饭，我们开始着手明天开会的准备工作。

没有想到的是，第二天的群众大会村民们都踊跃参加了会议。

村部会议室布置得简单朴实，但主题突出。主席台后面的墙上，党旗鲜艳夺目，两边的对联是："惠民富农，精准扶贫。"在正上方赫然写着"不忘初心，牢记使命。"

有些村民还没有到过村部，也没有见过世面，于是，有的村民对村部会议室的庄严而又简朴的布置也感到稀奇、新鲜。他们一进会议室就纷纷走到台前观看会议室的布置，有的人还不断地念着："不忘初心，牢记使命……"

开会之前，我们三人分了工，会议由肖书记主持，王顺中做会议记录，我做主题发言。

肖十美看到来了那么多的群众，感慨地说："这次会议可能是近几年以来人员到得最整齐的一次会议。"

会议开始时，肖书记大声喊道："请各位安静下来，准备开会了。"

参会群众集聚一堂，由于椅子少了，还有一部分群众站在后面。

群众听到喊声，很快就齐刷刷地安静了下来。

接着，肖书记向大家介绍说："各位，这位是我们村的第一书记，上任还不足半个月，他叫宁伟夫，是我们县里的才子，出版过好几部文学作品，还在省、市、县电视台讲过我们县里的历史人物。他能到我们村来任第一书记，是我们全体村民的一大幸事。下面请宁伟夫书记给我们讲话。"

肖书记的话语一落音，我马上站了起来，纠正他的话说："各位父老乡亲，刚才肖书记讲'请我讲话'，我觉得他这句话说得不太准确，也不太规范，应该说请我'发言'才对。"

我那么一说，参加会议的村民在下面悄悄地议论着。

我然后咬文嚼字地解释说："各位父老，也许大家没有注意到，'讲话'和'发言'的意思是一样的，但它使用的场合不同，使用的级别不同。高级领导讲话才能用'讲话'一词，一般的人用'发言'为妥。"

对"讲话"和"发言"一词的使用说明，使我在群众中一下就树立起了威信，有人对我啧啧称赞："宁伟夫说话声音洪亮，措辞很有分寸，看来是一个学识严谨的人。"

然后我掉转身子，用手指着主席台后面的大字说："'不忘初心，牢记使命'是中共中央总书记习近平同志提出来的。我们党的'初心'和'使命'是什么？就是为中国人民谋幸福，为中华民族谋复兴……"

大山村的村民对我的发言听得聚精会神，无数双明亮的眼睛一直聚焦着我，全场鸦雀无声。

接着，我跟大家一起学习了习近平总书记关于精准扶贫的几段精辟名言。

之后，我把话锋一转，回到了大山村的现实中来。

我说："为了认真贯彻落实好党中央精准扶贫的文件精神，是真正的贫困户但还没有纳入贫困户的、漏掉的贫困户都要补录上来；对于不符合贫困户条件的，按照'四类人员'的标准进行核实，然后再进行全面的清理。其实贫困户不是一种光荣的称号，他是一个家庭在相当贫困的情况下，由政府采取措施进行部分经济救济，首先帮助他们解决最基本、最起码的生活条件，然后帮助他们脱贫，再致富。所以，我们全体村民要正确看待贫困户，是贫困户的，我们要扶持，不是贫困户的，我们也要支持，鼓励其发展经济。"

我在发言的过程中，一边注意语言的深入浅出，一边察言观色，注意群众的反应。

当我发现人们的脸色开始舒展起来时，我再接着说："我们村里原来有97户贫困户，对照贫困户的档案资料和现实情况，我们发现有25户应该退出贫困户的行列，这也说明了这25户现在已经不是贫困户。至于谁退出贫困户，通过我们的走访，已经基本落实到位，过一两天再公示。在这里，我要郑重地向你们承诺，这也是我来你们村任第一书记前的承诺：在精准扶贫过程中，我将恪守秉公办事、大公无私、绝不扰民的原则，全心全意地为你们服务。以后不管什么情况，也不管发生什么变化，我都将履行我的诺言。"

说到这里，我站起来向大家敬了一个礼，群众随即给予我雷鸣般的掌声。

掌声停下来之后，我再说："'救人一命胜造七级浮屠'。在清理'四类人员'的同时，我想把我们村里的三个人补为贫困户。"

我这一句话一落音，人群里突然传来了不满的声音："这里要清理，那里又要补，你在要什么花招呢？"

我一时没有说话，村民李修桥却站了出来，说："你们着什么急啊，第一书记的话还没有说完，你就插嘴了，这是一种对人家不尊敬的行为。"

人们又鸦雀无声，一双双明亮的眼睛又一齐向我投来了希望的眼光。

这时，我才说："我想把李大爷拉入贫困户的行列里来。"

"他写申请了吗？"又有人问，"没有写申请就不要节外生枝，多此一举了。"

我解释说："他是一个老实巴交的人，他是贫中之贫、困中之困的人。他谷箩大的字认不得一担，你叫他怎么写申请呢？他没有文化，不会写字，也不会写申请，他自己虽不想加入贫困户，但我们不能视而不见。在致富路上一个人也不能少。我看，在座的就宽大为怀吧。"

　　我把话说完后仔细地观察着与会人员的反应，见大家都没有意见了，我就再说出了第二个人："我推荐的第二个人是——陈自立，大家有什么意见吗？"

　　"他不是我们村里的百万富翁吗？"有人说，"他经常在外面做生意，怎么也回来抢我们村里的贫困户指标呢？"

　　"这位兄弟说得不错，"我马上接下话来，说，"他以前是个百万富翁，并且对我们村里的父老乡亲们的子弟很照顾，很周到，可惜的是，他运气不佳……"

　　这时，李修桥又站了起来，说："他是我们村里的大恩人，如今他家徒四壁，但他有骨气，村里应该把他纳入贫困户。"

　　李修桥的话好似一鸟入林，百鸟静音。

　　最后，我再提出将王老汉纳入贫困户。由于大家对王老汉比较了解，则都没有提出什么反对意见，从而一致通过。

　　按照我们的设想，会议议程圆满完成。

　　这天晚上，我们工作队和村支两委的人员一起召开了会议，讨论研究了清理"四类人员"的名单。

　　在会议上，我们严格按照有关文件和清理"四类人员"的标准，对所有的贫困户逐一进行了核实。最后，与会人员一致同意清理出不符合贫困户条件的"四类人员"25户。

　　第二天一大早，我们把清退出贫困户的名单和被纳入贫困户的名单公布之后，退出贫困户的一些人纷纷跑到村部来看榜，结果是有人欢喜有人愁。

　　李世豪是第一个跑到村部来看榜的人，接着人们陆陆续续地来到村部看榜。

　　李世豪可能是神经过于紧张，他在退出贫困户的榜上找来找去，只看到王占鳌的名字，而一直没有发现自己的名字，他高兴了好一阵子，心里说："宁伟夫还是照顾了我的面子。"

　　正当他准备走的时候，李修仁告诉李世豪说："'小霸王'，你的名字在这里。"

　　李世豪再回转身来，顺着李修仁的手指看去，他终于看到了自己的名字。

　　当李世豪在退出贫困户的榜上看到自己的名字时，气不打一处来，骂了一声之后就垂头丧气地离开了村部。

　　当村民们看到退出贫困户的榜上有李世豪、王占鳌等人的名字时，他们不约而同地"啊"了一声，不由自主地说："宁书记算得上是一个敢于吃螃蟹的人。看来这次宁书记真格了，出乎我们的意料。"

　　王占鳌自己碍于情面没有来看榜，他则在电话里向姐夫肖十美打听消息，肖十美如实地告诉他说："不可一世的李世豪退出了，你也退出了。"

　　王占鳌听到自己退出贫困户之后，心里感到不是滋味，很快就挂了电话。

　　还有一些人看到自己退出了贫困户，某某比他条件差一点的也退出了贫困户，他们自己在心里盘算着，既然都一视同仁了，那自己退出贫困户也就无话可说了。

　　净化贫困户的户数和人员之后，那些留在贫困户里的人看到那两张公告里的名单，也不无叫绝："这次评议贫困户算是最公道的，第一书记没有自食其言，但愿我们的宁书记能一直在村里公平、公正地带领我们脱贫致富！"

十七　解开了肖十美一家人的思想疙瘩

李世豪看到自己被清理出贫困户之后，好像吃了一个李子噎在喉咙上，不是滋味。他则从书架上找到那本《扶贫手册》，仔细地研究了一下《扶贫手册》里的数据，他想凭着那些数据再到村部来找我们评理。

他妻子姜美丽劝阻他说："世豪，这些数据是你自己填写的，都是虚假的数据，是上不得桌面、见不得人的，我说你还是不要去了。"

李世豪生气地说："那我就这样被他们坑了？"

姜美丽说："算了吧，肖十美的内弟王占鳌不是也被清理出来了嘛，退一步海阔天空。世豪，你就忍了吧。"

但是，李世豪还是怒不可遏地说："宁伟夫，你记着，我会跟你没完的。"

再说王占鳌自从被清理出贫困户之后，他自认为低人一等，情绪显得十分低落，时常暴躁发脾气，动辄训人，给他姐姐王玲玲打电话，责备她不顾姐弟之情，只求自己过日子。

在王占鳌的一再责备之下，王玲玲也没有什么好心情，从而使肖十美与王家的关系疏远了不少，以前三天两头来肖十美家蹭饭吃的王占鳌，现在与肖十美避而不见。

弟弟的反目，使王玲玲内心压力不小，还使她在娘家那边受尽了眼色，也受尽了委屈。有些人出言不逊，大骂王玲玲是和尚出家不认家，大骂肖十美是一只白眼狼，动不动还说肖十美是一个六亲不认的怂儿。

慢慢地王玲玲与肖十美的夫妻关系也产生了较大的隔膜，王玲玲由贤惠的妻子变得独断专行，我行我素，为人做事也变得不合情理。所有的这一切，使肖十美郁闷不乐。

一天，越想心里越气愤的王占鳌厚着脸皮来到村部，找到姐夫肖十美说："你把我清理出贫困户，使我每年损失两三千块钱，你拿什么来补偿我？"

肖十美说："占鳌，你是一个能干人，怎么突然计较那一点钱呢？贫困户不是一个吃香的名称，你家庭经济比较宽裕，何必还要去争当贫困户呢？按照政策规定把你清理出贫困户，每年少领国家两三千块钱的补贴，没有影响你一家人的生活水平，与你无关大雅，没有必要斤斤计较。"

"那就这样吧，"王占鳌赌气地说，"你不计较钱，不计较得失，你慷慨大方，也不在乎那两三千块钱，那你就把你的岳母娘接到你家里去，由你赡养，她一年不要花费多少钱，最多也就是花你两三千块钱，权且作为你给我的补偿，行吗？"

对于王占鳌厚颜无耻的要求，肖十美感到啼笑皆非，一个这样的大活人，怎么要钱就不要脸了呢？肖十美爽快地答应了下来，笑着说："占鳌，你既然这样说，那你明天就把我丈母娘送过来吧。"

王占鳌回到家里，马上着手连哄带骗地跟母亲说："妈，姐夫他想叫你到他家里去住一段时间。"

他母亲问道："他为什么叫我到他家去住啊？"

王占鳌说："你在家里没事，姐夫说，他现在当了书记之后，事务特别忙，所以才叫你去住，其实他是想叫你去帮他做些家务事，不好直接说，才这样讲的。"

他母亲问王占鳌："你姐夫叫我去做什么事啊？"

王占鳌不耐烦地说："总不会是重事吧，你放心去就是。"

在王占鳌连哄带骗之下，他母亲信以为真，答应去女婿肖十美家。

第二天早晨，王占鳌开着车果然把自己的母亲送到了肖十美家里，并且把母亲交给肖十美之后，没有多说几句话就转身走了。

肖十美二话没说就把岳母娘领了回去。

王玲玲不知其故，则问肖十美："王占鳌怎么把老娘送到我们家，饭也不吃就走了呢？"

肖十美笑嘻嘻地说："从今天起，娘就归我们赡养了。"

王玲玲母亲听肖十美那么一说，气不打一处来，立即问肖十美："十美，你说什么啊？"

肖十美没有回话，只是看着王玲玲傻笑。

他岳母则再问他说："十美，你刚才说什么啊？"

肖十美这才对岳母说出了真情："妈，由于占鳌被清理出贫困户，他不服气，所以叫你老人家到我这里来住。"

肖十美岳母听说把她送到女婿家归女婿赡养，则暴跳如雷，气愤地说："这怎么像话呢？那个砍脑壳的王占鳌太没良心了，在家里欺骗我说，你村里的事太忙，叫我来帮着你做些家务事，没想到他净是瞎说。我不在这里，我要回去。"

"妈——"肖十美劝慰岳母说，"既然来了，你就安心住在我这里，我不会嫌弃你，只要你在我这里过得开心，我保证有盐同咸，无盐同淡。"

村里的老百姓对王占鳌的行为不齿，说王占鳌做得过分，做事不合情理，谴责他的所作所为。

而王玲玲则把一切责任归咎于肖十美一个人身上，说："你要是能从中操作一下，与宁书记通融一下，不取消王占鳌的贫困户，这样的事就不会发生了。"

肖十美说："你是在异想天开，办不到的事，你非要人家去办，真的是无法无天了。"

王玲玲越想越生气，说："你当村支部书记就这样无能，连自家的事都管不了，还不如出去打工。"

肖十美说："打工的收入是比当村干部强，但是，我是一名共产党员，我不能没有组织原则，我要服从党的指挥，听从党的安排。再者我当村支部书记，是全村人们信得过我，我是全村人的书记，不是我们一家人的书记。我现在书记、村主任一肩挑，我就要对全村人负责，全心全意地为全村人服务。我如果私欲膨胀，唯利是图，不为他们着想，那就辜负了他们对我的期望。"

王玲玲又说："你天天跟宁书记他们在一起搞精准扶贫工作，他们拿国家工资，你一个月才有几块钱？你的工资能养活我们一家人吗？"

"玲玲，你怎么突然变成这样一个人了呢？"肖十美说，"我刚选上村支部书记的时候，你对我的工作那样支持，就因为王占鳌被清理出贫困户，你就一反常态。我的工资是国家规定的，政府又不是针对我一个人定的工资标准，你不要啰唆了，希望你能一如既往地支持我的工作。"

王玲玲突然哭诉着说："你看看村里，在外地办企业的，哪一个不是收入可观，衣锦还乡，出入开着豪华的小车，风风光光。你看你，还是泥腿子一个，要车没车，要钱没钱。我们的生活跟贫困户有什么两样呢？这样的生活我是无法过了，你当你的村干部，我走我的独木桥，我们还是离婚吧。"

王玲玲突如其来的话犹如晴天霹雳，使肖十美不知所措，也使他一时无法接受。他只是哎了一声，过了很久才说："萝卜青菜，各有所爱。你辱骂我也好，离婚也罢，我是不会改变我的初衷的！"

这次把王占鳌清理出贫困户，不知内情的人，包括肖十美的家人、亲戚对肖十美似乎感到不可思议，他们片面地认为肖十美那样做，是只想出风头。村民们却对肖十美敬佩不已，说大山村的村民就是需要肖十美这样的村支部书记，在新时代的社会里，人民都需要他这样大公无私、一心为民的村支部书记！

我知道肖十美与妻子发生隔阂，甚至于感情几乎破裂时，我就多次来到他家里做王玲玲的思想工作。

那天，我来到肖十美家里，劝王玲玲说："玲玲，海阔凭鱼跃，天高任鸟飞，人各有志啊。肖十美是一个了不起的大男人，在新时代，人民就是需要他这样的人！你看，你们夫妻俩这样吵吵闹闹，他一回到家里，还主动下厨，一心一意，任劳任怨地侍候着你母亲。在家里，你们离不开他；在村里，村民需要他，需要他带领贫困户和非贫困户发家致富。你应该知道，精准扶贫政策，就是要让所有的人民发展起来，富裕起来。我们要坚信，到了2020年全国脱贫之后，我们的生活水平也就会随着水涨船高富裕起来的。我经常跟同事和同学说：钱多多用，钱少就少用。现在，王占鳌既然把你母亲送来了，只要十美没有想法，只要你母亲愿意住在你这里就行了，没必要再为难她老人家。为了实现全民共同富裕起来这个目标，我希望你和十美不要闹别扭，继续一如既往地支持十美的工作。"

过后，我又动员村妇女主任宋丽琼去劝说王玲玲，经过她们女人之间的相互交流和相互沟通，王玲玲的思想疙瘩终于解开了。

接着，王玲玲亲自出马，于第二天晚上，把王占鳌叫到自己家里，认认真真地劝说王占鳌："事到如今，你也不要再责怪你姐夫了。为了你，我也给他吹了不少的枕头风，但由于政策变了，办事都规范了，他作为一村干部，面对那么多的'四类人员'，他怎么也不能徇私舞弊，他也不可能袒护你、庇护你。为了顾全大局，你姐夫不能对你网开一面，否则，他就要受到党纪处分。以前我误会了他，还跟他差点闹离婚了。现在，通过第一书记宁伟夫和村妇女主任宋丽琼的开导、启迪，我终于明白了那个道理。怪人不知理，知理不怪人。今天，我特意把你请过来，就是要当面跟你把这事说清楚，话明气散之后，你应该也理解你姐夫的难处。"

王占鳌还想强词夺理说："不管怎么说，姐夫就是不通人情！"

王玲玲看到弟弟王占鳌还执迷不悟，就再严肃认真地对他说："占鳌，如果你还要一意孤行的话，那你就是想把你姐夫推向绝路，推向火坑，最终把你姐夫推进监狱。你就不要再钻牛角尖了，不要再钻进死胡同里还不知往回走。"

王玲玲一番入情入理的话使王占鳌低下了头，更使他无话可说。

翌日，心知肚明的王占鳌很有礼貌地来到姐姐王玲玲家里恭恭敬敬地把母亲接了回去，让母亲在自己家里安度晚年。

就在这天下午，我突然发现我随身携带的降血压、降血脂的药吃完了。

王顺中关心地说："宁书记，你的药吃完了，我送你回去再买一些药来。"

我说："好的。"

王顺中准备马上走，我却说："现在不能走，等到了下班的时间再回去。"

王顺中说："到那个时候回去，医院的医生不是也下班了吗？"

我说："不要紧，药房没有下班，到药房去买也行。"

就这样，到晚上7点多了我们才到县城。然后我到药房买了一些降血压、降血脂的药。

当我提着药回到家里时，妻子邓丽佳惊奇地看着我说："老宁，你今天怎么回来了呢？"

我说："没药了，回来买药，明天一早就要到村里去。"

妻子玩笑地说："大山村已经成了你的家，什么事都想着大山村。"

之后，妻子耐心地给我煮好饭，炒好菜，让我改善了一顿生活。

吃了饭休息的时候，妻子问道："老宁，你的工资卡上怎么少了一千多块钱？"

我说："我取出来花了。"

妻子追问道："你不是说大山村有钱也买不到东西吗？你取钱干吗了呢？"

我有点生气地说："丽佳，我开支了一些钱，你还要问个来龙去脉。请你放心，几十年了，你难道还不知道我的为人，我是不会随便乱花钱的。"

妻子还在追问："那些钱给老娘了，还是给谁了？"

我不耐烦地说："你非要知道，那我就告诉你，那些钱我捐给大山村的困难户了。"

妻子还在怀疑地问："你出手也太大方了，怎么一捐就捐了那么多？"

我说："丽佳，你没有看到那种场面，没有看到那些可怜的贫困户，你要是看到那些人，你也会慷慨解囊。"

妻子这才说："只要你把钱用于正当的事，我不会计较，但我要提醒你：没有钱的时候，千万不要打歪主意啊。"

我把钱捐给贫困户，妻子没有怨言，对于她的告诫，我也心领神会，则对妻子说："我知道，你放心吧，我的老婆。"

妻子说："你知道就好。因为我听说现在扶贫资金和扶贫的项目资金多，我要给你提个醒，我希望你不要染指。"

我认真地答应妻子说："你放心吧，我绝对不会越雷池半步。"

十八　我的行动感动了王国之的妻子

　　我的工作做得好不好，群众的满意度是一把最标准的尺子。百分之九十的群众满意了，就说明我的工作做到家了；如果百分之七八十的群众不满意，那就说明我的工作还存在着不足，还需找对方法，继续努力。

　　这次全村一共清理出 25 户不符合贫困户条件的"四类人员"，保留了 72 户真正的贫困户，另外新增加了 3 户贫困户。名单公示之后，被清理出去的"四类人员"虽然没有提出什么异议，但我猜得出由于我没有给部分人的面子，而把他们清理出去了，他们心里还是有点不服气，好在肖书记的内弟王占鳌也被清理出去了，他们没有了攀比，想说什么也没有把柄，一切平安无事。

　　之后，我问王顺中："小王，那 75 户贫困户的具体情况你清楚吗？"

　　王顺中如数家珍地说："有 3 户贫困户享受了集中安置的政策，有 22 户享受了易地搬迁政策，他们正在修建房子。现在 75 户贫困户，有贫困人口 241 人。在这 75 户贫困户当中，2016 年脱贫了 40 户，脱贫人口 156 人；预计今年脱贫 20 户，脱贫人口 48 人；剩余的 15 户 37 人，力争 2018 年全部脱贫，如果 2018 年还有脱不了贫的贫困户就放在 2019 年脱贫。尽管他们脱了贫，但是脱贫不脱政策。"

　　我说："照这样看来，我们村一共还有 35 户贫困户没有脱贫，压力不小呀。"

　　过了一会儿，肖书记来了，我直截了当地跟他说："刚才我与小王统计了一下全村贫困户的情况，还有 35 户没有脱贫。根据他们的情况，可以分为两批脱贫，即 2017 年脱贫 20 户，2018 年脱贫 15 户，2018 年万一脱贫不了的，就推迟到 2019 年脱贫。"

　　肖书记说："这样安排好，2018 年脱贫不了的推迟到 2019 年脱贫，有个缓冲的余地。"

我说："计划是定了，但要付诸实施，还需要我们大家的共同努力，需要我们引导贫困户发展种植业和养殖业，提高他们的经济收入，才能达到目的。"

再说我们的局长听到我在大山村的扶贫工作开展得有声有色，程序也有条不紊，清理"四类人员"的进展也很顺利，特别是听说我把整个心思都用在了扶贫工作，半个月了只回过一次家，还是为了买药，很感动。

在清理"四类人员"的事情尘埃落定之后的第二天，陈局长特意驱车来到我们的扶贫村，一来对贫困户进行走访，二来看望慰问我们扶贫工作队。

这天，我正与肖十美、王顺中三人在走访，突然接到陈局长的电话，他问我在哪里，村部怎么没有一个人？

我激动地对陈局长说："局长，你到村部啦，来怎么不打声招呼呢？我现在正在走访，你来了，我们马上回村部来。"

陈局长与我一见面，他就亲切地问道："宁老，你在这里工作，感受如何？身体还吃得消吗？你这个老共产党员如老黄牛一样，做起事来就不要命，但一定要保重身体哦。"

我告诉陈局长说："我就是一个急性子的人，一件事没有做完或者没有做好，总是牵肠挂肚似的，放心不下。"

陈局长继续说："听说你在大山村的扶贫工作做得不错，在清理'四类人员'当中，不畏艰难，大刀阔斧，工作也开展得有声有色。"

我说："工作队我们两个队员和村支两委三个成员，五个臭皮匠，当个诸葛亮。"

陈局长说："工作顺利就好。当初你来的时候，我真的有点为你担心，一是担心你的身体，二是担心你的工作。现在清理'四类人员'的工作结束了，下一步工作有什么安排？"

我说："已经有了安排，就是准备带领贫困户脱贫致富。"

于是，我把我们制订的脱贫方案跟局长做了详细的汇报，局长听了之后觉得计划切实可行。

接着，陈局长再关心地问我："宁老，在工作中遇到过什么挫折吗？"

我爽快地说："挫折肯定遇到过，不过还没有遇到什么大的挫折。"

陈局长又问："那个'小霸王'有没有与你为难呢？"

我说："我在跟他斗智斗勇。在清理'四类人员'时，'小霸王'不愿意退出贫困户，明目张胆地对我进行威胁，但我没有迁就他。把不符合贫困户条件的，一并清理出贫困户行列之后，他想借题发挥，但最后还是没有掀起什么风浪。"

　　说着，陈局长对肖书记说："当初，你们村还不想接纳宁书记，特别是李世豪，还跑到我办公室暴跳如雷，出言不逊。现在，你感受到宁书记怎么样呢？"

　　肖十美说："是啊，我差点跟宁书记失之交臂了。"

　　陈局长接着又夸奖我说："宁老，你真的是老当益壮，有魄力，有智慧，我希望你在村里继续与肖书记合作，多接触群众，深入群众，多进行走访，了解贫困户的疾苦，再接再厉，把扶贫工作搞好，搞出特色。下面我们一起去走访几个贫困户吧。"

　　在肖十美的陪同下，我们与陈局长一起走访了五六户贫困户，每到一个贫困户家里，陈局长总是先去看看他们的锅里，炒菜后有没有油星子，米缸里有没有米。然后陈局长再同他们促膝谈心，对有学生的家庭，问他们是否享受了"两免一补"的政策，局长事无巨细地了解他们的疾苦，从而使贫困户感受到了党的温暖。

　　从一家贫困户家里走出来之后，陈局长那怜悯之心油然而生，他动情地对我说："宁老，下周回去，以局里的名义给每个贫困户送一桶植物油，帮助贫困户改善一下生活。"

　　我乐意地回答说："好啊！"

　　正在这时，王国之抱着一只母鸡跑了过来，他走到我面前说："宁书记，是你给了我第二次生命。"

　　我说："哪里说得这么严重？你什么时候回来的？"

　　王国之说："我刚回来。医生说，如果再慢去一个小时，我可能就要被阎王老子接去了，没救了。为感谢你的救命之恩，我送这只母鸡给你。"

　　陈局长看到王国之要送鸡给我，他激动地说："宁老，你的群众关系处理得好，群众工作也做得不错啊，在村里接地气，好样的。"

　　原来在医院住院的王国之不放心家里残疾的妻子，他的病还没有痊愈就要求医生给他提前出院。医生没有办法，只得给他开了一些药，让他带回来在家里疗养，于是，王国之提着几大包药就往家里赶。

　　王国之一到家里，妻子李平平高兴得不得了，不时地激动得傻笑起来，说出了一些别人听不懂，也就只有王国之能听懂的话："老公，你回来了。"

　　王国之告诉她说："我的病还没有完全好，但是我又担心你的生活。"

　　李平平说："你去住院之后，宁书记一日三餐都给我送饭来。"

　　王国之激动地说："宁书记真好，对你好，对我也好，他还是我的救命恩人啊！"李平平听到这句话哭了起来。

　　她用手指着门口的那群鸡说："你去捉只鸡送给宁书记。"

王国之竖起大拇指表扬李平平说："平平，你是这个。"

李平平大声地爽朗地笑了起来。

接着，王国之马上去捉了一只大母鸡给我送来了。

这时，我告诉王国之说："这是我们的局长。"

王国之说："局长，宁书记真的是个大好人，也是我们的贴心人。"

我然后告诉陈局长说："这是我帮扶的对象，他叫王国之。"

王国之激动地说："感谢局长栽培出一个这样的好书记。前几天，我生病了，是宁书记叫他的朋友开车送我到县医院看病的，要是没有宁书记，我早见阎王爷去了。"

"哦。"陈局长说，"宁老，你真的是好样的。在村里工作做得好，又接人缘，接地气，但是，我还要告诫你一点，你不能接受贫困户的礼物啊。"

我贴近陈局长的耳朵大胆地说："请局长放心，他们家困难，我不会白吃他的。"

陈局长说："这就好。"

之后，陈局长握着王国之的手说："老王啊，你的心意我们理解，宁书记送你去看病，去住院，这是他第一书记应尽的责任和义务，你就不要太客气了。你是贫困户，喂只鸡也不容易，现在，你身体虚弱，需要补充营养。我还听宁书记说，你爱人是一个生活不能自理的残疾人，因此，我建议你还是把鸡拿回去。局里还有不少的事，我要先走了。"

送走陈局长之后，我对王国之说："老王，你听到了吧，我们的局长也说了，不准接受贫困户的礼物。"

王国之说："你叫人专程从县城开车来接我去医院，你还照顾我妻子一日三餐的饭。我给你一只鸡，哪里是送礼呢。老宁，你要是看得起我，你就收下，要是看不起我那就算了。"

我对他说："这不是看得起看不起的问题，是我们真的不能收，你还是拿回去吧。"好说歹说，王国之才放弃了送鸡的念头，抱着这只鸡闷闷不乐地回去了。

我看着他走后的背影，酸甜苦辣之味一齐涌上心头："好一个老实巴交的王国之啊！"

肖书记也在旁边说："土匪就是一个这样的人，你敬他一尺，他敬你一丈，他从来就不想占人家的便宜。"

我说："这或许就是你们大山村人们的特性吧。"

王国之走后，我又言归正传地跟肖书记说："把陈自立确定为贫困户的事，他自己也不知道，为把这件事告诉他，让他早日享受到党的精准扶贫政策的好处，我想，我们再到他家里去走访一次吧。"

说走就走，我们三人一起来到陈自立的家里。

陈自立以前虽然是一个百万富翁，但他并没有大吃大喝，也没有在家乡大兴土木，修筑豪华的住宅，而是一直居住在父母亲给他遗留下来的土木结构的老房子里。工厂倒闭，企业破产之后，他就在家里窝着，很少出去串门，也很少跟村里的人谈论自己曾经有过的辉煌历史。

现在的陈自立虽然已是知天命的年龄，但他精神焕发，意志也没有一点沉沦。

我们来到他家里，肖书记打趣地说："陈老板，我们又来了。"

陈自立说："欢迎光临。"

我们相互嘘寒问暖时，我热情洋溢地夸奖陈自立说："陈老板，你在广东办厂时，对大山村的人们照顾得很好，年轻人都沾了你的光，你在大山村里有很好的口碑。"

一直为人低调的陈自立并没有炫耀自己的功德，而是淡然地说："那也是应该的。俗话说得好，在家靠父母，出外靠朋友。当年有那样的发展，照顾一下左邻右舍也是举手之劳。那年家私市场出现萧条时，我没有把握好机遇，盲目生产，再加上产品销售出去之后，出现了三角债，货款还不上，结果导致企业倒闭。后来，我在总结经验教训时，归纳为一点，就是书读少了，文化水平太低了，对市场的前景缺乏预测。"

"陈老板，那你还打算东山再起吗？"我同情地问陈自立，也真诚地希望陈自立能卷土重来，东山再起。

陈自立说："我们村的父老乡亲们很看得起我，他们说只要我再去创业，都表示愿意跟我出去，只要每天有三餐饭吃，不开工资也愿意为我打工，但我说那样不行，你们都要养家糊口，我不能盘剥你们的劳动力。"

"陈老板，你算得上是一个有骨气的人，我为你点赞。"我赞许他说，"天生我材必有用，长风破浪会有时。"

陈自立听到我的话，心里似乎又扬起了立志创业的理想。

于是，我问他："你愿意在家乡发展产业吗？"

陈自立不假思索地说："这个，我还没有考虑，也不知道在家乡发展什么。"

这时，我向他说明来意，告诉他："经过全体村民们的民主评议，再经过我们驻村帮扶工作队和村支两委的集体研究同意，决定将你纳入贫困户，你看意下如何？"

陈自立沉思了一会儿说："感谢你们的关心，感谢你们的好意。即使政府有优惠政策，我也不想跟村里的那些贫困户抢饭碗，如果有可能将我纳入贫困户，那还请允许我再考虑考虑，过一段时间再向你们汇报。"

我说："好的，我等候你的消息。"

从陈自立家里出来，我如释重负，激动地对肖十美说："肖书记，通过半个多月的努力，清理'四类人员'的工作基本完成，达到了我们的预期目的。完成这项任务之后，为了帮助贫困户按时脱贫致富，现在，我们可以放开手脚，集中精力帮助贫困户发展生产了。"

肖书记说："是啊，这次清理'四类人员'这么顺利，真的出乎我的意料。解决这个难题之后，我们的工作重点也是应该转移到带领贫困户和非贫困户发展生产了。"

在与肖书记的一番交谈中，我们不知不觉就到了村部。

这时，我突然感觉到有点头晕目眩，身体好像有点支撑不住了，我心里想：这莫非是我血脂过高和高血压引起的反应吗？

于是，我跟肖书记说："我突然感到身体不适，头晕目眩，下午我想休息一会儿。"

肖书记体贴我说："宁书记，你也是实在太累了，年龄这么大了，却是一个工作狂，一工作起来就不要命。宁书记，你在工作中是要多多注意自己的身体和注意休息啊。"

王顺中看到我疲惫不堪的样子，则问我道："宁书记，你这有气无力、无精打采的样子，是不是因为累着了？要不要我先送你去医院看看？"

我不假思索地说："没关系，睡一会儿就恢复了。"

王顺中劝我说："宁书记，你年龄大了，有病早治为好，拖一天的话就不一样了。"

我说："不要紧，我有分寸。"

王顺中见我那样坚持，他也没有再勉强，但还是关心地说："宁书记，你一旦感到不舒服就随时叫我。"

十九　我不会半途而废的

正当我躺在床上休息的时候，只听见一个年轻的小伙子在村部办公室里问王顺中："请问宁书记在哪里？"

王顺中告诉他说："宁书记因为劳累过度，正在休息。"

我担心耽误别人的时间，则在房间里喊道："小王，谁在找我啊？"

王顺中说："一个小伙子，我也不认识。"

我说："叫他到我房间里来吧。"

这时，我艰难地爬起来，强忍头部的剧痛坐在椅子上等候那小伙子的到来。

那小伙子来到我的房间，叫了一声："宁书记。"

我问他："你找我有什么事吗？"

那小伙子直言不讳地说："宁书记，我也想纳入贫困户。"

我瞧了瞧他："你这样年纪轻轻的还要当贫困户？你叫什么名字？家庭条件怎样？"

他说："我叫陈志宏，今年25岁，家住本村一组，父母双亡。老房子倒塌了，现在跟随叔父住在一起过日子，去年才结了婚。"

我说："你就是陈志宏？"

那小伙子说："是的，我就是陈志宏，你认识我？"

看到陈志宏之后，李修桥说的那句话马上在我的耳边回响："像陈志宏那样的人，即使有名额也不能将他纳入贫困户！原因很简单，他不务正业、游手好闲。"

但我还是同情地问他："我没有跟你见过面，但我听说过你的名字，要加入贫困户，你为什么不早说呢？"

陈志宏说："当时我没有在家里，不知道村里的情况。"

我惋惜地对他说："哎呀，你怎么不早点回来争取贫困户的名额呢？现在贫困户的名单都上报了，你说得太晚了。这样吧，我把你的名字记下来，尽量为你争取，万一不行，那就只能以后有机会再说了。"

我心里猜测陈志宏肯定一直在外面不务正业，东游西荡，没有适时掌握信息，没有及时回来申请加入贫困户。对于这种人，即使有名额我也不想把他纳入贫困户，但为了使他心里有所安慰，我没有直接对他说出实情，让他心里有个盼头会舒服一些，才那样把他打发过去了。

陈志宏走后，我辗转反侧，躺了半天还是不能入睡，于是我爬起来吃了一些药再躺下……

后来我才知道，由于近一个月以来，我天天忙碌，白天走村串户，走访群众，晚上又因为经常思考着清理"四类人员"的工作而夜不能寐，时间一长，我得了神经症，整天神志恍惚，萎靡不振。

第二天早上，我跟肖书记和王顺中说："你们两个都在这里，我实在坚持不住了，需要去医院看看。"

王顺中问我："你什么时候回去，我开车送你。"

我说："你们工作忙，送就没有必要了，我坐班车回去就行了。"

肖十美也着急地说："班车还要等几个小时。"

我说："我正好利用这段时间休息一会儿。"

我拖着疲倦的身体站在路边等车，九点半的时候班车才来，当我乘坐班车回到县城时，已经是上午十一点，我再打出租车急匆匆地来到县人民医院检查。

当我办完手续之后，来到化验室的采血处，采血处却没有一个医生，我问旁边的一个女医生："请问，采血的医生到哪里去了？"

那个女医生告诉我说："他们早就走了，你怎么这个时候才来呢？"

我说："我是从山里来的，请你给我找一下采血的医生好吗？"

那女医生说："现在到哪里去找他们呢？"

我求情地说："我难得回来一次，请你想办法帮帮忙，找人来给我采血化验，下午我还得乘车回大山村。"

那女医生人很好，帮忙联系了采血的医生。过了一会儿，一名女医生破例回到采血处为我采血，嘱咐我下午来拿化验结果。

离开县人民医院已经中午，我还没有吃饭，又饿又疲倦，只想一秒就能到家。

当我开门进入家里时，正在看电视的妻子邓丽佳惊奇地看着我："老宁，你今天怎么回来了？"

我说："身体出了一点小毛病，到医院里看了看。"

邓丽佳关心地说："什么病，拿药了吗？"

我说："抽了血，要下午才能出结果。"

正当我们说话的时候，我的手机响了。

我拿出手机一看，说："哪来的陌生电话，不接。"

妻子邓丽佳说："那下午我陪你去看看。"

这时，我的手机又响了，又是那个陌生电话。

妻子邓丽佳说："你接啊，一定是找你有事的。"

我这才接电话："喂，你好。"

一个女孩子的声音："你好，你是宁伟夫先生吗？"

我说："我是。"

那个女孩的声音："我是县人民医院化验科，你在我们这里抽血化验，发现你的血液很稠，上面还浮有一层油脂。为了你的健康，我们建议你再到上级医院去检查一下。"

我连连说："好，好，好，我知道了，谢谢你的关心。"

下午，在妻子的陪同下，我拿了化验结果后去看医生。

医生看了化验结果表情凝重地说："你的甘油三酯和胆固醇的数值都超出标准很多，再加上你有高血压、高血糖等疾病，我建议你要么到上级医院去检查一次，要么在我们医院里静下心来治疗一段时间，疗养一下身体。"

我问："能有效吗？"

那位医生说："调养比不调养要好。虽然一天两天不能把血脂、血糖、血压降下来，但能把血压、血脂、血糖控制一点也好，不然的话，后果不敢想象。"

妻子邓丽佳听到那样的化验结果着急地说："老宁，你就听从医生的话，在医院里治疗一段时间吧。"

那女医生说："治疗一下要好得多。"

后来，妻子为我办理了住院手续。医生马上为我开了药，准备开始输液。

妻子邓丽佳一直担心地守护在我的旁边。

我跟妻子说："老婆，输液之后我们回家去，没必要住在医院里。"

邓丽佳说："老宁啊，上了年纪，不要像年轻人那样犟，有时要服输，要注意身体。能不能回去，听从医生的，能回去我们就回去，不能回去就住在这里也无妨。"

我说："我问过医生了，医生告诉我说，晚上没事，可以回去。"

于是，输完液之后，我与妻子回家了。

但是，妻子邓丽佳不放心地说："你血脂那么高，千万不能大意啊。"

我说："机器运转要打机油，需要润滑，我血液里有油，就不能加速血液的流动吗？"

妻子说："你就不要油腔滑调了。"

我说："我身体一直没有什么反应，我不相信血脂有那么高。"

邓丽佳担心地说："你血压、血糖也高呢。"

我玩笑说："我的志向比它们都高。我想，拿些药回来，慢慢地调养调养就行了。"

第二天下午，我再到医院去输液时，我问医生："我在医院住了两天，输了几瓶液，应该没有问题了吧。"

那医生奇怪地说："点滴不是灵丹妙药，一输进血管就药到病除，它需要一段时间才能起作用。有些人住进医院就不想出去，你有病住了两天就想出院，真是一个怪人。"

我说："我实在丢不开工作，要不你就给我开一些药，我拿回去吃。"

在我的一再要求下，医生为我开了几种降血脂、降血压、降血糖的药，并一再嘱咐我要按时服药才能有效。

接着，我照单取药之后，提着一大包药慢慢地走出医院大门。

到了家里，妻子邓丽佳带着责备的口气问我："你上午到哪里去了？"

我告诉她说："我到县扶贫办和县农业农村局为大山村争取项目资金。"

邓丽佳生气地说："你的责任心太强了，医生叫你去输液，你不去，你却跑到县扶贫办去了。"

我告诉妻子说："我跟医生讲了，以药代替输液。老婆，我出院了，药也拿回来了。"

邓丽佳惊讶地问："啊，你就出院了？医生不是交代要住院半个月吗？你怎么就出院了呢？"

我说："没问题了，何必无病呻吟。"

妻子说："你不要拿生命开玩笑啊。"

我说："没有，我会注意身体的，你放心，老婆。"

再说我一离开大山村，村部附近的村民们没有看到我出入村部，他们则向肖书记打听我的消息，肖书记告诉他们说："宁书记因劳累过度，病倒了，现在正在人民医院治病。"

过了一天，李修桥、冯君等人来到村部，他们只看到肖书记和王顺中两个人在那里整理贫困户的档案，则问肖书记："我们的第一书记呢？"

肖书记说："他病了，在县人民医院住院。"

李修桥心里疑虑不安地说："宁书记真的病了？"

"你还不相信？"肖十美说，"他为了我们村里的精准扶贫工作，天天过度操劳，所以病倒了。"

"哦。"李修桥说，"不是我不相信，我担心宁书记会不会是在我们村里受了那么多的委屈，觉得我们村里的工作太难做，而借病回单位去了？宁书记是一个大好人，我宁愿替他生病，也不希望他有病。"

冯君也说："宁书记也是太辛苦了，为了我们大山村，他操碎了心，真的，我也不希望他有病。"

李修桥问肖书记："宁书记什么时候来村里？"

肖书记："不知道。他责任心很强，只要身体好一点就会马上回来的。"

李修桥说："说真的，我希望他能够在家里好好地多休息几天，但一段时间没有看到他，又希望他天天在村里，天天与我们相处。"

我在家里住了几天之后，心里也一直惦记着村里的工作，那天晚上，我跟妻子说："丽佳，我准备明天到村里去，给我一千块钱吧。"

妻子邓丽佳给了我两千块钱，说："好在我们都是双职工，没有其他开支，不然的话，哪里有钱花哦。"

我说："还是老婆理解我。"

第二天一大早，我提着行李和药品在公路边等进大山村的中巴车。过了一会儿，车来了，我上车后，车上认识我的人都给我让座，我心里暖暖的。

中巴车在弯弯的山路上行驶了一个多小时才到达大山村的停车处。下了车，我看见一群人正在前方不远处闲聊。

冯君亮着嗓子说："宁书记离开我们村将近一个星期了还没有来上班。"

一个村民问："宁书记得了什么病？"

冯君回答："不是什么大不了的病。"

李世豪却说："宁伟夫做事不留后路，所以得病了，他的病越重越好，免得再来我们村当第一书记。"

冯君对李世豪骂道："你个没有良心的东西，宁书记那样正直的人你还怨他诅咒他，他是不会有什么大病的。要有病，像你这样的人才会有大病。"

李世豪不服气地说："宁伟夫才不是一个好东西。"

这时，我绕过车，来到了李世豪的背后，他说的话被我听得清清楚楚。于是，我对在场的村民们说："没想到我宁伟夫又回来了。"

李世豪掉头一看，显出一副十分尴尬的囧态。

接着我风趣地说："因为我一心为民，没有私心，阎王老子嫌我太正直，怕我到了阎王殿夺了他的权位，而不敢收我。"

当我提着医生开的药大步流星地回到村部后，大家都不由自主地跑到村部来看望我，跟我聊天，对我的病情问长问短。

李修仁告诉我说："宁书记，村民们几天没有看到你，就好像六神无主了，也好像失去了主心骨。宁书记，你成了我们村里的顶梁柱了。"

"感谢大家对我的信任和关心！"我激动地说，"我已经成了大山村的一员，我希望与大家同甘共苦，荣辱与共，让大家早日脱贫致富起来。"

这时，李修仁又告诉我一个好消息说："李世豪被清理出贫困户之后，就像是霜打的茄子，一蹶不振，天天在家里喝闷酒、抽闷烟。他曾经找到肖书记的内弟王占鳌，想叫王占鳌跟他联起手来一起对付你，想要你在我们村寸步难行，但王占鳌没有答应他，他的阴谋没有得逞。"

李修仁说到这里，我轻轻地"哦"了一声，然后说："这说明我们的工作做到家了，村民们开始觉悟起来了！"

李修仁接着又说："宁书记，我告诉你，李世豪这个人心狠手辣，他什么事都做得出来，你可要防着他一点，处处要小心谨慎，不要遭到小人的暗算啊。"

李修仁的善意提醒，使我感到他好像是我的保护神，我由此非常感谢地对他说："修仁，感谢你为我提供了信息，你是我们精准扶贫工作队的有力支持者，我们的扶贫工作能取得这样好的成绩，工作能开展得这么顺利，可有你的一半功劳哦。"

"哪里，哪里。"李修仁笑容可掬地看着我，他接着又动情地对我说："大家都担心你病好了之后，不来我们村当第一书记了。"

"那是杞人忧天的事。"我郑重其事地说，"我宁某人是说话算数的，我是共产党员，从来没有说过假话，更何况我是自觉自愿响应号召，来执行精准扶贫政策的。我这名共产党党员，在精准扶贫的道路上，不管阻力有多大，困难有多重，我都将义无反顾地坚持下去，不会知难而退，半途而废。不打赢脱贫攻坚战，我是决不会回单位上班的，请你和父老乡亲们放心吧！"

二十 自古忠孝难两全

肖十美当选为村支部书记近两年以来，一直兢兢业业地为村民工作着。他尽管每个月只拿着一千多元的工资，却成了一名"脱产"的村干部，天天跟我们在一起参加精准扶贫工作，经常与我们一起整理贫困户的档案，经常与我们一起走访贫困户和开展党建工作，常常把家里的事也搁置在一边，由身体虚弱的妻子把持着一切家务和承担一切农活。

这天上午，我突然接到县扶贫办的电话，通知说近两天要来村里检查扶贫工作。

正当我们三人在村部为迎检紧张地整理资料时，肖十美的手机响了。

肖十美接通电话问道："妈，你打电话有什么事吗？"

他母亲在电话里说："几天前，我叫你给我买药，你还没有给我买回来。"

肖十美抱歉地说："这几天工作太忙，我忘记了。你还有哪里不舒服吗？"

肖十美母亲患有风湿病、高血压、冠心病、高血糖等多种疾病，但最严重的是心肌衰竭。

今天，他母亲感到心跳加快，从而导致心慌意乱，立坐不安。于是，她喘着气对儿子肖十美说："我心里闷得慌。"

这时，肖十美心里难过地说："妈，你别着急，我马上叫大姐给你买好药，等一会儿我赶紧去拿。"

在一旁的我对肖书记说："你母亲生病了，你立即去给你母亲买药，这些资料由我和小王、宋丽琼来整理。"

在我的催促下，肖十美马上骑着摩托车去县城买药。

肖十美把药买回来之后，拿出药，细心地交代母亲说："这种药服两片，那种药服一包。如果效果不明显，再去住院。"

翌日，我准备跟肖十美去走访。在路上，肖十美又接到他爱人的电话，他问道："玲玲，有什么事吗？"

他妻子王玲玲着急地说："十美，你赶紧叫120来送老娘去医院，她不舒服。"

肖十美说："好，我马上叫120。"

过了一个小时，一辆救护车鸣着笛驶向肖十美家。

在我们的帮助下，两个护士把他母亲抬上了救护车。

肖十美坐上120救护车，一边招呼母亲，一边打电话给他大姐说："妈妈病了，正在送往医院，由于县扶贫办要到我村来检查工作，我想请你今天下午、晚上和明天上午来照顾妈妈，明天下午我再来照顾妈妈。"

他大姐说："那你把妈妈安顿好，我下午就到医院来。"

到了医院，肖十美匆匆忙忙给母亲办理好了住院手续，医生安排了输液。

第二天上午，我和王顺中、季永高、宋丽琼在整理扶贫档案时，我跟他们说："我们不但要把精准扶贫和党建的工作做好，还要认认真真地把扶贫资料和党建资料整理好，因为这些资料就是精准扶贫的历史见证。"

王顺中说："如果没有资料，就等于一个工作人员没有人事档案。"

我再次强调说："扶贫资料是很重要的。"

这时，肖十美突然出现在我们的面前。

我问肖书记："你回来啦，你母亲的病情怎么样了？"

肖十美说："病情基本稳定。"

我说："你怎么不在医院里照顾一天你母亲呢？"

肖十美说："不要紧，有我大姐在照顾。另外，明天县扶贫办就要来检查，我也放心不下我手头的这些资料。"

我安慰他说："既然来了，那我们就一起整理资料，以充分的准备迎接县扶贫办的检查吧。"

没过多久，肖十美的手机又响了。

肖十美接到电话焦急地问："大姐，有事吗？"

他大姐说："妈妈刚才上厕所的时候摔倒了。"

肖十美："啊？有危险吗？"

他大姐说："现在在床上躺着，你有时间下午早一点来。"

肖十美："好。"

到了下午6点，肖十美还没有走，我就劝他说："肖书记，已经6点了，干脆吃了晚饭再去医院。"

肖十美说："不吃饭了，我得到医院去。"

我说："保证只要 10 分钟就有饭吃，不然到了医院，你哪里去吃饭。"

于是，我与王顺中洗菜、切菜、炒菜，很快饭菜就做出来了。

我们三人一起吃饭时，肖十美的手机铃又响了。

肖十美一看："又是大姐的电话，不好了，肯定出事了。"

肖十美问："大姐。"

他大姐哭着说："十美，你快来，妈妈刚才又从床上摔了下来，医生正在抢救。"

肖十美一下急得脸色铁青地说："宁书记，我妈妈可能不行了，我得马上去医院。"

肖十美丢下饭碗就走了。

晚上 9 点，我和王顺中还在清理资料，突然，我的手机铃响了。

我拿出手机一看，是肖书记的。

我问肖十美："肖书记，老娘怎么样？"

肖十美痛苦的声音："宁书记，我妈走了，一句话也没有跟我们说就走了。"

肖十美母亲的病情加重差不多有两个月了，但肖十美为了扶贫工作，没有在家里照顾母亲一天，没有尽孝，他心里十分痛苦和内疚，一说话就泣不成声。

于是，我心情沉重地安慰他说："自古以来，忠孝不能两全啊。肖书记请节哀。"

面对这突如其来的事，我坐在办公桌前苦苦地沉思着："明天县扶贫办就要来检查了，肖书记家里突然出了这么大的事，怎么迎检呢？"

思来想去，我打电话给镇政府包村干部说："陈主任，告诉你一个不幸的消息，肖书记母亲刚刚去世了，明天的检查怎么办？"陈主任对这事也感到棘手。我跟他说："请你出面跟分管扶贫工作的领导联系，协调一下，看能不能把我们村放在最后检查？"

过了一会儿，陈主任打来了电话，无可奈何地说："没办法，还是安排明天到你们村来检查。"

"既然这样，那就来吧，我们准备迎检。"

第二天，检查组的成员如期来到我们村对扶贫工作进行了全面的检查，当检查组人员看到我们的扶贫资料和党建资料整齐地摆放在办公桌上时，都笑了。

带队的禹组长表扬我说："宁书记，你们的迎检水平不错啊。"

我说："谢谢禹组长的夸奖。我们的资料都在这里，至于肖书记的资料可能不够齐全，因为他母亲昨天晚上去世了，他没有时间进行系统的整理，他说如果还有什么资料找不到，需要提供的话，打电话告诉他，他马上来寻找。"

禹组长说："好的。"

组员们认真地查阅资料，很快就查完了，接着马上进行入户走访。

禹组长来到一个贫困户家里，他问道："老人家，你们村的第一书记是谁啊？"

那老人马上回答说："他的名字最好记，叫作：宁伟夫！"

禹组长再问他："他在村里的工作开展得怎么样？"

那老人说："他和他的工作队员天天住在村部，经常去贫困户走访。他为人正直，为老百姓做了好多的好事。"

禹组长再问那老人："他为贫困户做了哪些好事？"

那老人一五一十地说："他负责的贫困户王国之生病了，宁书记叫朋友从县城里开车来送他去住院。王国之住院了，宁书记一日三餐照顾他的残疾妻子。他还给十几家贫困户、五保户捐了钱。"禹组长听得频频地点头。

最后，在检查的总结会上，禹组长激动地说："我们今天这次检查来得突然，目的就是想了解你们驻村帮扶工作队在村里工作的真实情况。宁书记，从今天你们准备的资料来看，你们的工作是扎扎实实的，特别是在村支部书记母亲刚刚去世，他不能来参加资料整理的具体情况下，你们还是把所有的资料有条不紊地整理出来了，并且装订成册，说明你们对这项工作重视。宁书记，你刚来当第一书记，时间不长，但你的工作开展得好，群众对你有口皆碑，都夸奖你是共产党的好干部，我为你高兴。同时，我们也希望你在这里再接再厉，把扶贫工作做得更加出色。"

听到禹组长的夸奖，我激动地说："谢谢，谢谢领导的抬爱，我将再接再厉，努力完成精准扶贫任务。"

过了两天，肖十美把老母亲的后事办完之后回来上班时，我跟肖书记说："上次我回家看病时，走得匆忙，有一件事忘记跟你说了。你们村的陈志宏想申请加入贫困户，但是李修桥等人都反对，你的意思如何？陈志宏的家境究竟怎么样呢？"

心里对陈志宏十分有数的肖十美说："他父母双亡得早，没有人管束，住在他叔父家里，又不听他叔父的话，整天游手好闲，身上有一分钱，要么就打牌赌博，要么就跟他那些狐朋狗友吃喝玩乐。好在去年找到了一个女朋友结了婚，成了家，但是，他的恶习还是不改。"

"原来如此哦。"我脱口而出，"怪不得那天他在我面前反映情况时，躲躲闪闪，含糊其词。"

肖书记说："在我们村里，大家的正义感、是非意识都十分分明，大家都敢怒敢言。"

我问道："何以见得？"

肖书记举了一个生动的例子。村里有一个年近 50 岁的男子，没有结过婚成过家，去年却得了一场重病，大小便失禁，成了残疾人。其兄长看到他可怜，多次想为他申请吃低保。由于他在年轻的时候经常在村里偷鸡摸狗，搞得全村不得安宁，村民对他牢骚满腹，怨声载道。说他能有今天，是罪有应得、自作自受，是一种报应。这样的人如果把他纳为低保户，那是对勤劳的人们一个极大的不公平。

后来在民主评议会上，不少村民代表看到他那种处境，对他也十分同情，说："以前的事我们既往不咎，把他评为低保户，让他安度余生，让他体会到社会主义大家庭的温暖吧。不过，请肖书记把大家对他的反感告诉他，让他知道我们村的父老乡亲是如何以德报怨的。"

"而像陈志宏那样的人，既然大家一致认为不能评为贫困户那他就真不能纳入贫困户。"肖书记不容置疑地说。

我沉思了一会儿，说："那就等他改邪归正之后，我们再帮助帮助他，让他自食其力，再奔小康。"

肖十美也无可奈何地说："也只能如此了。"

这时，我突然对肖书记说："之前我一直在想如何发展村里的集体经济，为贫困户找一条致富之路。巧的是，我在县城治病期间，利用那几天的住院时间，我到县扶贫办了解到两个很好的信息：一个是如果村里有愿意去学习技术的村民可以报名，再统一送到公办技术学院去进修学习，按政策规定还补助生活费。"

肖十美听到这个消息兴奋地说："这是一件天大的好事，也是千载难逢的机会，我们大山村正需要技术人才，什么时候报名，什么时候去培训，我们村里可以送一两个人去学习。"

我说："你在村里了解一下情况，我们把他们的名字报上去就是了，然后再听从县扶贫办的通知。"

要想使贫困户真正地脱贫致富，首先就要帮助他们发展产业。由于有了产业，贫困户就好像有了造血的机器，就不至于再返贫。

然后，我接着再告诉肖书记另一个好消息："我问了扶贫办的蒋世荣主任，请他根据我们大山村的自然环境，支持我们在村里发展养殖业和种植业。蒋主任人年轻，对扶贫工作很热心，也很支持。他说只要我们立了项，养殖业或者种植业达到一定的规模，他们就按政策给予补偿。你看我们村发展什么产业为好？"

"如果村里有了自己的产业，我们的村民就不用出去打工了。"肖书记认真地思考了一会儿，然后兴奋地说，"我们这里可以种植猕猴桃和茶叶，养殖业可以养黑山羊和土鸡等。"

我说："那好，我们先一起物色好承包对象，然后再去跟县扶贫办和县农业农村局具体洽谈种植项目和养殖项目。"

"好的，宁书记，你竭尽全力为我们大山村发展产业，我首先代表村民感谢你。"肖书记说着客气起来了，"幸好有你这样的好书记，时时刻刻为我们着想。你真是一位不可多得的好党员，是一位不可多得的人民公仆，我向你致敬。"

"谢谢肖书记的夸奖。"我见他跟我的言谈举止没有什么隔阂，情同手足又亲如兄弟，于是我跟他说起了村民对他的评价，"十美，你们村的村民对你的工作普遍反映也都比较好。"

说到这里，肖十美插话说："这都是我应该做的。"

我接着说："对于群众的意见，我们都要虚心地接受，有则改之，无则加勉。在工作中，我们在其位就要谋其政，不能占到茅坑不拉屎。我在这里当一天第一书记，我就要对全体村民负责，为他们谋一天利益，一视同仁地对待每一个群众，绝不厚此薄彼。对于那些可怜巴巴的贫困户，对于那些上了年纪又没有劳动能力的孤寡老人，对于村里的那些老弱病残者，我恨不得倾其所有帮助他们。虽然不能做到，但我们要尽力尽意地从生活方面关心他们，照顾他们，只有这样做了，我才能心安。"

肖书记对我的观点很是赞同，频频点头称是。

二十一　相聚虽不易　救人更要紧

2017年5月7日的早晨，太阳早早就爬上了山坡，露出了笑脸。

我还在洗漱时，同事兼同学李平打来了电话，说一个阔别三十多年的老同学薛爱民回来了，为方便我参与聚会，特相约一起在岚山农家乐共进晚餐，叫我准时参加。

"啊？薛爱民回来了，他是我的发小。"我疑虑了一会儿说，"他怎么不在五一假期回来，偏偏假期过了之后再回来呢？"

李平解释说："他五一加班，没有休息，现在才补休。"

我说："既然这样，我一定准时赶到岚山农家乐去。"

为使工作、相聚两不误，我积极主动地安排了这一天的工作行程。

我跟肖书记商量说："我今天晚上有个聚会，上午我们一起去考察一下什么地方可以栽种茶叶树，什么地方可以种植猕猴桃。然后再去考察了解哪几家可以发展养殖业。"

肖十美在脑海里分析着全村各个山头的位置、地形和地貌，然后胸有成竹、有的放矢地说："茶叶树耐寒，也不怕北风吹，我看东岭可以种茶叶树；北山凹是一个背靠山岭的地方，三面环山，又背南风，猕猴桃扬花的时候不会受到南风的影响，所以那里适宜种植猕猴桃。另外，这两个地方现在都是荒山，土地流转也不会贵，只要开垦出来，马上就可以种植茶叶树和猕猴桃。"

我看到肖十美那样如数家珍地讲了开垦荒山和茶叶树、猕猴桃的特性之后，我高兴地说："肖书记，你心里早就有数了，那我们就到那两个山头去看看吧。"

王顺中开着车在山腰上盘旋了半个小时，然后在东岭顶上停了下来，我们一行三人开始察看东岭。

我居高临下俯视脚下的山峦，感觉到真的是一览众山小啊！远处的山脉就像是翩翩起舞的飞龙，在天际间慢慢游动；山间的翠竹好像弯着腰在向我们施礼，欢迎我们的到来。

看到那连绵起伏的群山，我不禁脱口而出："无限风光真的在险峰啊。"

这时，肖书记用手指着脚下的东岭说："宁书记，这一片荒山开垦出来种茶叶树，你看好不好？"

我顺着肖十美指的方向再仔细地看了看，想了想，说："这个地方不错，开垦出来至少有80亩到90亩面积，一旦茶叶树成了林，那就绿遍了整个山坡，山坡上的茶叶树就是人民群众的摇钱树，很有发展前途。"

之后，我们再驱车到北山凹察看了一番，那里的面积不比东岭小，一条村级公路一直延伸到了半山腰上，交通便利，我觉得是种植猕猴桃的最佳处。

选定了种植基地之后，我接着就跟肖书记商量由谁来种植茶叶树，由谁来种植猕猴桃的事。

肖书记说："有项目的种植业想承包的人不少，但它投资较大，并且有一定的风险，如果没有责任心的人承包，只怕会没有好结果，我看经营者必须要有主人翁的态度，要有很强的责任心。"

"这是一个至关重要的首要条件。"我说，"要是责任感不强的人，不但会糟蹋了项目，更重要的是损失了国家的资金。这两个人选必须慎重考虑。"

这时，我的手机铃声响了，我拿起手机一看，是李平打来的电话。

我接电话说："喂，李平，你们就往农家乐去了吗？"

李平问："你还在忙吗？所有的同学都希望你早点下山，三十多年不见了，大家想坐在一起叙叙旧。"

我为难地说："我本来也准备早点回来，但这里的事情实在太多了，走不开。这样吧，我争取下午5点赶到，好吗？"

李平有点失望地说："那我们就不勉强你了，但晚餐你一定要如期赶到哦。"

"好，好。"我连忙答应着。

放下手机，我马上问肖十美："种植业的事慢一两天没关系，而养殖业可是火烧眉毛了，虽然项目的金额不大，但是它见效快，我们要尽快行动起来，有了养殖户我们就马上到镇、县扶贫办去申报项目，火速立项。"

由于我是一个急性子的人，说到就要马上做到，不完成任务，心里总是放不下来，吃不好饭，睡不了觉。

在我的要求和催促下，肖书记边思考边说："宁书记，养殖业这样安排，你看合不合适？给贫困户龙军等十几户安排一个养鸡的项目，给王老汉安排一个养黑山羊的项目，你看如何？"

"好吧，他们都是贫困户，特别是王老汉，是新近补进来的贫困户，我们有责任和义务拉他一把。"我爽快地答应了，但我又说，"下午我们一起到他们家里去走访一次，一来看看他们有没有养殖条件，二来征求一下他们本人的意见，如果他们对养殖业不感兴趣，我们就不要摁到猫儿吃芥菜，得再想办法。"

下午，我们一行三人先来到王老汉家里。

王老汉是一个典型的老实巴交的农民，他一家三口，两个儿子，大的叫王大峰，小的叫王小峰，都没有成亲，一家三口住在他祖辈留下的一座木架子屋里。

到了他家，肖书记向王老汉介绍说："王老汉，我们村的第一书记，宁书记很关心你，体贴你，他亲自来看望你们一家，希望能够帮助你们一家走上致富之路。"

王老汉连声"哦，哦"地答应着，然后我们一起围坐着开始谈论工作。

我告诉了王老汉我们的来意，说："老汉啊，我们来是给你送党的温暖，你们家是贫困户了，为了尽快使你走上致富之路，党中央采取了一系列的惠民政策，只要你能动手干事，政府就支持你，不但有政策支持，而且有真金白银支持。"

王老汉不相信，疑惑地问："能有这样的好事啊？"

我说："有！请你相信一定有的。老汉啊，我刚刚看了看你家的四周，到处是山，到处是草，于是，我与肖书记一起商量，决定给你家一个养黑山羊的项目。黑山羊由我们后盾单位垫资，给你先买5只种羊，由你家养殖，卖了羊的钱都归你所有，这是一笔无本生意，我相信你应该会乐意地接受吧。"

王老汉看到有这样好的政策，想都不敢想，这是天上掉馅饼，不要白不要。于是，他马上点头说："好，我接受，我愿意接受政府的这个项目。"

王老汉愉快地接受了我们的养殖业项目之后，我握着他的手激动地说："那就希望我们合作成功，也希望你一家慢慢地富起来！"

接着，我们一行三人再驱车驶向贫困户龙军家。

龙军的妻子何立英看到我们的车在她的家门口停了下来，她马上走进屋内，紧张地跟龙军说："你个老不死的，你砸了宁书记他们的车，他们可能到我们家里来兴师问罪了。"

何立英的话，使龙军大吃一惊，他两眼圆睁睁地看着妻子何立英说："他们真的来了？"

"真的来了。"何立英说，"我还骗你不成，他们的车就停在家门口了，你赶紧到后山去躲一躲，等我打发他们走了之后你再回来。"

龙军听从了何立英的话，慌不择路，跑得比兔子还快，立即从后门出去，跑到后山去了。何立英这才出来接待我们。

40多岁的何立英满脸堆笑地迎了出来，见到我和肖书记马上奉承地说："宁书记、肖书记，今天是什么风把你们吹来了呢？"

肖十美看着何立英说："你怎么认识宁书记的呢？"

何立英说："大名鼎鼎的宁书记，哪个村民不认识啊？上次开会时，我跟宁书记见过面，我还听宁书记讲了话。"

肖十美恍然大悟地说："哦，哦，我想起来了。"

这时，我上前对何立英说："你好！你一个人在家里？"

何立英有些慌张地说："就我一个人在家里，儿子在外面打工，丈夫上山砍柴去了。"

"哦。"我说，"你们一家人都很勤劳啊。"

何立英很不自在，她答非所问地说："宁书记，你们到我家里来有什么事吗？是不是我那老不死的他……"

我看到何立英好像有什么心事，我则马上告诉她说："今天，肖书记领我们来是想给你家援助一个养殖项目，看你愿不愿意接受。"

何立英听到我和村支部书记是来送养殖项目的，不是来追究龙军砸车的责任，她悬着的心这才落了地，一下子全身心轻松起来了，她舒了一口气，问道："宁书记，你们给我送什么养殖项目来了？"

我说："我与肖书记在县里争取了一个养鸡的项目，只要你舍得花力气喂鸡，一是政府投资金，按鸡的个数补贴；二是如果鸡销售不完，我可以帮助你去销售，保证你赚钱，保证你勤劳致富，行吗？"

"这是一个大好事啊，怎么不行呢，行，行，一定行。"何立英开怀大笑起来，满口答应。

看到她高兴的样子，我也会心地笑了，说："那我们就一言为定了哦。"

何立英乐得口也合不拢了，说："一言为定，一言为定！"

"好，那我们就告辞了。"

过了几天，我们就为王老汉送去了5只黑山羊，给何立英等30个贫困户送去了4000只鸡苗。

再说我们一走，何立英就进了屋，打开后门把龙军叫了回来，然后把龙军狠狠地臭骂了一顿，说："我当时以为宁书记他们是来找你算账的，吓得我心里猫抓一样，坐立不安。结果宁书记他们是来送惠民政策的。宁书记叫我们家养鸡，政府还有补贴，宁书记还答应到时候给我们销售鸡。你看人家对我们家这样好，你却听信别人的唆使，把宁书记的车砸坏了，以后看你如何有脸面见人！"

龙军这才懊悔地问："那我将如何是好呢？"

何立英生气地说："你今天晚上自己塞高枕头想想再说。"

龙军一时茫茫然，站在那里呆若木鸡。

我们从龙军家里出来，肖十美触景生情跟我说："宁书记，你一心发展我们村的产业，使我想起了以前的一件事。"

我追问肖十美说："什么事？"

肖十美说："以前我们村有一家专门养蛇的，后来不知什么原因没有养了，我们是不是去了解一下情况，看他能不能再重操旧业，把养蛇的产业再发展起来。"

我当机立断地说："好啊，这是一个大好事。蛇的价钱也不错啊，能把这个养殖业发展起来，你们村的养殖业就活了。走，我们马上到他家去看看。"

这时，肖十美看了看手机，然后对我说："宁书记，已经是5点多了，时间不早了，你还要回去参加同学聚会，这样吧，明天我们再去他家了解情况吧。"

我沉思了一会儿，肖书记见我犹豫不决，他则安慰我说："若按机关上下班的时间计算的话，现在也到下班时间了，你就放心回家吧，有事我随时向你汇报。"

我说："好，那就明天再去养蛇专业户吧。"

这样，我请王顺中开车送我回县城。令人意想不到的是，这天的天气突然发生了很大的变化，吹了一整天的南风，风速达到了六七级，并且到了黄昏，风还没有停下来的意思。由于风太大，王顺中的车开得比较慢，比往日多开了十几分钟才到达县道口。

一到那里，我看到路口边倒着一个中年妇女，旁边坐着一个学生模样的女孩在啼哭。在她们的旁边有一截很粗的枯树干。

我下意识地感到大事不妙，于是我马上叫王顺中停车。

我走到她们身边问那女孩子："你们怎么了？"

那女孩子哭着说："我跟我妈妈到县城里买东西乘车回来，下车后刚到这里，一阵狂风把这棵树吹断了一大截，正好砸在了我母亲的头上和我的腿上，母亲被砸昏，我的腿也被砸断了。"真是天有不测风云，人有旦夕福祸啊。

我问那女孩："你叫什么名字，哪里人？"

那女孩抹了一把眼泪，哭着对我说："我叫张小娟，家住大山村二组。"

面对这种突如其来的事故，作为大山村的第一书记，我应该责无旁贷地负责将她们母女两人护送到县医院去治疗。

我急不可耐地问那女孩："你家里还有什么人吗？联系120了吗？"

张小娟说："家里还有爸爸和一个姐姐。刚才有一个好心人已经给我们联系了120。"

我再问张小娟："你跟家人联系了吗？"

张小娟说："爸爸在外面务工，我已经跟姐姐联系了。"

过了一会儿，救护车还没有来，我又拨通了120，告诉他们说："在郭家路口发生了意外事故，请你们火速派救护车来抢救。"

对方回话说："救护车已经出发一段时间，应该马上就会到了。"

在救护车到来之前，我与王顺中一边守候在受伤者的身边，一边安慰着张小娟："你不要着急，我是你们大山村的第一书记，我会把你们的事处理好的，保证把你们母女俩送到医院去。"

张小娟哭着说："谢谢叔叔。"

这时，我的手机铃响了，又是李平的电话。

我接通电话，李平在电话里生气地说："宁伟夫，你怎么也学会言而无信了呢？"

我说："对不起，不是我言而无信，是因为……"

李平打断我的话说："你不要说对不起了，你不是说5点准时到吗？现在快6点啦。我们这儿菜都上桌子了，大家都在等你。"

我说："李平，我在路上碰到一起意外事故。一棵大树被风吹断了一截，砸伤了我村母女两人，女孩母亲头部受了重伤，女孩自己的左腿估计也被砸断了。李平，相聚确实不易，但救人更要紧。在这种情况下，我不能见死不救啊。所以，请你替我跟同学们解释一下，请同学们谅解。如果我将她们母女俩送到医院办理好住院手续之后时间还早的话，我再过来，实在对不起，再见了。"

李平说："既然这样，那就没有办法。"

说服李平之后，我与王顺中静静地等候救护车。

再过了几分钟的时间，县骨科医院的救护车来了，在随车医生和护士的帮助下，我们将张小娟母女慢慢地抬上救护车。

救护车准备启动时，一个年轻的男医生拿着一份《医疗协议书》走到我和王顺中的面前问道："请问哪一位是伤者家属？"

在这紧急关头，我毫不犹豫地挺身而出，走到那医生的面前，对他说："医生，伤者家属还没有来，我是这里的第一书记，有什么事需要我配合吗？"

那医生说："需要家属在这《医疗协议书》上签字。"

我说："如果我能够代替伤者家属签字的话，我愿意代替她家属签字，并且愿意承担一切责任。"

"那请你在这里签上你的姓名。"

在男子递过来的协议书上，我挥笔签上了我的姓名，然后对他们说："请你们尽全力抢救伤者，我们跟着你们的救护车到医院去。"

救护车刚刚进了县骨科医院，我们的车也随即进了医院的大门。

张小娟母女在抢救室里进行抢救的时候，我帮她们办理了住院手续。

傍晚时分，张小娟的姐姐张小梅来了，一切安顿好之后，我与王顺中才离开县骨科医院。

二十二　化解了深度误会

我与王顺中从医院出来，算是松了一口气。

这时，我看了看时间，已经是晚上 7 点整。

见同学心切的我再打电话给李平，李平很快就接通了电话说："宁哥，事情处理好了吗？"

我告诉李平说："你们还在农家乐吗？我刚刚把那受伤的母女俩安置好。"

李平在电话里催促说："我们还在这里等你，你赶紧过来吧。"

于是，我叫王顺中开车送我过去。

跟同学们一见面，我感到既亲切又尴尬，我抱歉地对他们说，特别是对远道归来的薛爱民老同学说："爱民，实在对不起，要不是遇上突发的事，我也会如期而至的。在这里，我向久别重逢的你及所有的同学表示深深的歉意。"

善解人意的薛爱民则宽慰我说："老同学，我们是从小在一起长大的，是发小，你就不要太客气了。你能来我们就高兴了，你参加精准扶贫工作很辛苦，我们对你表示深深的敬意。"

我说："让你们久等了，谢谢大家，感谢你们对我的关心和理解。"

薛爱民是国际电子元件开发有限责任公司董事长，经常穿梭于世界各地，对精准扶贫政策略知一二，可以说是知其然而不知其所以然。所以他感兴趣地问我道："一般人对精准扶贫工作不太理解，对扶贫工作也有不同程度的认识，宁伟夫，你是精准扶贫工作的亲力亲为者，在这方面你最有发言权。你不妨给我们谈一谈你对精准扶贫工作的看法和认识，让我们对精准扶贫工作有一个全面的了解和透彻的认识，要是再跟别人交流这方面的问题，我们也好给他们一个正确的答复，不至于人云亦云，以讹传讹。"

对于薛爱民提出的问题，我莞尔一笑，说："外行看热闹，内行看门道。

在我看来，精准扶贫伟大部署，是一项复杂而又细致的工作，牵涉方方面面、家家户户，有牵一发而动全身的作用，如果一项工作做得不好，做得不到位，就有可能全盘出错。我担任第一书记，参加精准扶贫工作还不足三个月，但我很快就进入了角色。我认为从中央到地方，党的政策是实事求是的，也是实实在在的，没有一点虚假性。比如'扶贫的六个精准''五个一批''五个坚持'，可以说都是掷地有声，把不符合贫困户条件的'四类人员'清理出贫困户，也有明确的规定，没有什么含糊其词、模棱两可的东西，具有很强的操作性，只要你去照章执行，对号入座就是了。在落实村民是不是贫困户的'四看'中也没有什么模棱两可的。脱贫的标准也有明确的规定，一个贫困户的脱贫，是需要跟户主先核实收入，再请户主在《脱贫表》上签字，没有达到规定的收入就脱不了贫，这是铁板上钉钉的——硬打硬，是假不起来的。要想真正做好精准扶贫工作，那不是一件简单的事，而是需要下一番苦功才能实现的。我在扶贫工作中发现，我们不但要从经济方面去扶贫，更要从思想方面去扶贫，还要从精神境界方面去扶贫，授人以鱼不如授人以渔。如果对扶贫工作不做全面的了解，人云亦云，真的就会以讹传讹。如果没有扶贫政策，那山旮旯里的贫困户永远也没有出头之日。"

经过我简单的解释和说明，薛爱民及其他同学对为什么要在全国开展精准扶贫工作幡然醒悟，茅塞顿开，对精准扶贫工作有了进一步的认识。

真的，我们这么大的一个国家，有着14亿人口的大国，要想全部脱贫致富，全部进入小康社会，那是多么不容易啊，也许只有我们社会主义国家能够做到！

在与我同学分手话别时，薛爱民同学又热情洋溢地鼓励我说："老同学，我们都出生于农村，了解农村里的疾苦，我衷心祝愿你在村里当好第一书记，认真贯彻落实好精准扶贫的惠民政策，为人民做出你的贡献。"

我握着老同学薛爱民的手说："但愿不辱使命，如期完成精准扶贫任务。"

在回家的路途中，我接到了肖十美书记的电话，他说："陈志宏明天要来村部找你有事。"

我爽快地回答说："好，我明天尽早到村里来。"

肖书记大概给我讲了陈志宏找我所为何事。

县人民政府在我们的白驹镇搞了一个这样的试点：为了保护农田和鼓励搬迁的贫困户复垦，政府规定凡是贫困户新修房子之后，把旧房子拆除开垦为旱地的由政府奖励6万元一亩，复垦为水田的奖励12万元一亩。

陈志宏的父母双亡之后，他与姐姐由叔父陈自光带养。4年前，他姐姐结婚了,去年他也成家后自立了门户。由于姐弟俩长期没有在家,这次他叔父看到复垦有奖金,则准备将他们的老屋地基复垦为旱地。在复垦前,他叔父在电话里跟陈志宏讲了这件事,但隐瞒了复垦有奖励,当时陈志宏对复垦之事无所谓。后来陈志宏打听到复垦后政府有一笔较大的奖励时,他则在电话里尖刻地跟叔父说:"那块地基是属于我父母的,我有权继承父母的遗产,你占为己有也太不要脸了。"

陈志宏的叔父陈自光已近古稀之年,听侄儿那样跟他说话,觉得太不讲情面,他心里想:"你父母双亡,多年来祖母由我一个人负担不说,我还要照顾你们姐弟两人,今天你就这样翻脸无情,我难道是喂了一只白眼狼不成?现在要恩将仇报了吗?"

陈志宏说那旧宅基地是他父母留下来的遗产,其实也不正确,应该说是他祖父母的产业,他叔父也占有一份,而陈志宏却误认为全是他父母的遗产。

前几天,陈志宏与他姐姐因为此事来到叔父陈自光家里,要跟他评理。陈自光责问陈志宏说:"你父母双亡之后,奶奶住在我家里,住我的,吃我的,穿我的,用我的。你们没有赡养过一天,况且那老屋地基我也占有一份,你们两姐弟要是这样无情无义、反目成仇的话,奶奶的那一份也应该分给我。"

陈志宏在社会上混惯了,他姐姐也仗着在社会上有几个狐朋狗友撑腰,第二天,陈志宏两姐弟带着几个"哥们"又气势汹汹地来到其叔父家里争要那地基。

陈自光见他们大有来者不善、善者不来的气势,则躲起来跑到外面打电话给村支部书记肖十美,请求肖书记出面调解他们叔侄之间的矛盾。

肖书记接到陈自光的电话之后,马上骑摩托车来到陈自光的家里。肖书记弄清楚了事情的来龙去脉,调解了一番,但是他们各持己见,没有结果,于是,肖书记再打电话告诉了我。

为了弄清楚陈志宏与他叔父关于那块地基的权属情况,当天晚上,我就电话联系了陈自光。

这时陈自光的态度有了一百八十度的大转弯,显得非常深明大义、通情达理,对于那块地基的权属,陈自光并没有斤斤计较的意思。他说看到侄儿陈志宏虽然结了婚,但连个安身之地也没有,十分可怜。为了帮助一无所有的陈志宏,陈自光在我面前阐明了自己想法。

我对陈自光的宽宏大度表示了赞赏。

第二天早上,我与王顺中先到县骨科医院看望张小娟母女俩。出人意料的是,由于她母亲伤势过重而于当天晚上转到市中心医院去了,只有张小娟一个人住在县骨科医院。她平躺在床上，骨折的左腿已经动了手术，上了石膏，缠上了纱布。张小娟看到我去看望她，非常感动。

这场意外确实牵动了我的心，我当即从衣袋里掏出 1000 块钱递到她手里，安慰她说："小娟，你就安心治伤吧，若是钱不够，我为你发动社会爱心人士捐款，不管怎么样，一定要把你和你母亲的伤治好，祝愿你们早日康复。"

张小娟看到一个陌生的人为她捐了第一笔款，她感激涕零地说："叔叔，感谢你对我的关心，你的爱心我将永远铭记在心。"

由于要到村里去处理陈志宏的事，我跟王顺中在县骨科医院没有停留多久就直奔大山村去了。

到了村部，我发现陈志宏和他的姐姐及两三个年轻人已经在等我，于是，我马不停蹄地放下东西就赶往办公室。

到了办公室，还没有等我们开口问话，陈志宏姐姐就怒气冲冲地说："我希望你们领导不要袒护他，要公平、公正地为我们处理这件事。"

肖十美看到陈志宏姐姐目中无人的态度，则正告她说："你这态度是到村部来解决问题的吗？"

与肖书记相处几个月了，我还是第一次看到他动怒，这一怒确实起到了作用，把陈志宏姐姐的嚣张气焰压了下去。

接着，通过一番对话，在对他们基本情况的全面了解之后，我开门见山地对陈志宏说："从你们的一面之词来看，你叔父对你们两姐弟很苛刻啊。"

陈志宏姐姐没等我把话说完，又怒气冲冲地打断我的话说："我叔父就是一个这样的人，表面上看似善良，其实是一个贪得无厌的人，对我们姐弟俩没有一点亲情，自私自利的思想特别严重，现在还想霸占我父母亲的遗产。希望你们站在公正的立场上为我们主持公道。"

对于陈志宏姐姐的那种态度，我心里也开始反感，但还是心平气和地跟她说："你不要激动，也不要冲动，冲动是魔鬼。你们两个人到村部来找我们，是希望我们帮忙解决问题的而不是来加深矛盾的。你叔父他来了吗？"

"他自知心虚、理亏，他怕见我们的面，不敢来。"陈志宏姐姐还在说气话。

"你完全错了。"我提高了嗓音教育他们两姐弟说，"你叔父为什么怕你们呢？他哪里理亏了呢？其实你们这件事属于家庭矛盾，相互之间多沟通就能解决的，没必要把家丑外扬了。陈志宏，你叔父跟你说了那块旧宅基地的继承权了吗？"

陈志宏心里似乎有点惭愧地说："没有跟我提过旧宅基地的继承权。"

　　这时，我理直气壮地跟他们两姐弟说："那块旧宅基地属于你父母、你叔父、叔母和你健在的奶奶所有，并不是你们说的只属于你父母所有。刚刚准备复垦时，你叔父是有点私心，但后来也许是良心发现，他打消了那个念头。他跟我说，他现在虽然不富裕，但为了陈志宏你的前途，为了你有一个安身的家，他不要继承权了，都归你所有，他不但不占你分厘，就是复垦后政府的奖励、补贴他也不要。他为什么这样做呢？原因很简单，就是你姐姐结婚了，已经有了归宿，有了家，而你现在虽成家，却没有经济来源。为了让你兴家，你叔父忍痛割爱这样做，也只能这样做。讲句良心话，你叔父能够做到这一步也是不错了。你们应该能够理解你叔父的良苦用心啊。"

　　我说到这里，陈志宏两姐弟感到错怪了叔父，心里都很内疚。但陈志宏心里想，尽管受了一点委屈，但能得到一笔可观的财富，还是值得。

　　正当陈志宏感到心安理得时，我再告诉陈志宏说："尽管如此，你叔父却提出了一个条件：那些钱可以打到你的银行卡上，但是，他要掌握银行账号的密码。"

　　陈志宏听到这话，不解地望着我，嘀咕着："既然钱可以打到我的银行卡上，他还要掌握银行的密码干什么呢？这不是存心刁难我吗？"

　　我问陈志宏："你知道你叔父这样做的原因吗？"

　　陈志宏摇摇头说："不知道。"

　　我然后语重心长地告诉他说："你叔父并不想从中作梗，他也不是眼馋这些钱。本来他也不想管你的钱，但他担心你把钱拿出去再赌博输掉了。所以，你叔父一再要我交代你说，那些钱再也不能让你拿去赌博了，而要用来修一座房子，以后你好有一个安身之地，也就是说，那笔钱只能给你修建房子使用。之前，你们完全把你叔父的好心误认为是恶意，认为他挖空心思想占你们的便宜。现在，你们看到了吧，你叔父对你们的心是怎样的！你们应该十分清楚，十分明白了吧。"

　　我一口气说了那么多，说出了其中的原委，这时的陈志宏才明明白白地知道了叔父的良苦用心。于是，他低着头流着泪，十分痛心地意识到了自己的错误，错怪了严父一般的叔父的一片好心好意。他姐姐由开始的大言不惭，也突然感到内疚变得面红耳赤，泪流满面。

　　经过我与肖书记的开导和启迪，陈志宏姐弟与叔父终于化干戈为玉帛，和好如初。

　　在村里，我每次为他们解决一个问题，化解一个矛盾，我都感到如释重负，心情特别舒畅。

二十三　经济扶贫和精神扶贫缺一不可

　　解决了陈志宏与其叔父的紧张关系，打发陈志宏姐弟俩走了之后，我又把为张小娟捐款的事提上了议事日程。张小娟一家虽不是贫困户，但这次意外造成的医疗费用却是他们承担不起的，使他们一夜之间债台高筑，痛苦万分。我跟肖书记商量说："村里有很多人在广东等地办企业、开工厂、当老板，富裕的人很多，我建议在村里发起为张小娟母女俩捐献爱心的倡议，号召全体大山村的人们和社会爱心人士向张小娟母女伸出援助之手，捐献爱心。"我的这一设想得到了肖书记赞同。

　　是啊，人非草本，孰能无情？大树无情，人应该有情！经过我们的一番运筹，捐款的事情顺利进行。从大山村走出去的老板们纷纷向她们伸出了援助之手，你几十元，他几百元，一笔一笔的爱心款像雪花一样飞来。社会上的一些好心人看到捐款启事后，也纷纷向她伸出了援助之手。我与王顺中也没有当局外人，各捐了500元。之后，我再向局长反映了这一情况，局长除了自己捐出500元之外，他还倡议局工会为张小娟母女捐了5000元。另外，教育局扶贫责任人也各捐了200元，那些爱心款，为张小娟母女治伤解了燃眉之急。

　　后来县保险部门得知张小娟母女俩的事故之后，按照有关规定，他们公司的办事员开着车来到了大山村，把一万元现金送到张小娟的家人手里，使张小娟一家深深地体会到了我们社会主义大家庭的温暖。

　　安排好为张小娟一家捐款的事宜之后，我又想起了肖书记跟我讲过去了解村里那家养蛇专业户的事。

　　我问肖十美说："肖书记，你说的养蛇专业户叫什么名字？住在哪里？"

　　肖十美说："他叫皮之高，住在五组。"

　　我说："今天有时间，我们到他家去走访走访吧。"

　　肖书记爽快地说："好。"

有肖十美的满口答应，我马上叫上王顺中开车去皮之高家。车在路上行驶了二十几分钟就到了皮之高的家门前。

皮之高 50 多岁，妻子肖芝芳比他小两岁，儿子叫皮超，年近 30 岁，他们一家住在一座平房里。

下了车，肖书记告诉我说："皮之高一家去年已经脱贫，但还享受着扶贫政策。"

到了皮之高家里，皮之高热情地接待着我们。

相互寒暄之后，我问皮之高："听肖书记说，你以前是养蛇专业户啊。"

皮之高爽快地告诉我说："是啊，我养了几年蛇，由于没有养蛇技术，最后不了了之，不但没有赚到钱，反而亏损了几千块。"

我知道皮之高养蛇亏损的情况后，同情地说："所以说科学技术就是生产力。现在，不论做什么，不管是搞种植还是养殖，都需要技术，没有科学技术，光是蛮干是不行的。"

这时，肖书记补充说："皮之高的父亲是一个捉蛇的能手，据长辈们说，不管什么蛇，到了他面前就没有了威风，他就像捉鳝鱼一样把蛇捉进笼子。"

我兴奋地说："那你一家与蛇结下了不解之缘啊。老皮，这样看来，你应该掌握了蛇的生活习性。比如什么季节出什么蛇，什么蛇在什么时候出洞等，你应该是了如指掌了。"

皮之高说："那还没有达到那种程度，如果掌握了蛇的生活习性，那养蛇就不会亏损了。"

我问皮之高："你还有养蛇的愿望吗？"

皮之高说："我去年有过养蛇的念头，但担心重蹈覆辙。"

听到皮之高那么一说，我鼓励他说："老皮啊，失败乃成功之母，在哪里跌倒，就要在哪里爬起来。只要你愿意再干养蛇的事业，我宁某人愿意做你的后盾，全力支持你重新创业，东山再起。"

我的一番话，使皮之高扬起了发家致富的理想风帆。我们一走，皮之高马上与儿子皮超商量起养蛇的具体规划来。

皮之高说："宁书记对我们养蛇的事很关心，我想利用现成的场地再养一些蛇，大干一场。"

皮超担心地说："我就是怕你没有过硬的技术。"

皮之高说："吃一堑，长一智。再说还有宁书记的支持。在技术方面，我准备一是向同行请教；二是买一些书籍回来，自己钻研养蛇技术；三是请宁书记帮忙，看有没有培训养蛇的名额，要是有，请书记安排你去学习学习。"

"爸，只要你有决心，我支持你养蛇。"皮超憧憬着说，"我也跟你一起学习养蛇技术，争取这次能发家致富。"

从皮之高家里回到村部不久，我接到镇政府的通知，叫我准时参加明天在县会展中心召开的第一书记会。

第二天，我准时来到县会展中心参加县精准扶贫工作会议。

在会议上，县委秦书记对精准扶贫工作队提出了更严、更高的要求。他要求各个驻村帮扶工作队员不但自己要把握好、领会好精准扶贫的政策和规定，还要积极主动地深入群众，深入浅出地宣传、贯彻执行党的精准扶贫政策，常驻队员除了自己要严肃认真地做好精准扶贫的工作外，还要帮助、指导帮扶责任人做好精准扶贫工作。同时，秦书记向驻村工作队员和第一书记提出了一个新的要求：大家要经常深入群众，到群众中去召开院落会议，听取群众的意见和呼声，把准群众的诉求，有的放矢地不断改进工作方式和方法，把精准扶贫工作做到家、做到位。

在听取县委书记的讲话时，我发现县委书记对精准扶贫工作有较为深入的研究，他对精准扶贫工作有独树一帜的见解。为了提高群众反映问题的透明度，他别开生面地要求对村民所反映的一切问题都要进行"问题上墙"，全部公示，要让村民们知道自己提出的问题得到了重视，要让群众知晓哪些问题解决了，哪些问题一时不能解决，哪些问题能解决而没有解决，要给老百姓一个满意的答复。

秦书记提出的"问题上墙"创新举措，不但受到上级领导的首肯，而且在全省扶贫第一线推广，从而使精准扶贫工作更接地气，更加受到老百姓的热烈欢迎。

由此，我认为扶贫既要从产业发展方面扶贫，又要从精神方面扶贫，还要为老百姓解决实际问题，只有把各个方面的工作结合起来了，贫困户才能真正达到脱贫致富的目的。

于是，我回到村里，马上跟王顺中和肖书记商量，决定不定期地到群众中去召开院落会议，经常与群众保持零距离的接触。

第二天上午，李修仁跑到我们村部"告状"说："宁书记，我们院落里聚集了一些人在那里打牌，你不妨去看一看。"

我问李修仁："他们在哪里打牌？"

李修仁用手指着村部前的院落说："就在那里。"

我不假思索地说："好，我们马上去看看。"

李修仁以为我和肖书记去抓赌，则高兴得跳了起来。

我与肖十美、王顺中三人来到村民们打牌的地方，正在一边聊天的何立英一眼看到我，她激动地说："你们看，宁书记来了。"

正在打牌的村民们看到我们一行三人来了，好像老鼠看到猫儿一样，赶紧把牌藏了起来。

我慢慢地走了过去，玩笑地跟大伙儿说："你们的反应太慢了，已经让我抓到了现行，你还藏什么扑克呢？"

何立英笑着说："宁书记好眼力，明察秋毫啊。"

我们一出现，全场的气氛好像突然紧张起来了，为缓和那紧张的气氛，我轻松地跟他们说："各位，我们扶贫工作队只是来看看村里的情况，不会妨碍你们娱乐，你们继续玩吧，但我要提醒你们两点，一是不能因娱乐而误了生产，二是千万不能赌博。"

一个中年村民说："我们没有钱赌博。"

我接过他的话，因势利导地教育他们说："没有钱不能赌，有钱了也不能赌。赌博是万恶之源。它如同吸毒一样，一旦染上吸毒的坏习惯，不管你有多大的家产，也不管你是家财万贯，即使你家里有一座金山银山，都能够被你吸得一贫如洗。打牌赌博也是如此，一旦赌红了眼，越赌越想赌，越想赌就越输，最后输得一无所有。一无所有之后，就六亲不认，铤而走险，偷盗扒窃，无所不为，最后走上危害社会的不归之路，到那时就会追悔莫及，悔之晚矣。所以，我希望大家只娱乐，切忌赌博。"

村民们都放下手里的牌认真地听我跟他们讲道理。

这时李修桥走了过来，他兴奋地走到我面前说："宁书记，你是一个大知识分子。上次我听了你有板有眼的一席话，真的是胜读十年书，使我大开眼界，使我这个山里人了解到了大千世界的精彩。我想，今天在这里，请你又给我们讲讲我国当前的形势和全国精准扶贫的情况，让大伙儿们再开开眼界。"

我乐呵呵地看着大家说："如果你们愿意听，我也愿意讲；如果你们不想听，那就是话不投机半句多，我也没必要多讲了。"

我的话一落音，何立英抢着说："我愿意听。"

在座的村民一个个眼巴巴地看着我，于是我侃侃而谈。

我有条不紊地说："我们伟大的祖国有 56 个民族，56 个民族就像是 56 朵鲜艳夺目的花，分布在全国 960 多万平方公里的国土上。自古以来，我们中华民族就是世界上最优秀的民族之一。古代的四大文明古国，我国就是其中之一，我国的四大发明对世界文明发展史产生巨大的影响力。但是到了晚清时期，腐败无能的清朝政府采取了闭关锁国的政策，使我们的国家落后了，彻底地落后了。面对外国列强的侵略无力反抗，使我们中华儿女受尽欺凌，使我们的国家几乎被帝国主义者你一块、他一块地瓜分了。在 20 世纪 30 年代，日本帝国主义又侵略了我们中国，使我们的国家遭到烧杀掳掠，中华民族面临着灭国灭种的危险。幸好我们伟大的中国共产党，领导我们中华儿女出生入死、奋力抗争，与日本帝国主义展开了殊死搏斗。经过 14 年艰苦卓绝的抗战，最后把日本帝国主义赶出了我们中国的大门，从此我们中国人民站起来了。”

讲到这里，我慷慨激昂地说：“一个家庭如果不致富，就要挨饿；一个民族如果不强大，就要被人欺负；一个国家如果落后了，就要挨打。所以，凡是有良知的中国人都痛心疾首地说：‘我们中国的近代史，就是一部被外国列强欺凌的血淋淋的血泪史！’”

“1949 年新中国成立之后，经过我们几代不屈不挠的中华儿女们的艰苦奋斗，中国人民终于扬眉吐气了。电视剧《大国工匠》就反映了我们中华儿女的伟大，中国工匠在世界上创造了很多很多伟大的奇迹！现在，在某些方面、某些领域，我们国家的先进技术处于世界领先地位，就是不可一世的美国，对我们中国也畏惧三分了，对我们中国也不敢肆无忌惮了，对我们中国也不敢轻举妄动、为所欲为了。”

接着，我郑重地说：“精准扶贫的战略思想，千方百计要使中国人民尽快地富裕起来。大家富裕了，国家才能强大起来，只有国家强盛起来了，我们的中华儿女，在世界民族之林中，才能算得上是真正的中国人！”

我看到村民们听得很认真，我则展开了话题继续说：

“我们不妨放眼世界来看一看，世界上没有一个国家能像我们国家这样关注农民的生产和生活。在座的各位，在我们国家，你们贫困了，国家拿钱来扶植，你种田，国家不但不收税，反而还要给你补助，你贫穷了，国家千方百计使你脱贫致富。这样的大好事，只有我们社会主义国家才能做到！所以，我们一定要懂得，我们的今天是来之不易的啊。”

说到这里，我发现村民们听得特别认真，我的心情也特别激动，于是，我声音洪亮地说：“所以，我们全体村民，要积极配合党中央精准扶贫工作。精准扶贫工作是一项复杂而又细致的工作，在政策理解方面，在政策宣传解释方面，我们一定有不足之处，希望大家多多见谅。如果你们心中有什么话就向党说吧，我们代表党组织，一定虚心接受你们的批评和意见，努力改进自己的工作方式和方法，不负大家所望，把我们的精准扶贫工作做得更好、更出色。”

这时，李修桥说：“还是我们社会主义国家好，制度优越，人们生活没有压力，自由自在。”

我说："这是无疑的。我经常跟朋友说：'只有在中国共产党的领导下，各族人民才能紧紧地团结在一起，人民的生活才能逐步富裕起来，我们的祖国才能强大起来。'"

何立英打趣地说："宁书记，你怎么知道那么多的事啊？你真了不起。"

我说："我不算什么，比我博闻强识的人还多着呢！"

何立英又说："我们大山村的这些老人只晓得做事，对于国家大事都孤陋寡闻，希望宁书记以后多给我们讲讲。"

我爽快地答应说："没问题。"

在这次始料不及的第一个院落会议上，我发现一个问题：以前，大山村的村民们对我国的形势几乎是一无所知，甚至可以说是一片空白，他们的心田处于一种干涸状况，但是，他们的求知欲较为强烈，只是没有发现、没有开发出来而已。所以，今天我跟他们说起我国的形势，他们听得津津有味，在潜移默化中，对他们进行了一次思想政治教育和爱国主义教育。由于我讲的故事如同天旱之后的雨露，湿润了他们的心田，所以，他们还希望我以后再去给他们讲故事。

我说："一定，一定，只要你们愿意听，我都将不厌其烦地给你们讲，这也算是我给你们的一个承诺吧。"

今天这一次意想不到的院落会议，使我喜出望外，收获不小。

二十四　浪子回头了

扶贫开发，要给钱给物，更要建个好支部。

历史证明，没有共产党的领导，就没有新中国！没有共产党的领导，就没有中国的发展和强大！没有共产党的领导，就不可能有今天的精准扶贫政策，老百姓就不可能受到党和人民政府的高度重视。

我们的中国共产党，在全世界范围内，算得上是一个独一无二的有作为、了不起的政党。我作为一名共产党党员，我就特别信仰共产党，我能处处严格遵守党的纲领，执行党的群众路线，在精准扶贫的过程中，充分发挥党员模范带头作用，成为带领人民致富的榜样。

于是，我与肖书记决定，每个月不管工作有多忙，也不管时间有多紧，都必须按时召开党员会议，定期进行党课学习。

其实在我们大山村，党员们没有其他的任何活动，也没有机会听取大山村外面精彩的故事，所以，他们都愿意参加党课学习。我在村里除了担任第一书记外，我还主动负责每个月给党员上党课。

我每次给他们上党课时，每一堂课只集中讲一个内容。讲完之后，再告诉党员们下一个月党课学习要讲什么内容，以激发他们的学习积极性。在课堂里，我没有照本宣科地就理论讲理论，而是把党的理论知识穿插到事例中去。既顺手拈来地给他们讲解"不忘初心，牢记使命"主题教育的现实意义，又旁征博引地给他们讲述我们中国的革命历史，还因势利导地给他们讲解我们中华民族五千年来的灿烂文化。我常常讲得手舞足蹈，党员们听得津津有味。

在精准扶贫工作中，我最近有了一个新的发现：到人群集中的地方去召开院落会议，到那里去做群众的思想政治工作，比召集他们召开群众大会效果要好得多，依靠他们传递信息，比我们自己上门去做思想工作要强十倍，甚至于百倍。

鉴于此，我跟肖书记协商说："明天我们又到村子里去走一走，召开一个院落会议，把我们引进来的产业扶贫项目在他们当中透透风，把我们的想法和意图跟他们讲一讲，让大家有一个思想准备，这样也能广泛征求村民们的意见，力争把工作做得更扎实，更完美。如何？"

肖书记夸奖我说："这个方法好，值得推广。"

这次到村子里去召开院落会议之前，我安排了李修桥和李修仁事先到各家各户去动员了一下，使参会人员更多一些。

李修桥、李修仁则在群众中说："明天上午 9 点，我们的第一书记又要到我们院落来讲故事，同时，他还要向大家透露一个有关我们村的爆炸性信息，愿意听的都去啊，机不可失，失不再来啊。"

经过他们俩的宣传鼓动，第二天来参加院落会议的男女老少近七十个人。陈自立、陈志宏、龙军和他的妻子何立英也来了，同时还出现了不少的新面孔。没有想到的是，李世豪也出现在院落会议上，不过李世豪没有坐在人群中，而是坐在边上，不是正儿八经地来参加院落会议，而是与几个老人边聊天，边旁听。

我们的院落会议开得很自由，没有主持人，群众发言很自由，心里怎么想，口里就怎么说，完全达到了畅所欲言的目的。

会议一开始，李修桥兴奋地说："我们还是请宁书记给我们讲一个关于我们县里的故事吧。"

"好。"看到他们那样爱听故事，我就当仁不让，乐意地接受了李修桥的建议，并因势利导地对村民们进行了热爱家乡的教育："其实，我们中华民族的文化是了不起的文化，在世界上有着很大的影响力。各位乡亲父老，在我们县里有不少了不起的历史人物，他们勇于探索，敢于创新，敢为人先。晚清时期，湘军鼻祖、湘军的创始人江忠源是我们县的；第一个担任直隶总督的汉人，也是我们县的，他叫刘长佑，他又是第一个提出对日本用兵的人；第一个敢于对慈禧说'不'的是我们县里的人，他还是第一个提出用赔日本的钱跟日本打持久战的人，他就是刘坤一；在革命战争时期，与邓小平共创红八军的参谋长兼第二纵队司令员的宛旦平也是我们县里的！他们是我们县的骄傲，我们为他们感到自豪。前辈们用鲜血和生命为我们打下了江山，现在，我们在座的各位应该珍惜他们的血汗，努力建设我们伟大的祖国，只有齐心协力把我们的祖国建设好了，才是对先烈们最好的回报。每个人都可以贡献自己的力量，从力所能及的事做起，从脱贫致富干起。为了帮助我们村尽快脱贫致富，政府给提供了很多脱贫致富的项目。今天，我在这里承诺，搞养殖业的，如果鸡、鸭卖不出去，我愿意帮助你们销售。"

我说到这里，李修仁突然带头尖叫起来，同时掌声不断。

群众的掌声过后，我再说："在这里，我还要郑重其事地向你们公布一条消息：为了发展我们村里的集体经济，我已经向县扶贫办和上级主管部门争取到了两个大的种植项目：一个是种植茶叶树的项目，另一个是种植猕猴桃的项目。种植地点我已经跟肖书记确定好了，在东岭种植茶树，在北山凹种植猕猴桃。有意向和有志向的，愿意为家乡贡献力量的村民都可以到村部来报名。报名多的话，我们征求大家的意见后再确定由谁来承包和种植。"

这时，李修桥站了起来激动地说："宁伟夫书记，这种征求大家意见的会，使我感到真正当家做主了，我代表我们这帮父老乡亲感谢你。"

我说："在我们社会主义社会里，就是人民当家做主，我们党历来就提倡要发扬民主，我这样做就是还政于民，希望大家都能当家做主。"

正当大家热烈讨论时，我就跟肖书记说："陈自立发家的时候没有忘记家乡的子弟，他的企业破产了，在家里闲着没事，我们是不是应该动员陈自立去种植猕猴桃，让他带领村民们发家致富？"

肖书记笑着说："宁书记，我也正有这种想法。"

于是，我们当即就把陈自立拉到一边说："陈老板，种植猕猴桃的项目见效快，你有兴趣吗？"

陈自立思考了半晌，说："感谢宁书记、肖书记的关心，我只怕没有那个本事。"

我劝导他说："精诚所至，金石为开。世界上没有翻不过的高山，也没有蹚不过的大河。历史上多少英雄好汉跌倒了总是寻找机会东山再起，这次也许是你东山再起的机会。"

"这样说来，不能再错过机会。"陈自立来了干劲，说，"承蒙宁书记的好意提醒，那我先报名。"

接着，我就在院落会议上大声地说："大家静静，陈自立陈老板已经报名承包猕猴桃的项目。"

村民们一阵沉默，李修桥则站了起来说："以前，陈老板办工厂时，我们村里不少的人受过他的益，沾过他的光。滴水之恩当涌泉相报。现在他遇到了困难，我们难道就忍心站在一边袖手旁观吗？"

李修桥一开导，村民们马上表态："就让陈老板负责承包吧，他承包猕猴桃基地，我们好给他打工，不用背井离乡出去挣钱了。"

这时，我替陈老板为难地说："大家的想法是好的，可惜的是近来陈老板经济短缺，一年半载可能付不出工资哦。"

"只要他愿意承包，我们就愿意为他做事，没有工钱也没关系，挣钱了再付给我们。"何立英说。

李修桥接着说："何立英说得好，女人都有这样的胸怀，我们男人们难道还有什么说的。"

陈自立当即表态，激动地说："各位父老乡亲，请你们放心，给我打工，不管怎么样，我宁肯自己负债，也不会亏待大家。"

这时人们报以热烈的掌声。

就这样，确定了陈自立承包猕猴桃的项目。

接着，我再亮开嗓子跟村民们说："各位父老乡亲，在这里，我还要告诉你们另一个好消息。"

村民们听到我说还有一个好消息，他们马上静下声来专心致志地听我宣布下一个消息。

我说："这次我在县里参加扶贫工作会议，在会议上，我们的县委书记秦书记对老百姓反映扶贫工作的意见很重视，他别开生面地推出了'问题上墙'的新举措。也就是说，为了尊重每位父老乡亲的意愿，他要求把你们向帮扶工作队员和村支两委所反映的问题，或者说你们所提出的意见全部给予公开、公示，我们不得贪污，不得瞒报，该处理的一定尽快处理到位，一时不能处理的也要给你们一个满意的答复。为了我们大山村的发展，为了我们大山村的前途，我希望在座的父老乡亲们，各抒己见，畅所欲言，踊跃为村里的未来献计献策。"

我的话音刚落，群众一片欢腾。

马上就有人问："宁书记你说的话是真的吗？"

我说："我是共产党员，共产党员说的话没有一句是戏言。"

于是，李修桥接着说："宁书记，我向你提三个问题：一是我们村一组的水圳应该修整一下，帮助他们解决种田缺水的问题；二是希望你到上级部门去争取资金，把我们村里这条村道改宽一点，以方便群众出行；三是我们在山靠山，在水靠水，我们村里有五千多亩用材林，每年要砍伐一批木材，为了运输方便，建议为我们村修建一条标准的林道，让运输车安全进出。"

对于李修桥的建议，我当场表示："三爷的意见提得不错，完全是大公无私的合理化建议，不过这三条建议，我们已经在想方设法地办理之中。"

李修桥看到我能采纳他的意见，心里特别高兴，马上打断我的话说："宁书记，我代表大山村人民感谢你。"

"谢谢，谢谢！我也感谢大家支持我的工作。"我毫不含糊地对大家说，"请你们放心，我会与肖书记全力以赴去办理这几件事。"

之后，村民们提出了十多条合理化建议。

到了村部，我跟肖十美、王顺中三人一起讨论如何处理群众的建议时，我说："群众对我们很信任，提建议的热情很高，我们不妨把那些建议都在'问题上墙'栏里公示出来。"

肖书记说："都公示出来行吗？如果群众提出来的问题解决不了怎么办？"

我说："要是一时解决不了的问题，我们就给他们一个合理的答复。能解决的问题，我们就不要悬而未决。比如村道窄改宽的事，水圳维修和修建林道的事，我们就要把它作为当前的主要工作，到上面去争取资金，早日立项。"

在我的坚持下，肖书记同意了我的建议，于是，我们把群众提出的问题，在"问题上墙"栏目里全部给予了公示。

再说陈志宏自从上次在村部受了我们的教育之后，他几乎改邪归正了，再没有出去虚度时光，而是经常在家里做一些力所能及的事。他积极主动地参加了这一次的院落会议。他看到陈自立承包了猕猴桃的项目，他则对种植茶树的项目跃跃欲试，他想通过搞种植业来发家致富。于是，他当天下午就跑到村部来了。他先找到肖书记开诚布公地说："肖书记，我想承包茶树种植项目。"

肖书记直言不讳地对他说："这个项目需要自己先垫二十几万元的资金，你有钱吗？"

"只要你能给我机会，钱的问题我自己想办法解决。"陈志宏信心百倍地说。

肖书记是一个责任心很强的人，不管做什么事，他总是摸着石头过河的，没有十足的把握，他是不会轻易答应人家的。

陈志宏看到肖书记犹豫不决，他心里猜测着肖书记一不相信他能筹措到二十几万元的资金，二不相信他有那样的毅力，担心他是一时心血来潮。

陈志宏自己也心知肚明，由于以前他不务正业，在村里给父老乡亲留下了不好的印象，真的是一失足成千古恨啊。

陈志宏在肖书记面前吃了闭门羹之后心情低落。他想这次要是没有能够承包茶树项目，以后要想在村里发展就再也没有什么门路了。

于是，怏怏不快的陈志宏把一切希望都寄托在我的身上。他硬着头皮走到我的房间里，跟我诉说了自己的初衷，要求我给他一次致富的机会。

陈志宏痛心疾首地对我说："宁书记，我现在懂事了，不想再往那条不归的邪路走下去，我想悬崖勒马，重新做人，想承包种植茶树的项目。"

一个浪子回头了，我心里十分高兴，我也希望村里能给他一件什么事做，以拴住他的心，于是，我问他："这事你跟肖书记讲了吗？"

陈志宏坦诚地告诉我说："我跟他说了这事，但肖书记不敢做主，我这才来找你的。"

我问陈志宏："肖书记不敢答应你的原因，你弄清楚了吗？"

陈志宏马上说："我知道，肖书记一是担心我没有经济实力，他怕我筹措不到资金；二是怕我半途而废。"

"是啊。"我也直言相告地跟陈志宏说，"志宏，我也实话实说了，不但肖书记担心你这两点，我也担心你这两点，但我更担心你的是半途而废。"

"宁书记，"陈志宏向我求情地说，"回想过去，我现在痛定思痛，追悔莫及，但我相信亡羊补牢犹未晚矣。"

陈志宏说出"亡羊补牢犹未晚矣"的话，触动了我的心，我看着他说："你真的知道'亡羊补牢'的故事吗？"

"宁书记，我知道那个故事。"陈志宏说，"俗话说，浪子回头金不换啊。我现在想做一个回头的浪子。我可以以我的人格担保，我绝对不会有始无终，否则我就遭天打五雷轰。宁书记，请你给我一次机会吧，请你相信我这一次吧。"

我再次问他："志宏，你能够说话算话吗？"

此时的陈志宏似乎看到了希望，他斩钉截铁地说："宁书记，我能够说话算话。"

我再反问他道："你真的能够说话算话吗？"

陈志宏说："一定会的，宁书记，如果我再言而无信，那我就不是娘养的。"

陈志宏一心想承包茶叶种植项目，并且有那么大的决心，的确让人感动。他那恳切的语言也深深地触动了我的心，我在心里想："陈志宏虽然不是大山村贫困户中的一员，但是他的处境实在令人担忧，今天，我不能让他再感到求助无望，心灰意冷。我要挽救他，让他从我这里看到生活的希望，看到自己的价值和看到自己美好的前景。"

我继续说："这是一个大项目，收回利润的时间长，一两年是不见成效的，甚至只有投入，没有回报，你有毅力坚持搞下去吗？"

陈志宏拍着胸部说："我已经改邪归正了，我将一切从头开始，请宁书记放心吧。宁书记，我一定能为你争起这口气。"

"那我考虑考虑。"我让陈志宏回家等消息。

村民们知道陈志宏想承包茶树的种植项目后，一个个把头摇得拨浪鼓一样，都表示了极力反对。特别是李世豪，听说陈志宏想承包村里的茶种植业，他马上跑到村部来了。

李世豪一见到我就开门见山地说："宁书记，如果把茶树种植项目承包给陈志宏的话，还不如承包给我。我愿意放弃在外较高的收入，回来做茶树种植项目，并且前期的资金投入不需要你们操心。"

李世豪这突如其来的要求，把我弄得措手不及。

二十五　龙军忏悔

　　面对李世豪的发难，我陷入了深思。思来想去，我又感到李世豪说的话不是没有道理。如果把茶树种植项目承包给李世豪，我真的是可以高枕无忧，而把项目承包给陈志宏，说不定真的是我在自找苦吃。这时的我，心里特别复杂，是对是错，我说不清，道不明。但我又不想放弃陈志宏，不想眼睁睁地看着他再贫困下去。于是，面对李世豪那振振有词的态度，我选择了沉默。

　　李世豪见我无言以对，认为我已经理亏，他则露出得意扬扬的样子，更是步步紧逼，铁青着脸，态度强硬、冠冕堂皇地对我说："宁书记，为了发展村里的集体经济，我宁愿放弃当包工头，宁愿每年少要十几万、二十几万元的收入，也愿意回来承包茶树种植项目。"

　　我劝李世豪说："世豪，你是我们村里的大老板了，怎么突然想回来承包项目呢？我主张你不但要在外面挣钱，还应该多为我们村的村民提供挣钱的机会，带领他们出去赚钱，没必要回来抢贫困户的饭碗。"

　　李世豪突然问道："陈志宏也纳入贫困户了？"

　　我说："他还没有纳入贫困户。"

　　李世豪得理不让人地说："他不是贫困户，他就没有承包茶叶场的资格。"

　　我劝李世豪说："李老板，你看，你就不要跟他一般见识了。陈志宏的处境大家有目共睹，他离贫困户也不远了。"

　　李世豪接着说："宁书记，你怎么就这样看不起我呢？我也是大山村的人，他能承包，我为什么就不能承包啊？你不要带着双重标准看人啊。"

　　我耐心地跟李世豪说："李老板，不是这么回事，对谁我都一视同仁，没有厚此薄彼，请你不要误会。"

　　李世豪打断我的话："宁书记，我回来承包这个项目，可以说万无一失，这样你也没有什么压力，只管安心睡大觉。陈志宏在社会上游荡惯了，又一无所有，这个事实你又不是不知道，如果你硬是要把茶树种植项目承包给陈志宏，他一旦搞砸了，到时追究起责任来，只怕你打掉牙齿带血吞，哭天无路哦。"

我劝李世豪说："李老板，我感谢你对村集体经济的关心和支持，也感谢你一直以来对我的关心。但我觉得你是捞大钱的人，没必要跟一穷二白、一无所有的陈志宏计较。人心都是肉长的，看到他的处境，我也不忍心，所以，在这里我跟你就实话实说了。我思考再三，把茶树种植项目承包给他，就是想拉他一把，让他在致富路上不要掉队。"

李世豪看到我把话说到头了，他也不便再强词夺理，则边走边说："你这样说来，我想承包茶树种植项目没有什么希望了。"

李世豪走了之后，我猜测，村民们强烈反对陈志宏承包茶树种植项目的主要原因应该跟李世豪说的差不多，就是担心陈志宏半途而废，使村集体经济蒙受巨大的损失。

没过多久，李修仁也来跟我说："宁书记，陈志宏想承包茶树种植项目的这件事你得慎重考虑啊，他以前不务正业，游手好闲，人们怀疑他能不能把茶场经营好。把茶树种植项目承包给他，还不如承包给我。"

我开玩笑说："李修仁，你难道比陈志宏还要贫困落后吗？"

李修仁无言以对。

过了一天，李世豪又跑到村部来质问我说："宁书记，你是一个大公无私的书记，为了我们村里的发展，你也绞尽了脑汁。现在，全村人都反对陈志宏承包茶树种植项目。我就想不通，你为什么不顾大家的反对，而一意孤行地要把茶树种植项目给陈志宏？他是你的什么亲戚吗？"

我知道李世豪心里有气，但我还是慢慢地跟他说："我还是要感谢李老板关心村里的集体经济。至于你猜疑我与陈志宏有什么关系，我可以坦率地说，我跟陈志宏一无亲二无邻，我跟陈志宏还只见过三次面，一次是他想纳入贫困户，在我房间里见了一面，第二次是帮他调解与叔父的矛盾见了一面，第三次是他想承包茶场在办公室跟他见了面。不过，我是一个慈悲为怀的人，哪个人太弱了就想帮助哪个人，能给予一点帮助，我心里舒服一些。到目前为止，那承包茶树种植项目的事，我们还在考虑之中，还没有做出最后决定，但我想拉陈志宏一把。"

我在心里想：陈志宏在村民们的眼里怎么就这么差呢？没有一个人信任他，这是一个人做人的最大失败！酿成这样的后果，也是他自作自受。但我不想让他在致富路上掉队，不想让他再在贫困的泥潭里打滚。对于一个失足青年，对于一个回头的浪子，作为一名共产党员、一名贫困村的第一书记，我如果不帮他一把，还有谁能帮助他呢？我要是放弃了他，陈志宏可能就再也没有翻身的机会。我不能漠视他，冷落他，遗忘他，我要关怀他，照顾他，向他伸出温暖如春的双手，救他于水火之中！

"我很理解大家的看法，但我们不能用老眼光看新事物，也不能用静止的眼光对待陈志宏，他以前之所以走到那一步，也不能全怪他自己，或许是因为他父母去世之后失去了关爱，使他对前途悲观失望，对生活失去了信心，因此玩世不恭。作为驻村帮扶的第一书记，我有责任也有义务帮助他脱贫，帮助他致富。我们允许人犯错误，也允许人改正错误。世豪，你是一个走世面的人，你提的意见我认为提得对，但是我们应该宽大为怀，现在陈志宏回心转意了，我希望大家对他刮目相看，伸出援助之手，共同帮他一把，你看怎么样？"我耐心地与李世豪沟通着。

李世豪见我那样说，他也没有再多讲，只是说："他能回心转意吗？我有点怀疑。不过，宁书记，你能说会道，我辩不过你，希望你的决定没有错。"李世豪说完负气而走。

接着，我们工作队与村支两委再一起研究了茶树种植项目承包的方案，并与村民们进行多次沟通，终于有了结果。

后来，我跟肖书记主动找上陈志宏，我直言不讳地跟陈志宏说："志宏啊，你在村里面的口碑很不好啊。因为你之前的所作所为，大家都不看好你承包茶树种植项目，你的缺点和犯的错误都是需要自己付出代价的。"

陈志宏听了我的话，脸色一片通红，一直红到耳根。

在我与肖十美、王顺中面前，陈志宏还是勇敢地承认了自己的错误，说："请宁书记、肖书记放心，现在我将彻底告别过去，痛改前非，重新做人。"

我说："志宏，你有这么大的决心，我就看你的行动了。"

陈志宏流着泪说："如果言而无信，那我将再也无脸见人了。"

"男儿有泪不轻弹。"我说，"我相信你，完完全全地相信你。现在，我就直言相告吧，茶树种植项目最后决定由我做担保，由你来承包。"

陈志宏听到这个消息，马上破破涕为笑，连连对我说："太感谢你了，宁书记！"

接着，我严肃地对陈志宏说："志宏，你得趁这个机会干出个模样来。告诉你，我是以我个人名义为你担保，你要是半途而废，那我也将名誉扫地，我在村民中也将抬不起头。"

陈志宏两眼望着我，没有说话，但我知道他是在暗下决心。

这时，我又问陈志宏："你还有什么困难吗？"

陈志宏坦率地说："我想到农商银行去贷款，因为我没有任何抵押，也没有人给我作担保，他们不给我贷款。"

这时，我想起了清代著名的红顶商人胡雪岩说过的一句话："钱是做事的工具。"

为了陈志宏的产业，为了他的发展，我咬着牙关对他说："那我就给你当贷款的担保人吧！"

我那话一出口，陈志宏感激得热泪盈眶，一下失声痛哭地说："宁书记，你是我的大恩人啊，今生今世我再也忘记不了你的大恩大德！"

到此，陈自立和陈志宏俩人承包村里两个集体经济项目的事算是尘埃落定，我也如释重负。之后，我马上跟县扶贫办和县农业农村局衔接了茶树、猕猴桃种苗的发送情况。他们说，只要我们把土地平整好，两种树苗都能随时运送到大山村来。听到那样的承诺，我心花怒放，接着我又向肖书记建议说："听说皮之高已经引进了幼蛇苗种，我们抽时间去看看。"

肖十美爽快地答应道："好吧。"

到了皮之高家里，我大声地叫道："老皮，在家吗？"

皮之高听到喊声，马上乐呵呵地走出来迎接。

一见面，我就说："老皮啊，你是一个急性子的人，做事雷厉风行。不过干事业就需要你这样的人，拖泥带水，瞻前顾后的人是办不成大事的。"

皮之高说："宁书记过奖了。"

我说："我是实话实说，没有褒奖你的意思。走，看看你引进的幼蛇。"

皮之高打开蛇场的门大踏步地走了进去，我与肖书记、王顺中怯生生地跟在皮之高后面，小心翼翼地走进蛇场。我惊奇地看着那一条条的幼蛇，说："老皮啊，你别看这些爬行在地上的幼蛇，它们可是你家里的一根根金条呢！"

皮之高高兴地说："宁书记说得好，那我们就借你的吉言，托你的福了。"

我说："老皮啊，你说错了，我们全国人民都是托政策的福。"

皮之高说："对对对。现在，我儿子皮超也跟我在学习养蛇技术，他也立志养蛇致富。"

我说："好啊，老皮啊，你儿子有志气，有前途，我一定要看着你发家致富。"

正在这时，我的手机铃响了，来电的是一个陌生号码，我接通后对方说："宁书记，我是龙军的妻子何立英，我们正在为搞养殖的事在家里大吵大闹，请你过来给我们调解一下。"

我叹了一口气，说："养殖业还没有开始，怎么就闹得不可开交了呢？

我们马上就到你家里来。"

我们一行三人到了她家门口，何立英笑容可掬地迎了出来，说："宁书记，今天我终于把你请来了。"

看到何立英高兴的样子，我茫然地问："何立英，你这是……"

原来是龙军的妻子何立英自参加村里的院落会议回去之后，对龙军的所作所为非常气愤。

前一天晚上，龙军坐在桌子边喝酒，何立英怒不可遏地嚷道："你个老不死的，就只知道喝你那屙痢鬼酒，你喝了酒，惹了祸，使我在宁书记面前抬不起头，宁书记越是关心我们家，我越感到愧疚，心里总觉得对不起他。"

"宁书记安排我们家养鸡，是他的工作职责。"龙军无所谓地说。

"你个没良心的东西，人家给你好处，你不记恩，反而说出这样的话来，亏你说得出口，你太不知好歹了。"何立英责备龙军说，"人家对你有情有义，你却这样忘恩负义地对待别人，你的良心难道是被狗吃了吗？告诉你，我想请宁书记来吃饭，给你机会向他道歉，不然我心里总像是压着一块石头，十分难受。"

"你请他来我们家里吃饭？"龙军大吃一惊，大声吼道，"你这不是要我丢人现眼吗？"

何立英劝他说："男子汉大丈夫，一人做事一人当。我请他来吃饭，你想怎么说，你就怎么说，你想怎么做，你就怎么做。"

龙军沉思了一会儿说："我们是贫困户，他能来我们家里吃饭吗？"

何立英说："这个你就不要管了。"

何立英知道我不会到贫困户家里去吃饭，这天下午她特意宰了一只大母鸡，把母鸡蒸煮好之后，4点多了，给我打电话说她跟丈夫龙军在家里大吵大闹，请我去调解矛盾。我信以为真，马上叫上肖书记，由王顺中开车直奔她家而去。

何立英热情地招呼我们进屋里坐。

我一脸严肃地问何立英："你不是说你在跟老龙吵嘴吗？"

何立英抿着嘴笑了一下说："别说了，我们吵得刚刚收场，宁书记别提了，家丑不可外扬。来，快进屋里坐。"

我走进屋里一看，煮好的土鸡已经摆上了餐桌，龙军已经坐在餐桌边等我们就座了。

这时，我下意识地想起来村里的第一天，在王国之家里喝酒吃饭的情景，我责问何立英："你这是干什么？是想叫我再犯错误不成？"

何立英一脸堆笑地说："没什么，就是想请你们吃一餐便饭，化解我们之间的矛盾。"

我被何立英这句话弄得丈二和尚摸不着头脑，我问她："我与你家有什么矛盾呢？"

何立英笑着说："有一个很深的矛盾，吃饭的时候你就知道了。"

我为难地说："老何啊，我不能坏了我们党的'八项规定'的规矩。"

何立英说："我又不是请客送礼，我只是请你们来吃一顿农家便饭，化解矛盾，没有别的意思。宁书记，你放心好了，我何立英虽然是一个普通农妇，但我不会请你来吃一顿饭而要挟你为我做损公肥私的事。"

对此，我还是感到莫名其妙。

何立英还在卖关子说："好了，好了，其他的不说了，吃饭的时候你就知道了。"

盛情难却之下，我们则硬着头皮坐下来吃饭。

吃饭时，龙军没有多说话，他只顾往肚子里灌酒。当龙军喝到一定程度时，他再满满地给自己斟上了一杯米酒，然后非常热情地给我们三人也斟上了一杯酒。

面对那杯米酒，我心里非常为难，喝也不是，不喝也不是。

这时，龙军突然一反常态地说："宁书记，我不是人，我对不起你，我不是人，我对不起你，请你原谅我。"说完，他脖子一仰，一杯三两多的米酒一股脑儿地灌进了肚子。

我问何立英："老龙今天怎么了？"

这时，龙军号啕大哭，忏悔地说："我不是人，我不是人，请宁书记大人不计小人过，不要计较我。"

龙军边说边哭，使我如坠五里云雾，我问何立英："这究竟是怎么一回事呢？"

何立英这才对我说出了原委："在两个多月前，龙军喝了人家的酒，在回家的路上，把你们的车给砸坏了，他心里一直不好受。前一段时间他想请你们吃饭，但一直没有找到机会。在他一再催促之下，今天总算把你们请来了，他说他要向你们道歉，赔个不是。"

听何立英那么一解释，我们总算明白了。我说："原来如此哦。车是王顺中的，这件事也给我们扶贫工作造成了不便，你确实该给我们道歉。既然你主动承认了错误，我们也就不再计较了。"

说着，龙军再端起酒杯，郑重其事地忏悔说："宁书记，你大人大量，我不会说话，我就把这杯酒喝了，以示谢罪。"

我欲劝阻他再喝酒，但直爽的龙军脖子一仰，一杯酒又一饮而尽。

二十六　父女最后的相见

　　我知道何立英请我们吃饭是诚心诚意的，我们到了她家里而不赏脸，她会觉得没有一点面子；更为甚的还会伤害她的自尊心，从而疏远我们和她家庭之间的关系。为了照顾各个方面的关系，我想饭不能不吃，但是党的"八项规定"也不能不坚守，不能不执行。于是，在何立英家里吃了晚饭临走的时候，我悄悄地将三百块钱的钞票压在了饭碗下面。

　　我们一走出何立英的家，何立英就细心地把醉意很浓的龙军扶上了床，然后再耐心地对龙军说："你看宁书记多大度啊，你把他们的车砸成那样，他没有责备你一句话、一个字。你以后还是要出去学学见识，长长记性，不要再受他人指使了。"

　　龙军吞吞吐吐地说："我……我……我知道了，宁书记是一个好人，是我们的好书记，我对不起他，只要他能到我们家里来喝酒，明天我又愿意跟他喝，跟宁书记喝个一醉方休。"

　　何立英说："你给宁书记倒的酒，他一口也没有喝，还原封不动地摆在那里。"

　　"是吗？"龙军说着说着就慢慢地酣然而睡了。

　　接着，何立英去清理饭桌，她突然看到我的碗下面压着三张百元钞票，心里既难过又敬佩。难过的是，请我吃了饭，我把钱放在那里，她没有发现，不然的话，她是死活不会收的；敬佩我的是，不管在哪里，也不管有没有领导监督，我都能处处严于律己、宽以待人，都能处处牢记着党的"八项规定"，对党的"八项规定"不敢越雷池一步，都能处处彰显出一个共产党人的光辉形象。

　　傍晚过后，到了村部的我便在手机上看《新闻联播》，又过了一段时间，我的手机铃突然响了，我拿起手机一看，是弟弟伟俊打来的，我下意识地有点紧张。家里没有事的话，弟弟是不会给我打电话的，他打电话一定有什么紧要的事，而且多半是关于母亲身体健康的事。

于是，我马上接通电话，问弟弟伟俊有什么事。

弟弟说："老娘今天生病了，并且不准我告诉你，怕影响你的工作。我们要送她去医院住院，她也不肯去，说一定要等你回来再说。"

我当即告诉弟弟说："那我马上回来。"

弟弟说："已经8点多了，要不你明天早上回来？"

我说："不要紧，我马上回来。"

无独有偶的是，我正准备回家的时候，一个村民打电话给肖书记说："五保户曾大发——曾二爷发重病了，一天没有吃饭了，一直躺在床上呻吟，你快来看看，要不要想办法把他送到县医院去住院？"

五保户曾大发是大山村一组人，从村部到他家，弯弯曲曲有七八里路。

病情就是命令！为了抢救曾二爷，我又马上打电话给我弟弟说："伟俊，不巧的是，我刚准备动身回家，突然接到一个五保户重病的电话，叫我们开车送他到县人民医院去住院，我要是回来的话，他们就没有车。你把手机给妈妈，叫她接听一下电话，我跟妈妈说几句话。"

弟弟把手机给我老母亲，我跟老母亲说："妈妈，你生病了怎么不叫伟俊给你拿些药，或者到医院去看看呢？"

母亲在电话里说："我的病不要紧。"

我告诉母亲说："妈——我不是不想回来送你老人家去治病，是因为刚接到一个五保老人重病的电话，我要去送他到县城医院去住院，我把他送到医院后，我再回来看望您老人家，好吗？"

母亲说："你去吧，我不要紧。不过天黑了，走山路你要司机把车开慢一点，要注意安全，我的病不要紧。"

我说："妈，你放心，我等会儿回来。"

我挂了手机，马上叫上肖书记、王顺中，三人驱车直奔曾二爷家。

车到一组后，却不能直接开到曾二爷家里去，从那里到曾二爷家有一段近500米的路程不能行车。为了争取时间，我们三人下了车就冒着夜色，借着手机上的电光匆匆忙忙地赶路，到了曾二爷家里已将近晚上9点。

肖书记走到曾二爷的床边，询问他哪里不舒服，曾二爷一边艰难地用手指着脑袋，一边轻声地说："这里痛，痛得要命。"

我立刻说："不管什么病，我们马上送他去县人民医院再说。"

话说出来了，但怎样送他去医院呢？在那漆黑一团的晚上，车又不能开到他的家门口，抬他去，他家附近又没有人手，也请不到人。在没有办法的情况下，我急中生智了，在曾二爷的屋后找到了两根木棒，再在他的房子里寻找到一些绳子，然后用绳子扎了一个简陋的担架，再由我和肖十美抬着曾二爷跟跟跄跄地走向车边，然后再费了九牛二虎之力才把曾二爷弄上车。

车在山路上行驶时，一颠一簸，致使曾二爷的头痛难忍，于是，我叫王顺中把车开慢一点。当车开到县人民医院时，已经是晚上 11 点多了。

到了县人民医院，只有值班的医生和护士，为了尽快把曾二爷送进抢救室，我跟肖十美又七手八脚地把曾二爷抬上手推车，推着曾二爷进了抢救室。

这时，我才感到四肢乏力，动也不想动。我们坐在医院走廊里的椅子上不知不觉就睡着了。

过了一会儿，一个男医生走了过来，问："谁是曾大发的亲属？"

医生的声音把我惊醒，我走过去说："他是我们村里的五保户，他的亲人没有来。"

医生再问我："你是他的什么人？"

我回答说："我是他们村的第一书记，有什么事我代替他做主就是了。"

那医生这才说："既然这样，你就全权代表他，好吗？"

我理直气壮地说："好的，我可以全权代表他。"

那医生这才将一张住院治疗的《协议书》递到我的面前说："老人病重，为了防止发生意外和不必要的纠纷，需要签订协议书。现在，请你看看这个《协议书》，如果没有什么异议就请在这《协议书》上签你的名字。"

我打趣地说："这样的《协议书》，几个月前我已经签过一次了，看样子，这样的《协议书》还要为曾二爷签一次。"

之后，我问肖十美："曾二爷还有其他的亲人吗？"

肖十美说："他有一个女儿，但是出去十多年了，一直没有回过家。"

我急着问他说："她父亲病成这样了，为什么还不回家看望他呢？"

原来曾二爷还有一个兄弟，70 多岁了，却从来没有娶过妻，一直过着单身生活，现在也病魔缠身。曾大发自从妻子过世后，他们兄弟就相依为命。曾二爷有一个女儿叫曾芳妹，十多年前，在她母亲去世之后，她被父亲许配给他人。曾芳妹不愿意出嫁，就被迫跟着同村人去广东打工。由于她宁肯"逃婚"，也不想回到她那破旧的屋子里，所以就一直没有回家。以前偶尔给父亲打个电话问问他的身体状况如何，后来连电话也没有了。除了过年给他父亲捎几百块钱回来外，十多年了，曾芳妹从来没有回来陪她父亲过年。所以，孤苦伶仃的曾二爷生病了也不指望女儿回来照顾，一需要住院，就叫他的兄弟或者邻居请村干部送他进医院。

"原来如此哦！"我马上对肖书记说，"你知道曾芳妹的电话吗？"

肖十美说："我不知道，要去问曾二爷。"

现在，曾二爷正在抢救室，不便去打扰他。

这时，我跟肖十美书记说："曾二爷已经安顿好了，现在我想回去看望我生病的老母亲。"

肖书记深情地说："宁书记，你回去吧，这里由我来照顾。"

于是，王顺中又不辞辛苦地开车送我回乡下的老家。

到了家里，见到老母亲，我第一句话就是："妈，您什么时候病的？"

母亲看到我回来，听到我的声音，心里很高兴，病好像好了一大半，但她还是关心地对我说："半夜了，你怎么还回来呢？我已经年老体弱，生病已经不足为奇。"

我对老母亲说："妈，有病就要治，现在医学先进，什么病都能治疗好。您不是跟我说过，您要看到贫困户脱贫的那一天吗？"

母亲突然精神抖擞地说："我说过，我会等到那一天的。你不要着急，你把你的工作干好就是了。"

母亲生病了还是忘记不了对我的谆谆教诲，我告诉母亲说："妈，我工作的事不需要您老人家操心，只要您身体健康，我就能够安心安意地搞扶贫工作。"

老母亲说："只要你把工作搞好了就行。"

我再问母亲："妈，要不要到医院去看看病？"

母亲生怕麻烦我们了，她说："不去了，明天叫伟俊去给我拿一些治头痛的药回来就行了。"

我也没有勉强母亲去住院，到这时已经快凌晨 2 点了，依依不舍地告别母亲回县城去。

第二天上午，我来到医院，先问了问曾二爷的病情，然后再问曾二爷："你想不想你女儿啊？"

提起他女儿，曾二爷就老泪纵横，有伤心之处，也有悔恨之心："莫提她了，我只当没有那个女儿。"

"你知道她在哪里打工吗？"

曾二爷摇了摇头。

我又问："你有她的电话号码吗？"

曾二爷听到我问他女儿的电话号码，他的态度一下子转了一百八十度的弯，赶忙从内衣袋里翻出女儿曾芳妹的电话号码来，说："她是这个电话号码，名字是她自己写的。"

从曾二爷的话语中我们不难看出，他虽然口里说不想让女儿回来照顾，但是他心里还是十分思念自己的女儿，再从他珍藏女儿的电话号码的行动来看，他是十分惦记自己的亲生骨肉的。

于是，我对曾二爷说："二爷，我马上给你女儿打电话，叫她回来看望你老人家。"

我走出曾二爷的病室，拨了曾芳妹的电话，也许因为她看到的是陌生电话号码，没有接。

过了一会儿，我再拨了过去，曾芳妹这才接通了电话，"喂"了一声。我担心她马上会挂了，则急不可待地说："曾芳妹，我是你村的第一书记，昨天晚上，你父亲病了，我和你们村的肖书记把他送到了县人民医院，你爸爸说，他很多年没有看到你了，他希望你能够回来照顾他一两天。"

我的话还没有说完，曾芳妹说："我在外面打工，时间很紧，工作也忙，没有时间回来照顾他。你转告他，叫他自己照顾好自己吧。"曾芳妹说完话，不等我回话就迫不及待地把电话挂了。

我看着手机，只感到疑惑："这哪里是女儿说的话呢？他们父女之间怎么就没有一点亲情呢？也许是他父女俩的隔阂太深了。"

我再度回到曾二爷的病室，曾二爷心情焦急地问我："电话打通了吗？"

面对曾二爷的心态和表情，我犹豫了半晌，直言相告的话，我担心会给曾二爷打击太大，使他承受不起精神压力，只好欺骗他说："你女儿可能在忙什么，电话打不通。"

"哦。"没有女儿的电话，曾二爷的心一下就凉了半截，但他还是带着希望对我说："宁书记，那请你过一会儿再打。"

"二爷，你放心，你不说我也会拨你女儿的电话。"我安慰曾大发说，"我一定想方设法把你女儿劝回来照顾你的。"

曾二爷在县人民医院住了半个月的院，我去看望了他八九次，每次他都问我打通他女儿的电话没有，跟他女儿讲了他生病的情况没有。我不想再欺骗他了，则告诉他说："你可能跟女儿发生了什么误会，我告诉她你病了，她就是借故不想回来。"

这时，曾二爷老泪纵横，过了很久才说："她嫌弃我们家庭太穷了。当年我把她许配给一户人家，她不愿意嫁过去，负气出走了。"

"原来如此哦。"我接着问，"那男的家庭情况和身体情况如何？"

曾二爷一五一十地说："男的家庭条件还不错，他本人的身体也好，就是脚有点跛。"

"怪不得你女儿不听你的话。在我国早就提倡恋爱自由，婚姻自主。"我说，"到了改革开放的年代了，你还包办婚姻，怎么行得通呢？你要彻底改变观念了啊。"

曾二爷出院后回去没出一个月，旧病又复发了，又是我、肖十美、王顺中三人开车把他送进了县人民医院。

这次我给曾芳妹既打电话，又发短信。我想，通过一而再、再而三地打电话、发短信，凭我执着的态度，她应该能够被打动了。

曾二爷在医院里又住了20多天，但病情一直不见好转。

就在曾二爷住院期间，我母亲因病情没有好转也住进了县人民医院。于是，我一边照顾母亲，一边照顾曾二爷。

这天晚上，我跟母亲说了曾二爷的情况之后，我母亲也很同情曾二爷的处境，她说："曾二爷单身一人，生病了没有亲人来陪护实在可怜，你就多去照顾他一会儿，让他安度晚年。"

我说："妈，您是一个心地善良的人，儿子因为工作忙，您生病了没有时间照顾您，今天能有机会，我也想多陪陪您，尽我一点孝心。"

母亲说："我不要紧，有伟俊在身边一样好，只要你扎实工作，我就心满意足了。"

我说："妈，以后生病了就要吃药，该住院就住院。那天晚上，您病了，伟俊想送您住院，您不来，使我心里特别的难受。所以，很晚了我还是想回来看望您老人家，看到您之后，我才放心。"

母亲说："我怕你知道我生病了就不安心工作，所以，一些小病我不让伟俊打电话告诉你。"

正在这时，肖十美打来了电话，说曾二爷的病情突然加重了。

我接到肖书记的电话后，马上告别母亲，跑到曾二爷的病室，曾二爷已经不省人事。医生一边手忙脚乱地对曾二爷进行紧急抢救，一边给曾二爷下了病危通知书。

当医院给曾二爷下了病危通知书之后，我再也忍不住了，继续打曾芳妹的电话，电话打不通就发信息给曾芳妹说："医院已经给你父亲下达了病危通知书，你要是再不回来，你就见不到你父亲了。"

在我动之以情、晓之以理地苦口婆心地劝导下，曾芳妹终于答应了回家看望父亲。当我把曾芳妹马上就要回来的消息告诉曾二爷的时候，病得迷迷糊糊的曾二爷突然眼睛明亮了起来，他的精神也好多了。

第二天早上，曾二爷的病又加重了，医生叫我们把曾二爷接回家去，为他准备后事。

我跟肖书记找到医生要求说："他有一个女儿十多年没有相见了，他很希望在有生之年见女儿一面，现在他女儿已经在赶来的路上，估计再过两个小时就能到医院了，我们已经派车到车站去接她。请医生想想办法，再给他延续一下生命，满足他们父女相见的心愿。"

在我们的要求下，医生再给曾二爷换了一个氧气瓶……

这时，我和肖书记则守护在曾二爷的身边，有时由我对着曾二爷的耳朵大声地说："二爷，你要挺住啊，你女儿马上就要回来了，你们父女马上就要见面了。你不能睡觉啊，二爷，你听到我的声音吗？"

我的喊声使曾二爷的眼角渗出了一滴滴的眼泪。

过了一个多小时，曾芳妹来到了父亲曾大发的病床边，她痛苦地叫了一声"爸爸——"。

曾二爷的眼睛眨了眨，但没有能够睁开，只是眼角不断地流着泪。

"爸爸，我对不起你啊。"曾芳妹边哭边抚摸着曾二爷的眼睛和脸颊，"爸爸，我回来了，你睁开眼睛看看我吧！爸爸，是女儿不孝，你重病的时候没有回来侍候你一天……幸好有村里的肖书记和驻村扶贫队的第一书记照顾你啊，如果没有宁书记的热情，没有他的关心，我们父女今生今世再也没有见面的机会了，你也再听不到我的声音了。"

我们的所为满足了曾二爷最后的心愿。早晨过后，曾二爷安详地闭上了双眼，离开了人世。

我来到母亲的病室里，告诉母亲说："妈，昨天晚上我跟您讲的那个曾二爷今天早上去世了。由于他只有一个女儿，我作为第一书记，我要去给他料理后事，没有时间照顾您，您就放心养病，自己保重身体吧。"

母亲大度地说："孩子，你就放心去办事吧，我的身体你不用牵挂。"

之后，我与肖十美、王顺中为曾大发料理了后事，最后使曾大发老人入土为安。

至此，曾芳妹感激涕零地说："宁书记，太谢谢你了。"

我说："小曾，不用客气，也不用感谢，我们中国是一个礼仪之邦，特别讲究尊老爱幼的孝道传统。通过这件事，能让你醒悟过来，我们就高兴了。"

曾芳妹说："宁书记，通过你们的言传身教，我懂得了什么叫作孝道。"

这时，我激动地说："好，能够达到这一步就好，如果人人都能吃一堑长一智，社会上的老人们就不愁没有人照顾了。"

接着，曾芳妹又发自内心地对我说："我父亲生病期间，你一次又一次地送他住院，一次又一次地去看望他，我感谢你，宁书记。你不愧是我们贫困户的好书记，不愧为共产党的好干部。"

我说："不用谢，这是我应该做的！"

二十七　一切为了群众的安全

　　我母亲在医院里住了十多天，6 月 22 日上午，由我和弟弟伟俊接回家去。有很长一段时间没有回家的我，也想趁此机会陪母亲吃一顿饭。老母亲见我能够在家里吃饭，特别高兴，显得神采奕奕，病情也好像痊愈了。

　　在世界上，母亲是伟大的，她不在意孩子回去给她买多少东西，给她做多少事，她只希望孩子常回家看看。以前我回去看望母亲，母亲只要听到我的声音，她就要走出来张望。要是寒冬腊月天回去，母亲总会想方设法为我张罗一些好吃的下酒菜，还要给我煮一壶她自己亲手酿造的米酒，让我和她坐在一起烤着火，慢慢地饮酒、聊天。

　　现在母亲年岁高了，干活的劲儿小了，甚至没有了，有时还需要他人照顾，于是，她更希望我每个双休日都能回去陪她坐一坐，聊一聊。如今由于我在扶贫，她也就放弃了那种奢望。

　　吃饭的时候，弟弟伟俊对我说："6 月 28 日是妈妈 91 岁生日。那天，姐姐、姐夫、外甥他们都要来陪妈妈过生日，你是兄长，你要抽时间回来啊。"

　　妈妈以前为了供我上学，起五更劳半夜，披星戴月地经营蔬菜买卖。母亲为了保障我们全家人的生活，吃尽了人间之苦。现在，她年岁高了，我理应回家去陪她老人家过生日。于是，我满口答应弟弟说："好的，那天要是没有特殊情况，我一定回来与大家一起为妈妈祝寿。"

　　可是，6 月份的江南地区正处于雨季，经常普降暴雨。

　　6 月 28 日那天早晨，我起床之后就走到外面去观察天色，只见天空中有一层薄薄的云彩，好像没有大雨的迹象。我心里想，只要不下大雨，我就可以放心地回家去陪老母亲过生日。若是下大雨，我就不敢回家了，因为村里有一块滑坡区，一下雨就不安全。

　　回家心切的我，跟肖书记和王顺中交代一些工作方面的事之后，吃了一碗面，我就一心一意地等班车回家给老母亲祝寿。

　　班车刚刚开出大山村还不到半个小时，肖书记打电话给我说："宁书记，你走之后，大山村的上空陡然乌云密布，现在下起了倾盆大雨。"

　　暴雨一下，我心里就忐忑不安起来，担心暴雨会给大山村的村民带来不幸，但我还是带着侥幸的心理随同班车回家。

　　可是，没过多久，肖书记又打来电话说："相邻的巨石村由于山体滑坡，泥石流冲垮了三四座房屋，使村民们的生命安全受到极大的威胁。而我们的大山村山高坡陡，有一部分村民又居住在半山腰上，还有一部分村民居住在地质灾害区，一旦山洪暴发，随时随地都有山体滑坡的危险。"

　　一个小时过去了，暴雨还在不停地下，地面水流如注，高山的涧沟里平日只有潺潺的流水，而今天却挂起了飞天的瀑布。

　　肖书记担心大山村会出现山体滑坡，从而危害村民们的生命安全。他把那一切看在眼里，急在心里，又害怕一旦出现山体滑坡，他和王顺中两个人在村里忙不过来。于是，肖十美再次打电话把情况告诉了我。

　　现在的大山村真的是危机四伏。坐在车上的我，心里也一直牵挂着大山村的村民安全，心里惴惴不安。接到肖书记的电话后，我更是没有心思回家陪老母亲过生日了。因此，我放弃了回家给母亲祝寿的念头，就在离家不远的半路上下了车。

　　恰在此时，一辆农用车正好开往大山村，我就不管三七二十一，爬上了农用车，急不可待地返回了大山村。

　　到了大山村，雨还在不停地下，一些土质疏松的地方开始出现山体滑坡和小股泥石流的现象。为了防患于未然，我马上决定把居住在地质灾害地区的村民全部转移到村部来安置。接着，我叫王顺中在村村响发出紧急通知，要求有山体滑坡地方的村民们马上转移到村部来，我再与肖书记打着雨伞，冒雨到各个院落里去寻找还没有转移的群众。

　　当我们一行来到村民李大爷家的门口时，我发现他家的门还开着，我走过去一看，李大爷的家里到处漏水，他和妻子正在用脸盆、脚盆、桶子忙着接雨水。我则劝他们马上离开家到村部去。犟牛一般的李大爷不但自己不愿意转移，而且他还不允许老伴漆大娘转移，他思虑着要死一起死，要活一起活。

　　我再大声地劝李大爷说："老兄哥，我告诉你，在隔壁村，上午已经有三四座房子被泥石流淹没了。在这样的暴雨之下，你家又处于地质灾害区，你家的这座房子很危险，难免发生意外事故。"

　　李大爷蛮不讲理地说："我不怕。"

　　对于李大爷的固执，我感到有点不可理喻，但我还是心平气和地对他说：

"留得青山在，不怕没柴烧。一旦生命没有了，东西再多也是枉然的。"

接着，肖书记劝他说："三年之前，你屋后的肖全不就是不听村干部的劝说，坚持死守家里不转移，结果房子不但被泥石流冲毁了，更为痛心的是，一家三口全部被泥石流吞噬了。那惨不忍睹的血的教训我们不能忘啊。"

这时，外面的雨越下越大，我只感到一种危险在向李大爷慢慢地逼来。心急火燎的我继续劝李大爷说："你两口人转移到村部去，在那里有饭吃，有觉睡，可以安安心心地住在那里。"

我们一而再、再而三地劝说，一直固执己见的李大爷还是不听不依。

这时，肖书记在屋后察看时，发现地面已经裂开一条大缝，于是，肖书记赶紧跑来上气不接下气地说："屋后的山上已经出现大裂缝，泥石流马上就会发生，不容你多说了，赶快走。"

这时，李大爷才松了口。

当我们扶着李大爷夫妇走出不远，李大爷却说："我还有 500 块钱在抽屉里没有拿出来。"说着，李大爷要转身回去拿钱。

我一把拉住李大爷说："大爷，保命要紧，回去太危险了。"

果然，在我们离开后不久，泥石流从李大爷屋后的山上潮水般地涌了下来，把李大爷的房屋推出了百十米远，然后整个房屋被泥石流淹没。

李大爷夫妇知道自己的房屋被泥石流吞没之后，惊恐万分，放声大哭。

我劝导李大爷说："大爷啊，我们好在命长啊，如果我们再在你家里磨磨蹭蹭一会儿，我们几个人都要丧身在那泥潭里了。"

李大爷痛哭流涕地说："现在，我全完了，家也没有了，以后我们哪里有安身之地呢？"

肖书记说："没有房子，你就住在村部，村部就是你的家。另外，我马上向上级主管部门报告，为你修建一座新房子。"

在我们的安慰之下，李大爷夫妇心里宽慰了很多。

把李大爷夫妇送到村部之后，我和肖十美又在全村搜寻了一遍，当我们回到村部时已经是下午 4 点多了，转移到村部的村民有五六十人。

由于事发突然，在村部，柴、米、油、盐、灶、锅、碗、瓢、盒、钵什么都没有。巧妇难为无米之炊。我一时愁眉苦脸，不知所措。在大山村那特殊的环境里，平时有钱也买不到东西。好在肖书记能顾大局，识大体。没有米，他就从自己家里拿；没有菜，他爱人王玲玲也从家里拿，并且把攒下来招待客人的腊肉也拿出来了。还有一些村民也主动捐献柴火。在村民们的协助下，买的买，借的借，很快就一应俱全，解了燃眉之急。

为了能让村民们按时吃晚饭，我将衣衫一脱，操起了菜刀，一边切菜，一边炒菜。

李修仁笑着对我说:"宁书记,你真是一个人才,既上得了厅堂,又下得了厨房。"

"这有什么了不起的,为了减少大家的疾苦,我什么都可以做。"我也笑着说,"这也是对我第一书记的考验,更是锻炼人的难得的好机会啊。"

不久,饭菜出来了,村民们依次排队打饭、打菜,他们吃着香气扑鼻的大锅饭心里乐融融的,直夸奖我手艺不错,共产党培养出来的干部不错!

正当大家高高兴兴地吃饭,享受着大山村这个大家庭的欢乐时,输电线路发生了故障,突然停了电。没有电,村部到处是黑压压的一片。这时,村民们的思想开始躁动,不少的人嚷叫着说,吃了饭就要回家里去。

到现在,天空好像被人捅了一个大窟窿似的,雨还在下。为了群众的安全,好不容易才把群众疏散出来,如果他们吃了饭又回家去,万一晚上出现了山体滑坡现象,发生了意外,那我与肖书记等人花费那么大的精力将又要付之东流了。

想到这,我大声地安慰村民们说:"各位父老乡亲,现在天还在下雨,你们千万不能回家啊。你看,李大爷的房子已经被泥石流冲垮了,淹没了,危险的信号已经出现在我们身边,你如果再不听劝告,一定要铤而走险,一旦出了事故,你能怨天尤人吗?现在,下了一整天的雨,土质都疏松了,再加上你们的住房又都处在地质灾害区,你们在这里躲避了大半天,现在要是回去,一旦发生山体滑坡,把你和你的房子冲走了怎么办?房子没了可以重新修建,生命没了那就没法补救了啊!我的乡亲们,你们应该懂得这个道理啊。为了自己的安全,今天晚上就在村部过夜,我宁伟夫愿意陪着你们。现在没有电,黑灯瞎火的,你们不用愁,我马上想办法,到县城里去拿我弟弟的发电机来给大家发电照明,总算可以了吧。"

村民们听到我那情真意切的话,看到我将不辞劳苦、冒着夜雨驱车六七十里山路到县城里去拿发电机为他们发电,村民们感动了,他们则安安心心地在村部里休息了。

之后由肖书记在村部维持秩序,我与王顺中驱车进城拿发电机。

发电机是我弟弟伟俊在县城做生意为了防止停电而专门买的,没有想到的是,这天晚上,他的商店也停了电,为了做晚上的生意,他正在用发电机发电。

我一出现在弟弟伟俊的店门前,伟俊一眼看到我,就生气地质问我:"你上午到哪里去了呢?妈妈生日等你回来吃饭不回来,现在回来做什么?"

我歉意地说:"今天要是不下雨,我不可能不回来,我是快到家门口了再返回村里的。其他的不要说了，等我忙完了，我再给妈妈打个电话问好。伟俊，我现在下山来，是来拿你的发电机的。"

伟俊见我把要拿他的发电机的事说得那样干脆利落，没有任何商量余地时，他说："你没有看到吗？我正在用发电机发电做生意，你把我的发电机拿去了，我怎么营业呢？"

"伟俊，哥就是为照明而来的，现在几十个村民在村部等着发电照明啊。"

我边跟弟弟说话，边给他关店门，弟弟着急地说："哥，我还要做生意呢。"

我说："伟俊，你就当支持我的工作，少营业一个晚上，少挣一些钱。"

弟弟见我那样霸蛮，他没有办法。他也许看到了我的难处，最后他很不情愿地把发电机停了下来，然后我们一起把发电机抬上车的尾箱里。

装着发电机在返回大山村的路上，想起为人民群众服务的事，我心里感到很惬意，但一想起老母亲今天生日我不能回家给她祝寿同庆时，我心里又感到内疚。我老家距离县城只有三四里路远，今天晚上，我要是起点私心杂念的话，完全可以慢一个小时到村里去，先回家给老母亲过生，但为了老百姓的安全，为了群众的利益，我没有那样做。

群众盼望我早点回去的心情多么的迫切啊！他们一次又一次地到村部门口眺望，看我的车回来没有，但他们一次又一次地失望而去。当他们看到在山道弯弯的路上，或隐或现地射出一束光柱时，他们激动起来了，说宁书记马上就回来了，村部马上就有光明了。

再过了一会儿，我们的车才急匆匆地开到了村部。一到村部，村民们七手八脚地把发电机抬下车，我马上给他们发电。不一会儿，村部里的日光灯就次第地亮了，村民们高兴得不约而同地"哇噻"着叫起来。

看到了电灯，村民们好像看到了希望，一个个喜形于色，开怀大笑。

时间到了晚上九点多，我这才想起我这一整天就只是早上吃了一碗面！真的是达到了废寝忘食的地步。

这时，筋疲力尽的我有气无力地拿出手机给母亲打电话，愧疚地对母亲说："妈妈，非常对不起，今天没能回来给您老人家祝寿。今天早上，我本来乘车回来了，也快到县城了，但由于天气突然发生了变化，天降暴雨，为了群众的安全，我在中途下了车，又返回了大山村，组织村民疏散和转移。我相信妈妈是不会怪我吧，因为儿子牢记着您老人家的谆谆教诲：不希望我做多大的官，只希望我能为老百姓做好事！现在，我正按照您老人家的教诲，在为人民做好事，为了群众的生命安全，我正在招呼着从地质灾害地区转移到村部的村民。"

我母亲在电话里说："孩子，你做得好，娘不会责怪你的。"

我说："妈，您是一个通情达理的中国母亲，是我的好母亲。妈，今年没有时间陪您老人家过生日，明年再陪您，好吗？"

我母亲兴奋地说："只要你一心做好自己的工作，你不回来，我不会责怪你。"

听到母亲理解我的话，我心情舒畅地说："妈，那儿子在大山村祝您老人家——我亲爱的母亲身体健康，万事如意，天天开心。"

老母亲听到我的祝福，她高兴了，在电话里鼓励我，反复教育我说："你有事在身，娘绝对不会怪你的，只要你把事业做好了，娘就心安理得了！"

老母亲入情入理的话，使我也高兴不已地说："妈妈，您放心，儿子不会辜负您的期望。"

那天晚上，我一直坐在人群中间，陪着住在村部的村民们到天明。

二十八　急人之所急

李大爷的房屋被泥石流冲毁后，肖书记当即向白驹镇政府汇报了情况，接着，镇政府马上向县里反映了情况。镇党委书记李魁马上带领镇扶贫办、镇民政办等部门的人员来到大山村了解灾情和对受灾群众进行慰问。

县人民政府谭县长知道这事之后，不顾路途塌方的危险，也立即驱车前往大山村指导救灾工作。

当时，我和肖书记正在去各家各户查看是否还有没有疏散出来的群众。

谭县长打通我的电话。

正在忙于搜寻村民的我，听到铃声后马上拿出手机一看，惊奇地发现是谭县长的电话，我立即回话说："谭县长，您好。"

谭县长说："宁书记，我到你们村部了。"

我说："您怎么来了？下这么大的雨，进大山村的路那么陡，到处又有塌方的危险……"

谭县长说："事关群众的生命安全，我可顾不得那么多。"

我再说："县长，我正跟村支部书记肖书记在抢险，我等一会儿回来。"

谭县长说："不必了。不过我要交代你两件事：一是要把疏散的群众安顿好，保证他们的食宿；二是要继续注意全村是否还有塌方的危险，因为你们村是一个地质灾害区，以前我来察看过几次地质情况，发现这里的地质情况复杂，你时时刻刻都要保持警惕，千万不能掉以轻心啊。"

我说："请县长放心。"

谭县长挂了电话之后，去慰问了疏散到村部的群众。接着，谭县长又到全村巡查了一番。当他看到李大爷的房子被泥石流冲毁之后的惨状，他十分痛心，随即吩咐李魁书记一定要尽快帮助李大爷解决住房问题和生活问题。

有谭县长的关怀，第二天，县民政局就给李大爷夫妇送来了棉被和粮食等慰问品，教育局也从工会经费中为李大爷提供了一万元慰问款。李大爷接到民政局和教育局的捐赠感动得热泪盈眶。

俗话说："金窝银窝，还当不得自家的狗窝。"

李大爷夫妇在村部住了几天，虽然我和肖书记给他们夫妇俩安排得妥当，提供了方便，但李大爷总觉得没有住在自己家里舒服。

一天早上，李大爷跑到村部办公室找到我，说："宁书记，我现在真的是一无所有了，我们住在村部也不是长久之计，我拜请你和上级政府，为我想想办法，让我们老两口有一个安身之地。"

我安慰李大爷说："我们正在一边为你物色修建房子的地方，一边替你向上级政府争取资金，为你修建一座安全坚固的房子。"

李大爷感激地说："那太感谢你了，感谢党和人民政府。"

"但是，"我突然为难地说，"老李，你们那个地方是一个地质灾害区，不宜修建房子，要修建房子，修到什么地方为好呢。"

李大爷皱着眉头说："这是一个大问题。"

正在这时，李修仁走进我的办公室，神秘兮兮地贴着耳朵对我说："宁书记，我听到一个这样的秘密。"

我急不可耐地问李修仁："什么秘密？你快说给我听听。"

李修仁说："我们村里有一个富裕人家叫林坤，在评定贫困户时他装穷，还申请要了一套集中安置的安置房。"

我惊奇地看着李修仁，问道："真有此事？"

李修仁把握十足地说："我李修仁说出来的话没有一句是假的。"

我说："你怎么不早说呢？"

李修仁说："对不起，我也是前一天才听说的，我还听说林坤准备在城郊修建别墅呢。"

听到这样的事，我火冒三丈："这些人胆大包天，敢欺上瞒下。"

这时，李修仁又说："现在李大爷没有住处，你何不把林坤那套安置房要回来，让给李大爷住？"

李修仁的话深深地启发了我，我对李修仁说："感谢你给我提供了这样一条线索，我一定想方设法把林坤的不义之财要回来。"

过了一会儿，肖十美来了，我郑重其事地问他道："村里的林坤怎么样？"

肖十美茫茫然地问："宁书记，林坤什么怎么样？他不是贫困户吗？还得到一套安置房。"

我说："他是贫困户，但我最近听说他很富裕啊。"

肖书记还是茫茫然："那我还不知道。"

　　原来林坤一直在外地当老板，做房地产生意，但他有财不外露，装得非常寒酸，衣着也不讲究，家里的一座破旧房子也不改建，最后任其倒塌了。他听说贫困户没有能力修建房子的由政府统一安置。于是，他就低三下四地一而再、再而三地哀求原来的村支部书记，要求享受集中安置的安置房政策。由于人们看到林坤在外面多年，回来时也没有开车，身上穿的也没有一件体面的衣服，原村支部书记听信了林坤的一面之词，又对他的工作和收入无法查实，这样，大家都被他的表面现象所迷惑，所以，先把他纳为贫困户，然后为他解决了一套安置房。现在，林坤看到木已成舟，一切都既成事实了，他则准备在县城郊区买田置地，大兴土木修建豪华别墅。

　　我气愤地跟肖书记说："强者不能多占，弱者不能全无。关于林坤弄虚作假、骗取国家财产的事，我们不能等闲视之，应该查一个水落石出。"

　　肖十美说："既然如此，我们马上着手去查。"

　　那天上午，我独身在院落里走访，跟几个村民说起林坤，他们都知道林坤准备在县城郊区修建别墅的事。对于林坤骗取贫困户名额这一丑恶行径，人们痛恨得咬牙切齿。

　　我临走的时候，有个村民给我提供信息说："宁书记，你们要是去找他的话，这几天林坤正好回来了。"

　　我说："他家的房子不是倒塌了吗？"

　　那村民说："是的，不过他现在住在县城的一个宾馆里。"

　　"哦，好，我会马上去找他。"得到这个信息，我立即返回村部找到肖十美，说："肖书记，我看林坤的事非同一般，一旦捅出娄子，一旦追究责任，相关人员肯定要受到纪律处分。我想我俩马上去找林坤谈话，做他的思想工作，叫他认清形势，自愿将安置房退出来。"

　　于是，我们商定明天就到县城去找林坤。

　　现在的林坤不再是以前的林坤了，他以为一切既成事实之后就可以高枕无忧了。他这次回来，穿的不再是粗布衣衫，而是西装革履，住的也不再是普通宾馆，而是租住在县城里的五星级宾馆，整天与他的同伙、朋友出入于高档次的酒店，在那里酗酒作乐。

　　我和肖十美到了县城之后，经过多方打听，才找到林坤住的宾馆和房间。

　　当肖十美叩开他的房间时，林坤一看到肖十美，惊讶地叫了一声："肖书记，你怎么找到我这里来了？"

　　肖十美说："你是大人物，你住在哪里，人人皆知啊。"

　　到了林坤的房间，肖十美向他介绍说："林总，这是我们村驻村帮扶队的第一书记，他叫宁伟夫，宁书记。"

敏感的林坤马上意识到不对头，心里惊愕了好一阵子。见过世面的人就是不一样，林坤很快就镇静了下来，热情地跟我说："宁书记，我是一个欲归无家的人，只好租住在宾馆里，今天能在这里见到你真的是三生有幸啊。"

"这里比住在家里强多了，我也想享受这样的生活，就是经济不允许。"我说，"林总，你在外面打拼十几年，没有显山露水，真的是不简单啊。"

林坤说："宁书记过奖了，我只是在外面混口饭吃而已。"

这时，我不想跟林坤转弯抹角地说话，便对林坤说出了来意："林总，我们无事不登三宝殿。今天来是想跟你商量一件事。"

我看了看肖十美，肖书记领会到了我的意思，说："林总，我就直接说了。今天我们来就是为了你贫困户名额和安置房的事。"

林坤一听说因为安置房的事，他愣了半晌。

肖书记接着说："现在有人举报说，你成了大老板，还准备在县城郊外修建别墅，有这回事吗？"

在这个时候，我侧面提醒林坤说："林总，你为人处世比李世豪要好，我们在清理'四类人员'时，村民们对李世豪众口如一，一致要求把他清理出贫困户，而你却没有一个人反映你的情况。"

林坤听到我夸奖他为人好，他心里舒畅了很多，于是，我又适时地跟他说："不过，现在人们看到你发财了，一为你高兴，二希望你主动退出贫困户，让出安置房。"

林坤为难地说："这……这如何是好呢？"

我说："现在，党中央实行的是精准扶贫，如果哪一天有人把你这事捅到上面去，那就是一个严重的问题，政府不但要收回安置房，甚至还要追究有关人员的责任，到那时就会造成鸡飞蛋打的结果，任何人都得不到好处。作为一个有头有脸的人物，你一定不在乎那么一点蝇头小利。再者，在社会上，不少的有钱人心地都很慈悲、善良，经常大手笔地救济贫困人口。我想，林总你就主动地体体面面地退出贫困户，正大光明地让出安置房，权且给贫困的人们做一件乐善好施的好事，行吗？"

林坤听我那么一分析，他也明白了三分，说："既然这样，那我就放弃贫困户，让出安置房，给真正的贫困户好了。"

我说："还是林总通情达理，识时务，识大体，体贴真正的贫困户，我祝你在外面再创辉煌，为我们大山村人争光。"

从林坤房间出来，我也兴奋了好一阵子，对肖书记说："林坤明事理、识时务。现在他让出了安置房，我们马上向上级反映，把他的安置房转让给李大爷，这样既清理了一个'四类人员'，又解决了李大爷的住房问题，真的是踏破铁鞋无觅处，得来全不费工夫，一箭双雕。"

肖十美豁然开朗地说："这是一个好办法，一举两得。"

我开怀大笑地说："走，回去做李大爷的工作去。"

肖十美说："我相信求之不得的李大爷巴不得马上住进安置房。"

我说："这就难说了。"

到了村部，我和肖书记马上找到李大爷说了此事。

李大爷思虑了一段时间，说："宁书记、肖书记，感谢你们关心我、照顾我，但我不想住到那安置房里去。"

肖十美问李大爷："有现成的房子，马上可以搬进去住，为什么不愿意去住呢？"

李大爷说出了几个理由："一、我土生土长在大山村，我不想离开家乡的山山水水；二、安置房太远，我的田土都在村里，耕地种田很不方便；三、那房子是林坤退出来的，假设以后他要是再要的话，我又没房子住。所以，我宁愿在村里修一座小房子，也不想去住安置房。"

我劝他说："老李啊，住到那里去比住在村里好。你们老两口上了年纪，都有养老金，住在安置房，买菜方便，看病也方便。你原来的居住地处于地质灾害区，不便于建房。还有，你有两个儿子没有结婚，你们一家住到安置房去，交通方便，接触的人也多，便于你儿子找对象。"

在我们的一再劝说下，考虑再三的李大爷夫妇最后才同意到安置房去居住。

李大爷的住房问题刚解决，又传来了一个不好的消息：何立英家的鸡感染了瘟疫。

我下意识地认为这是一件非同小可的事。因为我正要求贫困户发展养殖业，如果在这节骨眼上，何立英家养的鸡了瘟疫，那人们就会畏惧养殖业，不敢养鸡了。现在，一旦瘟疫蔓延下去，她喂养的几百只鸡就会出现灾难性的后果，那她几个月的功劳就会付诸东流。

于是，我马上叫上王顺中开车直奔何立英家。我一到何立英家里，何立英哭丧着脸告诉我说："昨天晚上只有两三只鸡不吃食，今天上午就有十几只鸡不吃食，一副病态的样子。宁书记，你叫我怎么办呢？"

我安慰她说："立英，你是我们村的养殖专业户，我想让你带起这个头，带领大家养鸡，没想到你家的鸡病了。由于我不懂养鸡的技术，这些鸡是瘟疫还是病，我也判断不出。不过，立英，你不用着急，我们村里有一个兽医，我马上请他来诊断是什么原因。"

于是，我立即打通了那兽医的电话，请他来诊断，他叫我把鸡生病的症状描述一番之后，他说不是瘟疫，是一种疾病，喂一些药就没有问题了。

在大山村，没有兽医站，也没有兽药，为了抢救何立英的那些鸡，我马上叫王顺中开车送何立英到县城去买药。

喂了几天药之后，何立英的那些鸡安然无恙了，虽然损失了几十只鸡，但还是保全了大部分，也就是说保住了大部分的经济利益。因此，何立英又破涕为笑。她还为我那样关心她的养殖业，感激不已。

我安慰何立英说："立英，你是全村养殖专业户的带头人，你要挺住，不要丧气，失败乃成功之母，要相信，只要你树立起了信心，只要你坚持下去，一定会成功的。"

何立英咬咬牙说："好，有宁书记的关心，我相信一定能成功！"

天有不测风云，人有旦夕祸福。就在这时，我又接到了肖十美的电话说："皮超被蛇咬伤了。"

我惊异地说："怎会出现这样的事呢？真是一波未平，一波又起。"

前一天，皮之高到外地去购买种蛇，皮超在家里招呼那些幼蛇。那天早上，皮超在喂蛇食时不小心一脚踏着了一条小蛇的尾巴，那条小蛇掉头就把皮超的左小腿咬了一口。当时，皮超没有感觉到疼痛，于是他也没有在意。

两个小时后，被蛇咬伤的小腿红肿起来，皮超也痛得死去活来。幸运的是，在人命关天的关键时候皮之高赶了回来。皮之高马上找出蛇药，为皮超洗伤，敷药，硬是把皮超从死亡线上拉了回来。

皮超被蛇咬伤的事被李世豪知道之后，李世豪认为挑拨皮之高跟我的关系的机会到了。

于是，李世豪马上来到皮之高的家里，对皮之高说："老皮啊，你小孩皮超被蛇咬伤，全是宁伟夫惹的祸。"

皮之高不解地问他道："你这话是怎么说来的呢？"

李世豪说："当初，如果宁伟夫不来花言巧语地动员你养什么蛇，你能心血来潮再养蛇吗？你要是不养蛇，你家的皮超能出这样的事吗？"

皮之高说："世豪，你可不能这样说，你不要把人家的一片好心当成了恶意。如果这样说的话，那就没有良心了。"

李世豪强词夺理地说："这是明摆着的事实，你还为宁伟夫狡辩什么呢？"

皮之高说："李老板，按照你的推理，你在外承包工程，要是亏损了，你还会责怪给你承包工程的人不成？"

李世豪说："这是两码事，不能混为一谈。"

皮之高说："不管你怎么说，也不管我儿子被蛇咬的伤势有多重，我都不会怪罪于宁书记。"

　　这时，听到父亲跟李世豪吵闹声的皮超走了过来说："世豪叔，我被蛇咬伤，是我自己的责任，我不想嫁祸于人。今天我被蛇咬了，我也不会因噎废食，我还会继续养蛇，要把蛇养得更多更好。"

　　皮超的话极大地刺激着李世豪，使李世豪处于一种极度难堪的尴尬状态，支支吾吾地半天说不出一句话来。正当皮超跟李世豪理论的时候，我和肖十美突然出现在李世豪的面前，李世豪看到我们之后知趣地走了。

　　李世豪走了之后，我也没有问李世豪来的用意，只是问皮超被蛇咬伤之后，伤势如何，有什么危害。

　　皮之高淡然地说："宁书记，你不用担心，没有什么大不了的问题。对于治理蛇伤我懂。"

　　我安慰皮之高说："真是蛇小毒性大啊，没事就好，没事就好。"

　　接着，我又安慰皮超说："皮超，我希望你不要一朝被蛇咬，十年怕井绳。我更希望你和你父亲把这个蛇场办得红红火火，成为我们大山村的龙头企业。"

　　皮之高激动地说："谢谢宁书记，我也但愿如此！"

二十九　带病坚守扶贫岗位

　　经过我和肖十美、王顺中的努力，终于解决了李大爷的住房安置问题，把这件事处理好的当天晚上，我尽情地洗了一个舒心的热水澡，本想好好地睡一觉，但想起将陈志宏纳入贫困户的事和今年贫困户脱贫的事，我又失眠了。

　　第二天一大早，我就把王顺中叫了起来，七手八脚地煮了一碗面吃了，然后就静候肖书记、宋丽琼、季永高来村部办公室商量贫困户今年如何脱贫的事。

　　过了一会儿，他们来了。一坐定，我就提起关于将陈志宏纳入贫困户的事，我说："陈志宏虽然年轻，但考虑到他的实际情况，我建议向镇扶贫办和县扶贫办反映，作为特例把他纳为贫困户。大家讨论一下，发表各自的意见。"

　　扶贫主任季永高首先发言说："从他的实际情况来看，纳入贫困户完全符合要求。只是他还年轻，完全可以自食其力。但是，如果村委会不拉他一把的话，陈志宏要想靠自己致富可能要等到猴年马月才能实现。"

　　肖书记说："季永高说的也是事实，依我看，只要乡、县扶贫办有指标，我们还是为他争取，免得在致富路上让他一个人掉了队。"

　　我接着问宋丽琼和王顺中有什么意见。

　　宋丽琼说："书记和扶贫主任都讲了，我同意大家的意见。"

　　"那就这样定了，"我说，"到时再召开村支两委会议通过。"

　　接着我们开始讨论贫困户脱贫的事，对于这件事，大家讨论得比较激烈。

　　王顺中首先说："今年脱贫的标准比较适中，人均每年只要3000多块钱就达到了脱贫标准。要想实现这个标准，只要贫困户稍微勤劳一点就可以了。"

　　我说："好在上次我们清出了林坤，现在预计今年脱贫的指标又少了一户，只有 19 户了吧。"

这时，我要求大家先到各个贫困户家里去逐一摸底，详细了解情况，特别是我们自己负责的贫困户，看谁今年能够脱贫，今年能够脱贫的就脱贫，不能脱贫的就不要勉强。

在大家犹豫不决的时候，我首先说："我负责的两个贫困户，一是何立英家，她家的唯一经济来源就是养殖，这次她家的鸡不生病的话，她家完全可以脱贫，现在，她家只能等到明年再说了；二是王国之家，他今年住了两三次院，花费了不少，他今年能不能脱贫，我要去跟他再沟通之后才能定夺。"

肖十美接着说："我负责的李大爷今年无法脱贫，原因很简单，他自己在家干农活，挣不了多少钱，两个儿子原来一直在家里闲着没事，在我的一再劝说下，他两个儿子才出去打了两个月的工又跑回来了，收入也不高，这次房子又被冲毁了，虽然给予了安置，但收入还没有达标，无法脱贫。"

我说："李大爷这样的家庭确实是一个问题，要想让他脱贫致富，靠他本人也许是不可能的，只能靠我们在座的帮他想想办法。"

大家议论一番之后，我说："肖书记，你们村在外面当老板的人不少，我建议由你出面，给他两个儿子联系一个或两个老板，接纳他们去打工，即使工资低一点也没关系，比在家里一分钱也没有要强。"

肖十美说："我给他们联系了老板，找好了工作，他们却嫌工资低，不想去打工。"

我说："大事做不来，小事又不做，怎么办呢？这就需要你再去做工作。如果人人都像宋丽琼和季永高你们俩人这样勤劳就好了。"

有一次，我突然问肖十美："这几天扶贫主任和妇女主任哪里去了，一直没有露面？"

肖十美为难地替他们两个人掩饰说："他们有他们的事，季永高在家里搞养殖，喂了不少的鸡鸭，只要村里没有什么重要的事，天还没有亮，他就开着三轮车到县城里卖鸡卖鸭去了。宋丽琼也是一个闲不住的人，一有时间，她就到县城里打零工。工作上有需要他们做的事，我才叫他们回来。"

我频频地点点头说："哦，原来如此啊，他们俩可以说是我们村勤劳致富的榜样。"但过后我又严肃地跟肖书记说："宋丽琼和季永高他们勤劳致富是应该的，但村里的工作不能耽误，每个月的党建活动，他们一定要回来参加，不能也不得缺席。"

肖十美说："这两个人的党性原则还不错，一开展党建活动，他们都随叫随到。"

我说："能够做到这一点，那还可以。"

为了让贫困户有一个挣钱的门路和挣钱的动力，我建议在村村响里宣传一些好人好事，以鞭策和促进那些思想落后的人。

这个建议赢得了大家的赞扬。

过了一会儿，我对肖十美说："为了把李大爷一家带上共同富裕之路，不让他单独掉了队，我还有一个办法。"

肖十美急不可耐地问："什么办法？"

我说："明年把李大爷安排当护林员，一年有一万多块钱的工资……"

肖十美为难地说："这个已经安排人了，也是贫困户，只怕一年半载动不了。"

我说："要是遇到困难，我们再一起去做工作。"

把工作分配下去之后，我们几个人马上进行了分头走访。

李世豪听说我们正在准备将贫困户分批脱贫时，他又打算兴风作浪，想把我搞得焦头烂额，他好看热闹。但出于心虚，李世豪吸取了龙军"反水"的教训，他担心再出现龙军"反水"的事情，再把他抖出来就太自讨没趣了。

于是，李世豪不敢直接叫贫困户不要配合我们的工作，不要脱贫，而只是在贫困户中说一些阴阳怪气的话，散布谣言说："你们按照宁伟夫说的话脱贫了，宁伟夫他们就有了政绩，他一有政绩就不会把你们当回事。如果你们脱不了贫，政府才能加大投入，他才能更加重视你们。"

有一个贫困户抱不平地说："你个李世豪，专门出一些馊主意，做一些没有良心的事。"

李世豪说："我所做的一切，都是为你们好。"

再一个贫困户对李世豪的言论很有反感，驳斥他说："脱贫不脱贫是贫困户自己的事，也有政策规定，有标准衡量。我能够脱贫是好事，脱贫又不脱政策。早日脱贫了，说明在党的精准扶贫政策下，我勤劳了；如果在这样的环境下还脱不了贫，那只能说我是扶不起的阿斗。"

在群众中，李世豪没有占到便宜。他不死心，又跑到肖十美家里去挑拨我们的关系。他毫不掩饰地跟肖十美说："肖书记，你看，宁伟夫来当第一书记在我们村出尽了风头，说话、做事他一言堂，完全把你这个堂堂正正的村支部书记晾在了一边。"

肖十美说："世豪，你说话总是带有偏见。其实宁书记为人非常谦和，做事也十分讲究方式和方法，他从来不武断，每做一件事他都要跟我们商量，也从来没有做先斩后奏的事。"

李世豪强词夺理地说："我看他篡夺了你的权力，你还蒙在鼓里不知道。"

肖十美说："世豪，你怎么这么说呢？"

李世豪说："在村里，你是支部书记，按道理说，第一书记是上级委派来配合你工作的，结果他反客为主，他成了主角，你成了配角，有时甚至你连配角都不是，成了小丑。"

肖十美劝他说："世豪，我认为你应该要摆正自己的思想观念，改变自己对宁书记的认识。以前我跟你一样，反对宁书记来我们村当第一书记，但经过跟他一接触，我觉得他并不是我们想象中的那样，他其实是一个很好的人，正直的人，秉公办事、没有任何私心的人。现在，我不但不觉得他不好，我倒觉得跟他相见恨晚呢。为了把我们村的工作做好，我们之间没有分什么彼此。正如他自己说的，他对功名利禄无所求，只是想在退休之前多为人民做一些有意义的事。"

李世豪看到肖十美不买他的账，感到话不投机而自讨没趣地走了。

那天中午，王顺中走访回来跟我说："现在大家都在收割中稻，几乎没有人在家里，我走了五六家，只遇到一家家里有人。"

我恍然大悟地说："哦，正是收割季节，那我们只能晚上去走访了。"

这时，王顺中的那句话使我想起王国之一个人收割中稻的艰难，于是，我立即打电话给王国之，问他什么时候收割中稻。王国之说，他的中稻比别人的迟一点，还要过几天才能收割。

我则对他说："老王，你一个人在家里收割稻谷困难，到时我来帮你收割。"

王国之说："好啊。"

这段时间，由于我的工作开展得顺风顺水，尽管每天白天跑这跑那，也不觉得多么辛苦，每天晚上还习惯地写一些扶贫工作日记和扶贫感受，总是睡得很晚。

令我没有想到的是，9月4日的早上，我起床之后突然感到右腿膝盖骨有点不舒服，到了中午，右脚就不能伸直，也不能弯曲，走路也极不方便。我自己用酒揉了揉膝盖骨，但还是无济于事。病情发展得这样快，完全出乎我的意料。

第二天早上，我跟肖书记说："这个病痛看来是熬不过去了，必须到医院去就诊。"

肖书记责备我说："宁书记，你也太固执了，昨天就应该到医院去治疗的，今天如果还不去消炎的话，后果只怕不堪设想。"

我说："几十年来，从来没有发生这样的现象。"

肖十美分析说："可能是湿气太重引起的。"

"是吗？"我怀疑地问。

宋丽琼问我："你是不是平时都爱开窗户？睡觉也开着？"

我说是的。她说："我们山里湿气重，晚上更不能开窗睡觉。"

肖十美说："说不定你的膝盖骨疼痛就是这样引起的。"

于是，我赶紧乘班车到县医院去就诊，医生诊断了好一会儿也没有说出什么所以然，只是给我开了些西药，叫我慢慢治疗。我拿着药，马上又乘下午进大山村的班车回到村部。

王国之看到我脚痛得连路都不能走了还坚守工作岗位，他很受感动，拿着一小瓶跌打损伤药来到村部，要给我揉伤。

我告诉他说："我这个膝盖骨从来没有痛过，这次疼痛没有先兆，是偶然的。"

王国之说："你这样痛，怎么不去拿些止痛药吃？"

我说："止痛药还是不吃为好。"

王国之说："你说痛得突然，或许是痛风，或许是急性风湿，我给你揉一揉，或许能见效。"

在病急乱投医的情况下，我接受了王国之的一片好意。

他开始给我轻轻地揉，然后再增加一点力度。揉了之后，感觉还好，能够轻松地走几步，但是到了晚上，疼痛加剧，站也站不起，坐也坐不得，睡觉袜子也脱不了。疼痛得我浑身直冒汗，在立坐不安中熬了一个晚上。

第二天早上，王玲玲和一个老婆婆听说我膝盖骨痛，她们俩又拿来了一瓶药叫我揉伤。

我告诉那老婆婆和王玲玲说："感谢你们的一片好意，我这膝盖骨不是扭伤的。昨天王国之给我揉了揉，可能是没有对症下药，过了一会儿反而疼痛加剧，我想还是慢慢地等它自己恢复算了。"

我这次脚痛，有村民们的牵挂和细心的问候，我感到无比幸福和欣慰。他们的安慰和问候使我一时忘却了痛苦。

几天后的早上，我看到王国之一个人弯着腰，蜗牛爬行般地在田里割禾，吃了早饭，他又把打谷机背到田里，一个人在打禾。过了一会儿，我叫王顺中跟我一起去给王国之收割中稻。

王国之看到我一拐一拐地来到他的田里要帮他收割稻谷，不忍心地劝阻我说："宁书记，你脚痛得这样厉害，走路都困难了还来给我打禾，我不忍心啊。"

我无所谓地说："不要紧，只要我到了田里，我站着向打谷机喂稻穗，脚不会痛的。"

经过大半天的努力，我与王顺中为王国之收割了将近一亩田的稻谷，这深深地感动了王国之。

在准备回村部时，我试探性地问了王国之一句："老王，今年要脱贫一批贫困户，你看你符合条件吗？"

王国之以为脱贫是一种硬性任务，他思虑了一会儿说："宁书记，我今年身体不好，住了几次院，花费了不少，家里又没有什么收入，脱不了贫，你给我放在明年脱贫行吗？如果达不到脱贫标准，我也一定按时脱贫。"

我告诉王国之说："老王，请你不要误会，脱贫是有标准的，不是因为我们的关系好就随便乱来，如果家庭成员没有达到脱贫要求的经济收入是不能脱贫的。"

王国之说："那我争取明年一定脱贫。"

我爽快地说："好，我等待你早日脱贫致富的消息。"

为了迎接上级部门对我们村部分贫困户的脱贫验收，我们则利用晚上的时间逐户登门走访，所有的贫困户看到我们那一丝不苟的工作热情，他们感动了，都丢下手中的活计，与我们汇报一年来的收入情况。

当我们掌握第一手资料后，我们惊奇地发现，全村已经脱贫和尚未脱贫的40个贫困户当中，竟然有30户的经济收入超出了脱贫标准，还有十多户的经济收入超出了脱贫标准的一倍多。看到那些贫困户的经济收入，我喜出望外地说："今年脱贫了这一批，明年可以全部脱贫了。现在，万事俱备，只要我们把所有的资料准备好，一心等待上级来验收。"

不巧的是，一个月后，我那旧病又复发了，只是交换了一只脚，左腿的膝盖骨突然疼痛难忍。

那天，正当我准备回县城就诊时，突然接到镇政府扶贫办的通知说，明天县扶贫办的领导要到我们村来进行贫困户脱贫验收。

县扶贫办的领导要来村里脱贫验收，作为第一书记，我不能走，必须在村里等待他们，否则会引起领导们不必要的误会。于是，我放弃了回县城医院治疗的念头，在村部静候验收人员的到来。

第二天上午，县扶贫办验收的领导准时来到我们村开展验收工作。在座谈会上，我向上级领导如实地汇报了贫困户脱贫的真实情况。接着，他们首先查看了脱贫户的档案资料，然后再对脱贫的贫困户进行了实地走访。当验收人员把所有的程序走完之后，一致认为我们的扶贫工作做得扎实、到位，脱贫户反映都好，都达到了脱贫标准。

听到领导们的反馈意见，我心花怒放，喜出望外。2017年脱贫19户，

2018年脱贫10户，2019年脱贫5户，几乎没有什么压力可言了。于是，大家皆大欢喜。

验收工作结束之后，我感叹地跟验收组的领导和成员们说："各位领导，感谢你们对我们村脱贫工作的评估和验收。我因为左腿膝盖骨疼痛难忍，实在坚持不住了，我想马上去看医生。"

不说不知道，当我把我膝盖骨剧烈疼痛的事一说出来，领导们为我带病坚守工作岗位而感动不已，都一致同意了我的请求。

这时，我才打电话叫我外甥开车来村部接我去医院就诊。车来了，由我外甥和王顺中扶着我下楼，再艰难地扶着我上车。在车上，我受尽了疼痛的煎熬。

到了医院，经过各种检查之后马上开始给我输液治疗……

第三天，疼痛好一点之后，我带了一些药，又回到了大山村。

王国之一眼看到我，既关心又责备我说："老宁啊，你太不要命了，前两天那个样子，我看到心疼啊，你今天怎么又一跛一跛地来上班了呢？"

我向他解释说："我离不开你们，我也舍不得大山村的人们。我要是不在村里，就不方便村民们办事。"

王国之非常感动地说："老宁啊，你这个老共产党员，不愧是新时代的楷模，不愧是年轻人学习的榜样。"

我说："工作要靠自觉，还要靠责任心，只要有了主人翁的态度，工作起来才有动力，才有干劲。"

三十　为村道窄改宽而奔波

要想富先修路！这个观念在全中国人民心中已经形成了共识。大山村地处深山，只有一条比较狭窄的村道从大山村的中间贯穿而过，两台小车在中途也不能错车，给村民们的出入带来了诸多不便。以前，村民们就多次向村支两委提出了道路窄改宽的要求，由于没有资金而搁置了下来，这次村民们又把道路窄改宽的事作为一个问题提了出来。为了解决村道窄改宽的问题，肖书记与我多次到镇政府和县村道管理所等部门反映情况。镇政府的领导和县里的领导也极为关注这个问题，他们都先后到大山村进行了实地考察，一致认为大山村山高路窄，车辆出入很不方便，到了非扩宽不可的地步。在我们的强烈要求下，县级领导和农村公路管理局的领导破例为大山村立了一个将村道进行窄改宽的项目。不久，村道窄改宽的项目资金就确定了下来，同时，修建 3 公里的林道资金和 1 公里的水圳维修的资金也一并到了位，村民们皆大欢喜。

接着村道窄改宽的项目马上由省里统一做了规划，进行了部署和设计：道路窄改宽由巨石村连接到大山村的村部为止。美中不足的是，因为资金不足，不能将全村的村道全部拓宽。消息一传开，没有受益的村民们马上提出了异议。

那个近百万的村道窄改宽工程还没有动工，就引起了轩然大波。这正中了李世豪的下怀，他认为这是报复我千载难逢的机会。

于是，李世豪马上把村民蔡克利以及蒋作和的女婿漆柱子等几个跟他臭味相投的人请到家里，好酒好菜地招待他们，然后无中生有地挑拨他们跟我和村支两委的关系说："我们村的那个第一书记宁伟夫不是一个好东西，他为了达到自己的目的，挖空心思地损害老百姓的利益，一旦达到了目的，他就过河拆桥了。我告诉你蔡克利，村里修路要占用你们的土地，在我们大山村，土地就是我们的命根子，没有了土地，你就无法生存。所以，我建议你一定要村里高价购买，不然的话，你就寸土不让。你不让步，他们就无法扩路。现在，项目资金已经下来了，你不让步，他们就不能按时完成扩建任务，上级就要来追究责任，到那个时候，宁伟夫他们就会向你低头，他们就可以满足你的愿望，你就可以坐收渔利，何乐而不为呢！等得到大笔大笔的钞票时，你要请我们的客呢。"

蔡克利经李世豪那么一利诱，好像看到一串串的银子不断地向他滚来，他的头好似公鸡啄米一样点个不停。

李世豪看到蔡克利顺利地进了他的笼子，高兴不已，兴奋地叫他们喝酒、吃菜。

接着，李世豪再跟漆柱子说："这次村道窄改宽，占用你岳父的那点土地虽然不多，但至关重要。你岳父是一个没有骨气的人，宁伟夫他们说几句好话，他就没有了主张，你作为他的半子，又是一个见过世面的人，你要大胆地站出来替你岳父说话，不能让他们太欺负你岳父了。"

漆柱子也正想在大山村抛头露面，找找存在感，现在有李世豪做后盾，他似乎更有底气了。

蔡克利和漆柱子走了之后，姜美丽问李世豪说："今天龙军怎么没有来？"

李世豪说："他是一个软骨头，没有用，他反水了，把砸车的事全部抖了出来，就差没说出我的名字来。"

李世豪为了在对抗我和肖十美方面稳操胜券，他决定再纠集一切可以纠集的人，以扩大自己的势力。于是，他又召集了几个对村道窄改宽不满的人，对他们说："宁伟夫和肖书记为村里这样扩路，完全是出于他们的私利。你们看，按照宁伟夫的想法扩路，我们村里有三分之二的人没有能够享受到好处，如果这样扩路，扩与不扩有什么区别呢？我希望你们去跟宁伟夫和肖十美好好地理论理论，如果他们固执己见，不改变扩路方案，宁肯拉倒，全部不扩。"

在李世豪的鼓动下，有几个人真的蠢蠢欲动了。

李世豪看到有他们的支持，他决定马上与那几个人一起到村部来跟我理论。

他们到了村部，李世豪盛气凌人地找到我，毫不客气地说："宁书记，我是来打抱不平的。这次扩路本来是一件好事，我也受益了，但全村有三分之二的人没有受益，那么多人没有受益的事，宁肯不做，做起来反对的人太多了，阻力也很大，宁书记你说是不是呢？"

李世豪说完，那几个村民也显得情绪高涨，随声附和着说："如果不改变方案，只扩那么一部分村道，我们宁肯不要那个项目，村道都不扩。"

我知道李世豪是有备而来，那些人是经过李世豪的挑拨、唆使之后才来到村部的，而木已成舟的方案已经出台，难以改变。但对于民情，我不能违背，我必须给他们一个合理的解释。

面对这种情况，我动之以情、晓之以理地跟他们解释说："世豪，村道窄该宽项目不是儿戏，不可能出尔反尔。现在资金已经定了，施工图纸也已经晒出来了，无法更改。你们说不将所有的村道进行窄改宽，就不进行部分村道窄改宽，如果你们不同意施工，一旦上级主管部门把项目资金收了上去，以后大山村的村道再要求进行窄改宽，很可能要等到猴年马月才能实现，甚至于遥遥无期，或者说永远也无望。现在，我们唯一的办法就是将计就计，扩一段算一段，扩到哪里算哪里，不要再指望一口吃成一个胖子。先扩这一部分村道，也是我们一时的权宜之计。大家知道，修路是好事，能把全村的村道都扩宽了，我作为你们村的第一书记，何乐而不为呢？如果以后有项目，我们会再慢慢地想办法争取。总之，村里的这条道路窄改宽的问题，迟早会全部解决的。"李世豪的那几个"哥们"听了我的话，也觉得有道理，都频频点头。李世豪自己无言以对，最后没趣地走了。

扩路之事按原计划如期进行。但由于村民的思想认识不一致，再加上有李世豪暗中挑拨离间，从中作梗，从而导致矛盾不断，问题层出不穷。扩路势必就要占用个别村民的田地，在做协调工作时，出乎我意料的是，外村人的思想工作比本村人的思想工作还要好做一些。

为了做通巨石村村民的思想工作，我和肖十美书记找到了巨石村的村支部书记和村主任。当我们提出扩村道，需要无偿占用他们村的部分村民的土地时，开始其村支部书记面有难色地说："占用村民的土地，是不是要给予适当的补偿？"

对于补偿问题，我们原来有这么一个设想，动员村里的老板捐一些款，作为补偿资金，但是政策不允许。因此，我明确地跟巨石村的村支部书记说："当时，我与肖书记也考虑过这个问题，但实在没有多的资金，所以要请你们多多谅解。在做村民的思想工作时，给我们多美言几句。我相信，扩路这个事最终都能为大家带来更多好处的。"

过了一个星期，巨石村果然传来了好消息，一切如愿以偿。通情达理的村民一致认为：修路是好事，不能随便阻挡。于是，问题很快就迎刃而解了。

这次村道窄改宽总长度只有五公里，在本村通过的距离只有一公里多，只占总长度的五分之一多一点。

为了尽快地完成道路窄改宽任务，我与肖书记三番五次地来到两户反对意见最大的村民家中做思想工作。

一户是蔡克利。蔡克利之所以反对修路，是因为他在20世纪90年代中期曾经担任村干部，后来在选举中落选了，结果他不知道落选的主观原因，而经常对村民们发泄不满，迁怒于人。他一有机会就想对村民们实行报复。二十多年来，时过境迁了，他没有放弃过报复的念头，却一直找不到报复的机会。在李世豪的挑拨离间之下，蔡克利认为这次村里村道窄改宽是他报复村干部的绝好时机，于是他千方百计刁难我和村支部书记肖十美。

蔡克利的房子正好在路边，窄改宽时，需要占用他几个平方米的土地。肖书记一个人去他家做思想工作，他开口就问要补偿多少钱。

肖书记直言不讳地告诉他："我原来也准备补偿钱，但由于实际条件，只能无偿征用。兄弟，只征用你那么几个平方米的土地，你就没必要斤斤计较了，就是让出那几平方米土地，一者对你一家人的出入没有任何妨碍，二者路扩宽了你出入也方便，三者逢年过节打工的兄弟姐妹们回来，知道你不计个人得失让出土地来扩路，他们还会赞许你。一举数得的好事哪个不想做呢？"

这时，蔡克利想起李世豪跟他说的话，于是直来直往地对肖十美说："你们以前对我太无情了，你们无情在前，我无义在后，天经地义，你在我这里说得再多也是枉然的。"

肖十美说了一肚子的好话，到头来还是一无所获，蔡克利毫不领情，一句话："不管你如何说，也不管你说多少，都没有用，我是不会听的，也不会再上你们的当。"

"哪里是叫你上当呢？"肖十美苦口婆心地劝蔡克利说，"我们叫你让出土地扩路，是和你协商，不是叫你吃暗亏，也不是村里有意针对你。"

不管肖书记如何好说歹说，蔡克利就是不同意。

说来说去没有作用，肖书记只好无功而返。

李世豪听到肖十美在蔡克利那里吃了闭门羹，他心里特别高兴，马上打电话给蔡克利，鼓动他说："只要你继续坚持挺住，宁伟夫他们一定会无计可施。"

第二天晚上，我和肖十美再次来到蔡克利家里，蔡克利态度仍然十分冷淡，我们跟他聊了一阵告诉他其他家的思想工作都做通了，就剩下他和蒋作和两家了，但蔡克利还是软硬不吃。第三天晚上，我与肖十美又来到他家。我跟他说："克利，你以前的事我也听说过，那不能怪肖书记，你自己也有过错。现在，扩宽村里的道路是一项公益事业，在这件事上，你若能顾全大局，舍小家为大家，村民们的眼睛是雪亮的，都会看在眼里，记在心里的。

如果你一意孤行，借以前的事来阻碍村里扩路，不同意让出你那几个平方米的土地，那你将来在村里的威信更低，村民们对你的信任度更差，以后你想做什么事就更难。克利，我们看问题要长远，不能鼠目寸光，因小失大，为人做事还要有自己的主见，不能受别人的摆布，这才算得上是一个真正的男人。"

蔡克利还是强词夺理地说："我又不是一个三岁小孩，什么事该做，什么事不该做，我心里十分清楚，还要受人家的摆布吗？"

我说："克利，你就是把你那土地全部让出来，也只有几个平方米，也无关大雅。如果你一定不让，其他的地方都扩宽了，只剩下你门前的路很窄，以后过往的人们都会怨声载道，不但使你背一世的骂名，在你的下一代面前，人们还要点着你的名字骂。"

我这样一说，蔡克利的这个堡垒似乎有了松动。

经我和肖十美的"三顾茅庐"，经过我们耐心地说服，铁石心肠的蔡克利权衡利弊之后，终于答应无偿献出那几平方米的土地。

李世豪知道蔡克利向我们"投降"之后，他垂头丧气，但他还是没有放弃作梗。

李世豪跟漆柱子联系，叫漆柱子一定要出面对抗我和肖十美。

漆柱子早就想借此机会在大山村出出风头，现在有"地头蛇"李世豪的吹风打气，漆柱子好像信心百倍。

我和肖十美解决了蔡克利的思想问题之后，就集中火力去攻蒋作和的思想堡垒。其实蒋作和愿意配合我们道路窄改宽的工作，只是他的女婿漆柱子死活不让步。

那天，我们一行三人在做蒋作和的思想工作时，漆柱子来了。

对于漆柱子的到来，我首先就给了他一个下马威，我明确地告诉他说："小漆，你作为大山村的女婿，对于村里道路窄改宽的公益事业，占用你岳父的土地，如果你岳父思想不通，你应该主动配合我们说服你岳父，而今天你反其道而行之，你岳父能深明大义，而你却蛮不讲理，这说明你的思想观念有问题，有待更新。"

漆柱子正想发火，我立刻接着说："如果你岳父不同意让出土地，我们还能够理解，而你不同意，我们就觉得不可理喻。你并不拥有这部分土地的归属权。今天村里要将村道窄改宽，若你执意作梗，我们就只能请镇政府的领导出面解决了。"

这时，蒋作和把漆柱子叫到一边教训他说："柱子，算了，你应该适可而止，别人家没有补偿都把土地让出来了，你就不要太霸蛮了。万一镇政府的领导出面调停，那就更不光彩了，我们在村里就无脸见人。"

最终漆柱子也妥协了。

李世豪听说漆柱子被他岳父说服了，气得暴跳如雷，出言不逊地骂道："村里的山古佬没有一个人有出息，都是一些没有用的东西。"

村道窄改宽工程如期进行。但在施工的过程中，出现了一个又一个不小的插曲，引起了村民们的不满。

一天，施工队开着挖土机挖土方时，不小心把村里的自来水管挖断了，被一个村民发现后，他马上制止开挖土机的师傅说："你挖断了我们的自来水管，必须马上接好，不然的话，你们就从这里滚回去。"

施工队为了照顾好村民们的情绪，他们把挖土机停了下来，直到我们协调好，等待专业人员把自来水管接好之后再动工。

由于施工队挖土方的时间过长，挖出的土方堆断了水沟，使排水沟严重堵塞。一天凌晨，突然天降暴雨，水沟堵塞导致雨水四处横溢，流进了一个叫李青松的贫困户家里。

李青松的老母亲起来方便时，发现鞋子不见了，原来她的鞋子随着流进房间里的水漂走了。

这时，心急火燎的老人马上把李青松叫了起来，说："你快去把雨水截断，不要让雨水再往我们家里灌了，不然的话，我们这座土砖房子马上就会垮掉。"

李青松冒雨挖了一条水沟，把雨水排了出去。之后，他马上跑到村部来，把我叫醒，埋怨地对我说："宁书记，你们道路窄改宽改出鬼来了，你去看看我家里，现在到处是水。"

"怎么会是这样呢？"我将信将疑，但我是一个有责任心的人，我时常把人民群众的疾苦当成自己的疾苦，把群众的不幸当成自己的不幸，于是我披起衣，打着手电筒对李青松说，"走，我马上随你去看看。"

情况果真如此！看到那种情景，我心里一阵阵的剧痛。

李青松是一个老实巴交的农民，我不能让他吃亏。于是，我没要雨具，拿起锄头，冒着暴雨去挖水沟，排开水流。

李青松看到我冒雨为他挖排水沟，被雨水淋得浑身湿透了，李青松很受感动，于是，他也拿起一把锄头跟我一块儿干起来了。

经过半个小时的奋斗，雨水终于被排了出去，李青松母子放了心，而我却真的成了一只落汤鸡……

翌日，我马上跟肖书记说："你打电话督促窄改宽施工队，叫他们停雨后抓紧时间施工，使改道工程早日竣工，以减少老百姓的不方便。"

可是，在施工队全力推进工程进度时，又遇到了一个村民的阻工。

施工队负责人赶紧打电话给肖书记，请肖书记出面调解矛盾。我与肖书记马上跑到施工现场。阻工的是村里的一位普通村民，叫唐成。唐成本次阻工的原因也很简单，就是施工队在挖土方时没有跟他商量，挖出的土方堆没了他栽种的珍贵树苗。

唐成怒火中烧地说："我是土地的主人，你们一没跟我打声招呼，二没有得到我的允许，就目中无人地挖了我的土，还把挖出的土堆坏了我的树苗。我告诉你，在没有得到我允许的情况下，任何人都不要在我的土地上施工。"

可是，我们一到场，唐成的态度却发生了一百八十度的大转弯。当我们把修路的意义跟他讲清楚之后，他也就没有什么疑虑，反而说："宁书记，你亲自出马了，我还有什么说的呢。这条路国家不拿钱来扩建，我们自己迟早也会捐款扩的。他们做得不对的是，太没有把我这个乡巴佬放在眼里了。"

唐成的思想疙瘩解开后，肖书记再向他提出要求说："还有一段路，需要占用你的一点土地，那些树苗要请你移栽一下。"

唐成通情达理爽快地说："只要你跟我讲了，土地你就占用吧，那些树苗我就是不移，你们挖出来，当柴烧也可以，我不责怪你们。"

是啊，大山村的村民们的思想就是这样淳朴，这么实在。通过几件事，我深深地体会到：每一个人都有自己的尊严，你不尊重他，他也不会尊重你，只有相互尊重了，他才能支持你的工作。山里的老百姓有一句话说得好："你跟我好讲，尊重我，我的脑壳给你当板凳坐都可以。"做什么事只要事先跟他们商量了，一切都好说，大事可以化小，小事可以化了。如果你不把他放在眼里，仅仅凭着权力或者野蛮的霸气去做事，只能盛气凌人一时，不能取信于民一世，如果这样，老百姓将会一直跟你过不去，甚至于使你一不得人心，二威信扫地，三在村里寸步难行，一无是处。

在我们的压力和合理要求下，窄改宽村道施工队有了紧迫感，他们加快了施工进度，同时，包工头也表示争取在春节到来之前，使道路窄改宽工程如期完成。

三十一　李世豪再设难题

我为大山村争取到的两个经济种植业项目，经县扶贫办及相关部门的全面考察和评估，3 个月之前两个项目全部落实到位，政府还给每个项目下拨了 40 万元的专项启动资金。有了启动资金，陈自立和陈志宏俩人马上就着手整理土壤。

意想不到的是，在开荒平整土地的过程中，猕猴桃基地和茶场基地各碰到了一只"拦路虎"。一是贫困户李大爷，他突然变了卦，说什么也不流转他家里的荒山；二是李世豪，他要收回流转荒山的权利。

在猕猴桃基地，大约有五亩荒山属于贫困户李大爷的，他开始答应得好好的，可是没过多久他突然自食其言了。承包人陈自立多次登门拜访，好说歹说，李大爷就是死活不同意把荒山流转给他。

而在茶场基地，有一块荒山是李世豪的，李世豪先答应流转，后来又不肯流转。陈志宏多次跟他求情，李世豪就是不予理睬。

一天，陈志宏壮着胆子再次来到李世豪家里求情，李世豪却出言不逊地对陈志宏说："陈志宏，你叫我把那荒山租给你，你身无分文，你能拿出租金来吗？"

陈志宏说："李老板，我现在不是以前的陈志宏了，我已经改邪归正，我相信我会从零开始，走出一无所有的困境。"

李世豪说："现在免谈，等你翻身了，我再把那荒山流转给你。"

由于李大爷、李世豪不愿意流转荒山，挖掘机开到那里平整土地时，受到他们两人的阻工，挖掘机在工地上已经停工两周了，现在还无法开工。陈自立、陈志宏两人急得团团转：现在马上就到栽种树苗的大好季节，一旦错过季节，那树苗的成活率就会严重降低。

通过李修仁我们知道了事情的缘由。

李世豪一直在跟我对着干，但每次都失败了，与我的矛盾似乎到了不可调和的白热化程度。居心叵测的李世豪还要经常暗中挑拨其他的贫困户跟我的关系，一起来阻止我发展两个集体经济项目。令他失望的是，所有的贫困户都不买他的账，没有听从他的使唤。

李世豪看到自己在村民们面前说话没有任何作用时，他一气之下就去威胁贫困户李大爷说："现在，宁伟夫虽然把你安排在安置房里住，但是，如果你把你家里的那块荒山流转给陈自立，那你二十多年前借了我的2000块钱就要加倍偿还给我。另外，你知道你现在住的房子是谁的吗？那是林坤的。你要是不听我的话，我还会叫林坤把那安置房要回去，把你赶出来。"

李大爷是一个正宗的山里人，对于李世豪的威严，只知道逆来顺受而不知道反抗。迫于李世豪的压力，李大爷答应了李世豪的要求说："好，好，打死我也不把那荒山流转给陈自立。"所以，李大爷突然变卦了。

问题出来了，回避不是办法，只有坦然面对。了解到李大爷不愿意流转荒山的原因之后，我决定与肖书记、王顺中一起到他家里去做思想工作。

我们一行三人在白驹镇集中安置点扣开了李大爷的门。一进门，我没有直接跟李大爷谈那荒山的事，但他已经知道了我们的来意。

我跟他说："李大爷，今天我们又来了。"

李大爷说："感谢书记对我的关心，不过家里没什么招待，你们想来就来吧。"

接着，我转换了话题说："李大爷，你住这里，比住在原来的茅屋里要舒服多了吧。"

李大爷好像有点后悔地说："当初，我不应该相信你们的话，我不该到这里来住。"

"啊？"我诧异地看着李大爷说，"是住在这里不习惯还是什么原因呢？"

李大爷坐在那里一言不发。

我心里想："李大爷啊李大爷，党和政府这样关心你们，一再强调要求：危房不住人，人不住危房。在你没有房子住的情况下，把你一家给予了集中安置，现在，你还不领情，真的是不应该啊。"

于是，我问李大爷："住在这里有水喝吗？"

"有。"

"有电用吗？"

"有。"

"买菜比住在山里方便吗？"

"方便得多。"

我再问："李大爷，你住在这里，什么用的都有，什么也方便，还有什么不好，还有什么后悔的呢？如果还有什么困难和要求，你可以向我们提出来，我们尽力为你解决困难，尽量满足你的要求。"

李大爷担心李世豪对他再次进行威胁，他心里有委屈就是不敢说出来，只是独自忍气吞声。

接着，我问李大爷："关于你那荒山流转的问题，你怎么开始答应得那么爽快，一段时间之后，突然变卦了呢？"

李大爷说："我不想出租了。"

"为什么不想出租了呢？"

李大爷说："没有为什么。"

我说："你家的荒山摆在那里，一年又一年过去了，没有一分钱的收入，现在发展集体经济，租用你家的荒山，每年的租金虽然不多，但没有多也有少，比荒在那里晒太阳要强得多。再者全村那么多的人对村里租用荒山，他们都在心里计算过经济收入，认为没有吃亏，都愿意把自己的荒山租给村里，难道你就怕我们坑害你一家人不成？"

说着，李大爷的儿子李立富回来了，我们把他拉进一间房子里，跟他细说了此事。

李立富抱歉地说："我也不知道我爸爸是如何想的，他太固执己见了，我们拿他也没有办法。"

这时，为了让李大爷听见我说的话，我故意大声地说："在流转荒山的租金方面，我宁伟夫绝对不会亏待你们一家，你家的荒山万一不流转，那我们也不好再强人所难。"

说完，我们三人离开李大爷家回去了。

我们一走，李立富马上问李大爷说："爸，村里的人都把荒山流转出去了，你怎么又要把荒山收回来了呢？"

李大爷不耐烦地说："你晓得个屁。"

李立富说："不流转那荒山，是你心里有难处吗？"

李大爷说："还不是为了你。"

李立富惊奇地问："爸，你不流转荒山，怎么是因为我呢？"

李大爷这才跟李立富说出了真相："你出生几个月就生了一场大病，当时家里一贫如洗，我就以二十亩山上的树木作抵押，向李世豪借了2000块钱给你治病，如今还没有还。李世豪说，如果我把荒山流转给陈自立，他就叫我加倍偿还。他还说，要林坤把这房子要回去，叫我们没有房子可住。"李大爷说着眼泪都流了出来。

李立富这才恍然大悟，他告诉父亲说："爸，现在是什么年代了，你还怕李世豪不成，我们家借他的钱一定要还，他要是来敲诈你，我们可以报警。这套房子是国家的，林坤没有权利收回去，那是李世豪在吓唬你。"

李立富那么一说，李大爷的腰杆子好像硬起来了。

过了几天，我们一行三人又来到他家里，我耐心地开导李大爷说："李大爷，你万一不同意，我就再请一个人来做你的思想工作，不过，你什么时候想通了，什么时候再告诉我们，我们还将一视同仁地对待你的。"

李大爷听说我要再请一个人来做他的思想工作，他似乎听出了什么名堂来，马上跑到外面去给李世豪打电话。

李大爷在电话里说："宁伟夫和肖书记三番五次地在我家软磨硬缠，说得我没有话回。"

李世豪说："你就抱着死猪不怕开水烫的心理，跟他们拖吧。你拖的时间越长，他们就没有耐心了。"

李大爷说："到时，他们万一不要我的荒山了怎么办？"

李世豪说："他们不会不要的。"

这时，心里万分矛盾的李大爷又担心我们最后不要他的荒山，他则恳求李世豪说："李老板，你放过我算了，来世做牛做马再报答你的恩情。我欠你的钱，我愿意加息偿还。"

李大爷和李世豪通了十多分钟电话，然后再一脸难色地回到我们身边。

我问李大爷："想通了吗？"

李大爷这才硬着头皮改口说："宁书记，你们一而再、再而三地上门劝说我，我也感到不好意思了，我也无可奈何。你们既然说大家都愿意出租那荒山，那……我那块荒山也出租给村里算了。"李大爷终于打消了顾虑。

接着，我们准备集中精力再到李世豪家里去做他的思想工作。

那天，李世豪知道李大爷没能按照他的话行事，没有坚持到底，把土地流转给村里办茶场的事时，他气得脸色铁青。

他的妻子姜美丽劝李世豪说："世豪，现在看来，你斗不过宁伟夫了，别折腾了。"

李世豪问姜美丽："为什么？"

姜美丽说："他打着为村民谋福利的旗号，村民们都拥护他，你则是出师无名，村民们不理解你，使你处处孤军奋战，孤立无援。我看，你也没有必要再跟宁伟夫过不去了。"

李世豪气愤地说："我为什么不能跟他斗？我要跟姓宁的斗争到底。"

姜美丽劝他说："宁伟夫还没有到来之前，你就跟他斗，没有斗赢；他来了，你处处跟他对着干，但次次失败。宁伟夫代表的是群众的利益，你代表的只是你一个人的利益，所以你斗不过他。在这种情况下，你不要老是一根筋，要认清形势，改弦更张。"

李世豪听着姜美丽的劝说，低着头坐在那里，一言不发，只是一口接一口地猛烈地抽着烟。

姜美丽见他不说话，则又劝他说："男子汉大丈夫，要能屈能伸，还要提得起，放得下，不要只往死胡同里钻。你看，你想告宁伟夫在贫困户家里喝酒，结果也没有告成；你好酒好菜招待龙军，龙军最后还是离你而去；你阻拦宁伟夫把茶场承包给陈志宏，结果没有如你所愿；你想阻止宁伟夫扩路也没有成功；现在，李大爷也背叛了你。这说明邪路是走不通的。所以，世豪啊，识时务者为俊杰。我看，你只有顺乎形势的发展，改邪归正才有前途。"

在妻子姜美丽的数落下，李世豪的思想渐渐有了改变。

第二天上午，我们一行三人决定到李世豪家去做他的思想工作。

当我们到了他的家门口时，李世豪看到我们来了，他准备从后门溜出去避而不见。

肖十美马上叫住他："世豪，你想到哪里去？我跟第一书记到你家里来，你是不欢迎啊？"肖十美那样一说，李世豪进退维谷，出于情面，他不得不回转过身来，勉勉强强接待我们。

李世豪从反对我到他村里来任第一书记开始，到指使龙军砸坏我们工作队王顺中的车，再到多次暗中唆使他人与我为难，这一桩桩一件件的事，他自己心知肚明。因此，他心里无不感到惭愧，每每在路上遇见我总是低着头，打一声招呼就溜之大吉。

今天我来到他家里，我观察了他一眼，发现他一直不自在，但我尽量缓和相互之间的气氛，让他心情放松一些。

于是，我直截了当地问李世豪："李老板，上次你到村部去，说无事不登三宝殿，今天，我宁伟夫三个人到你家里来，也是无事不登三宝殿，你一定是晓得我们的来意吧。"

李世豪说："我知道，你们就是冲着我那块荒山来的。"

我说："聪明人还是聪明人，一点就知。现在，我们三人都来了，你的意思如何？"

也许是昨天晚上他妻子的劝说起了作用，使他良心发现，回心转意了。

他说："宁书记，你是我们村的第一书记，我也看到了你的为人，你不像其他人那样，当面是人，背后是鬼。你有能力，能说会道，工作也有魄力，又能秉公办事，使我佩服。今天，你们既然到我家里来了，我就打开窗子说亮话，至于村里要租用我那荒山，当时，我对你是有点意见，所以中途多次变卦，就是想为难你。现在，你们亲自来登门了，叫我怎么说呢？我只好同意算了。"

李世豪表态之后，我马上接着说："李老板，我也佩服你为人爽快，处事果断，不拖泥带水。我还没有说一句话，你就答应了我们的要求，你是好样的，我愿意结交你这样的朋友，我们以后的扶贫工作还需要你的大力支持。"

这时，李世豪又问我："你跟陈志宏一无亲二无邻，我就是想不通，你为什么要一意孤行地把那茶叶场承包给一个一穷二白的陈志宏呢？其中一定有什么奥妙。"

"李老板，你怎么对这事这么感兴趣，一而再再而三地、穷追不舍地问这件事，我也给你解释了多次。"我轻言细语地说，"陈志宏的为人我也了解到了，他的处境我既怨恨，又同情。怨恨他自己不争气，不务正业；同情他穷得一无所有，他一旦生儿育女了，那他就更是苦不堪言。现在国家在精准扶贫，要在致富的道路上一个也不能少，一个也不能掉队。对于陈志宏这样的人，我们不给予帮助，那他以后的处境可想而知。为了帮助他走出困境，能借到贷款，我还为他贷款做了担保人。"

"啊？！"李世豪惊奇地看着我。因为我跟陈志宏只有一面之交，对他还不能说了解，再加上我在他们村当第一书记的时间不长，也不会永远是他们村的第一书记，一旦回到单位上班就什么也不是了。陈志宏要是自食其言，我怎么办呢？

于是，李世豪为我担心，说："宁书记，前人说过，不怕一万，只怕万一啊。陈志宏要是耍赖，还不起贷款，你就要为他承担经济责任，要替他还贷的啊。"

我自信地说："我知道。俗话说，用人不疑，疑人不用。我相信他会珍惜这次机会。李老板，你今天为我的工作帮了大忙，我不会忘记你的，大山村的人们也不会忘记你的。"

这时，李世豪突然说："宁书记，今天你来我家找我做思想工作，我思想通了，支持了你的工作，但我有一件事，到时候我要来找你办的哦。"

我说："没问题，有事找第一书记，天经地义，我为你办事，理所当然。今天把这事定了，你说叫我为你办一件事，就是叫我办十件事，百件事，只要不违反原则，我定当不负所望。"

困难解决了，我要求两个基地在今年底，或明年初，不但要把土地整理好，还要把树苗栽培好。为了把耽误的时间追回来，达到尽早栽培好树苗这个目的，陈自立、陈志宏两人再请来了几台挖掘机，开始天天施工。

2018年初春，两个农场的土壤平整好之后，县扶贫办马上运来了苗木，全村的村民一齐动手，只用了10多天的时间就把茶叶苗和猕猴桃苗都栽种完工。

这是大山村在精准扶贫中的第一批集体经济基地，对它管理程度的好坏，将直接关系到全村集体收入的多少，所以我把基地当成自己的心肝宝贝一样，细心地呵护着。

之后，我看到那满山遍野的猕猴桃和茶叶苗，我热血沸腾，心潮澎湃：我离妻别母，一心为大山村发展集体经济的第一步愿望实现了，我悬着的心终于落地了。

我再回头想想所有的一切，觉得即使与家人聚少离多，但能取得那样的成绩，能使村民们得到实惠，还是值得。

三十二　老百姓不能没有卫生室

这天上午，肖十美一来到村部，不无忧虑地跟我说："我们村卫生室的那个李医生只怕不行了。"

我问肖十美："他患有什么病，病情严重吗？"

肖十美说："李医生多年之前就得了糖尿病，后来又得了胃病，他自己说是胃病，大家猜测可能是胃癌早期，去年冬天病情加重之后一直不见好转。"

我再问肖十美："你不是说他会开中药处方和草药吗？"

肖十美说："是啊，在我们村，他算得上是一个全才，他学的医术虽然没有精通，但较为全面。小孩、妇女、老人们要是有些小毛病，李医生的治疗还是有一定的作用。他自己病了，因为家庭经济并不是很富裕，也因为他自己只相信自己的医术，除了一些必要的药品到医院去买之外，其他的都自己开处方，自己治病。"

"李医生可以说是一位过于自信的人。"出于对他的敬重，我建议说，"我们去看看他吧。"

我与肖十美很快就来到了李医生的家里。李医生刚过花甲之年，由于疾病缠身的缘故，显得很清瘦，看上去好像是一个古稀之人，他躺在床上，精神状况不佳。看到我们来看望他，他心里非常高兴。

肖十美告诉李医生说："李医生，我们村的第一书记宁书记从百忙中抽出时间来看望你，还给你买了一些水果。"

李医生躺在床上艰难地跟我说："宁书记，太感谢你了。我听大家说，你体贴人，关心人，是一个大好人。"

我说："这是应该的，尊老爱幼是我们中华民族的传统美德。"

李医生说："宁书记，你说得对，尊老爱幼是我们中华民族的传统美德。我在村里行医几十年，我也遵循古人的教诲，医德为重。我虽然医术不高，但只要他人生病了，不管是严寒，还是酷暑，也不管是白天，还是深夜，我基本上做到有求必应，随叫随到。"

肖十美在一旁称赞他说："李医生为人谦和，他不管你是贫穷还是富贵，没有厚此薄彼的观念，他总是一视同仁，所以，老弱妇孺都尊敬他。"

我说："李老，你了不起，你的医德在村里有口皆碑。"

李医生说："谢谢你的夸奖，也是父老乡亲看得起我。"

我说："是你自己做得好，才受到人们的尊敬。"

这时，李医生突然说："宁书记，肖书记，我虽然没有读过多少书，但爱家乡的思想观念我还是有的。十年之前，我发现李世豪的儿子是一块读书的好料，我就跟李世豪说你不妨把儿子送去学医，万一不能上大学就跟我当学徒，我以后老了，叫他来接我的班，为全大山村人们的健康服务。开始李世豪不答应，说在村卫生室每年能赚几个钱！后来，经过我的多次劝说，李世豪动了心。他儿子也争气，前年，一举考上了省医学院。原来的老书记也承诺李世豪，只要他儿子毕业后愿意回村卫生室工作，以后就让他接我的班。"

我说："李老，你是为了使大山村在医疗方面能后继有人啊，你完全是想为村民的健康所想，了不起。"

"这是我的内心话。"然后，李医生喘着粗气说，"山里人们一旦晚上或者平日突然生病了，没有一个乡村医生应急是不行的。其实有些病只要一用药就能解决问题，而你没有医生，没有药，那就巧妇难为无米之炊，说不定还会使人失去生命。宁书记，这不是我在危言耸听。我以前一直跟前任村支部书记说，村里什么都可以缺，但为人们看病的卫生室不能缺，医生不能没有。"

我说："李医生，你说得有道理。"

肖十美也说："几十年来，李医生为我们村救了好几十个危重病人，我晓得的就有几个人，他们深更半夜发急病，要是没有李医生出诊，要是等救护车把他们送往县城的话，只怕还没有到达县城医院，他们在路途中就要被阎王老爷接到他那里报到去了。"

"是啊，李医生，你为大山村的父老乡亲的健康做出了贡献。"我说，"人们不会忘记你的。现在，你要安心安意养病，我衷心祝愿你老人家早日康复。"

从李医生家里出来，我有一个问题大惑不解："当时，李医生叫李世豪的儿子学医，毕业后回村里接他的班，前任村支部书记怎么就那样轻率地承诺了呢？要是中途有什么变故怎么办？"

我那一提醒，肖书记也认为这是一个问题，并且是一件非常棘手的问题。

不久，李医生的病情每况愈下，一日不如一日，在可怕的癌细胞的吞噬之下，李医生的身体骨瘦如柴。经不起疾病折磨的李医生，在 2017 年的 10 月份被无情的病魔夺去了生命。

李医生的去世，使大山村人民失去了一位热心服务于人们的好医生。

那天，人们自觉地组织起来去参加他的追悼会。我在追悼会上，对李医生从医的一生给予了充分的肯定，之后，人们又为李医生进行了送葬。

曾二娘因为年老体弱，疾病缠身，经常要吃药。李医生在世时，村里有个卫生室，她没有药了就到卫生室去买。现在村卫生室关门歇业，她没有了买药的去处。

李医生去世两个月后的一天，按捺不住的曾二娘跑到村部办公室，痛苦地跟我说："宁书记，李医生一走，村里的卫生室也跟着他走了。我经常要吃药，现在买药一点也不方便，就是感冒了，要么走十多里路，到邻村去买，要么乘车到县城去买，或者到镇里去买，到县城或者镇里去买感冒药，费力又不划算。宁书记，我们希望你为我们村再建一个卫生室。"

曾二娘说的都是事实。一个拥有一千多人口的大山村怎么能没有卫生室呢？俗话说，人无千日好，花无百日红。一个人的身体状况是变化无常的，今天健健康康，过一夜说不定就生病了。我要尽快为大山村恢复卫生室，不然的话，就是我这个第一书记的失职。

一天，我从县城乘班车回大山村，一上车就遇见了王国之。

我问王国之："你什么时候到县城来的，来了怎么不事先跟我说一声呢？"

王国之愁眉苦脸地说："昨天晚上又咳得厉害，今天早上乘车来，到医院买了这一兜兜药。村里要是有个卫生室，我就不用走这么远的冤枉路，花这么多的冤枉钱。"

我同情地说："没有村卫生室也的确不方便，买些普通的咳嗽药、感冒药也要跑上几十里路，真的很辛苦。"

王国之说："以前，小小的感冒在村里就能够解决问题，现在连拿十多块钱的感冒药也要进城，药钱少，车费多，老百姓怨声载道。宁书记，你能不能为我们解决这个问题呢？"

我说："对于你们这种情况，我也实在过意不去，我不是不想帮你们解决这个问题，这一个多月我一直在考虑这个问题，但是我了解了一下情况，有一定的难度。不过你也不要着急，这件事不管难度有多大，我都会想方设法为大家办成。这是我第一书记的分内之事，是应该做的事。"

转眼到了春暖花开的季节，大山村的人们开始忙于春耕生产。

那天上午，龙军在收工回家的路上，不小心踩到了一个破碎的玻璃瓶，把左脚丫割开了几个血口子。龙军赶紧用藤蔓把伤口捆扎了起来，暂时止住了血。接着，龙军打电话告诉妻子何立英，叫何立英给他送去一根木拐杖，龙军才一拐一拐地回到家里。

在没有办法的情况下，何立英打电话给我说："宁书记，不好了，我丈夫龙军下地干活，他成事不足，败事有余，把脚割了，现在动弹不得。我想请你开车送老龙去镇医院上药，好吗？"

我马上答复何立英说："好，你叫龙军在家里等着，我叫小王立即开车来接龙军。"

正在我一旁的王国之听到龙军受伤的事，突然趁机说："宁书记，村里要是有个卫生室多好啊，像龙军割了脚的红伤，就可以在村卫生室解决了，开销可能也不要多少，现在，你把他送到镇医院去，一来麻烦，二来龙军要承受时间更长的痛苦，三来到了镇医院，开支肯定要比村卫生室多得多。所以，我说，早一天恢复村卫生室，人们早一天受益。"

过了一天，李修桥来到村部，向我反映说："宁书记，这段时间，村民们都在议论村卫生室的事。大家都希望你能为村民们尽快把村卫生室恢复起来，解决人民群众看病难的问题。"

我说："三爷，你是村里德高望重的好心人，关心人们的疾苦。恢复村卫生室的事，我一直挂在心上，我也一直在思考着解决这个问题的方式方法。有关卫生室一时不能恢复的事，你应该也听说过吧。"

李修桥说："我知道。现在李世豪的儿子李方圆要是大学毕业了，能马上回村卫生室上班，那也没有什么可说的，可现在他儿子还在大学读书，还需要一年多的时间才能毕业。那在这一年多的时间里，我们村的卫生室就不办了吗？昨天，我听说龙军在田间割了脚，要是村卫生室存在，他就无需到镇医院去治伤。到了那里，缝合伤口后，有医生劝他住院治疗，好在龙军坚强，他说，那点伤不要紧，回去休息几天就好了，结果他在镇医院还是多花了一百多块钱。"

我说："龙军的事我知道，是王顺中开车送他去的。只要把伤治好了，即使多花一点钱也没关系。至于大家关心卫生室的事，我不会置之不理，我想找个合适的时间，与肖书记、王顺中三个人跟李世豪具体谈一谈这个事。"

人们关心村卫生室的事，李世豪的妻子姜美丽也有所闻，她把人们对不能恢复村卫生室不满的情绪告诉了李世豪，说："世豪，现在，村里村外的人经常在议论卫生室的事，他们都强烈要求宁书记尽快恢复卫生室。"

李世豪着急地问："你知道宁书记怎么答复他们的吗？"

姜美丽说："不知道，宁书记可能还没有具体答复他们。"

李世豪说："这是一个非常严重的问题，它牵涉儿子毕业后的就业问题，在这个问题上我们绝对不能让步。"

姜美丽着急地问："你一旦让了步，村卫生室要是被他人占去了，明年方圆毕业了往哪里摆呢？"

李世豪说："这个原则性问题，牵涉我们家的切身利益，我会把握分寸，绝对不能再上宁伟夫的当。"

姜美丽说："这是当年前村支部书记承诺了的事，我相信宁书记再有天大的本事，也不至于推翻前任领导的决议吧。"

李世豪说："这个就难说了。那个宁伟夫是一个什么东西，你还不知道吗？他翻手为云，覆手为雨，为达自己的目的，翻脸比翻书还快，谁也难以料到他会出什么牌。"

过了一会儿，李世豪叹了一口气，无端地责怪李医生说："那个老头子死得不是时候，再多活两年，村卫生室的人事也不会出什么问题，方圆一毕业，也无需外出打工，顺理成章地在村卫生室把脉，坐诊，多舒服啊。"

姜美丽说："为了儿子的前途，你就在家里多为他想想办法，我到院落里去打听村民们的反应。"

为了尽快解决村卫生室的问题，我在村部召开了一次村支两委的紧急会议。

我在会议上说："我们能不能找一个两全其美的办法出来，一不完全触及李世豪的利益；二又能够恢复村卫生室，方便村民看病就医。"

季永高听我那么一说，他心里不平地说："宁书记，我们如果太迁就李世豪，他就会认为我们村支两委的人畏惧他，他以后会更加目中无人，趾高气扬。"

我说："不要紧，我们能这样做，一是尊重李医生和前任村支部书记的意愿，二来希望我们的变通能得到李世豪的理解，我们尽量做到仁至义尽。至于他怎么说、怎么想，就随他吧。"

过了一会儿，肖十美说："既然这样，我们就把宋丽琼的女儿请回来，暂时在村卫生室上班，大家看怎么样？"

宋丽琼说："他们小两口在县城开诊所，工作固定，收入也不错，她不一定回来。"

我说："宋丽琼，你是村委干部，你应该首先急为村民们所急，想为村民们所想。"

肖十美说："你明天去动员动员你女儿，看她在县城开诊所多少钱一月的收入。如果她愿意，我们以村委的名义请她回来，参照她在县城的收入发工资，同时另外给她报销往返车费。看她的意下如何。"

我说："宋丽琼，你去了解你女儿的情况，同时我们去做李世豪的思想工作，双管齐下，如果条件允许，我们尽量尽快促成村卫生室的恢复。"

会后，我与肖十美、王顺中三人来到李世豪家里，谈了一会儿村卫生室的事，李世豪就一口咬定说："关于村卫生室的事，是李医生提议让我儿子接他班的，这件事没有商量的余地，我希望你们不要再插手这件事。"

在李世豪强硬态度下，我们不便再跟他执拗下去。这次登门拜访，不欢而散。

宋丽琼从县城回来，给我们带回了一个好消息。她说，她女儿可以考虑这件事，但要先做好李世豪的思想工作，免得到时候弄得大家不愉快。

为了促成村卫生室的恢复，我与肖十美、王顺中再次踏进李世豪的家门。李世豪一见我们，他就猜到了我们的来意。我小心地跟李世豪说："李老板，今天我们来，还是想跟你正式商量村卫生室的事。"

李世豪生气地说："你们说，如何商量这件事？"

我说："村民们迫切希望恢复村卫生室，而村卫生室与你有关……"

我话还没有说完，李世豪脸上的红伤疤马上绯红起来，对我们没有好的脸色，开口就说："宁书记，我刚把那荒山流转给你们，你们马上又打起村卫生室的主意来了，什么都欺负到我头上。宁书记，要是这样的话，我看你太不厚道了，真的是嘴巴两块皮，讲话不出奇。"

我知道在恢复卫生室这个问题上，不可能一蹴而就，也不可能一帆风顺，也就是说不可能跟李世豪一次就能谈成，于是，不管李世豪如何生气，如何出言不逊，我都淡然处之，不给他施加任何思想压力和精神压力，只是跟他说："李老板，生意不成仁义在嘛。你是见过世面的人，今天说起话来怎么这么难以入耳呢？"

李世豪有恃无恐地说："宁书记，你不要因为我在流转荒山的问题上做出了让步，你们尝到了甜头就认为我好欺负，就又想叫我在恢复村卫生室的问题上让步。这件事关系到我儿子以后的就业问题，没有任何商量余地，请你们死了这条心。"

我说："李老板，我不是在哄骗你，因为上级政府明确要求，为了方便村民看病，每个村必须有一个卫生室。我们想暂时请宋丽琼女儿回来顶替一段时间，等你儿子毕业了，她再回去。我们这样做，并不是想占用你儿子将来回村里服务村民的名额，这只是一个不得已而为之的权宜之计。"

　　李世豪一听要请宋丽琼女儿回来上班，他心里更是持有戒心，他认为这一定是宋丽琼出的馊主意，她想让她女儿回来占据村卫生室，来一个先下手为强，形成既定事实，到时他儿子回来就没有了岗位。

　　于是，李世豪斩钉截铁地说："这个不行，坚决不行，我绝对不会上当的。宁书记，不管怎么样，也不管你怎么说，在这个问题上我是绝对不会让步的。"

　　跟李世豪说了半天，还是一无所获。

　　我们从李世豪家里一走，姜美丽就夸奖李世豪说："老公，我还是第一次看到你跟宁伟夫说话那样有霸气。"

　　李世豪边抽烟边自鸣得意地说："宁伟夫想利用花言巧语引诱我上他的当，他的技巧还没有到家，嫩了一点。"

　　姜美丽说："老公，只要宁伟夫在我们村当第一书记，跟他打交道，你都要防着他一点。"

　　李世豪说："他想来打我的主意，以后我要叫他在村里寸步难行。"

　　姜美丽说："今天你这个分寸把握得好，让他灰溜溜地走了。"

　　李世豪说："现在我发现对付他们这种人就是要来硬的，软的不行。如果能找个机会把他赶走，那才叫作万事大吉。"

　　我怏怏不乐地回到村部，心里就像压着一块石头。

　　我想上次在他家里动员他流转荒山的事，他那样爽快，还跟我说了一些掏心窝子的事，今天一下就变得如此绝情。这次跟李世豪的谈判彻底破裂，我与他稍有转变的关系也许又要雪上加霜，甚至还要恶化。

　　一心想恢复村卫生室的我，很不情愿地看到有关全村人民身体健康大事的村卫生室，就那样搁置了下来。

　　出于这种特殊原因，我也知道村卫生室的问题一时难以解决，于是，我也不想急于求成，决定把它放在那里冷却一段时间再说。

三十三 为贫困户推销产品

　　我记得，当初为了发展大山村的养殖业，我极力地为大山村在县扶贫办争取来了4000羽苗鸡和5只黑山羊，并且马不停蹄地把它们运进了大山村，然后再把那些苗鸡分配送到龙军等几十家贫困户，再把那5只黑山羊送到了王老汉家里。

　　由于5只黑山羊不是5只苗鸡，它的成本要高得多。为了使王老汉利用这5只黑山羊起家，我们把黑山羊送到王老汉家里时，我慎重地跟王老汉说："现在，你两个儿子，可以安排一个在家里专门放羊和种田，一个可以安排出去打工，你就一心一意照顾好家庭。王老汉你看这样做妥当吗？"

　　王老汉看到没花费一分钱就得到了那几只可爱的黑山羊，心里高兴了起来，他从心底里感谢党和政府没有忘记他这样的贫困户，于是，他频频点头说："这样安排好。"

　　我接着又说："王老汉，你不要小看了这5只黑山羊，它潜藏着较大的财富，一年之后或许就成了10只、20只，甚至于30只，都说不定的，只要你好好地照料它，你家很快就会富裕起来的。"

　　王老汉频频点头称是。

　　这时，我再跟王老汉说："肖书记曾经说过，只要你儿子愿意出去打工，他愿意给你儿子联系工作。"

　　王老汉无所谓地说："这件事让我想想再答复你们。"

　　我看到王老汉心里还在犹豫不决，则说："好吧，你考虑考虑再说。"

　　临走的时候，我再次叮嘱王老汉说，"好好放养，过一段时间我再来看望你老人家。"

　　光阴似箭，日月如梭。

　　到现在为止，我在大山村担任第一书记将近一年了，我与村支部书记肖十美、帮扶工作队队员王顺中一起为村里解决了不少的矛盾纠纷，调和了多起村民之间的矛盾关系，化解了村民们对我的误解，为了村集体经济的发展，我们也搞得轰轰烈烈，有声有色。可以说为大山村的村民做出了一定的贡献。我的工作也得到了大山村村支两委的认可和村民们的点赞。

在县扶贫办组织的年终精准扶贫工作大检查时，我们的工作得到了县扶贫办检查小组的肯定，这也就意味着我们的精准扶贫工作得到了县扶贫办领导的充分肯定，我心里乐呵呵的。

不久，在县扶贫工作年度总结大会上，县扶贫办的领导安排我进行发言，于是我在总结会上介绍了精准扶贫的工作经验。

我深有体会地说："搞精准扶贫工作，既要有能力，又要有决心，还要有恒心和耐心。如果不全身心地投入，只是得过且过，或者应付式地去扶贫，要想做好精准扶贫工作那是不可能的。"

我的扶贫工作受到县级领导的表扬，这一消息让陈志宏知道后，他比我还要激动。

寒冬的一天上午，陈志宏没有经过我的同意就带着市级、县级的几个记者来到村部，他高高兴兴地走到我的办公室对我说："宁书记，告诉你一个好消息，我今天特意请来了市、县两级的记者到我们村来采访你。"

"啊？！"我惊讶地说，"志宏，你怎么不事先跟我说一声就贸然请来了记者呢？我做了些不足挂齿的事，有什么值得报道的呢？"

陈志宏说："宁书记，我知道你是一个低调为人、扎实做事的人，从来不想宣传自己，但我只想把你一心为民的思想传播出去，让更多奋斗在第一线的精准扶贫的第一书记以你为榜样，为所有像我一样的回头浪子提供一个发家致富的机会。"

我说："我只是尽了我第一书记的职责，我也不想在人民群众中徒有虚名。"

陈志宏说："宁书记，在记者面前，不需要你牵强附会，你只要把你的感人事迹介绍出来就是了。"

接着，几个记者在办公室里向我提出了几个问题，诸如：宁书记，你接近退休的年龄了，为什么还要主动来参加精准扶贫工作？在大山村，你是怎么想到要扶植像陈志宏这样的回头浪子的呢？你是如何赢得村民们的信任的呢？

对于他们的提问，我简单地介绍了我如何做精准扶贫工作的情况。其他的事我并没有为标榜自己而夸夸其谈。

过了两天，在市一级的报刊上赫然以"一心为民的第一书记"为题，大版面地报道了我精准扶贫的优秀事迹，还说我为村民排了忧，解了难……看到报道，我并没有觉得大功告成，反而觉得它是对我的一种鞭策，迫使我再接再厉，继续为群众办好事、办实事。

接着，我又跟肖书记说："在上次县扶贫办的精准扶贫工作检查时，我发现村里的贫困户李大为的房子非常破旧，我们是不是再向镇政府反映他的实际情况，为他修建一座新房子，让他安度晚年。"

肖书记说："宁书记，李大为的房子是该早日修建了，之所以到现在还没有为他改造是有原因的。第一次我跟他宣传了扶贫政策，叫他把房子拆了，进行危房改造，政府还会补助一万元一户，他不执行。两年前，我再去动员他重新修建房子，还亲口告诉他现在重新修建房子，政府还有补贴，但他还是不愿意修建。这次在县扶贫办的工作组检查时，也看到了这个问题，建议他赶紧修建新的房子，他还是固执己见，还写了保证书，说明如果他的房子倒塌，发生意外，不需要各级政府负任何责任。"

听肖书记那么一说，我摇了摇头，心里想：李大为啊李大为，你怎么跟李大爷一样的人呢？政府给你这样好的优惠政策，你怎么就不接受呢？我不相信红砖房子比不上你那年久失修的破旧房子！到时候只怕是跌倒不痛想起痛哦。

果然不出我所料，过了一段时间，在村民们的劝说下，大彻大悟的李大为真的是后悔莫及了。他不好意思跑到村部来问我们，则打电话给前任第一书记，请他出面说情，希望我们出面为他办理修建房子的手续。

那天晚上，我知道这回事之后，没有计较他的前嫌，还是跟肖书记说："你打电话问问镇政府，现在还有没有那种优惠政策，要是有，我们还是再给李大为一次机会。"

肖书记当天晚上就给镇政府有关领导通了电话，答复是，危房改造还可以享受一万元的经费补贴。肖书记马上把这一信息反馈给李大为，李大为看到村支部书记那样热情地、不厌其烦地为他办事，感激涕零。

量力而行的李大为高兴万分地跟肖书记询问说："由于我经济困难，我想根据政府补贴的多少，修建一座小一点的房子可以吗？"

肖书记答复他说："可以！"

李大为思想通了，终于愿意自己修建房子了，这也算了却了我们的一桩心愿。

翌日早晨，贫困户何立英抱着一只大母鸡跑到村部，她走到我的面前说："宁书记，你让我带头发展养殖业，大家尝到了养鸡的甜头，现在全村一共养了六七千只鸡。"

我惊奇地"啊"了一声，说："有这么多啊。"

何立英兴奋地说："是啊，并且大家养的鸡有四五斤重一只。今天，我送一只来给你们先尝尝。"

看到那么大的鸡，我高兴地对她说："立英，现在有养鸡的技术了吧。"

何立英说："去年那一批鸡一生病，我急得团团转，好在你给我出了主意，要不然你再叫我搞养殖业我也不敢了。"

我说："吃一堑长一智吧，现在就不怕了吧。"

何立英说："是啊，有了经验，搞养殖业心里才有了底气，所以，我要送一只鸡给你们，以报答你的恩情。"

我说："你给我送来了大母鸡，我一定要，我还得细细地品尝，但我得买下你这只鸡。"

何立英说："宁书记，这只鸡是我送给你的，你要是买那就见外了。"

"立英，你就不懂规矩，在卖鸡之前，鸡是不能送人的。"我边骗她说边掏腰包，然后把一百元的钞票塞进何立英的手里说，"能卖的鸡有多少？"

何立英心直口快地说："我有 2000 多只鸡。宁书记，以前鸡养得少，自己可以慢慢地销售，现在全村几千只鸡，如果我们还一只一只地到市场里去卖，不知要卖到什么时候才能卖完哦。所以，我们二十几个养鸡专业户都指望你能帮助我们销售。"

我沉思了一会儿，乐意地跟何立英说："我以前向你们承诺过，上半年没有帮你们销售鸡，现在我一定履行自己的诺言。何立英，为让你们养鸡专业户今年顺利地脱贫，我马上去联系，看能为你们销售多少。"

说来也巧，我答应给贫困户销售鸡的时候，一个非贫困户走到村部来了，他央求我说："宁书记，我虽然不是贫困户，但我为了自力更生，勤劳致富，3 年前我跟妻子一起喂养了 60 头牛，都是喂草料的牛，现在只卖了十几头，由于喂牛的成本大，那些牛存在栏里，使我在经济上、精神上产生了很大的压力，那些牛如果今年卖不出去，我过年也是一个问题。为了把牛在今年全部销售完，我也想请你帮忙销售。"

这位养牛专业户叫马思富，以前在广东打工，后来在家里发展养殖业，他是大山村第一个敢于吃螃蟹的人，养牛一时成了大山村的拳头产品。

年初，我一到村里就号召村民们大力发展种植业和养殖业，以推动大山村的经济发展，搞活大山村的经济。现在，马思富已经成了大山村的养殖大户，他养了牛，如果一旦卖不出去，就会在很大的程度上挫伤他搞养殖的积极性。

我曾经说过有困难找第一书记是天经地义。群众的困难就是我的困难，为他们解决困难，我当义不容辞。

于是，我满口答应马思富说：“好，我明天就给你们到学校联系销路。”

第二天，我来到白驹镇的中心小学，找到学校的后勤主任。

后勤主任见我来了，热情地招呼说："宁主任，今天是到我们学校来检查安全工作吗？"

我笑着跟他说："我今年没有在局里上班，我在你们镇的大山村搞精准扶贫工作，在村里当第一书记，今天我来有一事相求啊。"

后勤主任问："你是我们德高望重的老领导了，有事请书记吩咐就是。"

有后勤主任的支持，我直截了当地说："我们村里的贫困户在我的动员下，上半年，他们养了三千多只鸡，零打碎敲全部销售了；下半年，他们扩大了养殖规模，养了更多的鸡。现在都可以销售了，但他们都是山里人，没有什么销售经验，离县城又远，难以脱手。在这为难之际，我想请你们学校帮忙销售一些。"

后勤主任想了想，爽快地说："现在，全中国都在响应精准扶贫的伟大号召，帮助贫困户脱贫致富，我为贫困户销售产品，也是举手之劳的事，理所当然要为他们排忧解难。宁书记，我看这样，由于近两天的菜谱已经定了，你就星期四叫他们送两百斤鸡来吧，不过要脱了毛的。价格嘛与市场价一样。"

后勤主任一口气答应一天销售两百斤脱了毛的鸡，我高兴极了，说："好的，脱了毛的鸡，两百斤。"

临走的时候，我又央求他说："以后还想请你每周帮忙销售一两次，我们都能保证质量。"

后勤主任说："老领导说了，我再想想办法吧。"

之后，我又跑到中学，先是跟校长寒暄了几句，然后我说了来意，中学校长爽快地答应我销售一头牛。

就在近两个月的时间里，我在镇里和县城的十几所学校为贫困户几乎销售完了所有的鸡，也为马思富销售了20多头牛。

这天，我乘车在回村部的路上遇见了皮之高，我叫他上车，他说走路好。

于是，我下了车跟他一起走路。

在边走路边交谈中，我问皮之高："老皮，你的蛇场怎么样了？"

皮之高说："我已经养了三四百条蛇，大的有两三斤重了。"

我激动地说："那不错啊。"

皮之高说："那也是托你的福啊。"

我说："你的蛇场一旦成了规模，我建议你发展加工产业，如制作蛇酒，自己学会取蛇毒等等，只有自己加工了才能更赚钱。"

皮之高说："我也有那种想法。"

我接着鼓励他说："不怕做不到，就怕想不到，什么事都是事在人为。"

皮之高说："有宁书记的大力支持，我一定努力发展养蛇产业。"

我说："我希望看到你那美好的前景。"

再说县委秦书记在上次县精准扶贫工作总结会上听了我的工作汇报，又看到报纸杂志对我的报道后，他对我和大山村非常感兴趣。那天，秦书记、谭县长慕名特意驱车到我们村来慰问我们和检查我们的工作情况。

不巧的是，那天我正与肖书记冒着严寒又去给贫困户推销农产品去了，只有扶贫队员王顺中在村部。

王顺中开始担心我为贫困户销售产品会受到领导的批评，从而不敢跟秦书记和谭县长如实汇报，只是吞吞吐吐地搪塞着，后来他打电话告诉我说，县委书记和县长到村里来检查我们的扶贫工作了。

我说："你就实话实说地告诉秦书记和谭县长，为了帮助贫困户销售农产品，这段时间我跟村支部书记一直在为他们奔波。"

这时，王顺中才跟秦书记和谭县长说实情。

听王顺中讲，秦书记、谭县长看了我们村部的布置，然后叫他打开档案柜看了看贫困户的档案。之后，对我们的精准扶贫工作给予了非常高的评价。

三十四　我背了一会儿黑锅

　　大山村的村民很老实，生产出来的农产品一旦没有销售出去，他们就吃不下饭，睡不了觉，非常担心亏损了而使辛勤劳动的汗水白白地流了。

　　马思富家的牛没有销售完，他三天两头跑到村部来找我，生怕我搪塞他，不帮他的忙，而一再承诺给我 10% 的劳务费。

　　我告诉他说："老马，你不要性急，性急吃不了热豆腐。我不是已经给你销售一半多了嘛，现在，我还在为你联系单位，你栏里剩下的十几头牛，我保证给你全部推销完，我也无须拿你一分钱劳务费。如果我拿了你的钱，我就会心神不安，那我就不是在帮你的忙，而是我在受你的贿，我还要受到党纪处分。"

　　过了一天，我特意跑到县第一中学，找到申校长，请他帮助我推销牛肉。申校长指引我说："你去跟后勤主任洽谈好就行了。"

　　于是，我马上找到后勤主任朱红。

　　由于我跟他是第一次见面，所以，我谨慎地跟他说："朱主任，我是教育局的宁伟夫，现在在大山村搞精准扶贫工作，在那里任第一书记，我村里的养牛专业户养了几十头牛，他自己不知道怎么销售，把牛关在栏里干着急。为了帮他销售牛肉，想请你帮我一个忙。"

　　朱红问道："他喂的是菜牛还是什么牛？"

　　当朱主任问及牛的品种时，我心里有了一定的把握，则爽快地回答他说："是喂草料的，绝对是好牛肉。我不会骗你，我还希望以后能与你们学校长期合作呢。"

　　"哦，"朱主任算了一下时间，说："那你过两天送 300 斤牛肉来吧，也算是我为贫困户做了一件好事。"

　　我激动地说："朱主任，你为贫困户不是做了一件一般的好事，而是做了一件天大的好事呀。现在他家里还有十几头牛，都是喂草的，我想请你在放寒假前再销售一两头，老师们如果需要的话，价格还可以优惠一点。"

朱红主任看到我叫他再销售几头牛，他感到有点为难，但最后还是点头答应了。

与朱主任洽谈好这笔生意之后，我兴高采烈地往回走。正在这时，我的一个表哥打来了电话说，他后天六十岁生日，请我吃酒。我愉快地答应了他的邀请。一直心系养殖户利益的我接着马上问他："你生日需要牛肉和鸡吗？我给你提供牛肉。"

表哥问："你在教育局上班，哪里有牛肉啊？"

我说："我不但有，而且是好牛肉，是正宗的喂草的牛肉，还是没有打水的牛肉咧。"

表哥答应说："鸡就不要了，牛肉最多也只要十斤左右。"

我愉快地告诉他说："不管要多少，都行。"

表哥说："那你给我带十多斤来吧。"

我说："表哥，你是一个热心肠的人，经常要买牛肉吃，现在有好牛肉，还不如多买一些，放在家里以后吃。这样吧，明天我给你带二十斤牛肉来。"说完，我就挂了电话。

表哥生日那天，我给他送去了牛肉。表哥接到牛肉后却问我："你在给谁销售牛肉和鸡啊？"

我告诉表哥说："今年年初以来，我一直在村里当第一书记，村民们响应我的号召，养了不少的鸡、鸭和牛，村里的养牛大户还有十多头牛没有销售完，所以，我要帮助他们推销。"

表哥又问："你给他们销售鸡、鸭和牛肉，你能从中得到什么好处吗？"

"没有！我也不需要他们的好处费。"我答得干脆利落，"是我鼓励他们搞养殖的，他们在销售方面遇到了困难，我不能看着他们喂的鸡、牛关在家里卖不出去，哪里还敢要他们的好处费。如果我帮助他们销售产品，还要索取好处费，那我就等于乘人之危，趁火打劫了。"

中午开餐的时候，我跟老表们坐在一起吃饭，老表们跟我说本周六去我家看望我的老母亲。我知道老表他们一来就是两桌多人。有那么多人吃饭，在买菜方面我有了主意：可以为贫困户销售几只鸡和几斤牛肉。

于是，我回到大山村后径直来到何立英家里。何立英正忙着喂鸡。

我问她："还有能卖的鸡吗？"

何立英问我："宁书记，是你自己要吗？你自己吃，拿去就是了。"

我骗她说："我跟朋友说你喂的鸡好吃，他们就想要，所以，我便想从你这里为他们买几只鸡。这几只鸡你要挑毛色好的卖，以便打出你的品牌来。”

我那么一说，何立英信以为真，没有任何怀疑地就给我捉来了4只鸡。

接着，我又到马思富家里买了十余斤牛肉。

那天，我与表哥、表弟们一起吃饭时，我跟他们开玩笑说："今天，我们来个牛肉宴，有炒牛肉，还有火锅大片牛肉。"

老表说："宁伟夫，幸亏你的贫困户喂的是鸡和牛，他们喂的要是我们不喜欢吃的，那就糟糕了。"

老表那么一说，我乐呵呵地笑了。

之后我又说："我现在在村里当第一书记，我发现那里的村民生活水平低下，在我的动员鼓动下，贫困户们都养了鸡、牛等家禽家畜。平常我没有相求你们，今天请大家帮我一个忙，要吃鸡的跟我联系，要吃牛肉的也跟我联系，我保证把鸡、牛肉按时送到你们家里来。另外，今年过年由我去联系买一头牛回来，我们大家把它分了，一来帮助我的贫困户销售产品；二来大家拿牛肉回去过一个热闹年，明年的运气定会牛气冲天。"

为了给贫困户排忧解难，我几乎使出了浑身解数。之后，我又帮马思富在我单位销售了两头牛，还在城区的几个有两三千学生的中学和小学推销了几头牛，所到之处，都喜出望外，满意而归。

为了帮助贫困户销售产品，我整天东奔西走，磨破了嘴皮，累得精疲力竭，所有这些苦恼只有我自家知道。经过近两个月的奔波，马思富的牛我帮他卖完了，贫困户的鸡也帮他们卖完了，他们得到了60多万元的收入，大家皆大欢喜。

就在我帮贫困户把家禽家畜卖完了的时候，一个意想不到的流言蜚语却随之而来了。李世豪看到我卖命地给贫困户推销家禽家畜，他把这件事看在眼里，恨在心里。他认为我为贫困户那样卖劲地推销产品，一是在收买人心，二是想从中得到回扣。

那天晚上，李世豪喝着酒，得意忘形地跟妻子姜美丽说："现在，我抓到宁伟夫的一个把柄了。"

姜美丽问道："你抓到他什么把柄呢？"

李世豪喝了一口酒，说："宁伟夫卖命地为贫困户销售鸡、鸭，还为马思富销售牛肉，他肯定从中得了他们的回扣。"

姜美丽说："你能肯定吗？"

李世豪说："现在的人很现实，没有钱，宁伟夫能那样为贫困户卖劲吗？除非是傻瓜才那样做，所以，我要告他一状。"

这时的姜美丽却谨慎地提醒李世豪说："你要有真凭实据才能告他的状，

如果没有把握还会惹火烧身呢。"

李世豪说："就凭宁伟夫那股劲，我就可以断定其间必定有猫腻。为了抓住他的把柄，我还悄悄地跟踪了他好几天，还拍摄了他好几张照片。前段时间，我开车出去就是为了这事。"

姜美丽突然惊讶地看着李世豪，说："老公，没想到你五大三粗的还有这样的心计，那你就去吉他，看宁伟夫还能横行几时！"

李世豪说："宁伟夫已经与我们势不两立，这次能把宁伟夫撵出大山村，就可以铲除我们的后顾之忧。"

于是，心怀鬼胎的李世豪一封匿名信把我告到了县纪委，说我在村里当第一书记是名，推销农产品赚取利润是实，还说什么假借为贫困户销售农产品，其实是想从中得到丰厚的不可告人的好处费。还说如果没有好处费，我哪里做得那么有劲，怎么可能到各个单位去低三下四地求人买农产品！

县纪委接到举报信之后，认为这是一个不容忽视的、严重的组织纪律问题，必需一查到底，以儆效尤。县纪委马上电话通知县委分管精准扶贫工作的李副书记，要求派人来认真地查一下。

没过多久，谭县长也听到了我为贫困户销售产品拿回扣的事，他有点担心，打电话问我："老宁，这两天有传闻说你为贫困户销售家禽家畜，拿了贫困户的回扣，有这回事吗？"

我向县长保证说："绝无此事。"

谭县长又说："没有就好，要是有那么一回事，我是不留情面的哦。"

我回答县长说："请县长放心，在经济方面，我绝对不敢越雷池半步。"

过后，县纪委的领导随即一个电话打到了县教育局陈局长那里，严肃地责备陈局长，要求教育局先派人来查一下，要是真有此事，那就立即把我撤职，并进行组织纪律处分，重新选派一个正直的党员干部去替代，以肃清不良影响。

陈局长听到这事之后，心里十分气愤，他马上打电话给我，叫我立即到他办公室去说清楚给贫困户卖家禽家畜的事。

听到陈局长叫我到他办公室去，我心里明白了几分，则马上请王顺中开车送我回县城。到了县教育局，我火急火燎地走到陈局长办公室。

陈局长铁青着脸，严肃认真地问我："老宁，你当时自己要求去村里当第一书记，雄心勃勃，工作也开展得有声有色。可是有人反映，今年你为了赚取个别贫困户的回扣，十分卖力地为他们到学校和各单位去推销鸡、鸭和牛肉，有这回事吗？"

我站在那里无话可说。

过了很久，我才委屈地说："局长，请你放心，为了促进消费扶贫，我为贫困户在学校和单位推销鸡、鸭、牛肉是事实，但我从来没有拿过他们一分钱回扣。你可以派人到村里去明察暗访，我要是收了他们的礼，或者拿了他们什么回扣，违背了党的'八项规定'，我甘愿接受党纪党规的严厉惩罚。即使组织给予我任何处分，都算是我咎由自取，自作自受。"

严肃认真的陈局长听我这么一说，他还是不相信地问我："现在，你给贫困户推销农产品的事已经传得沸沸扬扬，有人说你打着消费扶贫的幌子谋取私利，你所到之处，还有人拍了照，录了像。宁老，你真的有这样清白，一尘不染吗？"

我说："事实胜于雄辩。对于我清白不清白的事，我自己不想说。但我总认为给贫困户推销农产品，可以说是扶贫中的一种方式和手段，甚至还可以说是最直接的扶贫。贫困户喂的家禽家畜，如果卖不出去，产品就不能变成商品，他们就没有收入。至于告状的人，我可以断定是一个不怀好意的人，是想诽谤我、贬低我的人。"

陈局长听了我的解释之后，脸色缓和了下来，说："我希望你是清白的，不过一切要等县纪委去调查之后再做结论。"

陈局长通过对我的问话，了解到我没有那回事的时候，他马上打电话向县纪委汇报了情况。县纪委的领导为了慎重起见，他们警告陈局长不要袒护我，等县纪委到村里去调查之后再做结论。

真是人言可畏啊！遭到别人的诬陷，我浑身是嘴都无法辩明，欲加之罪，何患无辞。面对那些莫须有的罪名，我无话可说，只有等待时间来还我一个清白。

过了一天，县纪委派出了一个三人调查小组到大山村暗地走访，对我进行了实地调查。调查小组的人员一到村里就找到了养鸡大户何立英，他们先向何立英了解我在村里的工作情况如何。

何立英说："宁书记在我们村里秉公办事，对我们村里的老弱妇孺都很好，对我们贫困户关怀备至，他想为我们所想，做为我们所做，完全是我们的贴心人，他认真履行了无私心地为我们服务的诺言。近段时间，他还不辞劳苦地为我们村养殖专业户推销鸡、鸭和牛肉。"

调查小组的同志见何立英那样评价我，把我说得那样敬职敬业，他们感到惊奇。

接着，一个调查员问道："宁书记给你们销售鸡、鸭和牛肉，你们给他多少回扣？"

何立英回答得十分干脆："我们没有给他什么回扣。他为我销售鸡，我想请他吃一顿饭，他也不来，想送他一只鸡，他也不要。"

另一个调查员问："宁书记在你们这里就这样一尘不染吗？"

这时，何立英感到他们好像在调查我，则问他们："你们是哪个单位的？为什么来问宁书记的工作情况呢？"

调查小组的一个同志说："我们是县纪委的，有人反映你们的第一书记宁伟夫在给你们推销农产品的时候，从中得了你们的好处。也就是说，他收了你们的回扣，有这么一回事吗？请你如实地向我们调查小组汇报。"

"这样说来，正直的共产党员难当，正直的干部难当。"她对调查小组的同志说，"是哪个嚼舌头的在无中生有，故意玷污宁书记的形象。这一次，宁书记给我销售了三千多只鸡，为全村销售了五六千只鸡，这是事实，但他没有吃过我一只鸡，我给他留了两只鸡想作为礼物送给他，他却说要为朋友买几只鸡，硬是把我留给他的鸡买走了。后来我才知道，他把我给骗了，其实是他自己买鸡回去请客。前不久，我请他在家里吃了一顿饭，他还掏了一百块钱。宁书记就是一个这样正直的人，他根本就没有收受过我们一分钱。如此正直的第一书记，你们还听信谣言来调查他，真是没有天理了。"

县纪委调查小组的同志在何立英那里没有调查出我的任何问题，反而觉得我在群众中有很高的声誉，于是，他们准备到其他的贫困户那里去调查。

县纪委调查小组的人员一走，何立英马上跟其他贫困户取得了联系，说："有人想陷害宁书记，现在，县里的调查小组在我们村里对宁书记进行明察暗访。"

有人则说："宁书记是我们的恩人，我们不容许他们诬陷宁书记。宁书记想为我们所想，做为我们所做。他即使吃我们一两只鸡，一两斤牛肉也是应该的，更何况他没有吃我们的，也没有拿我们的，更没有索要我们的。他是一个正直的书记，我们不能眼睁睁地看着一个正直的宁书记、一个正直的共产党员遭人暗算。"

县纪委调查小组不来调查则已，一来村里调查，反而激进了贫困户们的极大义愤。

在社会上，没有不透风的墙。好事不出门，丑事传千里。

我弟弟伟俊在县城做生意，无意中听到有人在传关于我的谣言："教育局的宁伟夫争着去村里当第一书记，谁知他经不起金钱的诱惑，给贫困户销售家禽家畜，从中渔利，拿回扣，结果受到县纪委的查处。"

我弟弟听人们那样一说，他十分气愤，在心里痛心地嚷道："哥，你现在不愁吃，不愁穿，还去沾贫困户那些蝇头小利做什么？你这样不洁身自好，不保晚节，你是自己毁灭了自己啊。"

心急火燎的弟弟于傍晚时分回到家里，把这事一五一十地告诉了我的老母亲。

我母亲信以为真，气得浑身哆嗦不止，不断地骂道："这个不肖之子，当初我把他叫到跟前说了，叫他到了村里不要在经济方面犯错误，不要把手伸向老百姓，没想到他不听教诲，不遵纪守法，在村里做出这样出格的事，有辱宁家门风，宁伟夫你罪有应得。"母亲说完，气得昏厥了过去。手足无措的弟弟伟俊马上叫来了120，把母亲送进了县人民医院。

接着，怒火中烧的弟弟打电话告诉我说："宁伟夫，你马上回来，母亲因为你急得病倒了，现在在人民医院住院。"

我问弟弟："母亲怎么因为我病倒了呢？"弟弟没有说话。

我说："那我马上到医院来。"我急匆匆地来到医院时，母亲还在昏迷之中。

我急忙问伟俊："妈妈怎么因为我病倒了呢？"

伟俊说："你的事难道你自己还不知道吗？你在村里贪图贫困户的蝇头小利，为贫困户销售家禽家畜，从中拿回扣，县纪委对你展开了调查，你难道还想蒙我们？"

我说："那是谣言！"

但是，弟弟伟俊还是怪罪于我说："你别说了，反正妈妈得病都是因为你。"

一句谣言就把她老人家气成这样，都是谣言惹的祸，人言可畏啊。

接着，伟俊又生气地说："你太不争气了，在村里当好你的第一书记就够了，还要去给贫困户销售鸡呀什么的，你家里难道缺吃少穿吗？还想着从中拿回扣，现在闹得满城风雨，县纪委也介入了，看你如何接受组织处分。"

听到弟弟的责难，我有口难辩，只有忍气吞声，但我再次重申："那是谣言。"

伟俊似乎还不相信。

过了好一会儿，我才说："伟俊，你的头脑就那么简单吗？你不先打电话给我问问情况，怎么一气之下就把谣言当成事实，怎么就直通通地告诉老娘了呢？使老娘气成这个样子，哎，真是的。"

正当我们吵嚷着的时候，母亲微微地睁开了双眼。

我走到母亲面前喊了一声："妈——"

"宁伟夫，你来了。"母亲一开口就生气地说，"你到村里去的时候，我是怎么交代你的，你怎么就这么经不起金钱的诱惑，这么不争气啊。"

"妈——"我委屈地对母亲说，"您听我说。"

"我不听你的，"老母亲铁青着脸，咬牙切齿地说，"你拿了贫困户多少回扣？你要钱，我还有几万块钱，你可以全部拿去，我给你，但你不能拿贫困户一分血汗钱啊，我的儿子。"

我跟母亲解释说："妈——，您冷静一点好不好？我没有拿他们一分钱，也没有受他们一分钱的贿。妈，您的话犹如悬挂在我耳边的一口警钟，时时刻刻警示着我，使我在党纪国法这条红线面前，不敢越雷池一步。"

老母亲还是坚持说："外面的传闻不可能是空穴来风吧。我问你，县里是不是派人到村里调查你？"

我低着头回答说："是的，是有人在调查我。"

母亲听说县里派人在调查我，她更是怒火中烧地说："宁伟夫，今天，你自己回家去，在宁家列祖列宗的灵位面前好好地反省反省。当年你父亲希望你为人正直、大公无私，才给你取了这个名字。你要是做了亏心事，那说明你父亲为你取错了名字，你就不是我的儿子，宁家也没有你这个宁伟夫。"

我请求母亲说："妈，您放心养病，儿子可以在祖宗们的灵位面前保证，我宁伟夫从来没有做过问心有愧的事，也没有做过亏心事。妈，谣传我拿了贫困户的回扣，那是个别人别有用心，是想栽赃我，陷害我。"

母亲听我这么一说，她的神色仿佛变得缓和了一点，问道："是真的吗？"

我说："妈，儿子绝无戏言。上级领导一定会还我一个清白。妈，身正不怕影子斜。我为贫困户销售家禽家畜的事，县委书记、县长也知道的，他们不但没有责备我，反而认为我做得好。妈，为了扶贫，为了贫困户的利益，我还将继续给他们销售家禽家畜。"

母亲说："只要你是不求回报地为贫困户分忧解难，我支持你。"

此时，我郑重地点了点头。

正在这时，妻子邓丽佳打来了电话，她也生气地质问我："老宁，你是不是在给贫困户销售鸡和牛肉的时候得了他们的回扣？"

我说："那全是谣言。"

邓丽佳说："伟俊说，妈因为你的事都病倒了！"

我说："现在，妈妈的病好了，你也不要操心了。"

晚上十二点多了，我对伟俊说："你回去，我在这里照顾妈妈。"

伟俊不想回去，这时，母亲说："伟俊，哥叫你回去，你就回去吧，让伟夫在这里陪我一晚也行，明天上午你再来接我出院。"

在母亲的劝说下，弟弟回家了，由我在医院对母亲尽了一点孝道。

第二天，母亲出院了。

为了证明我的清白，大山村的贫困户想到县里去为我澄清事实！

我知道他们的想法后，极力去阻拦他们说："你们要去县里，其实是在加重我的罪行，这像什么话呢？"

何立英说："宁书记，你是一个正直的人，我们不想看到你受那么大的委屈。"

我说："你们的心意我知道。俗话说，路遥知马力，日久见人心。为人不做亏心事，不怕半夜鬼敲门！我相信组织会查清楚，还我清白。"

何立英说："宁书记，你受了那么大的委屈，我们不想让你背黑锅。"

我还是那句话："我们要相信党，相信组织。"

我虽然把他们劝住了，但我又为他们的行动感动得热泪盈眶，这说明了我在人民群众中有一定的基础，我为他们做了好事，他们没有忘记。

于是，我在心里由衷地喊道："人民群众的眼睛是雪亮的，人民群众是伟大的！"

至此，李世豪企图诋毁我的名誉的阴谋又一次失败了。

三十五　李世豪与我化干戈为玉帛

第二天，我一回到家里，妻子一见面就追问我说："老宁，告你吃贫困户回扣的人是谁，你知道了吗？"

邓丽佳一提起那事，就勾起了一件件、一桩桩往事，我告诉妻子说："那个人从我去当第一书记的第一天开始，就一直处处跟我作对，除此之外，他还一而再、再而三地唆使个别村民与我过不去。令他意想不到的是，我见招拆招，使他聪明反被聪明误，几乎是无地自容。前不久我才跟他化解了一些矛盾，关系缓和了一点，可是因为村卫生室的事，我们的矛盾又升级了，又变得不可调和。"

我妻子此时感兴趣地问："他是谁呢？"

我说："我告诉你他的为人了，还问他是谁就没有必要了，这个请允许我暂时为他保密。"

邓丽佳生气地说："在妻子面前还有什么值得保密的呢？"

"好，那我就告诉你。"我想了一会儿说，"他叫李世豪，大山村的小霸王。"

妻子邓丽佳惊讶地说："村里的小霸王，这种蛮不讲理的人你也敢动他啊？"

我轻描淡写地说："小霸王又怎么了？我有一身正气，还怕他歪门邪道不成，一正压千邪。如果我迁就他，那不就是正不压邪了吗？"

接着，妻子担心我说："在村里，你要注意他对你的报复啊。"

我玩笑地说："请夫人放心。"

……

当天下午，我乘班车回到了大山村。

就在这天下午，李修桥、王国之、曾二娘等十多个村民怒气冲冲地跑到李世豪家里，就卫生室的问题跟李世豪发生了正面冲突。

曾二娘说："李世豪,我们村的卫生室就是因为你崽的事到现在都没有开。你要为我们老年人想一想,我经常疾病缠身,经常要买药吃,没有卫生室,我们买药不方便,想量血压也没有地方量,你于心何忍啊?"

李世豪理屈词穷地说："二娘,这件事也不能完全怪我。"

王国之气愤地说："不怪你怪谁呢?人民政府对老百姓的健康这样关心,既是医保,又是大病扶持,我们村却因为你而使现成的卫生室关门歇业了,使我们有病的人苦不堪言。"

李世豪叹了一口气,耍赖地说："只怪李医生寿命太短了,他要是能再活两三年,等我儿子毕了业就好啦。你们要知道,我儿子是学医的本科生呢,以后他要是回来在村卫生室坐诊,你们大大小小的病都不用去医院看了。各位,请你们都耐心地忍一忍,只要一年,就可以满足你们的心愿啦。"

曾二娘说："还要一年,我一天也难等哦。"

这时,李修桥说："世豪,与人方便,自己方便。你也要替他们想想,今天来的都是一些老弱病残的人,他们走路也吃力,村里没有卫生室,一旦感冒了也要跑十几里路去买药,多痛苦啊。"

李世豪听到李修桥入情入理的话,他无言以对,只是低着头坐在那里猛抽烟。

李修桥接着又说："其实宁书记、肖书记他们出的主意很好,暂时由宋丽琼的女儿回来顶替一两年,等你儿子一毕业,就由你儿子来坐诊,这是两全其美的办法,你却生怕她女儿赖在那里不走了,你就不干。世豪,现在村里的人都知道是你在阻挠村卫生室的开业,你得罪的可不只是今天来的这些病人,而是整个村的人。你说是不是?"

李修桥的话一说完,在场人七嘴八舌地对李世豪进行了一番斥责,李世豪有口难辩。

此时,李修桥看到李世豪似乎有了醒悟,想给他一个台阶,于是,他适时地对王国之等人说："算了吧,大家讲了这么多,我们相信世豪是个聪明人,他应该能够接受大家的意见,散了吧。"

李修桥从李世豪家里出来就直奔村部而来。

与李修桥一见面,我就风趣地问李修桥说："三爷,你今天可给李世豪上了一课?"

李修桥说："那个李世豪啊,今天算是服软了。"

我赶紧问道："那我们村卫生室有望恢复了?"

李修桥说："反正他在我们面前低下了头。"

我说："你们群起而攻之,使他只有招架之功,毫无还手之力。你们今天这一招，可以说打蛇打到七寸上了，一掐就掐住了李世豪的死穴。"

这时，肖十美好像看到了村卫生室恢复的希望，他突然说："宁书记，卫生室在我们村必不可少，眼下也恢复有望了，但还有一件大事亟待我们解决。"

我问肖十美："什么事？"

肖十美说："就是我们村的小学。如果能把我们村的那所小学恢复起来，那就为孩子们解决了上学困难的大问题。"

"是啊，一个村没有小学，六七岁的孩子们上学真的是太辛苦了。"我说。

这时，王国之也来到了村部，在李世豪家里出了口气之后，他好像是一位取得胜利的骑士，心情显得特别兴奋。

我说："老王，你们的计策不错啊，你们恢复村卫生室心切，我也心切。今天，你们一出手，我相信李世豪此刻心急如焚，十分难受。"

自李修桥他们离开李世豪的家之后，李世豪心里着实不是滋味，令他没想到的是，现在的村民们敢在他面前说重话了。他闷闷不乐，躲在家里喝酒、抽烟。以前他能邀请龙军等人喝酒，现在，李世豪看到一个个都背叛了他，他则不愿意再请他们来白喝了，于是，李世豪就一个人坐在家里喝闷酒，本想借酒消愁，没想到愁上加愁。

更让李世豪没有想到的是，他那么一喝，竟然喝出了疾病。

那天晚上，李世豪喝酒之后，无所事事地坐在沙发上看着电视就睡着了，凌晨过后，他突然感到肚子隐隐约约有点痛，但他认为那是一般的病痛，没有介意。再过了一段时间，肚子疼痛加剧，痛得他冷汗淋漓，身子也直不起来。这时，疼痛难忍的李世豪叫醒他的妻子姜美丽。

姜美丽看到满头大汗的李世豪心疼地问他："世豪，你怎么了，是哪里不舒服啊？"

李世豪说："肚子剧烈疼痛。"

姜美丽着急地说："要不要到县城医院去看看？"

李世豪无可奈何地说："在这黑灯瞎火的晚上怎么去呢？"

姜美丽说："叫救护车来接吧。"

李世豪皱着眉头说："那不知道要等多久才到这里。"

姜美丽一时犯难了，这半夜三更的，能找谁帮忙呢？

救夫心切的姜美丽突然心里一亮，她激动地对李世豪说："世豪，有了，我有办法了。"

李世豪问姜美丽："你有什么办法？"

姜美丽说："宁伟夫他们有车。我们叫他们送你到县城医院去。"

李世豪沉思了好久，然后说："我一直跟他过不去，与他为难，他能同意送我去县城吗？"

李世豪那么说，姜美丽一筹莫展。

这时，李世豪摇摇头，说："算了吧，要不拖到天亮再说。"

姜美丽说："你都难受成这个样子了，还能拖吗？宁伟夫是我们村的第一书记，他能见死不救吗？我打电话给他。"

李世豪说："不是这个意思，我……"

姜美丽说："王国之病了，宁书记叫他的朋友特意开车来接王国之去县城看病；五保户曾大发病了，他能送；龙军割了脚，他也能送。你痛成这个样子了，他岂能不送你呢？他要是不送，我们给他双倍的车费就是了。"

李世豪说："不是这个原因，也不是钱的事，是因为我一直跟他对着干，怕他利用这个机会报复我。"

姜美丽说："世豪，在这个时候，我们不得不求人了，我相信宁伟夫不是那种心胸狭窄的小人。"

过了一会儿，李世豪的病痛越来越厉害，脸上的汗珠像黄豆大一样不断地往下掉。

李世豪一手捂着肚子，一手抹着脸上的汗珠，实在坚持不住了的李世豪才艰难地跟姜美丽说："那你打电话试试看。"

姜美丽四处寻找我的电话号码，没有找到。

李世豪则小声地说："我手机里有他的电话号码。"

姜美丽从李世豪手机翻出我的电话号码，马上拨通了我的电话。

正在熟睡中的我，听到电话铃声，惊奇地爬了起来，心想：这个时候打电话来，肯定哪里出了事。

我拿起手机一看，是李世豪的电话号码，于是我赶紧接通电话："喂，世豪，你怎么了？这个时候没睡，还打电话来干吗呢？"

姜美丽在电话里说："宁书记，对不起，夜深了还打电话给你，打扰了。"

我问她道："姜美丽，有什么事吗？"

姜美丽说："宁书记，世豪突然肚子痛，痛得腰也直不起来，汗流浃背。他实在熬不过去了，想请你开车送他去县城去住院，行吗？"还没等我回话，心急的姜美丽马上说："我给你车费，双倍的车费。"

我说："姜美丽，不是钱的事，救人要紧，你放心，我马上叫王顺中开车过来，你清理一下东西。"

姜美丽听到我爽快地答应她愿意出车，她悬着的心落了地。

说着，我立即去敲王顺中的房门。

年轻的王顺中此时睡得特别香，我敲了两次门，他还没有反应。我再用力猛敲了两下，王顺中才从梦乡中醒来，问道："谁啊？"

我说："小王，快起来，李世豪病了，病得很厉害，他妻子姜美丽叫我们赶紧送他到县城去。"

病情就是命令。王顺中赶紧穿好衣服走了出来，口里不停地念叨着："山里比我们家里冷多了。"

我安慰他说："不要紧，到车上把空调一开就暖和了。"

不到一刻钟工夫，我们就到了李世豪的家门口。

姜美丽已在门口等候了多时，她一见到我，千恩万谢地说："宁书记，你是大好人。"

我说："不要客气，谁能见死不救呢，快，把世豪扶上车。"

说着，我与王顺中搀扶着李世豪一步一步地向车挪去……

上了车，只听见李世豪不断地呻吟。夜幕中，车在弯弯曲曲的山路中急驶，灯光划破了长空。到了县人民医院已经是凌晨三点。

由于我以前为曾大爷住院办理过手续，今天再来到医院，我可以说轻车熟路。于是，我立即跑到急救室，把值班医生、护士叫了出来，然后七手八脚地把李世豪送进急救室。

经医生们会诊，他们初步判断李世豪患的是急性阑尾炎，再经过CT检查，证实就是阑尾炎。一位经验丰富的中年医生看了看片子说："好在你们来得及时，再慢来一个小时，阑尾就要穿孔了。"

医生的话把姜美丽惊出一身冷汗，接着，医生们马上给李世豪动手术。

我与王顺中陪着姜美丽在手术室外静静地候着，祈盼李世豪能手术成功，能安全出来。几个小时过去了，李世豪的手术总算成功了。

当李世豪醒来之后，他心有愧疚地看了看我，然后说："宁书记，感谢你和王书记的救命之恩。"

我说："这有什么值得感谢的，举手之劳。世豪，你刚刚动了手术，好好休息一会儿吧。"

天亮了，我与王顺中再开车回村部去。

李世豪在医院里住了好几天才出院回家。

到了村里，李世豪正好碰上王国之，王国之先安慰了李世豪一番，接着半开玩笑半认真地说："你终于尝到了生病的痛苦了吧。如果我们村卫生室能正常运转，你得了急性阑尾炎到那里去打一针，或者拿一些止痛药吃了，再到县医院去手术，你就不会受那么多的苦了。你这叫自作自受。"

李世豪说："王国之，你幸灾乐祸啊。"

王国之笑着说："我没有那个意思，我只是想逗你开心，让你忘却痛苦。"

李世豪回到家里后，姜美丽跟他说："世豪，这次幸好沾了宁书记的光，是他给了你第二次生命。"

李世豪不耐烦地说："去、去、去，我知道，你少说点好不好。"

姜美丽不想跟他争个高低，只是任劳任怨地给他拿药，倒开水，叫他服药。

李世豪服药之后，对姜美丽说："美丽，明天把那只鹅宰了，请宁书记他们来吃晚饭。"

姜美丽说："宁书记帮了我们这么大的忙，是应该好好感谢他才是。"

但过了一会儿，姜美丽突然问李世豪："宁书记他很廉洁，他会不会来吃我们家的饭？"

姜美丽一提醒，李世豪认为姜美丽的顾虑有道理，他心里想：宁书记第一次到村里来，在王国之家里吃饭时，就被自己搞得非常难堪。这次我请他到家里来吃饭，真的怕他不给面子，这样自己还不得颜面扫地。于是，李世豪想了一个主意。

这天，他亲自来到村部跟我说："宁书记，为感谢你的救命之恩，今天晚上我准备请你吃饭，叫肖书记、王书记、李修桥等人作陪。"

我说："吃饭就没必要了。"

李世豪说："你是我的救命恩人，我总得有恩必报啊。"

"是吗？"我犹豫了一会儿说，"你刚出院，身体还没有恢复，请什么客，真没有这个必要。"

李世豪说："通过这次病痛，我想通了，村里真的不能没有卫生室，我同意你们的想法，尽快恢复村卫生室。这是件值得高兴的事，我主要为这个事想请大家吃饭。"

李世豪这么一说，我睁大眼睛看了看他，高兴地脱口而出："好啊，世豪，你同意尽快恢复村卫生室，就凭你这一明智之举，你请客我一定来，并且愿意同你一醉方休。"

李世豪爽快地说："好啊！"

接着，我感到说错了话，马上纠正说："不，不不，你刚出院，你不能喝酒；我是党员干部，不能违背党的'八项规定'，不能让你请客吃饭。"

李世豪说："没关系，大不了再去医院里走一趟。"

我说："那怎么行呢？"虽然有感于李世豪的变化，但对于吃饭这件事，我的态度很坚决。

李世豪见实在勉强不了我，只得作罢。

趁此机会，我与他开诚布公地谈一谈。

过了一会儿，李世豪说："宁书记，我现在醒悟过来了，彻彻底底地醒悟了。我吃亏就是吃在好强的性格上。一年来，我处处为难你，跟你斗，但你一次次地忍让，你是宰相肚里好撑船，大度宽容。现在，我当着你的面，向你赔礼道歉，以后再也不做那种傻事了。"

"好，"我开玩笑地对村部办公室的人说，"世豪今天在这里说的，他以后再也不做那种傻事了，请大家见证。"他们纷纷点头鼓掌。

我说："世豪，你是一个爽快人，知错就改，好样的。"

至此，大山村卫生室的问题得到了彻底解决，村民们皆大欢喜。

三十六　村里不能没有小学

大山村的卫生室一恢复，解决了村民们看病难的后顾之忧。

肖十美说："宁书记，村卫生室恢复了，现在我们要想方设法把村里的小学也恢复起来才好，小学一恢复，那你真的为我们村的下一代谋了福。"

我说："肖书记，你又在将我的军了。好吧，我们就把恢复大山村小学的事摆到议事日程上来吧。"

要想提高整个大山村村民们的文化素质，提高他们的思想觉悟，就必须加大对所有村民、特别是青少年的教育力度，促使他们进取拼搏，从小立志改变自己，改变家乡的落后面貌。

20世纪90年代，在普及九年制义务教育时，大山村有一所小学，有学生90多人，老师6名。但随着形势的发展变化，学生一度减少，大山村的村小便被撤了。目前，大山村是一个拥有一千三四百人的中等村，就读小学的有100多人。孩子们从读小学一年级开始，就要到距离家50多里远的镇中心小学去就读，或者到稍近一点的外村的村小去读书，更为甚的，出现孩子读书，家长陪读的现象。家长要是不去陪读，就要披星戴月地接送孩子，给学生及家长带来了极大的经济负担和精神压力。

不久，我跑到县教育局，向年富力强的陈局长汇报了在大山村重新创办村小的建议。我把大山村大批小学生上学困难的问题详细地跟陈局长述说了一番。

陈局长却为难地说："大山村没有小学确实给孩子们上学带来了诸多的不便，但要想恢复村小，动辄需要七八十万元甚至于上百万元，而现在没有经费，缓一步吧，看明年的经费情况如何再定。"

我说："再苦不能苦孩子，再穷不能穷教育。十年树木，百年树人。在整体扶贫的过程中，为贫困村修建一所学校，是教育扶贫工作的一部分，它功在当代，利在千秋。我很希望能趁此扶贫的强劲东风，为大山村人民解决小孩上学难的实际问题。"

接着，我又向陈局长陈述说："贫困地区文化素质一旦低下，就会导致出现一系列难以解决的思想问题，说重一点就会给社会留下意想不到的后遗症。"

陈局长听了我的建议之后，也认为我言之有理，则握着我的手说："宁老，你对贫困村的教育很关心，我作为教育局的局长，发展贫困地区的教育定会义不容辞，请相信我，我会把这件事放在心上的。"

我从陈局长那里出来，在教育局的大门口遇上了我的老同学——国际电子元件开发有限责任公司董事长薛爱民。

薛爱民看到我匆匆忙忙的行色，则问我道："宁伟夫，你在忙什么呀？"

我惊讶地看着他，问道："老同学，你什么时候回来的啊？到教育局来干什么？"

薛爱民说："我想到教育局去找你们的陈局长。"

我问薛爱民："你找局长干什么？"

薛爱民坦诚地告诉我说："我想捐一笔款支持我县的教育，帮助那些像我们当年一样贫困的学生完成学业。"

薛爱民跟我同一个村，我们一起读过小学、上过中学。当时，他家里的条件比我的还差，他经常穿一条补丁叠补丁的裤子，有时候连屁股都露了出来，裤子没有皮带系，他就用麻绳子代替。后来，薛爱民考上了大学，毕业之后自己去创业。经过二十多年的打拼，现在他成了公司董事长，发财了，但他没有忘记孩提时的往事，所以他想资助教育。

听他那么一说，我高兴得拍着他的肩膀说："来得早不如来得巧。爱民啊，你知道我现在在大山村当第一书记，那里的孩子们读书要走五十多里的山路，多可怜啊。一个个求知若渴的孩子，以及孩子们的家长，多么希望村里能够恢复那所小学。爱民啊，上次你回来，我们相处的时间太短，我没有跟你提起教育扶贫的事，你这次既然回来捐款支持教育，不如你就把款捐到大山村去，支援大山村的教育，帮助贫困的大山村修一所学校，那将是功德无量的事啊。捐款不是要捐到锦上添花的地方去，而是要捐到需要雪中送炭的地方去，才能有意义，才能有价值。所以，看在我们是同学又是发小的关系上，我迫切地希望你把钱捐到大山村去，办一所有特色的山区小学——爱民小学！"

薛爱民思虑了一会儿说："我捐的钱不是很多，不知道够不够修一所村小。"

我迫不及待地问："你准备捐多少款啊？"

薛爱民脱口而出："大概是 80 万元。"

"不错了，"我说，"80 万元不少啊，基本上能够修建一所小型的小学，老同学，我们就这样定了吧。要是资金不足，我再去想办法。"

"好吧，"薛爱民见我那样极力地为大山村的老百姓争取资金办教育，他也被我感动了，说，"那我还得把这件事跟你们的局长汇报一下，使你的后续工作能得到他的支持。"

我激动地说："好，你去汇报，但不能翻船啊。"

薛爱民说："君子一言，驷马难追。你放心吧，不过，有时间的话，我还得到大山村去考察一次，看一看你讲的与实际情况是否相符。"

"哪天去？"我高兴地问。

薛爱民沉思了一会儿说："那就安排明天去吧。"

"好的，"我说，"明天早上不见不散。"

薛爱民走了之后，我马上给肖十美书记打电话说："肖书记，村里修建小学的事有眉目了，也有希望了。"

肖十美听到这个消息，笑得嘴也合不拢，心情激动地说："太好了，宁书记，我代表全村人民感谢你。"

"踏破铁鞋无觅处，得来全不费功夫。"我告诉他说，"刚才我遇上了我的一位同学，他正准备回县里来捐资教育，在我的强烈要求下，他决定捐款到你村来修建小学。我明天陪同他来村里考察，你准备一下。"

肖十美迸发出铿锵有力的声音说："好！"

第二天早上，我叫王顺中开着车，准时来到薛爱民住宿的宾馆外等他。

薛爱民虽然腰缠万贯，富甲一方，但他吃喝住宿从来不讲排场，他就住在普普通通的宾馆里，普普通通的房间里。

薛爱民上车后，我开玩笑地说："爱民啊，你真的是爱民呢，感谢你给大山村资助修建小学。"

薛爱民说："那里的老百姓怎样？"

我告诉他说："大山村的村民出现了严重的两极分化，富的富得流油，穷的穷得家徒四壁。一千多人口的村，有 20 多个五保户，50 岁以上的光棍汉也有十余人。我想，他们贫穷的根源应该就是从古至今村民们缺乏应有的教育和经济的开发。"

小车起动之后，我说："从县城到大山村需要一个多小时，车慢慢地爬行，在山间绕来绕去，大有在六盘山上行驶的感觉。"

薛爱民在车里浏览着两边的风光，同时也看到了大山村村民的不易，由此，他对我提出给大山村修建小学产生了同感，说："宁伟夫，大山村修建小学的事就这样定了吧，我捐的 80 万元全部捐到大山村，用于修建小学和购买配套的教学设施。"

到了村部，肖书记热情洋溢地出来迎接，大家一见如故。

在会议室里，薛爱民为肖书记的深情厚谊所感动，爽快地表态说："只要把我捐的款用在刀刃上，如果资金不足，我再回去想办法。"有了薛爱民董事长的这句话，我们好像吃了定心丸。

肖十美和我陪同薛爱民走访特困户和五保户。我们一行来到特别困难的贫困户夏东平家里。薛爱民看到夏东平老实憨厚的样子，看到他两个骨瘦如柴的未成年的孩子，再看到他累得汗流浃背、皮包骨头的妻子易小平时，他默不作声地从提包里掏出 2000 元交给易小平，然后说："嫂子，一点心意，给你家里补贴一下。你这样辛辛苦苦地干活，可要注意自己的身体啊，你是一个女人，又是家庭里的主心骨，不能再有什么闪失了啊。"

薛爱民也许是被易小平不嫌弃智力低下的丈夫、拖儿带女地支撑着那样的家庭所感动，临走的时候，他又给了易小平 3000 元……走走停停，我们一起走了十多家，有贫困户，也有五保户，他一下就捐献了四五万元爱心款。

薛爱民之举，像春风一样吹得大山村人民的心暖融融的。

送走薛爱民，我跟肖书记、王顺中、宋丽琼、季永高等人马上商量村小选址的事。

肖十美说："我们大山村到处是山，一亩以上面积的平地也没有。我想，要是原来的村小那块地没有卖，现在就在那里修建村小最好。"

我马上追问肖十美："你是不是说过原来村小那块地连同村小都被李世豪几个人买下了？"

肖十美说："当年是由李世豪等三个人合伙买去了，牵头人就是李世豪。没办法，当时只有他们有钱。"

我思考了一会儿说："好，只要李世豪占份，应该好办，我们马上去找李世豪商量，看有没有办法请他们把地基让出来，我们可以给一定的经济补偿。"

当我们找到李世豪说出想法时，他有点犹豫。

由于在大山村，土地很珍贵。当年大山村在处理村小时，定价还算比较高，而一般的人都经济拮据，买不起村小，只有李世豪等三人拿得出资金，所以，他们把那村小买下来了。现在看来，那块以廉价的几千块钱买到的地盘，可谓是建房、修别墅最好的地方，李世豪早就有这种打算。

我耐心地跟李世豪说："为了我们村世世代代的孩子，为了我们村世世代代的教育，你要以大局为重，促成修建小学的事。"

李世豪眼巴巴地望着我，想说什么又说不出口。

我劝他说："世豪，我知道你心里矛盾，但在我们面前，你有话尽管说就是骂我，我也不会责怪你。"

李世豪无可奈何地说："宁书记，前段时间听说你想为我们村恢复村小时，我心里就犯难了，担心你们又会来打我的主意，要拿回村小的地基，结果真的是怕什么来什么。"

我玩笑地说："这也是一件好事呢。"

李世豪不解地说："宁书记，你告诉我，这算什么好事呢？"

我说："这说明你当时是大山村的富裕户，别人在衣食住都困难的时候，你能拿出一笔几千块钱的现金，那是了不得的，你说是吗？当时，你如果没有钱，什么也买不成，那现在就跟你没事了。这说明你有能耐，是村里的能人，有什么好事都有你的一份。"

在我的一番劝说下，李世豪只是唯唯诺诺地点点头。

我则再跟他说："李老板，你现在一不愁吃，二不愁穿，三不愁住。一座这么大的房子够你住几代了。前几天我为村里争取来了80万元的捐款，用于修建学校，现在我们村能不能恢复村小学就看你的了。"

肖十美也说："宁书记一心想着我们村的教育事业，为了我们村的这所学校，他绞尽了脑汁，动员他的发小捐款。如果这次村小修建不成，以后就很难有机会了。所以，在这个问题上，要请你顾全大局，为我们村的子孙们着想，让出那块地基。"

李世豪此时改口说："即使我同意了，他们两人能同意吗？"

我说："世豪，只要你同意，我相信其他两人最终会同意的。"

李世豪见我那样抬举他，他心里很高兴，说："既然宁书记临时在我们村当第一书记都能这样尽心尽意地为我们村办教育，我就顺乎民意好了。"

这时，我激动地站了起来，跟李世豪紧紧地拥抱着说："世豪，你是好样的，你是好样的！我就知道你李老板是一个开明大度的人，我们村恢复小学指日可待了，你是我们恢复村小的功臣。"

经过我们一番轻松愉快的交谈，通情达理的李世豪忍痛割爱地答应了我们的要求，同时，在我们的请求之下，李世豪答应帮我们一起去做其他两人的思想工作。

这天晚上，李世豪打电话给那两个人，叫他们马上到他家里来商量一件事。那两个人不知情地来到李世豪家里。他们三人刚坐定，李世豪就开门见山地说起了村里准备买回村小地基的事。他们两人心里一时不能理解。

接着，李世豪动情地跟他们说："我们都在原来的村小读过书，在村小毕业。可是，后来村小撤销了。我现在想起来感到有点可惜。十多年来，我们村里没有小学，孩子们上学很不方便，天天要家长接送。以前，我脑壳里进了水，处处跟宁书记作对，处处跟他为难。如今我想通了，宁书记一心一意在为我们村做好事，为我们村的子孙后代做好事，我们应该全力支持他。宁书记要在原来村小的地基上修建一所全新的小学，还说在经济方面给予我们一定的补偿。我想，我们都是大山村人，应该也为我们的子孙后代着想，为村里做一件好事，把村小退还给村里。"

有李世豪出面，那两人也无话可说，他们认为李世豪也顶不了的事，他们更是无能为力。在李世豪的劝说下，那两个村民也顺应了民心。

经过几天的努力，我们终于解决了一个恢复村小的大难题，使现在重新修建村小有了地盘。

之后，我马上跟县教育局汇报了情况。陈局长看到我做事这样雷厉风行，他笑逐颜开地承诺说："为了大山村的教育，我想办法从其他经费中挤 30 万给你，算是我们教育局给你们的支持。"

接着，我们开始着手办理修建大山村小学的有关手续，并且修建村小的工程由李世豪承包。一个月之后，大山村小学破土动工。

那天，我拍着李世豪的肩膀激动地跟他说："世豪啊，修建村小你功不可没啊。"

李世豪谦虚地说："你过奖了，还是你宁书记高瞻远瞩，功不可没，我李某人只是尽了一点微薄之力。"

我说："没有你那绵薄之力，我们就是有牛大的力气也是无用之力。说来说去，你的微薄之力起了决定性的作用，不过，为了大山村教育的前途，以后还需要你的微薄之力呢。"

李世豪满口答应说："好，只要用得着我，一定尽力而为。"

村里的大户听说大山村要重修小学，纷纷伸出了援助之手，不到一个月的时间就捐来了 30 多万元。

我自豪地说："新时代的大山村教育事业将有一个崭新的起点。"

三十七　他竟然把种羊吃了

一天上午，我与肖十美、王顺中三人来到东岭茶叶场基地，看到那一层一层的梯土和一棵棵茶树苗，我心如毛羽的撩拨，格外轻松自在。这使我不由自主地想起了当年王震旅长率领三五九旅在延安开荒种地的情景。

王震将军当年凭着一双手、一把锄头硬是把延安的一片荒山野岭变成了陕北的好江南，而我们今天的东岭，在现代的机械化作业下，不过才几天时间就把一片荒地变成了江南的好茶园。触景生情的我，由此展望起未来：再过两三年，茶苗就会把漫山遍野的沃土遮掩住了，呈现在我们面前的将是一片连绵起伏的绿色的海洋，一到清明、谷雨两个季节，采茶姑娘们一出现在茶园，那该是一幅幅多么动人、多么有趣的风景画啊。

这时，陈志宏看到我们在察看他的茶场基地，他兴高采烈地跑了过来。

我问陈志宏搞种植业有什么感受。

陈志宏畅所欲言地说："我首先要感谢你宁书记给我提供了一个改邪归正的机会，给了我一个发家致富的基地。现在我醒悟了，以前的贪玩好赌使我虚度了年华，耽误了我几年的大好青春。如今，我将珍惜时光，从头再来。现在，我感到再苦再累也无关紧要，心中有目标，脚下有力量。苦中有乐，累中有前途。我一定要把这片茶树管理好，要让这一片茶树变成我发家致富的摇钱树！同时，我还想以我的切身体会告诫社会上那些好吃懒做的年轻朋友，要早日悬崖勒马，不能再过东游西荡、游手好闲的生活，以免白白地浪费了大好时光和美丽的青春。"

陈志宏的一番言论，使我也受到了启发，我鼓励他说："好，你说得对！你的想法很好，浪子回头金不换啊！志宏啊，人争一口气，佛争一炷香。当时，我就是看准了你有志气，所以我才敢于当你贷款的担保人。"

"宁书记，你是我的再生父母。"陈志宏激动地说，"我的父母也没有像你这样关心我。在我最为难、处境最艰难的时候，是你为我扬起了致富的风帆，让我渡过了难关。为了报答你的恩情，我一定拼命地经营好这个茶场。"

我说："志宏，你想得对，说得好。人无志而不立，你应该在这个茶场里好好展示出自己鹏程万里的大志。"

激动的陈志宏说着用手指着对面的一个小工棚说："你们看，那个工棚就是我想从这里发家致富的标志，我曾经有过誓言，我将要从这里发迹。"

"好，我赞成你的观点。"我拍着陈志宏的肩膀说，"不少的企业家，百万富翁都是从小事做起，他们成功之前都有一个痛苦历程。志宏，你将来成为百万富翁之后，可不要忘记请我和肖书记、王顺中来喝酒啊。"

陈志宏高兴地说："不会忘记的，我们现在就约定，一言为定！"

我与他击掌说："一言为定！"

离开东岭茶场基地，我们一行来到北山凹猕猴桃基地，看到那块原来的荒山已经变成了生机勃勃的绿色海洋，猕猴桃的藤条爬行在棚架上，我感慨万千，心旷神怡。

"真的是人心齐，泰山移啊。""大家一条心，黄土变成金。"这两句话在大山村已经得到了充分的印证，已经成了现实。

我问陈自立："陈老板，猕猴桃今年都挂果了吗？"

陈自立高兴地说："挂果了，去年就开始挂果了，由于试花期，果子不多，今年就不同了，果子压弯了枝条。"

我说："去年的果子是月朗星稀的天空中的星星，今年的果子犹如黑夜的天空中璀璨的星河，硕果累累了。"我的一句话说到陈自立的心坎上，他心里乐得开了花。

察看了两个集体经济基地之后，我建议再到养殖户家里看一看他们的养殖情况。我们首先来到何立英家里。

何立英已经成为养殖能手，在她家里，何立英详细地给我们介绍了她养殖那些鸡的情况。

她说："去年，鸡生病之后，搞得我措手不及，幸好宁书记你给我想办法，对症下药，药到病除，为我挽回了一些经济损失。之后，每当我买回一批苗鸡，我首先要对鸡圈进行彻底消毒，然后再给鸡打疫苗，以保证鸡苗的健康成长。"

我说："我们的前人早就说过'喝粥也有师父'，更何况搞养殖业呢？它更需要有科学技术作指导，不能蛮干。"

何立英接着说："宁书记，你给我们卖了那一批鸡之后，我和我家龙军对养殖业更感兴趣了。没过多久，我又买了1400多只苗鸡。你看，我把这些鸡当成了宝贝，日日夜夜守在它们的身边。"

肖十美说："养鸡是一件细致的活，来不得半点马虎。"

何立英接着说："是啊，现在我几乎成了兽医，只要哪只鸡不对劲，我就把它隔离开来，喂药、喂水、打针，一点也不敢怠慢，生怕它把病毒传染给其他的鸡，出现群体性感染。"

养鸡不是一种粗活，它需要你细心的照顾，还需要你有一定的技术水平，什么事都讲究科学。

于是，我鼓励何立英说："去年，政府给你供应苗鸡，只是一种使你们致富的方式和手段，要想达到致富的目的，全靠你们自己不断地勤奋努力。俗话说得好，先生只是引路人，成功全靠自用心。"

"对，对，对。"何立英说。

这时，我又兴奋地说："那到时，还需要我为你们销售鸡吗？"

何立英抢着说："宁书记，上次你为我们销售鸡引起那么大的风波，使你受尽了委屈。现在我们搞养殖的贫困户，在县城开了一个土鸡专卖店，叫作'大山村土鸡专卖店'。以后，我们就不需要再劳累你了。"

看到何立英他们养鸡形成了规模，还在县城有了专卖店，我激动地说："好样的，你们的养殖业有希望，有前途啦！"

正当我们与何立英说话间，龙军从屋后山上回来了。

我问他道："龙军，你在后面的山上干什么？"

龙军说："我在山上放鸡。你给我们引上致富之路之后，我总不能一直依靠你们。现在，我家又买了这么多的苗鸡，我总不能敷衍了事吧，我还指望着喂几年鸡，赚到钱了，买一台小车享受享受。"

我赞成龙军说："好啊，有了理想，有了目标，干起事业来才有奔头。"

龙军说："宁书记，还是你说得对，有了目标之后，做起事来也不觉得累。宁书记，在我这里吃饭吧，宰只鸡，喝一杯。"

我玩笑说："不在你家里吃饭，我怕你喝闷酒。"

龙军不好意思地说："现在不会了，你在我家里吃饭，我马上去宰鸡。"

我推辞说："我们还有很多的事。龙军啊，等到你买回了车，我们再一起来喝你的庆功酒，同时也不让你一个人坐在那里喝闷酒。"

龙军笑了笑说："我再也不喝闷酒了，我只喝庆功酒，高高兴兴地喝庆功酒。"龙军的一席话说得大家开怀大笑。

接着，我又跟肖十美说："肖书记，何立英他们的鸡喂养得好，不需要我们牵挂了，我们去看看王老汉家喂的黑山羊怎么样？"于是，我们驱车绕过几道弯，来到了王老汉家。

　　王老汉看到我们来到他家，他显得比较高傲。我们来了，他却视而不见，悠闲自在地坐在门槛上，漫不经心地抽着他的老旱烟。

　　我走到他身边，问他道："王老汉，你家里的5只黑山羊养得怎么样了？"

　　说起黑山羊，王老汉就显示出气不打一处来的样子，有气无力地说："那些黑山羊在我们这里水土不适，不好养。"

　　我问他："你年老了，你不能去放羊，你要是去放羊，一旦出了什么一差二错，那就得不偿失了，只能由你儿子去放羊。老汉，你说黑山羊不好养，是哪方面不好养？"

　　"哎呀，"王老汉叹口气说，"宁书记你不知道，你给我的5只黑山羊，现在只剩下3只了。去年底，一只在悬崖上吃草，被一根野山藤绊住了脚，从悬崖上摔了下来，摔得半死，我就把它宰杀了。前不久，有一只羊在后山上被夹野生动物的夹子夹断了脚，活不成了，我才叫大儿子给宰杀了。所以，现在只剩下3只。这3只黑山羊能不能养大还是个问题，我不敢保证。"

　　听到王老汉的话，我直摇头，照他那样去养羊，只有赔本的份儿，根本就不能赚钱。要是这样发展下去，他这样的贫困户永远也不能翻身，永远也没有出头之日，永远只能贫穷下去。

　　于是，我跟王老汉说："我以为一年多了，你家的黑山羊应该产出几只幼崽了，没想到越养越少，只剩下3只了。"

　　王老汉显示出一副无可奈何的样子说："我也没有办法。"

　　我则问王老汉："肖书记给你儿子介绍工作，你儿子去了吗？"

　　王老汉说："现在还没有去。"

　　……

　　于是，我问肖十美对于这样的贫困户怎么办？

　　肖十美一副无计可施的样子说："这确实是一个问题，是一个亟待解决的大问题。"

　　我在心里想："王老汉一家三口，只要有一个儿子出去打工，三万块钱一年是没有任何问题的，如果坐在家里不出去，那就没有分文的收入。这样看来，王老汉今年又脱不了贫。"

　　我们带着这个问题离开了王老汉的家。

　　到了王老汉的家门外，肖书记给我揭开了王老汉少了那两只黑山羊的秘密："王老汉讲的都是假话。要知道黑山羊都是很会攀爬的，悬崖峭壁只要有立足之地，它也能攀登上去，只要有一丁点儿站脚的地方，它就有生存的能力，绝对不会从悬崖峭壁上摔下来。另外，王老汉说他屋后的山上有夹野生动物的夹子，那也是骗人的，他能欺骗得了你，可他欺骗不了我。他屋后根本就没有人在那里放夹子，他屋后也没有任何野生动物。那两只黑山羊，一定是他瞒着我们宰杀吃了。"

听到王老汉把政府送给他的种子黑山羊也吃了，我心里非常气愤，但我还是希望他不是那种愚昧无知的人，我还希望他吃的那两只黑山羊是出了意外之后宰杀的。

我与肖书记边走还在边谈论着王老汉吃黑山羊的事时，王老汉的邻居、一个年轻的小伙子证实了肖书记讲的话的真实性，那小伙子捧腹大笑地说："宁书记，你们给王老汉送了 5 只黑山羊，去年过年前，他看到家家户户杀猪宰羊，于是他就宰杀了一只过年，他还津津有味地说黑山羊的肉质鲜嫩，味道很好。今年端午节的时候，他叫他的大儿子又宰了一只。在宰杀第二只黑山羊时，他儿子不想杀，怕你们去追究责任。王老汉却理直气壮地说若你们来追问，就说是不小心丢了。你们今天要是不来了解情况，那剩下的 3 只黑山羊估计王老汉也会全部宰杀了吃掉。"

听到那年轻人说的话，对王老汉的行为，我确实感到不可思议，他难道真的是一个不可救药的山里人吗？

过了几天，我跟肖书记说："我们在王老汉家里发现他把做种的黑山羊吃了两只，我感到可笑又可恨。他怎么愚昧到这种地步呢？如果不帮助他，他一家三口肯定会在致富路上掉队。为了帮助他脱贫，我想，我们是不是再给他提供两只黑山羊？"

肖十美疑虑地说："我们再给他两只种羊，他会不会认为吃了，我们还会再给他送，他再把种羊吃掉了怎么办呢？"

我说："第一次吃了种羊，只说明他真的是愚昧无知，第二次给他送去黑山羊，我们再郑重警告他，他要是还吃了的话，那只能说明王老汉是一个不可救药的扶不起的阿斗。"

肖十美说："那我们就再试一次吧。"

不过，后来我从他人那里证实了王老汉的想法："王老汉之所以敢于吃政府送给他家做种的黑山羊，就是因为他认为吃了黑山羊之后，没有了种羊，政府又会给他送。当时，你和肖书记叫他送一个儿子出去打工，到现在，他两个儿子还都待在家里，无所事事。他之所以不叫儿子外出打工，就是因为他们在家种田、种地和搞养殖政府都有补贴，他一家三口拿着政府那些补贴，可以过上平平常常的日子了。"

一般的人只要给他提供致富的条件，都能因势利导地走上致富之路，而王老汉竟然连致富的种羊也敢吃。他是在竭泽而渔，我真的感到太不可思议！

　　所以，我再次深深地感受到，精准扶贫要授人以"渔"，而不能一味地只授人以"鱼"！我们要改变那些思想消极的贫困户，要告诉他们不要满足于一日三餐的清贫生活，不要停留于住在茅屋里也安逸的守旧思想。要动之以情，晓之以理地教育他们，要把握新时代的机遇，紧跟新时代的步伐，抛弃懒惰思想，抛弃等待政府来救助的好吃懒做的思想。只有精神脱贫了，他们才能自觉地、扎扎实实撸起袖子加油干，才能真正共同享受新生活！

　　因此，我想："往者不可谏，来者犹可追！要想使人们世世代代远离贫困，除了对其进行经济产业扶贫外，还必须要从下一代的思想文化、素质教育入手，只有统筹兼顾，双管齐下地解决了他们的思想问题，让他们能够与新时代同步伐了，才能达到精准扶贫的真正目的。"

　　王老汉家里的情况，使我一下子感到今年准备 15 户贫困户全部脱贫有一定的难度。

　　于是，我跟肖十美、王顺中商量说："我们先把准备今年脱贫的 15 户贫困户摸一摸底，看他们离脱贫标准还差多远，万一今年脱不了贫的不能勉强，让他再扎实地干一年，明年脱贫也不为迟。"

　　肖十美说："像王老汉这样的贫困户，今年就没有希望脱贫了，只能等到明年想办法脱贫。"

　　王顺中接着说："另外李大爷今年能够脱贫了。"

　　肖十美说："李大爷今年完全能够脱贫。"

　　王顺中对肖十美说："他比王老汉要强一些，你给李大爷安排当护林员，今年有一万多元的收入，他两个儿子在外面打工，都有三四千块钱一月。他家脱贫的收入绰绰有余。"

　　现在，我感到恼火的是，我负责的王国之今年可能又难以脱贫。因为他今年常常生病，住了五六次院，每住一次院就要花费上万元，他妻子又没有劳动能力，所以他家里的开支入不敷出。

　　王顺中说："王国之今年不能脱贫，宁书记你的精神压力就大一些。"

　　我心里着急，但还是轻松地回答王顺中说："没关系，一切顺其自然，今年脱不了贫的，力争明年全部脱贫。"

三十八　妻子为贫困户捐献爱心

经过几年的精准扶贫，在大山村的绝大部分的贫困户通过各种方式挣钱，不但解决了在实现"两不愁""三保障"过程中遇到的问题，他们还脱了贫，致了富。

但美中不足的是，在大山村一千多名村民当中，还有二十多个五保户。他们老弱病残，没有劳动能力，生活水平都不理想，全靠政府兜底。有一个叫洪力享的五保户，我在他的档案照片里看到他的住房像是年久失修的破败的山神庙。想起五保老人住在那里的情景，我于心不忍，心里不是滋味。若是我的父母亲住在一阵狂风就能掀翻的破屋子里，我必定是痛心疾首，我宁愿自己不吃不喝不穿，也要想办法把他们安顿好。

想到这里，我拿着照片问肖书记："五保户洪力享现在还住在这座房子里吗？"

"是的，"肖十美也心情难受地说，"关于洪力享这座房子的事，真的是一言难尽。"

我建议说："肖书记，我们去看看他房子的实际情况究竟如何。"

洪力享的房子距离村部有两三公里，在路上肖书记告诉我说："洪力享有五六个侄儿，在他身边也有三个侄儿。你来我们村任第一书记的前一年，我跟洪力享的一个侄儿说：'国家政策好，危房改造政府补偿一两万块钱，你叔父的房子这样破烂，你是不是替他操一下心，把你叔父的房子修建一下。'他那个侄儿说：'两年前，村扶贫主任说在他的一块玉米地上为他叔父修建房子，可当他把还没有成熟的玉米收了之后，因为种种原因没有能够如期动工，他就说扶贫主任忽悠了他，无端变了卦，不为他叔父建房。之后他就赌气说，只要叔父的房子一倒，出了事他就找政府算账。打那以后，我多次动员他为其叔父重新修建房子，让老人家安度晚年，他都坚决不干，致使他叔父现在还住在那个破屋子里。之后，我说把他叔父安排到镇养老院去，他又不同意，所以……"

原来如此哦！洪力享是一个弱势之人，真的是可怜之至。

到了洪力享的住房时，肖书记叫了一声洪力享，洪力享没有听到，过了很久，洪力享老人才走了出来。他年过八十，一头苍白的头发，像刺猬的毛一样，一根根地竖立着。

他住的房子简直不像房子，破烂得不能再破烂了，仅仅是一个遮蔽日月星辰的窝。我低头钻进他的屋子内，一股难闻的臭气扑面而来，直逼我的喉咙。我不忍心再看、不忍心再站，只觉得洪大爷实在太可怜了。

于是，我问洪力享老人："洪大爷，你的身体还好吗？"

洪力享耳朵有点背，他问我说什么。

我则大声地说："你身体还好吗？"

洪力享说："身体倒还好，就是这房子不好。"

我安慰洪力享说："老大爷，这个你不用着急，我们马上为你想办法修建，让你住上政府给你修建的房子，好好安度晚年。"

洪力享老泪纵横地说："我年老了，没有能力修房子，所有的一切就全靠政府了。"

我又大声地对他说："你放心，现在全国有困难的老年人全部由政府兜底，每个月给你们发放生活补助，没有房子住的老人全部由政府给大家修建新的房子，或者送到养老院去，由政府养老，生病了也由政府负责治疗。要不了几个月你也能够住上新房子了。"

洪力享连连点头说："感谢党和人民政府对我的关心。"

看到洪力享那样的处境，我为他痛心疾首。

临走的时候，我从衣袋里掏出 500 块钱，塞到洪力享手里说："老人家，你生活清苦，我给你一点钱，改善一下生活。"

洪力享接到我的钱，千恩万谢地说："宁书记，感谢感谢啊！你这样看得起我，对我们如此关心，实在太感谢了。祝你长命百岁，步步高升。"

在回村部的路上，我跟肖书记说："洪力享的住房要尽快想方设法解决，他的侄儿们不操心，我们就给他操心，不能让他再在那里受苦受难了。"

这时，我突然看到对面的一二组那里冒出一股浓浓的黑烟。

我对肖十美说："你看那浓浓的烟柱，是不是那里发生了火灾？"

肖十美说："不会吧，说不定是有人在烧畲。"

我怀疑地问："烧畲也没有那么大的浓烟吧，我们还是去看个究竟再说。"

于是，我马上打电话叫王顺中开车过来，然后立即赶到冒烟的地方去。

接着，有人打电话给肖十美，气喘吁吁地说："肖书记，不好了，夏东平家里失火了。"

肖十美问道："什么时候失火的？"

那人说："大概 20 分钟前，现在村民们正在帮他救火。"

肖十美说："难怪你们那里浓烟滚滚哦，我跟宁书记正赶过来。"

一到夏东平家的前面，只见男男女女的村民们急匆匆地在提水救火。有人帮忙把家里的东西往外搬，夏东平自己急得团团转，不知所措。在人们的拼死扑救下，终于把火扑灭了，但房屋还是被烧毁了一半。

夏东平的房子虽不太好，但至少能给他们一家遮风挡雨，现在，一场大火把他家烧得一片狼藉，使本来就贫困的夏东平一家的生活雪上加霜。

我问夏东平："是怎么起火的呢？"

夏东平痛心地说："我正在烧火煮饭，突然我妻子在外面大喊，牛在别人家的地里吃菜，叫我马上去把牛牵回来。在我去牵牛的时候，灶膛里的火燃了出来，把厨房烧起了，然后火很快就烧到房屋里去了。幸好大家出手相救，才保留了这一截。"

我摇摇头，对发生这样的火灾感到可惜，只能安慰他说："一切都已经发生了，房屋已经烧了，你就想宽一点。我早就想说你这房子也该拆除重建了，现在正好，烧了旧的，修一座新的。"

夏东平说："我哪里有能力修得起新房子呢？"

我说："不要紧，我与肖书记向镇政府、向扶贫办反映情况，为你争取扶贫资金。另外，为帮你渡过眼前的难关，我马上向我局长反映，为你解决一些经费。"

大火无情人有情！我把夏东平家的不幸跟我们的局长一反映，陈局长当即表示教育局给他解决一万块钱，接着，帮扶责任人知道这件事情后，每人给他捐了 200 元，共计 18000 元。

夏东平和他妻子易小平看到大家为他家捐献了爱心，他们俩感激涕零。

夏东平家的不幸，使我对他家产生了极大的同情。

第二天上午，我与肖书记、王顺中又来到了夏东平的家里，我再给他捐了 1000 块钱。我还告诉他说："老夏，拿着这些捐款和政府补贴，你能够修建一座新房子了。"

夏东平说："幸好遇到你们这些好心人……"

正在这时，我爱人邓丽佳打来了电话。

她问我："你在哪里啊？"

我说："我正跟肖书记在看望一个家里刚失火的贫困户。"

她突然说："我到你村部了。"

我不相信地说："你怎么来到村里了呢？"

于是，我问她："你跟谁来的？"

她说："我叫李平开车送我来的，我还带来了儿子、儿媳和孙子啊，全家人都来了。"

我诧异地问："他们也回来了？"

我儿子志鸿于 2013 年大学毕业后，与儿媳在省城的一家公司供职，这次他们带着我三岁的小孙子前程回来休假。

妻子邓丽佳说："他们带着前程回来休假，所以，我就把他们一起带来了，一来看看你，二来欣赏你们大山村的风光。"

"好，我马上回村部来。"

到了村部，孙子前程看到我之后，他带着可爱的童音叫了声："爷爷！"

我高兴地应道："哎。"

接着，我向肖十美、王顺中一一做了介绍。

看到我那可爱的小宝宝，我双手把他抱在怀里，逗着他说："宝宝，你看这里的风光美丽吗？"

他答非所问地问："爷爷，你在这里当第一书记啊？"

我乐呵呵地说："是啊，爷爷在这里当第一书记。"

他接着说："爷爷，村里的第一书记是多大的官啊？你是村里最大的官吗？"

小前程的一席话把大家逗得捧腹大笑，笑得前仰后合。

我说："爷爷不是来这里当官，我是在搞精准扶贫工作，带领有困难的群众发家致富，让他们也能住上我们那样的房子，过上好日子。"

这时，邓丽佳指着村部前面的房子说："村里修建了这么多的好房子，怎么还要扶贫啊？"

我说："这你就不知道了。以前，在集体的时候流传着一句这样的话：穷队有富户，富队有穷户。也就是说，在贫困的生产队里也有比较富裕的人家。大山村人们的生活水平贫富差异很大，贫富两极分化，现在还有不少的弱势群体。刚才我跟肖书记到了一个五保户家里，他们那种困难程度简直叫人不敢想象。"

我那么一说，我爱人邓丽佳沉默不语。

这时，李平说："宁书记，看来你对整个大山村的村情民意和贫困户的情况都了如指掌啊。"

我说："我到大山村将近两年了，虽然不能说是了如指掌，但对他们的主要情况我都能说出个一二三来。在近两年的日子里，这里大大小小的地方，我都能喊得出名字，哪家贫困户住在哪里，家里有几口人，我都心中有数。有一个老太婆说，她眼睛看不见，但她对我的声音很熟悉，只要听到我的声音，她就能判断我来了。现在我去走访，他们家里喂养的狗都认识我，我一去，狗就摇着尾巴出来迎接我。"

"怪不得你天天在村里不回家哦。"我爱人说，"大山村已经成了你的第二故乡。"

我说："这里的村民对我们也很好，经常到村部来找我们。"

李平笑逐颜开地说："宁书记，你在大山村完全接上了地气，你可是贫困户致富的福音。"

"可惜的是，这里有的贫困户真的太贫穷了。"我接着认真地说，"你们既然来了，等会儿我带你们去走访几家贫困户或者五保户，看到他们的处境，你们就会知道他们的生活状况如何。"

过了一会儿，他们来到了我的房间。

邓丽佳看到我简陋的卧室，她似乎心酸了："你就住在这简陋的房间里？"

我说："比前一任书记住的房间好多了。"

我妻子眨了眨眼睛，不想说什么，然后从背袋子里拿出几种药，关心而又亲切地对我说："老宁，这是给你买的降血压的药，这是降血脂的药，这是降血糖的药，你要记住按时间吃哦，就是出去走访也要带在身上按时间吃啊！"

妻子深情的叮嘱使我非常感动，我点了点头说："我会的。"

这时，妻子又突然问我说："老宁，村里的'小霸王'现在跟你的关系如何，他还刁难你吗？"

我欣喜地告诉她说："我们早就化解了恩怨，现在我们成了忘年之交。"

妻子怀疑地问："是真的吗？"

我说："怎么不是真的呢？"

妻子说："这就好，冤家宜解不宜结啊，少一个冤家就少一个对头，工作起来就少一个反对者。"

我自豪地跟妻子邓丽佳说："当我跟他化解矛盾之后，他把自己跟我作对的一切事情，包括所做的亏心事等等和盘托出，全部跟我讲了，并对我表示了歉意。现在，我们成了好朋友之后，他对我的扶贫工作特别支持。"

妻子说："俗话说得好，一个篱笆三个桩，一个好汉三个帮，如果没有人帮助你，你的工作就会寸步难行。"

我说："老婆，我知道这个道理，我还懂得小不忍则乱大谋的道理，所以，我刚到村里的时候，我尽量委屈自己，逆来顺受，也尽量少得罪人。"

接着，我跟妻子邓丽佳说："你既然来了，下午我们去看看刚失火过的那个贫困户，那个贫困户的命运太不好了，昨天不小心把房子给烧毁了一半。"

妻子同情地说："那着实可怜。"

吃了午饭，我们一行由李平和王顺中开车来到夏东平家里走访。

到了夏东平的家门前，我妻子邓丽佳一下车，看到夏东平那失火后一片狼藉的房子，她几乎要流泪了。

夏东平、易小平他们一家四口挤在残留的那一截房子里，无精打采地坐在那里。易小平看到我来了，她起身跟我们打招呼。

我给妻子他们简单地介绍了夏东平一家的情况后，我妻子邓丽佳不自觉地从皮包里掏出了600块钱递给易小平。

夏东平有两个读书的孩子，儿子叫夏峰峰，女儿叫夏晓晓。

这时，我拿出两张百元的钞票，跟我孙子前程说："小前程，峰峰哥哥和晓晓姐姐每天读书要走几十里路，好辛苦的。你把这200块钱分给他们，好吗？"

小前程从我手里接过钞票，一步一步地走到他们两人的面前说："哥哥，给。姐姐，给。"

峰峰、晓晓两人在我们的面前有些腼腆，不敢接钞票，而致钞票掉落在地上。

小前程再走到我身边，带着稚嫩的童音说："爷爷，他们不要，是不是太少了？"

我儿子志鸿则从衣袋里掏出200块钱，我儿媳妇也掏出200块钱，递给小前程。前程握着那些钱，一人一张地分给夏峰峰和夏晓晓。他们两人还是不敢接。

我则亲切地对他们俩说："峰峰、晓晓，这是小弟弟给你们读书用的钱，你们收下吧。"

前程再走到他俩面前，把钱塞进峰峰、晓晓的小手里。

我儿媳把这一场景都拍摄了下来。

之后，我再陪我爱人、儿子、儿媳和孙子去看望了几家贫困户，我妻子、儿子、儿媳都不同程度地给他们捐献了爱心。

……

下午，我的孙子小前程跟着他奶奶和他父母回家时，他又从车窗里伸出了小脑袋，天真地问我："爷爷，你还要在这里当多久的第一书记啊？"

我说："不会太多久了，等中国农村全面脱贫致富了，到那时，我就不再当第一书记了。"

小前程又天真地说："爷爷，到那时，你也是精准扶贫的一名功臣了。"

我说："前程，全国人民都在扶贫，不是我个人在扶贫，要说功臣，大家都是功臣。"

至此，小前程这才收起了笑容，说："爷爷，再见！"

他们的车走了，我站在那里静静地目送着他们远去。

他们虽然走了，但我的小孙子前程递钱给峰峰、晓晓的情景，一直令我难以忘怀。我孙子那天真无邪的样子，峰峰、晓晓虽然一时有点局促，但我觉得他们之间没有分什么彼此，他们不管你是贫穷还是富裕，都能把手紧紧地牵在了一起！

这使我真真切切地看到了下一代的希望！

三十九　富裕了也不能荒废了农田

深秋的一天早上，肖十美书记兴奋地对我说："宁书记，有一个好消息。"

我两眼瞅着他说："什么好消息啊，把你乐成这个样子？"

肖十美说："旧地基复垦的奖补政策还没有变，还有效，我们村原来还有两户没有复垦，这次复垦了还有希望得到奖金。"

我问肖十美："奖金数量变了吗？"

肖十美爽快地说："奖金数量也没有变。"

现在，国家富裕啦，政策也好起来了，为了保护我们赖以生存的土地，对农田基本建设高度重视，贫困户搬迁之后，把旧宅基地开垦出来，一亩旱土奖励 6 万元，一亩水田奖励 12 万元。这样奖励和鼓舞老百姓开垦农田和保护农田的事，几千年来还是第一回。由此可见，党和人民政府看到了赖以生存的农田日益减少的现状，从而对农田的保护高度重视。可是，在我们村里却存在着一种闲置农田的普遍现象。原来的农田，没有退耕还林却成片成片地荒废着，长出来的全是杂草和荆棘，这是多么可惜啊。

我对肖书记说："现在政府的政策好了，国家所想的一切都是如何保障人民群众的根本利益和提升人民群众的生活水平。但是，还有一部分群众并不理解政府一心富国强民的思路和战略，对党的特惠政策不理解，想起来真的是不可思议。"

这时，王顺中也气愤地说："古时候，种田没有一分钱的补助，还要老老实实地交纳皇粮国税，他们却规规矩矩地种田、交粮。现在农民种田，国家还给补助，有人却把种得好好的良田给荒废了，你说叫人痛心不痛心呢。"

我接着说："肖书记，你屋前屋后的山坡上荒废的那些农田是哪一个组的，大概有多少亩？"

肖十美说："那是 9 组和 10 组的，两个山坡上的农田加在一起至少有八九十亩。"

我惊讶地说："有那么多啊！"

肖十美说："差不多。"

我摇摇头说："良田变成荒草坪太可惜了，我相信那些山坡上的梯田应该是来之不易的。"

我的猜测一点也没有错，真的来之不易。

20世纪70年代的时候，为了解决吃饭的问题，大山村的群众在原任村支部书记的带领下，举全村之劳力，于农闲的冬春之际，经过三四年的艰苦奋斗，村民们在那山坡上披星戴月地工作，一锄一锄地挖出了一丘丘的梯田，使荒山变成了米粮仓。当梯田开垦出来之后，村民们激动得热泪盈眶。

有老人看到那一坡一坡的梯田，激动地说："三四年的辛苦开出这么多的良田，为子孙万代造了福，即使累坏了我们这一代人也值得，以后我们有饭吃了，我们的子子孙孙也有饭吃，不用饿肚子了。"

这时，肖十美也激动地说："当年开垦那些农田时，我虽然比较小，但也参加过劳动。真的是搞得热火朝天，男男女女，老老少少，非常卖劲，天还没有亮就到山上，月亮出来了还在山上，干劲冲天，银锄挥舞。大家中午就在山上吃饭，吃了饭休息一个小时又继续干。手掌上打起了血泡也没有人叫苦，而是用布条包扎一下又去干活。后来，我一双手打起了厚厚的茧。"

"是啊，肖书记，你和老一辈人辛勤的汗水不能白流了。"我感慨万端地说，"新开垦的田，政府有补助，原有的农田就更不应该再荒废。如果这边花钱开垦农田，而那边又把现有的农田荒废了，那就等于挖肉补疮，得不偿失，更为甚的，我们就对不起老一辈的大山村人，对不起党和人民政府。我们要想办法把那些荒废了的农田重新恢复起来，让它继续发挥应有的作用。"

肖十美见我要恢复那些已经荒废了十年八年的农田，他犯难地说："这个……要恢复那些农田可能很困难哦。"

我问肖十美："为什么？"

肖十美说："那些农田有的已经荒废了十多年，田的主人要么在外面打工，要么在外面办厂当老板，家里没有人种。"

我说："自己不能种田，就是流转给他人种啊。现在，田荒在那里长草，说不定国家的补助还年年照领。我看是这样，能退耕还林的就退耕还林，但一定要植上树，否则就要恢复农田，种上稻谷，不能欺上瞒下。"

我这么一说，肖十美更加一筹莫展，过了很久才说："那些农田荒废了那么多年，这一下叫他们去恢复，村民们只怕不愿意哦。"

"我总觉得荒废那么多的农田太可惜了。"我说，"这里政府花钱复垦，那里现成的农田又荒废，这叫什么名堂？我们要把爱惜农田的大道理讲给村民们听，我相信大多数的人应该还是懂道理的。"

说着，我们一行三人来到院落里，那里正好集聚了好些人。

我上前试探性地跟他们说："各位父老乡亲，兄弟姐妹们，我想跟你们说件事。"

坐在一旁的王国之问："宁书记，你想说什么事，我们都听你的。"

我笑容可掬地说："那好，还是王国之理解我的心。"

接着我问大家："那山坡上荒了那么多农田，在座的占份吗？"

正当我说话时，冯君走了过来，她接下我的话说："宁书记，你今天怎么突然提起那些荒废的农田来了呢？"

我说："村里荒废那么多的农田，我感到太可惜了，要是种上水稻，按1200斤一亩计算，那些农田就可以收获近10万斤粮食，10万斤粮食是个什么概念呢？它至少可以解决我们村半年多的口粮，可以救活两三百口人。10万斤粮食如果卖出的话，可以得十四五万块钱，这不是一个小数目呢。"经我那么一计算，大家听得目瞪口呆，议论纷纷，零钱怕总算，累计起来真的不是一个小数目！

于是，我再因势利导地跟他们说："现在，大家虽然解决了温饱问题，但除了一部分人能种上责任田，自给自足外，还有一部分人是靠花钱买粮食吃。我们国家是一个大国，每年却要从国外进口大批量的粮食。在和平时期进口粮食没有什么问题，如果一旦发生战争，我担心外国人会卡我们的脖子。一卡脖子，大家没有粮食吃，那就会出现恐慌，出现混乱。所以，我想请大家从长计议，顾全大局，在党和政府想为人民所想的情况下，我们也要为党和政府想一想，为党和政府分一分忧，把那些闲置的、荒废了的农田恢复起来，重新种上粮食，以实现真正的温饱。大家看如何？"

李修桥马上抢着说："宁书记，我是过来人，我吃过苦，也尝过没有饭吃的苦头。前几年看到那些荒废的农田，我也感到痛心，因为那些田曾经是我们一锄头一锄头挖出来的，这样一荒废，我们当年的汗水就白流了！"

肖十美接着说："宁书记，那些农田荒废的主要原因有两点：一是户主举家在外务工或当老板办企业，没有时间也没有人在家耕种而荒废；二是一些在家里一心种田的人偷懒，认为自己种一些田能保证一家人吃饭就行了，从而把那些良田给荒废了。"

冯君耐不住性子地说："就是肖书记讲的那两种人荒废了那些农田。"

"原来如此哦。"我说，"对于那些被荒废的农田，我不忍心再看着它躺在那里长草，我不忍心让前辈们开垦出来的良田成为荒地！我想提个要求，不管它有人种还是无人种，是退耕还林的就给它栽上树苗，能恢复农田的就恢复农田。在外创业的，没有时间回来复垦的，花钱请人复垦、耕种也行，在家种田的就自己去复垦，总而言之，那八九十亩农田，是老一辈人起早贪黑一锄头一锄头挖出来的，是用血汗换来的，再也不能荒废了。"

冯君说："这是一个复垦的好办法。"

我马上问冯君："你家那里有荒废的农田吗？"

冯君心直口快地说："我家好像也有几分面积，由于大家没有种了，我一家也不方便耕种，所以就荒废了。"

我接着说："冯君，你是一个爽快人，你就为村民们带个头，干起来。"

冯君惊愕地说："由我牵头？宁书记，你是不是弄错了人，我能牵头吗？我牵得起这个头吗？"

我说："能，我相信你能。你还可以跟你丈夫一起动员其他人一齐干起来。"

村民们看到我一定要把那些荒废的农田复垦时，李修桥、王国之和一些上了年纪的老人对我很是敬佩地说："这件事只有你宁书记能够做到，你把大道理小道理一摆，大家信服你，我们也支持你。"

听到群众的呼声，我高兴地说："有父老乡亲们的支持，我宁伟夫一定把这件事做好，做得大家满意为止。"

我们一行离开院落，在回村部的路上，肖十美告诉我说："那些荒废的农田中，李世豪占了一亩七八分面积。"

我惊奇地看着肖十美，说："我们马上去做他的思想工作。先做通他的思想工作，再动员李世豪做其他人的思想工作，这样一来，把问题分散化小之后，就可以各个击破，达到目的。"

说着，我和肖书记、王顺中三人来到了李世豪家门口。

李世豪一眼看到我们，高兴地说："宁书记，好长一段时间没有看到你们了，今天怎么来了？"

我打趣地说："是啊，好久没有见面了，今天特意来拜访。"

接着，我把到他家的来意讲了一遍，李世豪开始犹豫了一会儿，我马上给他烧了一把火，说："我把你当成知己知彼的铁杆兄弟才开门见山地跟你说了这件事，希望你能接受我们的意见，你不但要带头干，还要帮我们做其他人的思想工作。"

李世豪说："既然宁书记你发话了，我李某人还有什么可说的！"

李世豪的慷慨表态，使我打开了话匣子，我说："世豪，人人都像你这样好做工作就好了。是老板的，花小钱请人为他复垦，栽上树苗的话，一劳永逸，功在当代，利在千秋，子子孙孙能受益。如果开垦成农田，那农田永远是属于你自己的。你让给他人耕种，给人以好处，自己心里也舒畅，何乐而不为呢？是贫困户的，复垦后，种上庄稼，一可以解决温饱问题，二可以增加收入，一举两得。你认为这样的生意做得还是做不得？"

李世豪频频点头称是。

随后，我请他出面给和他关系比较好的几个在外地发展的老板打电话，语重心长地跟他们述说回来或者出资请人复垦的利害关系之后，他们都乐意地接受了我的意见。之后，肖书记也用电话联系了几个老板，我也联系了几个年轻有为、在外地打拼的年轻人，经过一番入情入理的思想交流，所有工作"一蹴而就"。

接下来的工作就是正式复垦造田。

开工的那一天，我右脚的膝盖骨疼痛的毛病又发作了，突然疼痛得让我无法忍受，走路也不方便，一跛一跛的，但为了使复垦工作如期进行，我强忍着剧痛，蹒跚着来到山上与他们一起劳动。我想蹲下去割草，右脚却弯不下来。冯君看到我步履艰难还坚持身体力行，心疼地对我说："宁书记，你这个样子了就没必要来跟我们一起复垦了，你赶快回去休息。"

我直言不讳地说："这个时候叫我在村部闲着，我不安心。我来这里即使不能干活，也能给大家鼓鼓干劲，鼓舞大家的士气。就是坐在这里，看到你们热火朝天的干劲，我就会忘记了自己的痛苦。我想干一些力所能及的活，以加快复垦的进度。"

这时，李世豪走到我的身边说："宁书记，你真的是一个没有任何私心的好书记，为了我们村的发展，为了解决我们村的温饱问题，你可以说绞尽了脑汁。"

在一边干活的何立英插话说："宁书记，其实我们大山村人还是不错的，你一声令下，大家雷厉风行，又发挥出当年开荒造田的干劲。"

李世豪说："我发现干什么事主要在于组织，如果没有人出面组织，那就是群龙无首，一事无成。当年，为什么大家能齐心协力地开荒，造出这么多的良田，就是人心齐，泰山移。今天，你一牵头指挥，大家就行动起来了。不要多久，一畦畦的梯田将又出现在我们的眼前。"

"我们应该要发扬老一辈的光荣传统。"我说，"我作为一名共产党员，我只是做了一件我应该做的事。脱贫和致富，离不开自己的勤劳。致富，等不来，盼不来，只能靠自己的双手干出来，只有勤劳了，才能丰衣足食。这次复垦出这么多的农田，至少能解决大家的温饱问题，以后还能让大山村的子子孙孙有田耕，有饭吃。世豪，这次复垦工作能这样顺利地进行，你又是功不可没啊。"

在我的带领下，复垦的群众发扬了当年开荒造田的干劲，每天两个山坡上满是复垦的群众，他们先是清除杂草，然后整理田埂，最后翻土。经过一个多月的艰苦奋斗，漫山遍野的荒草地变成了一畦畦整齐有序的梯田。

看到那些复垦出来的梯田，我好像看到了大山村人们的笑脸和希望，看到了他们美好的前景！

四十　巧妙地接受了他们的礼物

俗话说：日有所思，夜有所梦。大山村的两个集体经济基地无不使我魂牵梦萦。不管白天黑夜，我都在思考着两个集体经济的前景。没想到，美梦真的成真了——猕猴桃今年大丰收了。

这年的国庆节前夕，陈自立跑到村部办公室里激动地对我说："宁书记，猕猴桃马上要上市了，我想请你到我基地去看一看，观赏一番漫山遍野的猕猴桃景象，细细地品尝品尝我种的猕猴桃的美味。"

我兴奋地问陈自立说："今年的产量如何？"

陈自立说："去年试花，今年遍地开花，大量结果。"

听到陈自立说猕猴桃基地硕果累累，我心里万分激动。以前在教育战线工作，从来没有机会指导产业发展，现在，我引进的猕猴桃项目居然大丰收了，它算是我当第一书记之后，给老百姓办的第一件有长远意义的实事！

陈自立乐不可支地对我说："看到辛勤劳动的汗水变成了劳动的结晶，我心里特别高兴。为了展示我们基地的猕猴桃，我想请你带一些到你单位去，让干部职工们都品尝品尝，为销售猕猴桃做个铺垫。"

"好啊！"我说，"陈老板，你真厉害，见过世面的人就是不一般，站的高度也不一般，能从长计议，高瞻远瞩。陈老板，我现在有时间，我们马上到你猕猴桃基地去看一看，欣赏欣赏猕猴桃满园的景观。"

陈自立高兴地说："那太好了。"

我与肖书记、王顺中和陈自立一起马上驱车上路，车在村道上颠簸了一会儿就到了猕猴桃基地。

由于想先睹为快，我三步并作两步走，很快就进入了猕猴桃基地里。只见绿叶下的猕猴桃的藤条上挂满了灯笼似的猕猴桃，有的有小口杯那么大，看去十分的惹人怜爱。我徜徉在猕猴桃的棚架下，那些猕猴桃不断地撞击着我的头部，但我依然心花怒放，撞得我心里甜甜的！

我问陈自立："你估计今年的收入有多少？"

陈自立不假思索地说："整个基地的收入应该在 25 万元左右。"

我欣慰地说："那不错嘛，照这样发展下去，明年的收入就更可观了。"

"是的。"陈自立满怀信心地说，"明年肯定还会翻一番至两番。"

这时，我自豪地说："集体经济还是有奔头，它的前景是远大的。"

陈自立好像抑制不住自己的心情，对我吐出了一连串恭维的话，说："我们村能建成两个集体经济基地，主要得益于你宁书记的大力支持，如果没有你热心为我们大山村村民服务的话，我们村的集体经济也不可能有这样大、这么快的发展。"

"陈老板，你想错了。"我郑重其事地说，"我只是履行了我第一书记的职责，如果没有精准扶贫的大好政策，没有这么好的大政方针，我们这块猕猴桃基地说不定还是一片荒草地。所以，我们要感谢党中央，感谢政府，你说是不是呢？"

"不过，宁书记，如果所有的第一书记都能像你这样热心，一心一意为老百姓做好事，做实事，那真的就了不得了。"陈自立说，"你是好领导，又是我们老百姓的贴心人。"

我说："如果我来当第一书记，不为你们做一些实事，不为你们谋一些福利，徒有虚名的话，那我就上愧对于党中央，下愧对于大山村的全体村民！所以，我来当第一书记，我就要全身心地投入，把自己完全融合在大山村，大山村已经成了我的第二故乡。"

在与陈自立交谈中，陈自立对我的谈吐无不赞赏。之后，我鼓励他说："陈老板，我希望你能充分利用猕猴桃基地，再接再厉，认真谱写好光辉灿烂的美好人生，为大山村村民做出自己更大的贡献。"

陈自立兴奋地点点头。

这时，我突然想起了之前跟肖书记讲过，选送一两个年轻人去参加农技培训的事。我马上问肖十美书记说："我们村送了几个人去参加培训了？"

肖书记说："送了一个人，去年就培训回来了。"

对技术人才求之若渴的我急忙问道："他学的是哪个方面的知识？要是学种植业方面的技术，我想叫他对两个集体经济基地进行技术指导。"

肖十美说："真的是歪打正着，他学的正是种植方面的技术，正好能派上用场。"

"有了技术，我们的种植业才有发展的保障，技术能为我们集体经济保驾护航。"我激动了起来，眉飞色舞地说，"肖书记，我们就要用其所长，只要是为两个集体经济基地好，我们就不惜高薪聘请技术人员到茶场和猕猴桃场来具体指导工作。"

临走的时候，陈老板叫两个职工抬来了两筐猕猴桃放在我们的车上。

待我们的车开出他的猕猴桃基地之后，我打电话告诉陈自立说："我从你基地拿了两筐猕猴桃，我在你办公桌上放了200块钱，权作我购买猕猴桃的钱。感谢你了，陈老板。"

陈自立感叹地说："宁书记，你处处都能以党的'八项规定'从严要求自己，我佩服你。"

第二天上班的时候，我将猕猴带到了县教育局的办公室，来上班的干部职工们品尝了大山村的猕猴桃后，一个个赞不绝口，纷纷要求我给他们购买大山村的猕猴桃，结果你10斤，他20斤地购买，一买就买了一千五六百斤。

这时，我们的陈局长来了，他看到大家都在品尝大山村的猕猴桃，则夸奖我说："宁伟夫，你在大山村任第一书记干得不错啊，现在出成绩了，你为我们教育系统争了光，也为我争了光。你的扶贫工作事迹上了省、市报刊和省、市电视台，县委书记也表扬了你，号召战斗在第一线的第一书记向你学习。同时，书记还要求各部门的领导干部要以你为榜样，以你当第一书记的干劲为榜样搞好各单位、各部门的本职工作。"

我说："我所做的事也没有什么了不起，我只是做了我想做的事，做了我应该做的事。"

说着，陈局长又玩笑地说："你去当第一书记的时候，我叫你发挥你的笔杆子，把你精准扶贫的工作热情、工作感受记录下来，你做得怎么样了？"

我向局长报告说："精准扶贫工作是惠民工程，具有里程碑式的历史意义和现实意义，我当然不会忘记你的嘱托，也不会有负所望。为了完成这一光荣而又艰巨的任务，我白天积极主动地去参加扶贫工作，如走访、整理资料等等，晚上就笔耕不辍。在近两年的扶贫工作中，我深深地体会到，农村真正是一个广阔的天地，在那里大有作为。我当第一书记学会了书本上无法学到的东西，掌握了调解矛盾和处理矛盾的一些技巧和科学的方法。因此，我根据自己近两年来的扶贫感受和切身体会，创作出了一部近30万字的自传体扶贫作品《诺言》，现在还在修改之中。至此，我深深地感到，我没有在扶贫路上枉走一趟。"

陈局长亲切而又简单地跟我聊了几句之后，仍然告诫我说："祝你善始善终，继续当好第一书记，努力完成精准扶贫的任务，向大山村人民交一份满意的答卷。"

离开县教育局，我没有回家，又直奔大山村而去……

为了推销大山村的猕猴桃，过了一天，我又给其他单位送去了一箱猕猴桃，他们品尝之后，无不赞不绝口，纷纷要求购买。

我心情格外舒畅，格外自豪，我似乎完完全全地看到了大山村两个集体经济基地的美好前景。

几天的奔波，使我突然感到非常疲倦，中午的时候，我则坐在房间里的椅子上睡了一会儿。

刚入睡，陈志宏跑了进来，我见他来了，则有气无力地问他："志宏，你来有什么事吗？是不是又遇到了什么困难？"

陈志宏说："没什么事，也没有什么困难，只是好久不见你了，特别想来看望看望你。"陈志宏看到我疲惫不堪，说话也好像很费劲的样子，他心疼起来了，则侧过身子似乎在抹眼泪。

我问陈志宏："志宏，你怎么了？"

陈志宏真的哭了起来，说："宁书记，你太无私了，你在我们村里当了近两年的第一书记，我今天第一次看到你有气无力地坐在椅子上跟我说话。我每次从村部经过时，夜深人静了，整个山村的灯光都熄了，整个的大山村的人们早就进入梦乡了，唯独只有你房间里的灯还亮着，看到你还坐在电脑桌前敲打着键盘，我想叫你一声，但又怕打扰你。你没日没夜地工作，太辛苦了，宁书记。"

"志宏，你不要把我一时的疲劳往心里想。"我说，"我只要睡一会儿，身体就能够恢复正常了。"

陈志宏苦着脸说："我今天到何立英家，想去买两只鸡，她说那几只鸡是给你留下的，等你回家过年的时候做人情用的，就是县长来买，她也不会卖。我本来是想去买只鸡给你拿回去孝敬老奶奶，结果没有买到。不过，我也不后悔，这说明何立英大娘对宁书记很敬重。"

我说："志宏啊，其实你们大山村的老百姓都很淳朴，心地都很善良，百分之九十九的人没有坏心，也没有恶意。你过去不务正业，人们对你有一定的看法，你应该能够理解。现在，你改邪归正了，人们对你怎么样，你心里是知道的。我在你们村当第一书记，有人说某某某是'刁民'，但我跟他接触之后，我才知道，他并不是一个那样的人。志宏啊，你要是能够利用茶场基地致富了，你要好好报答大山村的乡亲们啊。"

陈志宏默默地点了点头。

由于我们工作到位，今年的脱贫计划又如期完成，现在只剩下3家贫困户没有脱贫了。

光阴似箭，日月如梭。时间很快就到了腊月底，我们的精准扶贫工作也即将又要告一个段落。

回想起这一年里的工作，令我感到欣慰的是，我们的贫困户又有 12 户顺利脱贫了。现在只有 3 户贫困户还没有脱贫，这离我们村贫困户全面脱贫的目标越来越近，所有人都将愉快地过上幸福富裕的生活。

到了腊月二十八日，年味越来越浓，但我并没有归心似箭的感觉，我与王顺中还坚守在扶贫的岗位上。

这天上午，李修仁匆匆忙忙跑到我办公室，我问他："修仁，快过年了，年货准备得怎么样了？"

"宁书记，"李修仁说，"现在的生活天天像过年一样，还要办什么年货呢？"

是啊，改革开放以来，特别是近几年来，人们的生活水平得到了大幅度的提升，不但吃饭不愁，而且不少的人天天营养过剩。于是，我乐呵呵地看着李修仁。

这时，李修仁突然问我道："宁书记，明年还来当第一书记吗？"

我笑容满面地跟他说："我到你们村来当第一书记时就承诺过，你们村不脱贫，我就不会离开你们村。"

李修仁听我那么一说，他对我吐出了肺腑之言："宁书记，你是一个好书记，我们都舍不得让你走，以前我从来没有听人家讲过故事，你来之后活跃了我们村里的文化气氛，融洽了大家的感情，你给我们讲故事，开阔了我们的眼界，使我们懂得了精准扶贫的内涵。所以，我还希望你明年继续在我们村当第一书记，继续为我们讲故事。"

"好啊，"我说，"我讲的故事你们都爱听吗？"

"那还用说，大家都爱听，大伙儿们每次都听得津津有味。"

"那明年我继续为你们讲我们祖国的革命故事，讲我们中国改革开放的故事，讲精准扶贫的精彩故事！"

此时的李修仁高兴得不知说什么好，最后他问我："宁书记，你什么时候回家过年啊？"

我说："准备明天下午回家去。"

李修仁利索地说："今天二十八了，'二十八，家家户户打糍粑'。家家户户都在准备过年了，你们下午才回去，那到时候我们来送你，也顺便给你拜个早年。"

"不用来，谢谢你了。"

李修仁走了之后，我与肖十美、王顺中一起到张小娟家里对她家进行了慰问。现在，张小娟恢复了健康，但她母亲还不能站立起来，还躺在床上，需要家人服侍。我们对她们母女俩的不幸表示了深切的同情，我拿出一个 400

元的红包交给张小娟，鼓励她要坚强起来，不要被眼前的困难所吓倒，要扬起理想的风帆，好好学习，为以后书写好自己美好的人生而努力奋斗。

然后我们再到夏东平家里慰问，我给夏峰峰、夏晓晓各200元，笑着对他们说："峰峰，住进了新房子，你们的学习也要有新气象啊，宁伯伯有时间再来看望你们一家。"

之后，我再到我的扶贫对象王国之家里慰问。

我跟王国之说："老王啊，明天下午我就要回家了，明年才能再见，在回家之前，我来给你拜个早年，祝你们身体健康，全家幸福，新春快乐！"然后，我给他塞了一个小红包，王国之却抱着一只大母鸡要送给我，被我婉言拒绝了。

从王国之家里出来，我与王顺中又走访了几个比较困难的贫困户和五保户，对他们一一进行了慰问。

腊月二十九日下午，何立英龙军夫妇、陈自立、李世豪、马思富、李修桥、陈志宏、李修仁、冯君、易小平等20多个贫困户和非贫困户的人们来到村部前面，他们有的抱着鸡，有的抱着鸭，有的拿着鸡蛋，马思富则提着牛肉站在我们的车前等我。

这时，我想我不能拿他们的一针一线，但他们的深情厚谊又不能不接受，因为在我们礼仪之邦，在广大的农村里，主人好客，给你拿的东西你若不接受，他则认为你看不起他。出于这种原因，我则跟肖书记商量说："村民们对我太好了，我感到受之有愧，但他们给我的礼物我想照收不误。"

肖十美说："宁书记，这是村民们的一片心意，你应该收下。"

我说："我知道，但我拿1000块钱给你，等我走了之后，麻烦你把这钱给他们，权当是我买他们的东西。"

肖十美说："这怎么行呢？"

我说："俗话说，来而不往非礼也！我们的祖先早就重视礼尚往来。现在他们的家境也不太好，再者党的'八项规定'也明确指出不能收受礼品。为了大家高兴，我只能这样做。"

一切交代好了之后，我与肖十美、王顺中款步来到小车前，面对他们的盛情，我激动得热泪盈眶，也说不出话来，只能用同他们一一握手的形式表达我们之间的深情厚谊。

之后，我激动地对他们说："感谢大家对我的厚爱，感谢你们对我工作的支持，我在这里给你们拜年了，祝你们春节愉快、全家幸福、身体健康、万事如意！"

我们的车慢慢地开走后，何立英他们以为我收下了他们的礼物，一个个高兴得不得了。

过了一会儿，皮之高用编织袋提着两条粗壮的蛇走到村部。

他问肖书记：“宁书记还没有回家吧？”

肖书记告诉他说：“你看，宁书记的车到了那里了。”

皮之高气急得直跺脚。

肖书记告诉他说：“老皮，你不要后悔，你拿来了，宁书记也不会接受的。”

这时，肖书记告诉在场的村民说：“各位兄弟姐妹，你们给宁书记送的礼物，他全部照收了。”

何立英没等他把话说完，就抢着说：“那是我们的一片心意，他不收，我们还要埋怨他，他接了，我们才高兴。”何立英那么一说，大家都乐呵呵地笑了。

这时，肖书记再告诉大家说：“宁书记虽然收了你们的礼物，但是他留下了 1000 块钱在我这里……”

听到肖书记的话，在场的村民们既失落又高兴！

李世豪佩服不已地对大家说：“我是不信啥的，但我已经被一身正气、两袖清风的宁伟夫征服了。他还没有来当第一书记时，我反对过他，其间我也为难过他，通过与宁书记的较量，我从心底里佩服他的为人，他非常大度，心里能容天下难容之事。我今天之所以与大家一起来给宁书记送行，就是因为我佩服他这样的共产党员！”

四十一　我会履行我的诺言

第二年的正月初八日上午，我与驻村帮扶工作队队员王顺中来到了大山村，开始了新一年的精准扶贫工作。

就在这一天，何立英闻讯来到村部给我们拜年。说话间，她无意中跟我说："宁书记，今年我又有五百多只鸡等待出售，现在正值正月，人们买鸡的不多，我们那土鸡店还没有开张，我想请你帮忙给我销售一些。"

"现在有可以出售的吗？"我问何立英，"要是有，我有个朋友的饭店今天开张，他正愁买不到新鲜的鸡，我可以马上帮你销售十多只鸡。"

何立英说："有啊。"

我当即跟朋友取得了联系，朋友要求我上午11点前把鸡送到他店里，我一口答应了他的要求说："一定按时送到。"

何立英说："那太好啊，来得早不如来得巧，那我立即回去捉鸡。"

我说："为争取时间，我叫王顺中开车去吧。"

到了何立英家里，把鸡装上车之后，我则叫王顺中马上开车往回赶。

也许是欲速则不达，一直开车较为谨慎、稳重的王顺中，在一个急转弯的地方，突然看到迎面来了一辆大卡车，王顺中一个紧急刹车，我们的小车瞬间侧翻倒了路边，我被重重地摔在地上，使我一时昏迷了过去，王顺中却意外地安然无恙。

王顺中看到我受了伤之后，急忙一边拨打120来抢救，一边不断地对我充满歉意地说："宁书记，对不起，是我一时的失误，使你受了这么重的伤。"

当我醒来的时候还听到王顺中在自责，我则对他玩笑地说："大难不死，必有后福！小王，没关系的，人有失误，马有失蹄。出车祸是难免的，好在我们命大，没有什么大碍。"

120把我接到县人民医院经过一番检查之后，没有发现危及生命的大问题，幸运的是，我除了左手骨折外，头部受了一点轻伤。医生要求我在医院治疗十日半月，再以观后效。

何立英知道我为她销售鸡而出了车祸，她心里十分内疚，三天两头跑到医院来看望我，嘘寒问暖的，使我也感到不好意思。

过了几天，何立英走到肖十美家里，找到肖十美说："宁书记这次遭遇不幸，发生车祸，我认为他住在我们村部是不是不顺求，我们几个贫困户想为他做一件善事。"

肖十美说："立英，我们共产党人不信邪，至于你们想怎么做，那是你们自己的事。"

之后，何立英就联络一些贫困户和非贫困户，到庙里求菩萨保佑我身体健康，全家平安。何立英为我向师傅求了一碗水。何立英捧着那碗水，如获至宝。她立即来到肖书记家里，要求肖书记为他们找辆车让他们把水送到我的手里，让我喝了。

肖书记说明天一早再送给我，何立英不愿意，她几乎哀求肖书记说："凡事宜早不宜迟，宁书记早一天喝，我们也早一天少点牵挂。"

何立英见肖书记还在犹豫不决，她则说："书记，你是怕我不付车费吗？我只要求你给我们找车，车费再多都由我负责。为了表达我们全村人的心意，我们今天无论如何要去看看宁书记。"

在何立英的迫切要求下，肖书记不得不从县城租了一台车，再陪同何立英等人一起到县人民医院看望我。

正在这时，李世豪跑到肖书记家里来了，他责怪何立英说："你们为宁书记做善事为什么不告诉我呢？是你看不起我，还是怕我不出钱？"

何立英说："我到过你家，你们两口子没有在家，再加上陈自立已经出了大部分钱，差得不多了，我就没有再上门了，真的对不起。"

李世豪思考了一会儿说："那这样，肖书记，大家为了宁书记的平安捐款了，我就捐一笔款给村小建设好了。"

过了一会儿，车来了，一同来看望我的有肖十美、何立英、陈自立、陈志宏、李世豪、皮之高和皮超等人。我握着他们的手，激动得热泪盈眶，说："太感谢你们了，你们这样看得起我，这样牵挂着我，我没齿不忘。"

肖十美对我说："宁书记，要不是因为车太小，还有几个不是贫困户的人也想来看望你。"

这时，何立英拉着我的手说："宁书记，你是我们的好书记，我活了几十年，我也没有见过什么大官，你是我见过的最大的官，也是最好的官。你为了我们贫困户的发展，为了我们村民们的发家致富，更是为了我而出了这么大的车祸，我于心不忍啊。"何立英说着泪流满面，她那感人肺腑的言语，使我的心也酸溜溜的。

接着，何立英从怀里掏出用矿泉水瓶子盛装的那碗水，小心翼翼地倒进碗里，然后对我说："宁书记，这是我们全体村民为你求的一碗水，宁书记你就把它喝了吧。"

何立英把那碗水小心翼翼地递到我的手上，我看着那饱含大山村全体村民们心意的水，我感受到了他们对我的一片爱戴之心，使我想起了孩提时母亲对我的关心和爱护，我感激涕零地说："立英，你们太善良了，你们真的如同我的母亲一样爱着我。小时候，我生了一场病，医治了一个多月也不见起色，于是我母亲到庵院里为我求了一碗水。现在，你们又特意为我送来了这碗水，使我倍受感动。我没有为你们做出多少事，你们却把我当成亲人一样看待，我真的受之有愧啊。"

"宁书记，"肖书记也被那场面所感动，他对我说，"这是我们村全体村民对你的一片心意，都希望你早日康复，你就把它喝了吧。"

这时，我爱人邓丽佳从家里赶了过来，她看到那么多的村民，这么晚了还跑那么远的路到医院里来看我，也深受感动地说："你们也太好了。"

我抑制不住自己的心情说："丽佳，你看他们为了我及我们全家人的平安特意向菩萨求了一碗水，这么晚了还特意为我送来。"

邓丽佳双眼含泪地说："我感谢你们的一片好意。"

我坐在病床上端着那碗水，那碗饱含大山村人们深情厚谊的水，不知如何表达我对全体村民的感激之情，只说了一声："谢谢你们，我的父老乡亲。"话音一落，我脖子一仰，把那碗水一点也不剩地喝了下去。

何立英、陈自立等人看到我喝了那碗水，都露出了一脸憨厚的笑容。

这时，何立英兴奋地说："为了这碗水，陈老板算是破费了。"

"这有什么值得一说的呢！"陈自立说，"宁书记是我们的贴心书记，为了宁书记，花再多的钱，我也愿意。"

何立英又说："志宏也不错，他也出手大方。"

我说："志宏是好样的，浪子回头金不换啊。"

志宏惭愧地说："多亏宁书记的教诲，是你宁书记使我悬崖勒马，重新做人的。"

肖十美接着补充说："宁书记，李世豪没有赶上捐款，他决定把此次没有捐的款捐到小学去。"

我说："世豪，把款捐到学校去发展教育更有意义，我赞成世豪的善举。"

这时，何立英又郑重其事地问我："宁书记，你身体恢复之后还去我们村当第一书记吗？"

我不假思索地回答道："我不去行吗？你们这样关心我，把我当成了自己的亲人，就凭你们这一碗饱含情意的水，我要是不回大山村当第一书记，我将愧对所有父老乡亲。"

陈自立、李世豪、何立英、陈志宏他们看到我情深意笃的表情，一个个都动容了。

我接着又说："去年，我同学赞助资金修建大山村小学，学校现在还没有竣工，我不能留下一个烂尾工程放在那里嘛，我要看到学生们高高兴兴地在那里上课，欢欢喜喜地在明亮、宽敞的教室里学习。还有，我们村的两个集体经济基地还有一个没有看到效益。我不会离开你们的，我也不会离开大山村的。各位父老乡亲，我曾经承诺过，不让你们全部脱贫致富，我决不会回单位，请你们放心吧！"

"好，我们欢迎你，宁书记！"李世豪、陈志宏、陈自立等人异口同声地说。

四十二　不脱贫决不罢休

我在医院里的病床上静静地躺了半个月，这么一躺，心里闷得特别慌。近两年来村里发生的一些精彩的故事时常浮现在我的眼前。

与其躺在病床上胡思乱想，还不如利用住院这段时间修改我这部扶贫文学作品《诺言》。于是，我叫妻子给我从家里拿来了手提电脑。庆幸的是，我受伤的是左手，而我做事都依靠右手。我把电脑放在床上，每天没事的时候就慢慢地敲打着键盘，不断地对这部扶贫文学作品进行修改。

半个月之后，我对医生说："我现在伤势稳定了，我想出院，在家里休息，可以每天来医院打针和输液。"医生同意了我的意见，但他交代我一定要按时服药消炎，按时到医院来打针。

医生为我开了一些药，然后我提着药走出了医院。我有两件事需要办：一是回家去看看老母亲，因为我受伤之后，老母亲心里一直在为我着急。二是明天正好是我去当第一书记两年整的日子，我想到村里去庆祝一下。

当我突然从医院回到家里的时候，妻子既惊奇又玩笑地说："我家的伤兵，你怎么回来了呢？"

我说："还是回来好，住在医院心里闷得慌。"

妻子看了看我受伤的手，说："你这样伤筋动骨的，至少要两个月才能复原。"

我若无其事地说："好在伤了左手，不碍事。丽佳，陪我到乡下去看看老娘。她看到我已经没事了也好省心。"

于是，我与妻子一起出了门，购买了一些东西，然后打的到乡下去。

没要多少时间就到了老家。老母亲一眼看到我，高兴地说："你回来了！"

我深情地看着母亲："妈——我回来了。"

母亲问我："伤得不重吗？"

我告诉母亲说："不重，过一段时间就好了。"

这时，妻子插话说："妈，他已经在村里当了两年的第一书记，我想要他趁这次受了伤的机会，不要再去当第一书记了。您老人家认为如何？"

我说："丽佳，这怎么行呢？我曾经多次跟老百姓承诺过，他们不脱贫致富，我决不回单位上班！"

母亲听我那么一说，似乎理解了我的心，则安慰媳妇说："丽佳，不要紧，俗话说，大难不死，必有后福。他响应精准扶贫的号召，到村里去扶贫，应该！我跟你们说，20世纪50年代的时候，他的外婆，我的娘就是全国劳动模范，还受到毛主席的亲切接见。当年，她能评上全国劳动模范，她在村里并没有做出什么轰轰烈烈的大事，她就是不管脏活、累活、苦活都能带头干，男子汉能做的事她也争着做，在群众中起到了模范带头作用，所以她评上了全国劳动模范。现在，她的外孙宁伟夫又有了外婆那种勇气和干劲，我支持他。"

我说："妈，我还不能跟外婆相比，外婆是全国劳动模范，而我只是省里的党员学习明星。真的是平凡之中见伟大啊，外婆是我们学习的榜样。妈，正因为我有一个值得骄傲的外婆，所以我一定要在精准扶贫的平凡岗位上任劳任怨、扎扎实实、不折不扣地完成精准扶贫的任务。"

此时的母亲心花怒放地说："好，好，我支持你！"

接着我又说："妈，前年的今天，我在这里聆听您老人家的教诲，今年的今天我又在听您的教诲，我心里高兴。妈，明天我准备回大山村去。"

"孩子，你放心去吧，我不会有什么事的。"我的老母亲说，"我还是那么一句话，在村里，你要老老实实地做人，扎扎实实地做事，千万不能做有辱宁氏家风的事啊！"

我坚定地说："妈，请您放心！"

第二天一早，我就乘坐着王顺中的车进了大山村。

到了村里，肖书记把我当客人一样看待。他说："宁书记，你的伤还没有痊愈，怎么就来上班了呢？"

我告诉他说："我在医院总是放不下村里的事。再加上今天是我到咱们村来当第一书记两周年的纪念日，我有种归心似箭的感觉，所以，我今天特意来大山村报到。"

肖十美笑容满面地说："宁书记，那我们为你庆祝一下。"

我说："肖书记，今天晚上归我请客。我已经带来了鱼和肉，农家酿造的米酒我也带来了。我想再到何立英家里去买两只鸡就行了。不过买鸡的事，由你替我出面。"

"好吧，晚餐就由宋丽琼和我妻子王玲玲来做。"肖十美乐意地说。

这时，我又补充说："我还想请季永高、李世豪、王国之、龙军、何立英、陈自立、陈志宏、冯君、皮之高父子和李修桥、李修仁他们一块儿来吃晚餐。不过，他们就由你通知了哦。"

"好的。"肖十美说，"我马上打电话。"

晚上，他们如期而至。

李世豪看到我的左手还用纱布吊着，不无感动地说："宁书记，我真的佩服你，你太敬业了。"

我看了他一眼，说："世豪，一个男子汉，看到我这副模样眼角怎么就挂泪了呢？男子汉的眼泪是不轻弹的。"

李世豪说："宁书记，你了不起。"

过了一会儿，龙军夫妇来了。

何立英看到我，她也热泪盈眶地说："宁书记，我服了你，你真的是轻伤不下火线啊。"

我跟他们玩笑说："不使你们全部脱贫致富，我决不放手。"我这一句话逗得大伙儿开怀大笑。

菜上桌的时候，陈自立、陈志宏、李修桥他们才赶到。

在简朴的酒宴上，我举着酒杯对他们说："今天是我在大山村当第一书记两周年的纪念日，我感谢大家光临。我们一起干了吧。"

然后，我敬李世豪的酒说："世豪，我们是一对冤家，不打不相识。但我们俩化干戈为玉帛之后，你对我们的扶贫工作给了极大的帮助和支持，如果没有你的支持，我们村的小学就难以如期施工，村卫生室也无法恢复，老人们看病就极不方便。为庆祝我们俩化干戈为玉帛，为感谢你对我工作的支持，我们干了这一杯。"说着，我们俩一饮而尽。

接着，我再敬李修桥和李修仁的酒，说："感谢你们两人一直对我工作的支持，干了吧。"

然后，我敬龙军、何立英夫妇说："何立英，现在你俩是我们村的致富带头人，你是女强人。你们俩对我的关心，你们的情和义，我没齿不忘。来，干了吧。"

冯君看到我一个个地敬酒，她则主动出击，我则对她说："感谢你支持我带领大家把那荒废了的农田又变成了米粮仓。干！"

这时，我看了看皮之高和皮超，然后郑重其事地说："老皮啊，你有一个这么听话的儿子，能子承父业，我为你高兴。现在，你家的蛇场虽然还没有很好的经济效益，但我相信前景远大。来，为你美好的未来干一杯。"

　　最后，我举杯敬肖十美、季永高、宋丽琼、王顺中、王玲玲等人说："为庆祝我们两年来的愉快合作，并且合作成功，为感谢王玲玲的支持，干杯。"

　　接着，李修桥郑重其事地对我说："宁书记，你是我们大山村的大恩人，如果你不来我们村当第一书记，我们村的两个种植项目不可能引进来。"

　　我对李修桥说："现在，我们走进了社会主义新时代，党的政策好，种植、养殖项目，村里都会有的。"

　　李修桥又说："宁书记，你到我们村来当第一书记，既帮助贫困户脱了贫，又改变了人们的人生观、价值观和世界观。你号召村民把那荒废多年的农田变成了良田，一来使那些闲置的劳动力有了用武之地，二来解决了大家的吃饭问题。真的是功在当代，利在千秋。"

　　我说："我对粮食看得很重，看到那些荒废的农田，我痛心啊！好在全体村民善解人意，一声号召，大家雷厉风行。"

　　李修桥再说："宁书记，如果没有你，我们村的小学也不可能恢复。"

　　我说："修桥，你太抬举我了，其实种植项目的引进也有肖书记的功劳，村小学能够修建，世豪也功不可没。"

　　这时，李世豪说："我是一个粗人，我所做的愚蠢事，现在想起来使我感到十分地惭愧和内疚。在宁书记面前，我更是无地自容。好在宁书记大人不计小人过，宰相肚里能撑船，能够宽以待人，容忍了我的一切过错，还跟我结交了朋友。不过话又说回来，打那之后，我从宁书记身上学会了做人的道理。"

　　我说："世豪，你也不要自责了，你懂建筑，明天我们一起去看看学校的修建进度。"

　　李世豪说："好的。"

　　一餐薄酒，融洽了我与村民们的感情，为我的后续工作又做了一层铺垫。李世豪他们走后，我再跟肖十美、王顺中三人讨论了一会儿工作。由于半个多月没有到村里来，有些情况发生了变化。王顺中和肖十美都一一向我做了汇报。

　　第二天上午，我们一行人来到村小学建设基地，而李世豪比我们到得还早。一见面，他就激动地说："宁书记，照这种进度来看，今年下学期可以如期招生办学了。"

　　我高兴地说："那就太好了。"

　　我游目四周，校园面积虽然不宽，但布局还算合理。这时，我玩笑地对李世豪说："到目前为止，我感到我做对了一件事。"

　　李世豪不理解地问我："宁书记，你做事一向谨慎，哪有做错事的可能。"

"你就不要抬举我了。"我说,"值得我感到骄傲的这件事是什么事呢?就是我把修建学校的工程承包给了你——世豪兄弟。"

李世豪说:"宁书记,当时我本来也不想承包,但是,我后来思想了一会儿,觉得我要承包。因为我不想赚取修建小学的钱,只想把村小修建得更加完美一些。"

"世豪说得对。"我说,"世豪啊,现在,你算是我的知心朋友,你对村里的事,从漠不关心到热情支持,这是你人生中最大的转折点。我希望以后,我在咱们村当第一书记也好,不在咱们村当第一书记也好,精准扶贫工作结束了也好,你都要一如既往地支持村支两委的工作,为村里教育事业的发展和产业发展贡献自己的力量。"

李世豪点头说:"宁书记,你在我们大山村做了楷模,我一定以你为榜样,多为村里做一些公益事业。"

我接着说:"好,当着肖书记和大家的面,以后村里公益事业的发展,全部拜托你了。"

离开小学建设基地,我们在回村部的路上,肖十美还告诉我:"前几天张小娟以为你在村部,她来了,一者感谢你对她的热心支持,二者她想告诉你,她的身体完全康复了,可以上学了……"

我说:"这都是好事啊,张小娟还没有长大成人,为了前途,应该多读一些书。"

今天,我看到大山村那么多的变化,也听到人们说了村里的变化,我心潮起伏,热血沸腾,我似乎真真切切地看到了农村的希望,看到了农村脱贫致富后的美好前景。

晚上,我凝眸沉思着当第一书记两年来的感受,想起那些感受,想起那些感人肺腑的往事,我夜不能寐。

突然,灵感来了,我挥毫写出了一首《精准扶贫之歌》:

> 总书记有诺言,
> 党的使命记心间。
> 改革开放几十年,
> 还有百姓生活苦无边。
> 史无前例敢为人先,
> 精准扶贫政策进村寨。
> 无论刀山与火海,

都能勇往与直前！

总书记有诺言，
群众利益记心间。
齐心协力奔小康，
56 个民族齐向前。
致富路上一人不少，
脱贫攻坚不畏难。
一家富裕不是富，
共同富裕是心愿！

是啊，习近平总书记曾经向全国人民承诺："全面建成小康社会，一个也不能少；共同富裕路上，一个也不能掉队！"到 2020 年要实现"两个确保"：确保农村贫困人口实现脱贫，确保贫困县全部脱贫摘帽。

我在心里默默地吟唱着这首《精准扶贫之歌》，慢慢地嘹亮的歌声好像响彻了云霄，萦绕在村落，荡漾在田野，飞越到山岗，回荡在人们的心窝！

不全面脱贫，决不罢休！

现在，我心里唯一牵挂的就是今年将要脱贫的王国之、夏东平、王老汉三个贫困户，他们虽然已经达到了脱贫标准，但是还没有履行脱贫手续，要是办理了脱贫手续，我的心里就踏实了。

为了达到这个目标，我在心里不断地鼓励着自己："一定要严格履行自己的诺言，不忘初心，牢记使命，不折不扣地完成精准扶贫的任务，向大山村人民交一份满意的、完整的答卷！"

四十三　三个贫困户拒绝在脱贫表上签字

按照脱贫计划，我县于 2019 年全面脱贫摘帽。为了达到这个目的，从县委书记到分管扶贫工作的县委副书记，再到驻村帮扶工作队员，再到帮扶责任人，每个人的思想都绷紧了一根弦，都加大了精准扶贫工作的力度。

我们知道，贫困县要想摘帽，关键在于贫困户要全部脱贫。而在大山村，还有三个贫困户将于 2019 年脱贫。这三个贫困户通过政策的扶植和他们自身的努力，都达到了脱贫标准，只等我们去给他们办理相关的脱贫手续。但是，令人没有想到的是，中间发生了一场不小的误会，引起了一场不小的风波。

一天早上，王国之带着王老汉跑到夏东平家里，对夏东平说："今年我们三户是村里最后一批脱贫户，在宁书记的帮助下，我们的收入虽然都达到和超过了脱贫标准，但我想，如果我们全村的贫困户都脱贫了，全村没有贫困户了，那宁书记可能就要回单位上班去了。为了留住宁书记，我跟你们说，我们相约拒绝在脱贫的申请表上签字。"

夏东平听王国之那么一说，他张口结舌，不知说什么好，考虑半天之后才说："这样行吗？我们脱贫了，拒绝在脱贫申请表上签字，会不会影响宁书记的工作，会不会给宁书记带来不必要的麻烦？"

王老汉也说："宁书记对我那样关心，我们如果这样做会不会违反党和政府的政策？会不会影响我们村脱贫和全县脱贫摘帽？"

王国之理直气壮地说："如果上级部门的领导责怪宁书记，我们就帮宁书记澄清事实，如果他们问我们拒绝签字的原因，我们就说我们还需要政府的扶植，还需要宁书记在我们村当第一书记。总而言之，我们要想方设法留住宁书记。"

那天，夏东平的责任人王顺中拿着《脱贫申请表》来到他的家里，王顺中先跟夏东平一一核实了家庭收入之后，王顺中风趣地说："老夏，你今年的收入完全超出了脱贫标准，是一个名正言顺的脱贫致富人。"

　　接着，王顺中请夏东平在《脱贫申请表》上签署自己的名字，可夏东平磨磨蹭蹭地说这说那，王顺中好说歹说，他就是不肯在脱贫申请表上签字。

　　王顺中从夏东平家里回来垂头丧气地跟我说："宁书记，你对夏东平那样好，处处关心他，到了这关键的时刻，他不配合我们的工作，还从中作梗。"

　　听到王顺中说的话，我顿时感到百思不得其解，莫名其妙地自问道："怎么会出现这样的情况呢？"我一边思考着夏东平不签字的原因，一边猛抽着烟。

　　过了好一会儿，我担心地说："夏东平不签字，那我负责的王国之会不会也这样做，也不签字呢？"

　　肖十美说："依我看，他肯定也不会签字的。"

　　我接着问肖十美："你到王老汉家了吗？"

　　肖十美说："我正准备去。"

　　这天下午，我来到了王国之家里。他知道我的来意，但他不说，只是热情地给我让座。

　　坐定之后，我说："老王，通过你几年来的辛勤劳动，现在终于脱贫了，我为你高兴。"

　　王国之说："这离不开政府的扶植和你宁书记的帮助，我王国之能走到这一步，完全是仰仗着宁书记你的关照，要是没有你的关心和照顾，我早就到了另一个世界了。"

　　我接着说："那样的小事，何足挂齿。老王，根据你家庭的收入情况来看，今年你家的收入不薄啊。"

　　王国之说："是的，全村只有我们3户人家没有脱贫了，现在，我们也应该脱贫了。"

　　我说："既然脱贫了，那就请你在《脱贫申请表》上签上你的大名吧。"说着，我从文件袋里拿出表格，递给王国之。

　　王国之认真地看了看《脱贫申请表》，然后说："宁书记，这个字我怎么能签呢？还是让我考虑一段时间吧。"

　　王国之婉言拒绝了我的要求，使我感到莫名其妙，我问王国之："老王，你已经脱贫了，为什么不在《脱贫申请表》上签字呢？"

　　王国之说："没有为什么。"

　　想想刚才王顺中在夏东平家里遇到的情况，我实在是有点想不通。

　　于是，我再问王国之："老王，你是不是对我们的工作不满意？"

　　王国之微笑着说："没有。宁书记，你们的工作做得好，特别是你的工作，大家有目共睹，我也十分的满意。"

我不解地问他："那为什么不签字呢？"

王国之不回话，只是傻笑。

我又说："老王啊，我知道你家里有困难，每年的收入有一部分要支付药费，一时难以达到理想的经济条件，只能脱贫。你是担心脱贫之后不能享受贫困户的政策吗？关于这件事，我可以明确地告诉你，党中央和人民政府已经明确表示，贫困户脱贫不脱政策，可以继续享受原有的政策待遇。你现在脱贫了，党的政策还会继续扶植你，还会在致富路上送你一段路程，这一点请你放心。"

王国之点点头说："这一点我懂。"

我再问王国之："那你还有什么顾虑呢？"

王国之说："我……"

我说："老王，有什么顾虑就说出来，没必要含含糊糊的。"

面对我的追问，王国之沉默不语，只是面对我傻乎乎地笑。

我再问他："老王，你是一个爽快人，今天怎么连我也不相信了呢？"

王国之还是一言不发。

于是，我再问他说："老王，你是不是认为我给你计算的收入有水分？"

王国之说："没有，你给我算的收入一点也不假。"

我再问王国之："你是不是心里还有什么冤屈？"

王国之说："没有。你已经为我和我们村做了一件又一件的大好事，为老百姓出了一口怨气，还专门写了一篇文章褒奖我，我们得好好感谢你。"

王国之拒绝在《脱贫申请表》签字，又不说明原因，使我感到十分的为难："老王，这也没有，那也没有，那为何不签字？如果是我的工作没有做到位，或者还存在什么不足，你不在《脱贫申请表》上签字，我心里也想得通，现在，你又不说明白，我左思右想也猜不出你不签字的原因。"

王国之还是不言不语。

我则又耐心地跟他说："其实党和政府为你们贫困户想得很周到，脱贫了不脱政策，还要扶植你们两三年。老王，我实事求是地跟你说，你已经脱贫了，如果你不在这张《脱贫申请表》上签字认可，那就说明你还没有脱贫，那我这几年的扶贫工作还没有做到位。再者，一个贫困户、一个村没有脱贫，那就会影响我们全县脱贫摘帽。也就是说，我们县的县委书记向上级承诺的今年脱贫摘帽的任务就不能如期完成。如果你真的没有达到脱贫的标准，我要是强迫你在《脱贫申请表》签字，弄虚作假，那是我的错，我还会受到良心的谴责。要是这样的话，我会上愧对党中央，下愧对你一家老小。我甚至还会成为扶贫路上的罪人。所以，老王，你要顾全大局，既要为自己着想，也要替我们想想，你要是心里有什么委屈，你就跟我说吧，能解决的，我一定想方设法为你解决。"

我一口气说了那么多，到这个时候王国之才说："宁书记，你是我们贴心的好书记，我与王老汉、夏东平相约不在这张《脱贫申请表》上签字的原因，就是想留住你，希望你能够再在我们村当一年或者两年的第一书记。你要是走了，我们再到哪里去寻找你这样好的、一心为民的第一书记呢？"王国之说完便老泪纵横。看到王国之那动人的面容，我也受到了深深的感动，相互对视着，久久说不出一句话来。

过了好一会儿，我握着王国之的手，两眼只是静静地看着王国之，思绪万千。就是这样老实巴交的山里人，他们为了留住我，想的办法虽很简单、无知，心却很实在，真的是用心良苦。

王国之说："宁书记，你是县里派来的领导，你一身正气，使我们老百姓信服，你没有任何官架子，和蔼可亲地与我这样的农民打交道，使我感到太荣幸了。我们不想让你离开我们村，所以，我才跟王老汉、夏东平约定，一定拒绝在《脱贫申请表》上签字，一定要把你留下来继续当我们村的第一书记。"

我告诉王国之说："感谢你们对我的信任，感谢你对我工作的支持。大山村人民对我的热情，我将没齿不忘。老王，你放心，今天，我即使走了，明天，党将会再派一个更好的、工作能力更强的第一书记来！老王，你在这张《脱贫申请表》上签了字，说明你脱了贫，这也是对我们工作的肯定。"

在我的一再说明之后，王国之才握着笔激动地在《脱贫申请表》上签上了自己的名字。

之后，夏东平、王老汉也愉快地在《脱贫申请表》上签了自己的名字。

时间如白驹过隙，很快就到了2019年的冬季。

10月的一天，扶贫工作队员王顺中着急地跟我说："宁书记，现在市里、省里马上就要对我县开展脱贫摘帽检查了，有些村的扶贫队员在加班加点地搞资料，我们还有哪些工作需要补充的吗？"

我胸有成竹地告诉他说："顺中，在开展扶贫工作中，我们的工作做得扎扎实实，帮助村民们解决了不少的实际问题，走访也到位，人民群众对我们也没有什么意见，满意度也不错。现在，我们只要实事求是地把所做过的工作写进汇报材料，把开展工作后的资料分门别类地按要求整理出来就行了，一点也不需要穿凿附会，弄虚作假。检查组的同志看到我们的原始资料之后，一定会满意的。"

接着，我与王顺中、村支部书记肖十美、村扶贫主任等人员有条不紊地整理资料。在整理资料的过程中，我说："我们县要想脱贫摘帽，需要大家的努力，如果有一个贫困村的扶贫工作拖了后腿，那就会影响整个县的全局工作，所以在工作中还是不能马马虎虎，要一丝不苟地对待，免得一失足成千古恨，无法弥补。"

王顺中还是有点担心地说："群众会不会如实地反映情况？"

我说："顺中，你不要低估了人民群众的思想觉悟。人心都是肉长的，只要我们工作做到位了，他们不会白的说成黑的。我不希望他们粉饰我们的工作，我相信人民群众的眼睛是雪亮的，他们会把我们所做的看得见、摸得着的事情如实地反映出来。"

11月18号，市脱贫检查组的成员来到我们大山村进行脱贫验收工作。他们都是一些扶贫领域里的专家。在检查中，他们分为资料组、走访组、调查组等几个组。一到村里，很快就铺开了检查工作。他们抽查了好几个贫困户，那些贫困户都对答如流。有些检查组的同志怀疑是不是事先"培训"了的，但贫困户告诉他们说："宁书记就是一个全心为民办事的书记，他天天住村里，为我们老百姓做了很多的实事，包括一些分外之事。"

走访组来到王老汉家里调查时，王老汉激动地对走访组的同志夸奖我说："县教育局派下来的第一书记宁书记，为人特别好，很和气，没有一点架子，天天住在我们村里，只要我们去找他，他总是不厌其烦地跟我们讲解政策。他的话说到了我们的心坎上。"

接着王老汉又为他的责任人肖书记点赞说："负责我家的责任人就是我们村的支部书记，他为人正直，特别关心我们老百姓。他担心我邻居两个老人冬天受冻，就自己掏钱给他们俩买了一套被褥，当肖书记亲自将一套崭新的被褥送到他们家里，两个老人接到被褥时激动得老泪纵横。"

经过检查组的几个同志的深入调查、走访和查阅资料，他们几乎没有发现什么纰漏。在检查完的小结会上，他们对我们的扶贫工作做了充分的肯定。于是，在市级检查验收中，我们村贫困户顺利地通过了脱贫验收。

过了半个月，省里的检查组下来了，我所在的扶贫村又中了标。省里检查组的同志也很专业，他们在检查中查得更严，问得更细，但是都没有难到我们的贫困户。有些贫困户跟检查组的同志反映了一些题外之事，经检查组的同志一解释，他们也释然了。

通过两次检查，根据检查组的同志反映，我们村的扶贫工作，在配合我县脱贫摘帽方面非常默契！

李修桥、陈志宏、陈自立、何立英、皮之高、李世豪等人听到大山村所有的贫困户脱贫了，大山村脱贫了，全县也将脱贫摘帽了，他们欣喜若狂，不约而同地来到村部办公室，向我们祝贺。

我高兴地对他们说："我们村能全部如期脱贫，有你们在座的一份功劳，如果没有你们的大力支持和紧密配合，那我们的扶贫工作就没有这样顺利。"

李修桥说："这是你宁书记领导有方，善于采纳群众的意见和建议。"

我说："修桥啊，作为一名共产党的干部，在工作中都要善于'纳谏'，不能一意孤行，要集思广益，才能出色地完成党和人民交给我们的任务。"

这时，我看到陈志宏和皮之高好像不高兴，我则先问皮之高说："老皮，大家都在畅所欲言，你怎么一直阴沉着脸呢？"

皮之高说："现在，我们村脱贫了，我担心的是，明年你还来不来我们村当第一书记？你要是回单位了，我的蛇场还没有很好的经济效益，到时我去找谁呢？"

接着陈志宏也说："宁书记，我也担心你回单位之后，我的茶场就没有人来管理了。"

我大笑了一声说："老皮，小陈，你们都多心了，都是在杞人忧天。党和政府早就说过，脱贫不脱政策，以后你们照样能享受到党的雨露阳光。"

这时，李世豪有点愧色地说："宁书记，当时你来当第一书记，我阻拦了你，而现在我也真的不希望你走，不过，天下没有不散的筵席，这又是无可奈何的事。"

看到他们对我怀有那么深厚的感情，我也非常激动，强抑眼中的泪水说："各位，你们不要说得太伤感了，你们这么一说，我几乎都要流泪了。"

这时，陈志宏突然抱着我说："宁书记，你是我的再生父母，我真的不希望你走。"

面对陈志宏的激动，我热情洋溢地鼓励他说："志宏啊，人不可貌相，海水不可斗量。你是一个有志气的年轻人，你是大山村有希望的年轻人，好好干！"

接着，我又说："各位父老乡亲，请大家放心，现在大山村已经成了我的第二家乡，我即使回去了，也会常常回大山村里来看看，与你们围坐在一起把酒话桑麻。"

说到这里，有一件让我独自深思了好一会儿的事涌上了我的心头，使我一下就沉默了起来。

李世豪发现我好像不太对劲，则担心地问我道："宁书记，你怎么了？"

我思考了一会儿说："没什么，我只是想跟大家说一件事。"

大家异口同声地问我说："宁书记，是什么事，你就说吧，我们都听你的。"

四十四　随时心系大山村

我慢慢地跟他们说："我想跟大伙儿说一件事，这件事是有关你们的一件大事。"

他们听到我那么一说，都很兴奋，急切地想知道下文，不断地催促我说："宁书记，你快说呀，别吊胃口了。"

这时，我对大家说："我看村里的小岭山是一块发展经济林的好地方……"我话还没有说完，大家就打断我的话，异口同声地说："是啊，那里是一块好地方。"

陈志宏接着问我道："宁书记，你准备叫我们在那里种植什么经济林啊？"

李世豪说："志宏，你问得这么详细干什么，你已经承包了茶叶场，难道还想多吃多占，又要插手小岭山？"

陈志宏说："'小霸王'，我不是这个意思，我只是关心关心而已。"

李世豪听陈志宏还叫他"小霸王"，他不高兴地说："我已经改邪归正了，处处为村里的公益事业着想了，你还这样叫我。"

李修桥说："世豪说得有道理，出于对世豪的尊敬，同辈的叫他为兄弟，长辈的可以直呼其名，晚辈的就应该叫他伯啊、叔啊的都可以。以后不准再叫他'小霸王'。好了，闲话少说，言归正传，听宁书记说，在小岭山给我们栽种什么经济林。"

这时，我出人意料地说："栽种白蜡树。"

"栽种白蜡树？"陈自立惊奇地看着我，张口便说，"白蜡是一种好东西，值钱。"

我说："陈老板说得没错。白蜡树本身并不值钱，但在树上养了白蜡虫后就不一样了。白蜡虫分泌的白蜡，经济价值很高。你们应该都听说过'黄金、白蜡、水牯牛'。意思是说，黄金的价格最高，第二是白蜡，第三才是水牯牛。黄金价格是几百块钱一克，水牯牛喂养得好的每年可以繁殖一头小牛崽，值几千块钱，而一斤白蜡，按我们现在的行情来说，160 多块钱一斤。"

"哇！"何立英惊讶地说，"这么昂贵啊，它有什么用途呢？种植白蜡树有什么难度吗？"

"白蜡的用途很多。"我有条不紊地向他们介绍说，"用于医学方面的话，它可以止血生肌、止咳止泻、抵抗病菌等；用于工业方面，它的用途就更广了，国防器材需要它，军事工业需要它，飞机制造也需要它。它可以带来很好的经济效益。"

李世豪激动地说："宁书记，种植白蜡树是一件天大的好事，我们干。"

我接着还向他们介绍说："白蜡树好种植好管理，不需要很多的人工，一旦到了六七月，白蜡虫在树上布满蜡茸之后，树枝上一片白色，就好像六月天下起了一层雪。20 世纪 70 年代，我们县就曾经种植过大面积的白蜡树，白蜡产量誉满全国。"

经我这么一介绍，大家对种植白蜡树充满了信心，一时跃跃欲试，于是我再引导他们说："我是这样想的，在大山村一次性种植白蜡树一百亩，如果大家感兴趣的话，房前屋后、村道两旁都可以种，它不会影响你的出入和生活。只要你们把白蜡树种植好，我向你们保证，我给你们提供技术保障和销售渠道，保证你们人人发家致富。"

陈志宏马上问道："宁书记，一亩土地可以栽种多少棵白蜡树？"

我说："一般一亩土地可以栽种 70 至 80 棵白蜡树，一百亩就可以栽种七八千棵白蜡树，两年以后就可以放蜡，也就是说，两年之后就能开始有收获。到那时，开始产生经济效益，之后，经济效益就更是可观。"

肖十美说："宁书记，在扶贫工作告一段落，即将收官之际，一般的人都一心准备回单位上班了，而你却还在为我们村着想，为我们村的老百姓发家致富出谋划策，我非常敬佩你。宁书记，你不愧为我们大山村的贴心人，你这样热心我们村的经济发展，我们就这样决定了，让白蜡树成为我们全村人民脱贫致富的拳头产品之一，让它成为我们村的龙头经济。"

傍晚，我感慨万千地对肖十美说："今天，我一提出栽种白蜡树，没想到大家都非常赞同。"

肖十美说："宁书记，这说明大家都信得过你，现在全村人都把你当成脱贫致富的领头羊，他们都把白蜡树当成了摇钱树，所以，对栽种白蜡树十分感兴趣。"

我说："对于发动群众栽种白蜡树，我也不是一时心血来潮，我是经过深思熟虑的。一是我分析了我们村的地理环境适宜栽种白蜡树；二是白蜡制作工艺也简单，人人都可以学会；三是我考察过白蜡销售市场，在国内，白蜡一直紧俏畅销。如果没有对前景的分析，我也不敢盲目地发动群众那样做。"

肖十美说："我知道你做事胆大心细。"

"是啊，在现在这种市场经济社会里，做什么事都要胆大心细，否则一事无成。"

第二天上午，李世豪又把王国之、李修桥、陈自立、皮之高、陈志宏等几个人集聚在一起讨论栽种白蜡树的事。

李世豪开门见山地跟他们说："我对宁书记打心底里佩服，他不愧为我村扶贫的第一书记。我以前一直跟他作对，这大家是知道的，现在，我之所以心甘情愿地跟随宁书记办事，是他用心征服了我。宁书记想为我们村所想，做为我们村所做，是真正地用心在扶贫。可以说宁书记是我们贫困户脱贫致富的最强音。我今天把你们叫来，想听听你们对种植白蜡树的具体意见。"

陈志宏爽快地说："我虽然在承包茶叶场，但我还是愿意为种植白蜡树加油鼓劲，呐喊助威。"

皮之高说："为了配合宁书记，为增加自己的经济收入，我准备在房前屋后的空地上全部种植白蜡树。"

"嗯，大家在这方面都想到一块儿来了。"李世豪直言不讳地跟他们说，"既然如此，我们就要做好全村人的思想工作，你们看如何？"

众人纷纷表示同意。

就在这一年的冬天，大山村的男女老少齐上阵，把荆棘丛生的小岭山开垦成一层一层的梯田，然后在那里种植了一百多亩的白蜡树苗。

白蜡树苗种植完成之后，我与肖十美书记、王顺中、李世豪、陈志宏等十余个人站在小岭山的上面，尽情地俯视着那些一排排的白蜡树苗，无不心潮起伏。看到那些白蜡树苗，我好像看到了大山村的另一个前途，看到了大山村人民的另一种美好未来。

这时，我跟他们说："只要白蜡树挂上白皑皑的如积雪的蜡茸，那些'积雪'就是白花花的银子！"

他们听我那么一说，一个个笑逐颜开。

这天上午，我从大山村回到县城之后，马上携妻子回老家去，一来看望老母亲，二来把我县脱贫摘帽的喜讯告诉老母亲，让她老人家也高兴一下。

我一到家里，母亲不解地问我："你今天怎么回来了？"

我心花怒放地告诉老母亲说："妈，告诉您一个好消息，我们县今年脱贫摘帽了。"

老母亲听说我县如期脱贫致富了，她高兴得不得了，满脸堆笑地说："你看，我说的话对不对，我能看到全国脱贫致富的那一天。"

看到老母亲那高兴的样子，我也兴奋起来了，告诉老母亲说："妈，这不是全国脱贫致富，而是我们县脱贫摘帽了。"

"哦，我说错了。"老母亲说，"老了，没用了。"

我说："妈，您不用急，您一定会看到全国脱贫致富的那一天！"

老母亲开怀大笑地说："我等待着那一天。"

"人民都在翘首以待。"我说，"我们都在等着那一天早日到来，全国人民都在等着那一天早日到来！"

初稿：2019年2月25日—3月22日

修改：2019年3月26日—4月24日

三稿：2019年5月1日—7月22日

四稿：2019年9月10日—10月3日

五稿：2020年1月5日—1月12日

六稿：2020年2月1日—2月16日

七稿：2020年5月12日—5月24日

八稿：2020年7月24日—8月6日

九稿：2020年11月22日—11月30日

后　记

2018年7月17日上午，我在去参加一次社会活动的路途中，突然接到我单位县教育局一位副局长打来的电话，叫我到他办公室去有点事。我说现在没有时间，可以在电话里说吗？为人做事向来谨慎的副局长，没有向我透露半点信息，只是说，那下午上班的时候到他办公室去再跟我说。

我是一个时间观念很强的人，下午上班的时间一到，我就准时来到副局长办公室。副局长告诉我说："经局党委研究决定，准备抽你去搞精准扶贫工作。"

当时，我虽然没有一点思想准备，但我心里想，一项这样的工作没必要那么神秘兮兮的。于是，我当即表态，愿意接受领导的派遣。接着就在局里的小会议室召开了驻村扶贫工作队队员会议。那位副局长向我们帮扶工作队员提出了具体要求和希望。

第二天一大早，我就随新派去的第一书记李忠喜来到了我们单位负责帮扶的村里——湖南省新宁县黄龙镇粗石村，开始了我的扶贫生涯。

我一到村里，就吃在村里，住在村里，天天与第一书记和另一个扶贫队员王柏华及村支部书记李石泉一道，风风火火地干了半年的精准扶贫工作。

在扶贫的过程中，我耳闻目睹了很多从来没有接触过的东西，见到了许多在工作单位难以见到的新鲜事，同时也感受到了精准扶贫工程给人们带来的好处。所有的一切，让我长了见识，开阔了眼界。

2019年春，我单位重新调整驻村扶贫队员时，有感于精准扶贫政策，我没有提回单位工作的要求，单位也没有征求我的意见，又把我这个临近退休了的人安排去驻村扶贫，对于此，我也没有任何异议，而是任劳任怨地回到了我的帮扶村，与扶贫队员扎扎实实地开展扶贫工作。2019年，我成了教育局机关唯一一个继续在村里当扶贫队员的人！

可以说，我是精准扶贫政策的忠实践行者，也是精准扶贫工作的亲力亲为者。我用心地践行着精准扶贫工作，身体力行地履行着自己的职责，我深切地感受到了精准扶贫工作具有深远的历史意义和重大的现实意义。因此，我利用晚上的休息时间，开始琢磨如何把在声势浩大的精准扶贫过程中涌现出来的动人事迹和精彩的故事书写出来，告知于世人。有了这种想法，我就开始慢慢地构思着创作的框架，渐渐地，在我的脑海里浮现出了一个清晰的思路。心里有了创作主题和创作目的之后，我就将自己准备创作的作品命名为《一个共产党员的诺言》，后来改为《诺言》。

唐代著名的伟大诗人白居易曾经说过："文章合为时而著，歌诗合为事而作。"它的深刻含义就是说：文章应当针对某些社会现实而写，诗歌应当针对某些具体事情而作。而在今天，举国上下都在开展精准扶贫工作，都在想方设法帮助贫困地区和贫困人们走向脱贫致富之路，这就是我们新时代最美好的现实！作品就应该为这美好的时代歌功颂德，树碑立传！所以，我想通过我的扶贫感受，把那些在精准扶贫工作中涌现出来的优美动人的精彩故事书写出来，让人们在欣赏扣人心弦的故事中了解精准扶贫、认识精准扶贫、理解精准扶贫工作的重要性，并让人们懂得精准扶贫这一浩繁工程真正的历史意义和现实意义。

在作品里，除虚构了一些故事情节外，大部分的故事都来源于现实生活中的事例。湖南省委宣传部的一位干部同志，是第一个阅读到我这部书稿的人，他除了给我提出一些修改的指导性建议之外，还中肯地评价说："你这部书一是故事亲切感人，二是有一定的高度，三是接地气。"

初稿完成后，我发现，整部小说将精准扶贫的精髓全部囊括进去了，将农村里的真善美、假恶丑通过生动又耐人寻味的生活故事都展现出来了。现在，我深深地体会到，一切文学作品都来源于生活而又高于生活。如果没有切身体会，如果没有倾情的扶贫感受，我也不可能在断断续续的 20 天那么短暂的时间里，创作出这部长篇扶贫文学作品。后来，在一年多时间里，不断地丰富内容、刻画人物形象和完善故事情节，《诺言》才成了与读者谋面的这个模样。

在创作的过程中，我注意到了这么一个特点：从整部作品来看，每一个章节都描述出了一个完整的故事；从整个篇幅来看，它又始终贯穿着精准扶贫这一条主线。通过"我"在村里化解了一系列的矛盾，使原来敌视"我"的人成了"我"的朋友，使浪子回头之后有了致富的门路，从而使党的光辉形象在群众中树立起来了，使党的精准扶贫政策深入了人心！

在本书稿修改至第 4 稿时，我把书稿送到我县委宣传部部长彭洪兵手里，他很高兴，鼓励我一定把这部扶贫作品写出高质量高水平。在定稿之际，负责扶贫工作的新宁县委副书记李荣卫得知我创作出了这部扶贫文学作品《诺言》之后也很欣慰，从百忙中抽出时间通读了书稿，并给我提出了中肯而宝贵的意见和建议。在本书问世过程中，除得到新宁县人民政府的大力支持外，还得到了新宁县县长谭精益的鼓励和支持，同时还得到了湖南省扶贫办主任肖坤林、中南传媒新技术新媒体部胡昌华主任、职业记者许春林的关心。邵阳市文联原主席张千山，以及市作家协会创联部的周伟主任、王文利女士对我创作这部作品也给予了无微不至的关怀，将书稿的最后一节在《新花》杂志上刊发了。新宁县教育局局长陈震、新宁县文联主席朱茂阳、作协主席车小浩也极为关心我这部书的出版和发行。更让我感到骄傲的是，这部书稿得到了湖南师范大学出版社社长刘苏华的青睐。我谨在此对所有关注我这部书出版的领导和同志们表示衷心的感谢，并对关心支持本书出版的各界人士致以崇高的敬礼！

2021年1月28日